Alfonso Hernández Catá

Cuentos

Edición de Salvador Bueno

Barcelona **2023**
linkgua-digital.com

Créditos

Título original: Cuentos.

© 2023, Red ediciones S.L.

e-mail: info@linkgua.com

Diseño de cubierta: Mario Eskenazi

ISBN rústica: 978-84-9953-430-5.
ISBN ebook: 978-84-9953-429-9.

Sumario

Itinerario de Alfonso Hernández Catá (1885-1940)

Según el esquema preparado por José Antonio Portuondo, la decimotercera generación cubana, primera del cuarto período, la «República semicolonial», abarca veintiocho años. Sus experiencias generacionales comprenden la instauración de la república en 1902, la segunda intervención norteamericana en 1906, los gobiernos de la república neocolonial, desde Estrada Palma hasta Machado, y se cierran con el asesinato de Mella en 1929.[1] Los hechos que enfrentan les imponen un sentimiento de frustración. Uno de los más destacados miembros de este equipo generacional; José Antonio Ramos (1885-1946), penetró con agudeza en el desentrañamiento de la ideología y las actitudes de sus coetáneos, sus quebrantos, sus posiciones esquivas: «Nosotros no negamos, sin embargo, nuestro fracaso colectivo, nuestra derrota ante el alud que nos vino encima...»[2] Efectivamente, después de treinta años de lucha, el pueblo cubano sufría la injerencia imperialista, la corrupción de la república neocolonial, la pérdida de la tierra nativa que pasaba a manos extranjeras, el marasmo del sistema educacional, etc.

Como expone Ramos, «Nuestra cubanidad era indudablemente burguesa, romántica, sentimental».[3] Ante el naufragio, muchos buscaron «nuestro esquife salva sueños». Algunos hallan el refugio de la diplomacia que les permite, por una parte, distanciarse del cieno neorrepublicano, y por otra, aproximarse a centros de mayor actividad intelectual que la ejercida en su Patria.

Entre ellos estuvieron el propio José Antonio Ramos, José de la Luz León (1892-1981), Luis Rodríguez Embil (1879-1954) y José María Chacón y Calvo (1892-1969). También se encontraba el novelista y cuentista Alfonso Hernández Catá (1885-1940).

El propio escritor permitió que se repitiera en muchos lugares que había nacido en Santiago de Cuba. En realidad, nació circunstancialmente en una aldea castellana, Aldeadávila de la Ribera, provincia de Salamanca, el 24 de junio de 1885. Aunque su familia estaba instalada en Santiago de Cuba,

---

1 Jose Antonio Portuondo, *La historia y las generaciones*, La Habana, Editorial Letras Cubanas, 1981.

2 Jose Antonio Ramos, «Nao, esquife y tierra», en *Los mejores ensayistas cubanos*, La Habana-Lima, Salvador Bueno (comp.), 1959.

3 *Ibidem*.

su padre, Ildelfonso Hernández y Lastras (1844-1893), que antes de morir alcanzó el grado de teniente coronel del ejército español, había querido que su primer hijo varón naciera en el mismo lugar que él. A los tres meses de nacido ya se encontraba la familia de nuevo en Santiago de Cuba.

La madre del futuro novelista, Emelina Catá y Jardines (1856-1915), pertenecía a una familia cubana arraigada en la zona oriental de la Isla que había mantenido firmes posiciones anticolonialistas. El abuelo materno del escritor, José Dolores Catá y Gonse, fue fusilado en 1874, en plena Guerra de los Diez Años, en Baracoa, «en una de las murallas del fuerte de la punta, hacia la parte norte, junto a los arrecifes del mar», condenado por conspirar contra el dominio español. Su tío materno Álvaro Catá y Jardines (1866-1908), que ejerció como periodista en *La Lucha*, *La Discusión* y *El Fígaro*, se incorporó al ejército mambí, colaboró con Mariano Corona en *El Cubano Libre* en plena manigua, alcanzó el grado de coronel, y fue elegido Representante a la Cámara por Oriente al iniciarse la república neocolonial.

Un cuento de Hernández Catá que con el título «Mandé quinina» se publicó por primera vez en la revista *Social* (La Habana, 1926, vol. 11, núm. 1, pág. 20) ha sido considerado totalmente de carácter autobiográfico. Aunque el novelista, que después dio a este cuento el título «La quinina» utiliza recuerdos de su niñez en torno al comienzo de la guerra de 1895, debe mencionarse que su padre había muerto dos años antes de los acontecimientos que relata. Sin embargo, en torno a las relaciones en el seno de esta familia al mismo tiempo española y cubana, debemos recordar que Antonio Barreras (1904-1973), albacea literario del novelista, menciona el hecho insólito de que Ildefonso Hernández y Lastras siendo militar español fuera a la cárcel de Baracoa, donde estaba prisionero el independentista José Dolores Catá: para pedirle la mano de su hija,[4] con quien contrajo matrimonio después del fusilamiento del cubano en 1874.

De sus años infantiles en Santiago, el propio Hernández Catá recorriendo las calles de la capital oriental en 1930, le contaba a Barreras:

Aquí por esta calle y las aledañas (que eran las de San Tadeo y otras) jugué con mis compañeros infantiles a españoles y mambises, en plena guerra de

---

4   *Memoria de Hernández Catá*, núm. 8, pág. 255.

emancipación. Tomaba tan en serio mi papel que, en más de una ocasión castigué la aparente bizarría de *mis enemigos* con la honda primitiva —arma infalible— que manejaba a maravilla...[5]

No disponemos de muchas informaciones sobre esa etapa de la vida de Henández Catá. Se han de realizar más investigaciones en los archivos de Santiago de Cuba. Según el crítico puertorriqueño, José A. Balseiro (1900) —que ha sido el estudioso más persistente de la obra de nuestro narrador—, «en el Colegio de don Juan Portuondo y en el Instituto de segunda ense- ñanza, después, estudió hasta los catorce años».[6]

Según otros datos que aparecen en antologías y panoramas históricos; a esa edad su madre lo envió a España a estudiar al Colegio de los Huérfanos Militares de Toledo, como hijo de un oficial español, y allí ingresó dos años más tarde. Lo cierto es que no pudo soportar por mucho tiempo la estricta disciplina de aquella institución, escapó de allí con varios compañeros y se encaminó a pie hasta Madrid. No sabemos con exactitud cuándo ocurrió este hecho. En la capital española «tuve que dormir en las plazas y allí adquirí amistad con la majestuosa doña Urraca, cuya severidad preside el cónclave real de la Plaza de Oriente»[7] situada frente al Palacio Real, según rememo- raba muchos años después. De este modo iniciaba los años oscuros de un aspirante a escritor.

Algunos compañeros de profesión que eran viejos amigos suyos narraron, en ocasión de la muerte trágica de Hernández Catá, cómo lo habían cono- cido durante esta etapa que se ha calificado de bohemia literaria. El escritor y periodista español Luis de Oteyza rememoraba cómo le fue presentado Catá en esos años primeros del siglo por otro joven, Enrique Bremón, que aspiraba a publicar una revista literaria. Casi no hay que aclarar que dicha revista desapareció antes de comenzar a pagar sus colaboraciones.[8] Por otra parte, Eduardo Zamacois (1876-1976) contó que trabó amistad con Catá, hacia 1904, cuando intentaba abrirse paso en la vida literaria madrileña. Se-

5   *Ibidem*, pág. 256.
6   José A. Balseiro, «A. Hernández Catá y el sentido trágico de la vida y del arte», en *El vigía*, Madrid, 1928, pág. 274.
7   *Memoria de Hernández Catá*, pág. 247.
8   *Ibidem*, núm. 4, pág. 74.

gún recuerda Zamacois, Catá logró que Benito Pérez Galdós escribiera unas líneas al director de *Blanco y Negro* para que publicara una colaboración de aquel desconocido autor, lo que al fin logró tras muchas visitas y algunas artimañas del joven narrador.[9]

Wenceslao Fernández Flores también trajo las memorias de cuando había conocido a Catá en La Coruña, en 1905, donde se habían reunido varios jóvenes escritores como Alberto Insúa y Francisco Camba. Ya Catá gozaba por entonces de cierta nombradía literaria porque publicaba en las revistas de Madrid. Según anotaba Fernández Flores:

> Catá llevó a La Coruña las pruebas impresas de un libro suyo de cuentos que pronto había de aparecer y en él figuran escenas maeterlinknianas hacia las que siempre, lo empujó su temperamento y nos las leía con un tono opaco, cuando el paseo del Relleno se quedaba vacío de gente por las noches. Aquellas pruebas le proporcionaban una inmensa categoría entre nosotros que envidiábamos la inminencia de su triunfo y el éxito de haber hallado un editor.[10]

Fue por este tiempo cuando conoció en Madrid a Alberto Insúa (1885-1963) en las reuniones literarias que efectuaba en su casa el escritor Antonio de Hoyos y Vinent (1886-1940). Insúa (cuyo verdadero nombre era Alberto Álvarez y Escobar) había nacido en La Habana, hijo del periodista español Waldo Álvarez Insúa, quien al concluir la dominación colonial regresó a su país con su familia. Insúa recordaría frecuentemente a Hernández Catá en los dos tomos de sus *Memorias*. De sus primeros contactos anotaba:

> Tenía una memoria prodigiosa. Sentados los dos en algún banco de la Plaza de Bilbao, me recitaba versos de Darío, de Guillermo Valencia, de Nervo, de Julián del Casal, de toda la Pléyade modernista. Usaba unas corbatas policromas, como grandes mariposas. También era melómano: «silbaba» las sonatas de Beethoven y las rapsodias de Liszt. Pero su ídolo era Grieg.[11]

---

9   *Ibidem*, núm. 5, págs. 114-115.
10 *Ibidem*, núm. 6, pág. 164.
11 Alberto Insúa, *Memorias* (Madrid, 1952), T. 1, pág. 496.

Poco tiempo después, la hermana de Insúa, Mercedes Galt y Esobar, casaba con Hernández Catá el 22 de junio de 1907 en Madrid, «en la iglesia de San José, en la capilla de Santa Teresa, lugar histórico por cuanto en ella se había casado Simón Bolívar, el Libertador de América, con una sobrina del marqués del Toro».[12]

1907 fue una fecha crucial en la trayectoria creadora de Hernández Catá. En dicho año apareció su primera novela corta, *El pecado original*, en *El Cuento Semanal*, que había comenzado a publicarse en Madrid fundado y dirigido por Eduardo Zamacois. En junio de 1907, inició sus colaboraciones en la prestigiosa revista habanera *El Fígaro*. El joven narrador había regresado a Cuba y se instaló en La Habana. Insúa recuerda que después de la boda «Puede decirse que del altar saltaron los novios al barco, con rumbo a La Habana, pues allí contaba Alfonso con un tío carnal por la rama materna, don Álvaro, que ocupaba un puesto en la Cámara de Representantes y era de esperar que nuestro pariente don Salvador de Cisneros (Cisneros Betancourt) presidente a la sazón del Senado, no les negará su protección».[13] Apuntan algunas biografías que en La Habana Catá trabajó como lector de tabaquería —lo que no es cierto— y comenzó a publicar en los periódicos *La Discusión* y *Diario de la Marina*. Quedaría instalado en Cuba desde 1907 a 1909. Fue durante este tiempo que entró en relación con los jóvenes poetas y escritores cubanos que forman parte de la llamada primera generación republicana.

Ese mismo año de 1907 aparecía en Madrid, editado por M. Pérez Villavicencio, su primer libro: *Cuentos pasionales*. Tenía por entonces veintidós años. Penetraba así, en forma destacada, en los ámbitos de la creación narrativa en Lengua castellana en la que adquiriría indudable preeminencia.

Tres ediciones disponemos —que sepamos— de *Cuentos pasionales*, la última la publicó la Editorial América, de Madrid, en 1920. La primera edición constaba de seis cuentos («La hermana», «El padre Rosell», «Un drama», «Otro caso de vampirismo», «Diócrates, santo» y «Un milagro») acompañados por dos comedias breves: *Horas trágicas* y *De la edad galante*. La edición de 1920 ha crecido en su contenido. En ella aparecen catorce cuentos y cinco

---

12 *Memoria de Hernández Catá*, núm. 3, pág. 43.
13 Alberto Insúa, Op. cit., pág. 544.

comedias. Ya en esta última fecha puede decirse que Catá había arribado a su madurez como creador literario. Desde la primera aparición de *Cuentos pasionales* advertimos los gérmenes de varias vertientes temáticas de nuestro autor. Allí hallamos el cuento «El milagro», que trata de penetrar en la psicología de los animales en la que alcanzaría su clímax con *Zoología pintoresca* (1919) y, sobre todo, con *La casa de las fieras* (1922). También en esa primera edición de 1907 es de observar la inclusión de las dos comedias, testimonio de su inclinación hacia la creación dramática, en la que alcanzaría subida calidad.

Todos los críticos coinciden en que el influjo predominante en el primer libro de cuentos de Hernández Catá es el de Guy de Maupassant. Pero, ¿Qué autor de cuentos en nuestro idioma —y en otros muchos idiomas— no era devoto admirador del maestro francés durante esos años? La influencia que tuvo sobre la obra del joven Catá es extraordinaria. No la negaba nuestro escritor. Ya en la revista *El Fígaro* (La Habana, 1911, núm. 35, págs. 325-326) le dedicaba una hermosa crónica, «Un amor de Guy de Maupassant», en ocasión de una visita que hiciera a Etretat donde conoció a la bella Ernestina «su pasión romántica». Catá no estaba ignorante de los nuevos rumbos de la poesía hispanoamericana, como hemos visto en la anterior cita de Alberto Insúa. Tampoco desconocía a los más destacados autores franceses de fines de siglo, como veremos muy pronto.

Abríanse ante el novel escritor las puertas de la carrera consular. En febrero de 1909 fue designado Cónsul de Segunda Clase en El Havre, Francia, con el haber anual de dos mil pesos. Ocupó dicho cargo hasta el primero de octubre de 1911, en que recibió el traslado, con igual categoría, al Consulado de Cuba en Birminghan, Inglaterra. Así sucesivamente fue trasladado a ocupar el mismo cargo en Santander (1913), Alicante (1914) y ascendido a Cónsul de Primera Clase en Madrid (1918-1925). Después fue nombrado Encargado de Negocios de la Legación de Cuba en Lisboa que desempeñó hasta enero de 1933, fecha en que fue declarado en disponibilidad por el gobierno de Gerardo Machado.

Dichas labores consulares y diplomáticas no disminuyeron sus actividades literarias ni sus relaciones con otros escritores. Insúa en sus *Memorias* (Madrid, T. I, pág. 600 y sigs.) cuenta sobre su estancia en casa de su cuñado en El Havre, sus paseos y relaciones con artistas, escritores y editores durante esos días. Catá participaba en una tertulia en El Havre a la que concurría Raoul Dufy, que sería después, con Matisse, uno de los promotores del *fauvismo*. Insúa y Catá visitaron juntos Ruán en admirado recuerdo a Gustavo Flaubert, uno de los ídolos del escritor cubano, y recorrieron el territorio normando peregrinando a la zaga de los cuentos de Maupassant. Cuenta Insúa:

> Con Alfonso, en coche o a pie, seguí la ruta de la diligencia de «Boule de suif» visité los lugares en que transcurren los episodios de «Une vie» y de «Notre coeur» y, en la playa de Etretat, bajo sus candiles, entre sus dos rocas calcáreas y en la sombra húmeda de sus grutas, me pareció ver pasar y ocultarse a esa humanidad del prodigioso cuentista...[14]

En las conversaciones entre los dos cuñados, que en muchas ocasiones derivaban hacia francas discusiones, sobresalen los nombres de los escritores a los que rendía homenaje Hernández Catá. Porque no eran solo Maupassant y Flaubert, los máximos maestros, sino otros como Jules Renard y el entomólogo Henri Fabre hasta la muy famosa por entonces Madame Rachilde. Y aun el filósofo Henri Bergson y compositores como Debussy y Ravel. Por Catá conoció Insúa las obras de estos autores y personalmente a jóvenes escritores españoles después tan destacados como Eugenio D'Ors y Enrique Díez Canedo. Sin duda, Catá disponía de una buena cultura literaria y musical por lo que podríamos decir que estaba al día. Así lo reconoce en sus *Memorias* Insúa aunque no compartiera todas las preferencias de su cuñado.

Su alejamiento de Cuba no lo distanció de los jóvenes escritores que eran sus contemporáneos. En la revista *Memoria de Hernández Catá*, de la que Antonio Barreras pudo publicar ocho números entre 1953-1954, hallamos cartas y referencias a la actividad literaria de su país en esos años. Catá mantenía correspondencia con Mariano Aramburo, Jesús Castellanos, José Antonio Ramos, Max Henríquez Ureña, Luis Rodríguez Embil, Rafael J. Argilagos, José M. Chacón y Calvo entre otros. Enviaba colaboraciones a las prin-

---

14   Alberto Insúa, Op. cit., pág. 606.

cipales revistas cubanas de ese tiempo, como *El Fígaro* y *Cuba Contemporánea*. Ofrecía conferencias sobre el país que representaba, como la serie que dictó en la Sociedad Libre de Estudios Americanistas en Barcelona (1910). Barreras reprodujo la titulada «Cuba después de 1908», que apareció en la revista *Cuba en Europa* de la propia ciudad.[15]

De las prensas madrileñas salía su segundo libro, *Novela erótica*, publicado también por M. Pérez Villavicencio, en 1909. El título ha hecho pensar a algunos «cuidadosos» investigadores que es «una novela» cuando en realidad está compuesto este volumen por cuentos y novelas cortas, una de ellas le da título al tomo. Ese mismo año Garnier Hermanos, de París, le editaban *Pelayo González. Algunas de sus ideas. Algunos de sus hechos. Su muerte.* Y, a continuación, en Madrid aparecía *La juventud de Aurelio Zaldívar*, en 1911.

En Cuba, Jesús Castellanos (1879-1912) dedicó una constante atención a las obras que publicaba su compatriota. De *Novela Erótica* indicaba que sobresalían tres narraciones: «El crimen de Julián Ensor», «La verdad del caso de Iscariote» y «El pecado original»; y advertía en esas obras «una técnica más de dramaturgo que de novelista».[16] *Pelayo González*, que podemos calificar hoy como una novela ensayística, presenta a este personaje agudo, paradójico y contradictorio exponiendo sus ideas no demasiado originales. Castellanos observó en ella «el excesivo aliño de la frase en los diálogos: en fuerza de literarizar el lenguaje, y halagada la pluma del autor por su afortunado dominio del estilo, he aquí que muere en los labios de los cuatro personajes la vida de sus ideas».[17] El tercer libro de Catá estaba técnicamente enlazado con el anterior. Opinaba Castellanos que «es una obra sin intriga novelesca, en la cual ha colocado dos o tres tipos de inconsistente fisonomía para hacer que digan lo que al autor se le ocurre sobre todas las cosas de este mundo y las de los demás».[18] Para el crítico, el estilo de Catá se hacía más pulcro: «su floración actual aparece limpia de las malas yerbas que la ahogaban».[19]

---

15   *Memoria de Hernández Catá*, núm. 8, pág. 261.
16   Jesús Castellanos, *Los optimistas*, La Habana, 1914, pág. 325.
17   *Ibidem*, pág. 333.
18   *Ibidem*, pág. 382.
19   *Ibidem*, pág. 386.

Al aparecer una nueva edición de esta última novela, la revista *El Fígaro* (La Habana, 29 de abril de 1917) reproducía su prólogo anónimo del que vale extraer este párrafo:

Del asunto de *La juventud de Aurelio Zaldívar* muchos escritores habrían hecho un libro pecaminoso. Hernández Catá no: cuenta la degradación de su héroe con lenguaje tan casto, tan adolorido, que ni un momento tiene el lector la impresión de que va a leer uno de esos libros de gusto dudoso para satisfacer liviandades; y en cuanto traspone las primeras páginas comprende que si el autor ha puesto a tan bajo nivel al protagonista es para que su pura ansia de redención, su manotear en el vacío, su llamar estéril a todas las puertas de la indiferencia, resulten más dramáticas.

Una mutua estimación se tenían Catá y Castellanos. Cuando este murió en 1912, el Cónsul de Cuba en Birmingham escribía a Max Henríquez una mencionada carta en la que le decía: «Jesús y yo fuimos excelentes amigos. Tengo ante mí muchas cartas suyas y, usted lo sabe, cada uno de mis libros tiene un público comentario escrito por él»;[20] y le sugería «la publicación de un volumen con sus últimos escritos», lo que haría la Academia Nacional de Artes y Letras de la que era miembro, que entre 1914 y 1916 editó tres tomos con la obra del malogrado escritor. Poco después, en julio de 1912, Hernández Catá dirigía una instancia a los «señores académicos» por medio de la cual presentaba su candidatura para el sillón que había dejado vacante en dicha corporación la muerte de Castellanos. La Academia designó al doctor Francisco Domínguez Roldán (1864-1952).

La trayectoria creadora de Hernández Catá no se detuvo durante esta década de 1910-1920, ni aun en los años de la Primera Guerra Mundial. El 27 de octubre de 1913, *La Novela Cubana*, publicación periódica que editaba semanalmente en La Habana Salvador Salazar, dio a conocer una de sus novelas cortas más valiosas: *La piel*, que incluiría con otras en *Los frutos ácidos* (Madrid, 1915). Y seguirían novelas, noveletas y cuentos que afianzarían su lugar relevante en la narrativa de lengua española. La piel aborda el caso individual del mulato Eulogio Valdés acechado y galopeado por los prejui-

---

20 *Memoria de Hernández Catá*, núm. 4, pág. 100.

cios raciales. Catá trataría esta temática en otras narraciones posteriores, «El drama de la Señorita Occidente», que está incluida en *Libro de amor* (Madrid, 1924), «Los chinos», incorporada a *Piedras preciosas*, (Madrid, 1924) y «Cuatro libras de felicidad», que forma parte del volumen del mismo título, publicado en 1933. Quizás pueda considerarse punto central de dicha novela corta la referencia que hace a la piel del protagonista: «Era su piel el pigmento maldito... y sentía que la herencia de su padre era aquella pobre alma blanca cautiva en su cuerpo». Esa frase parece anunciar la novela posterior de su cuñado Insúa: *El negro que tenía el alma blanca*. La respuesta estaría dada, más tarde, por Nicolás Guillén en su poema «¿Qué color?», incluido en *La rueda dentada* (1972). También en *Los frutos ácidos* resalta por su calidad la noveleta «Los muertos» con la sombría atmósfera del lazareto por cuyas páginas deambulan personajes mutilados y morbosos como si pertenecieran a alguna novela de Dostoyevski.

Hernández Catá cultivaría con igual éxito las tres modalidades de la narrativa: la novela, la noveleta y el cuento. Los elogios que recibían procedían de los críticos más destacados de España y de la América hispánica. Sus novelas, *La muerte nueva* (1922), *El bebedor de lágrimas* (1926) y *El ángel de Sodoma* (1928) obtenían críticas favorables; eran comparadas con las mejores que se producían por esos años en nuestro idioma. Juan Marinello (1898-1979) afirmaba:

> Él nos dio su mejor libro en *La muerte nueva* [...]. En su novela hay un acabamiento consciente, una sombría renunciación anticipada; se siente bajo la piel de los héroes solitarios, el hervor pugnaz de la vida, se toca el curso de la sangre eficaz y a todo se oprime con piedra de sepulcro: la muerte nueva, la muerte en la vida, en el latido animal que en soliloquio amargo ha renunciado a sus derechos.[21]

Sin embargo, sus novelas parecían demorarse en ciertos procedimientos literarios, mostraban un tono que parecía remansarse en técnicas dejadas atrás; en sus narraciones extensas parecía como si Catá perdiera la sustancia de su relato, el dominio de su precioso instrumento expresivo, por

---

21   Juan Martinello, *Contemporáneos*, T. I, La Habana, 1966, pág. 19.

otra parte tan eficaz en sus novelas breves y en sus cuentos. No se ha examinado adecuadamente la causa por la cual Catá no conquistaba en las novelas la maestría que enseñorea sus relatos más breves. Con motivo de la aparición de *Piedras preciosas*, volumen de cuentos, el propio Marinello examinaba la disyuntiva que se producía ante la variada producción del notable escritor. En una nota aparecida en *Revista de Avance* (La Habana, 1927, año 1, núm. 8, pág. 204) exponía lo siguiente:

> Puede discutirse en el nutrido escritor cubano, su mayor o menor «actualidad» como novelista. Sus títulos de cuentista eminente van siendo ya indiscutibles. El deseo de dar a la «piedra preciosa» del cuento, la talla perfecta que, resista las mordeduras inmisericordes del tiempo y de las desencadenadas pasioncillas de la «envidia Literaria», el afán ahincado de perennidad que pasa, encendido, por la entraña de su creación, están plasmados ya en más de un cuento que habrá de ser clásico en la futura historia de nuestras letras.

Evidente afición mostró Hernández Catá hacia el cultivo del cuento de animales, como vimos desde su primer libro. No ha de pensarse, por supuesto, que fuera proclive a las fábulas. Por tener mucha inclinación al hombre, de ahí su evidente filantropía, fijaba su atención en los animales. En una literatura tan escasa de esta modalidad creativa —aunque con el modelo clásico del «Coloquio» cervantino—, Catá produjo relatos en los que la penetración en el espíritu de sus zoológicos personajes atisba muy humanos reconcomios. De *La casa de las fieras* (Madrid, 1922) podemos destacar cuentos tan valiosos como «Nupcial» y «Dos historias de tigres», comparables a los del inglés Rudyard Kipling y a los del uruguayo Horacio Quiroga.

Línea constante y peculiar en la creación narrativa de Hernández Catá resulta su afán por escrutar en las pasiones humanas hasta presentar casos psicológicos que lindan con lo morboso. Fue plasmando en obras sucesivas una extensa galería de problemas psicopatológicos que culminó con *Manicomio* (Madrid, 1931) libro de cuentos con magníficas ilustraciones de Souto que parecen brotadas de una mente esquizofrénica. Ya en novelas como *El ángel de Sodoma* y en cuentos recogidos en volúmenes como *Piedras preciosas*, Catá demostraba cuánto le interesaban como material de sus obras estos casos patológicos trabajados con el mayor cuidado estético. En *Manicomio* están recogidos sus mejores cuentos de este perfil temático: «Los ojos», «Los muebles» y otros más. El psiquiatra español Antonio Vallejo-Nájera le dedica un capítulo en su libro *Literatura y psiquiatría*, en el que examina varios de estos cuentos desde el punto de vista psiquiátrico y llega a afirmar que puede considerarse a Hernández Catá como «el literato moderno que más cuidadosamente ha especulado sobre sus casos dentro de la realidad clínica».[22]

Durante estos años, Catá cultivó también la creación dramática en varias comedias que tuvieron éxitos de público y de crítica. Es de recordar aquí la observación que hizo Jesús Castellanos, quien notaba en los cuentos primeros de Catá «una técnica más de dramaturgo que de novelista». Ese dominio del diálogo —siempre presente en sus narraciones—, le permitió traspasar fácilmente los límites entre un género y el otro. Con su cuñado Alberto Insúa creó las comedias en familia, *Nunca es tarde*, *El amor tardío*, *Cabecita loca* y *El bandido*. Los incidentes en la creación y puesta en escena de estas comedias los narra con lujo de detalles Insúa en sus *Memorias*. Catá llegó a escribir el libreto de una zarzuela, *Martierra* (1928), con música del maestro Jacinto Guerrero. Pero, su creación escénica más notable fue *Don Luis Mejía*, que escribió con el poeta catalán Eduardo Marquina, en la que calan con aguda penetración en la psiquis del antagonista de don Juan Tenorio. Sin colaboración alguna, solo dio a conocer *La casa desheredada* y *La noche clara*.

El pedagogo y escritor Arturo Montori (1878-1932) publicó en 1923 su novela *El tormento de vivir*. Hernández Catá le agradecía su envío con estas palabras:

> Por la atmósfera cubana, por la viva copia de elementos filosóficos y por la humanidad vibrante que ha sabido usted infundirle, tengo su novela por una de las mejores que en nuestra tierra se han producido. No deje usted ese campo, que yo quisiera poder cultivar con Loveira y con usted.[23]

---

22 Antonio Vallejo-Nájera, *Literatura y psiquiatria*, Barcelona, 1950, pág. 120.
23 Citado por Hugo D. Barbagelata, *La novela y el cuento en Hispanoamérica*, Montevideo, 1947, pág. 268.

Este deseo de escribir sobre temas cubanos asaltaría a Catá cada vez más y sería como un núcleo de otro ciclo de su narrativa. Debemos seguirle el rastro desde sus mismos inicios.

Sería en 1913 cuando Gonzalo de Quesada y Aróstequi (1868-1915) editó el tomo onceno de las *Obras completas* de Martí que tesoneramente había ido publicando. Dicho tomo contenía las colecciones de poemas, entre ellas la de los *Versos libres*, que por primera vez se dio a la publicidad. Para la labor de transcribir los manuscritos del Maestro, Quesada contó con la colaboración de la poetisa Aurelia Castillo de González (1842-1920). A ella le dedicó Catá un artículo, «La sombra de Martí» que salió en la revista *El Fígaro* (La Habana, año XXIX, núm. 23 pág. 280, correspondiente al 28 de junio de 1913). Allí podemos encontrar el germen de lo que sería su libro *Mitología de Martí* (Madrid, 1929).

En ese artículo, el narrador partía de la contraposición entre Ariel y Calibán según la había concebido José Enrique Rodó y que tanto influyó en los escritores de su propia generación. Después de algunas consideraciones sobre los valores de la producción poética martiana, Catá sustentaba la tesis de la trascendencia del mensaje de Martí que impregna la naturaleza y la historia de Cuba: «...de espíritus como el de José Martí valiera mejor decir que no se van: mezclados a la tierra patria, son como su aliento, flotan sobre sus árboles, cantan a lo largo de sus ríos, se ciernen sobre sus hombres en las horas decisivas».[24]

Más adelante la posición ideológica de Catá quedaba expuesta en su supuesto diálogo de la «sombra» de Martí con un campesino:

—Te obligan a vender la tierra; te ponen el dogal al cuello. ¿No es verdad? Entonces saliendo de su hosco dolor, el campesino:

—Me obligan, sí, señor —confiesa—. Yo me resistí. Desde que volví del monte donde peleé los tres años, me persiguen, señor. Yo no quise politiquerías, señor; yo quería al ver mi Cuba libre trabajar en lo que siempre trabajé, en lo mío... Mi mujer y mis muchachos me ayudaban; todo iba bien. Pero... Poco a poco los ricos de al lado empezaron a vender, a vender,

---

24 *Memoria de Hernández Catá*, núm. 3, pág. 62.

a vender, como si ya nadie quisiera el campo, como si Cuba solo fuera la ciudad. Con ellos no se puede competir, señor: si un hombre trabaja como un buey, una máquina trabaja como veinte bueyes. Le digo que no se puede, señor... No hay que decir: cada año peor; y no me queda otro remedio que entrar de colono como ellos querían. Hoy vendí, señor. No me atrevo a volver al bohío; me parece que mis hijos pueden decirme que no he hecho bien. Porque la tierra, ¿verdad?, aunque sea nuestra, no es nuestra del todo, y no la podemos vender así... a ellos, ¿Ve usted? Yo preferiría haberme muerto hoy.[25]

Su interés por los temas cubanos y por la problemática político-social de la república neocolonial, se afirma en relación directa con los acontecimientos políticos de la década de 1920 a 1930. Sobre la posición de Catá debemos recordar que en 1921, en ocasión de la lucha de los marroquíes en favor de su independencia del dominio español, publicó en el periódico *El Mundo*, de La Habana, una serie de catorce artículos bajo el título «Crónicas de Hernández Catá», de julio a octubre de ese año, en la que defendía el derecho de los marroquíes a su emancipación. Esta actitud del escritor cubano provocó que el Gobierno español solicitara su remoción por lo que fue trasladado transitoriamente como cónsul a El Havre, que fue el lugar donde inició su carrera.

Durante el gobierno de Gerardo Machado, Catá estuvo opuesto a la prórroga de poderes que permitió al tirano mantenerse «constitucionalmente» en el poder. Raúl Roa, al recordar la lucha de los estudiantes universitarios contra la dictadura machadista, trajo a colación en relación con sus actividades. Llevadas a cabo en los primeros meses de 1930, la visita que hiciera Catá a la Universidad de La Habana:

Era una luminosa mañana de abril aquella en que recibíamos al novelista Alfonso Hernández Catá en la Asociación de Estudiantes de Derecho. Traía un mensaje de los estudiantes españoles para sus compañeros cubanos. Luis Botifoll que presidía el acto, lo declaró abierto y me concedió la palabra. No perdí tiempo en coger al toro por las astas. Mi discurso fue una

---

25 *Ibidem*, núm. 3, pág. 64.

franca incitación a la lucha revolucionaria. Enjuicié ásperamente la dictadura de Primo de Rivera y la tiranía de Machado. A Alfonso Hernández Catá no le quedó otro remedio que perdonarme la catilinaria y abundar en mis asertos. Incluso se jugó el cargo —era Cónsul de Cuba en Madrid— trazando un ingenioso paralelismo entre los dos regímenes.[26]

La actitud oposicionista de Hernández Catá le valió que fuera puesto en disponibilidad por la dictadura machadista en enero de 1933. En dicho año aparecía editado en Madrid su volumen de cuentos *Un cementerio en las Antillas*, denuncia del régimen sangriento y tiránico de Machado. Dos cuentos particularmente valiosos, «El pagaré» y «Por él» concentraban la protesta del narrador cubano contra aquel desgobierno apoyado en la represión violenta, la tortura y asesinato de sus opositores.

La temática cubana —aun siendo breve— fluye como una veta continua a lo largo de su producción narrativa, en forma más o menos evidente. Ya en *La juventud de Aurelio Zaldívar* cabe descubrir la atmósfera de La Habana, aunque el nombre de la ciudad no se mencione nunca. En sus páginas podemos asistir a un diálogo entre dos ancianos de firme personalidad en los que es posible identificar las figuras de Manuel Sanguily y Enrique José Varona charlando en la redacción de la revista *El Fígaro*, lugar que muy bien conocía Catá. Después, cuando el protagonista de *El bebedor de lágrimas* contempla la bahía de Santiago de Cuba, recuerda el desastre de la escuadra española y al despedirse de la ciudad anota el narrador: «...él, que siempre había salido de todas las ciudades contento, subió al tren, rumbo a La Habana, nostálgico».

Cuba volvería a aparecer en otros relatos, en «El sembrador de sal» y en «La galleguita». Cultivador de la poesía, Catá publicó en 1931 su libro *Escala*, que reúne buena parte de su producción lírica. Pues bien, como poeta reunió en *Guitarra guajira* sus composiciones que rozan temas insulares: «Tres momentos», «El secreto», «Separación», y rindió tributo a la moda afrocubana con «La negra de siempre» (rumba) y «Son», que Ramón Guirao incorporó a su *Órbita de la poesía afrocubana* (1938). Pero, de todos estos aportes a

---

26   Raúl Roa, *Escaramuza en las vísperas y otros engendros*, La Habana, 1966, pág. 86.

la temática cubana, sin duda «La quinina», de cuyo valor asaz testimonial ya hemos hablado, es uno de los más notables.

Durante varios años, Catá reunió una amplia bibliografía martiana que le remitían, adonde estuviera, sus amigos, Arturo de Carricarte, Argilagos y otros. Por fin, *Mitología de Martí* fue publicada en 1929. No se piense que esta obra es una biografía novelada de José Martí, es más bien un conjunto de estampas biográficas, de evocaciones históricas, de relatos que directa o indirectamente están ligados a la vida y al ideario martiano. Catá narró en «El entierro de José Martí», cómo presenció, niño de no más de diez años, junto a dos pequeños amigos, Joaquín Blez y Enrique Setién, el entierro de aquel hombre caído en el campo de batalla cuya trayectoria luminosa por entonces desconocía. Sin duda, esta obra contiene dos de los cuentos de Catá de más hondo patriotismo y de más peraltada calidad literaria: «Apólogo de Mary González» y, sobre todo, «Don Cayetano el informal», que nunca puede faltar en cualquier antología del cuento en Cuba. *Mitología de Martí* es una obra destinada a rendir homenaje al más grande de los poetas y revolucionarios cubanos, en la que la figura de Martí idealizada se hace leyenda, mito que ilumina el camino de la patria.

La acusación de hispanismo que se le imputa a Catá se ha sostenido con poco análisis de su propia obra. Porque a este escritor no le interesaba la reproducción de rasgos nacionales o regionales. La recreación localista o autoclonista estaba más allá de sus apetencias literarias. Se sentía libre de ataduras ambientales, de limitaciones naturistas y costumbrismos. Su anhelo de universalidad, esa ansia por situar la propia creación por encima de fronteras geográficas, coloca a Hernández Catá en el número de los escritores de nuestro país que quisieron superar el pintoresquismo. Por eso no subordinaba su creación a la recolección de anécdotas, coberturas y demás elementos de curiosas costumbres. De ahí que le tildaran de hispanismo o hispanizante cuando sobrevinieron en nuestras letras momentos de acentuado nativismo. En carta que le dirigiera a Félix Lizaso (1891-1967), con motivo de la semblanza que este incluyó en su libro *Ensayistas contemporáneos* (La Habana, 1938), le decía desde Río de Janeiro:

Toca usted, con mano delicada, amistosa, algunas de las heridas de mi ser moral, y hasta el porqué de esa aparente falta de cubanismo que los ciegos o los malintencionados han señalado en mi obra. De una parte, mi tendencia a los conflictos del hombre absoluto, de otra mi probidad para no dar por cubanismo ese barniz visible al primer golpe de vista, esa realidad demasiado adjetiva, demasiado peculiar, caricatural casi, que poco revela de la entraña. Conformarse con la fácil «Kódak» cuando hay máquinas que retratan casi de noche, espectroscópicas casi, es conformarse con poco, ¿verdad?[27]

Durante estos años, finales de la década del veinte y principios de la siguiente, había entablado relación estrecha con el equipo de escritores que iniciaba una transformación de las letras de nuestro país y preconizaban una actitud militante frente a los quebrantos y dependencias de la república neocolonial. Hizo amistad con Rubén Martínez Villena (1899-1934) y a su muerte le dedicó un artículo: «Muerte de un joven», en el que volcó su estimación por el dirigente comunista. Mantuvo relación epistolar con otros miembros del Grupo Minorista como Emilio Roig de Leuchsenring, Juan Marinello, Jorge Mañach, etc. Colaboró en la *Revista de Avance* (1927-1930). Nicolás Guillén rememoraba en *Prosa de prisa* (tomo II) las cartas que recibiera de Hernández Catá. En la segunda le confesaba:

Hace tiempo deseaba escribirle. La vida ha sido áspera y perentoria conmigo... Discúlpeme como yo la disculpo a ella. Y reciba esta carta igual que un eslabón que quiere anudarse a otro lejano, del cual fue separado brutalmente...[28]

En otra carta, mucho después, a Rafael Esténger, volcaba sus reflexiones sobre su propia creación en forma muy autocrítica:

...y no crea que yo he terminado ya. Me niego, sí, a proceder por aglutinaciones baldías, por meras imitaciones de mi obra anterior, que ya no me

---

27 *Memoria de Hernández Catá*, núm. 2, págs. 57-58.
28 Nicolás Guillén, *Prosa de prisa*, La Habana, 1975, T. II, pág. 85.

gusta. Pero miro con ansiedad el mundo, y creo que muy pronto saldrán cosas más mías que las que hasta ahora me granjearon la atención de mis amigos...[29]

Después del derrocamiento de la dictadura machadista, Hernández Catá fue designado Embajador de Cuba ante la República Española (1933-1934). En este último año renunció a dicho cargo. Después, en 1935, pasó a ocupar la representación de Cuba en Panamá con rango de ministro, y posteriormente en 1937 con igual categoría a Chile. En 1938 era nombrado Embajador de Cuba en Brasil. En todos estos países hispanoamericanos realizó una notable obra de divulgación cultural, vinculándose a los círculos de artistas y escritores. En Santiago de Chile estuvo integrado a la tertulia literaria que se reunía en la librería Nascimiento; hacía amistad con escritores tan afamados como Joaquín Edwards Bello, Mariano Latorre, Domingo Melfi; Eduardo Barrios y José Santos González Vera, quien lo recordaba afectuosamente durante su visita a La Habana en 1950. El muy notable novelista que fue Eduardo Barrios seleccionó y prologó la amplia colección de *Sus mejores cuentos* (Santiago de Chile, Nacimiento, 1937). Ofreció conferencias en diversas instituciones culturales, en la Universidad de Chile y en otros lugares. Similar labor realizaba en Brasil cuando lo sorprendió la muerte. Allí propició la publicación de un tomo de *Páginas escogidas* de José Martí, traducidas al portugués por Silvio Julio, con prólogo suyo que no ha sido publicado, que sepamos, en español.

Siguió en estos últimos años de su vida en frecuente correspondencia con sus amigos cubanos. Es de advertir en algunas de esas cartas aquella rigurosa actitud crítica que asumía frente a su obra anterior, que ya mencionamos anteriormente. En carta a Emilio Ballagas (1908-1954) desde Río de Janeiro, le confesaba:

¿Mi drama? Verá usted. No me gusta nada de lo que hecho y no quiero aumentarlo. Siento en mí marejadas fuertes, comprensión, amor, visión aguda de la vida que ha cambiado mientras yo cambiaba también. Y quiero expresar este otro mundo con otro acento: pero hallé necesario una pared

---

29 *Memoria de Hernández Catá*, núm. 6, pág. 198.

de silencio para evitar ósmosis que, al cabo, hubieran equivalido a una continuación. Sé que usted me comprende: por eso le escribo estas cosas que no le he escrito a nadie: Nunca he trabajado tanto en mi arte como ahora que nada publico.[30]

El 8 de noviembre de 1940, en el aeropuerto Santos Dumont, de Río de Janeiro, tomó un avión para dirigirse a Sao Paulo, donde debía ofrecer una conferencia. Apenas habíase elevado el avión sobre la Ensenada de Botafogo, una pequeña nave aérea chocó con el aparato en que iba el escritor cubano, que se precipitó en el mar. En los bolsillos llevaba un cuento sin terminar, «Seguro de muerte», en el que trabajaba durante esos días.

La noticia conmovió a los círculos literarios de Río de Janeiro, de Brasil y de todo el mundo hispánico. En los salones del Palacio de Itamaraty, durante la sesión solemne dedicada a la memoria de Alfonso Hernández Catá auspiciada por la Comisión Brasileña de Cooperación Intelectual y el Instituto Brasileño-Cubano de Cultura, pronunciaron sendos discursos la poetisa chilena Gabriela Mistral y el escritor austriaco Stephan Zweig. En sus palabras, la extraordinaria poetisa recalcó las dotes humanísimas del escritor desaparecido y los méritos singulares de su obra literaria, mencionando que:

Sus amigos han contado que el hombre viajero, enemigo del sedentarismo, no quería para sí una muerte postrada, un acabamiento pausado, que él decía vergonzante. Dicen que hace muy poco él hizo el elogio de la otra muerte viril que cumple su faena como el leñador de la Amazonía, como el torrente andino.[31]

El notabilísimo escritor austriaco, que sufría su destierro americano impuesto por el fascismo y trató a Catá de cerca, exponía sobre el amigo muerto:

Necesidad vital era en él dar a todo ser humano, aun al más extraño, algún signo de su buena voluntad, una palabra amable, un gesto cordial. Para sentirse dichoso había de sentir dichosos a cuantos lo rodeaban. No podía

---

30   *Ibidem*, núm. 6, pág. 184.
31   *Ibidem*, núm. 1, pág. 20.

vivir si no era en medio de la gran cordialidad humana, y dondequiera que

se hallase, creaba en rededor suyo una atmósfera limpia y bienhechora.[32]

Alfonso Hernández Catá tuvo la suerte y el privilegio de que su memoria no se desvaneciera en el olvido colectivo ya que contó con la devoción y el esfuerzo discipular del doctor Antonio Barreras, a quien Juan Marinello llamó «Magistrado del Pueblo». Barreras organizó anualmente, desde 1941 hasta 1960, peregrinaciones a la tumba de Catá en el Cementerio de Colón, en La Habana, donde en cada ocasión hablaban dos o tres escritores, profesores o amigos del autor desaparecido. En la primera conmemoración participaron Juan Marinello, Jorge Mañach y el propio Barreras. Estas iniciales disertaciones fueron recogidas inmediatamente en una plaquette que imprimió el poeta Manuel Altolaguirre en su taller de La Verónica: *Recordación de Hernández Catá*, La Habana, 1941. En dicho momento, Antonio Barreras anunció la creación de los premios nacionales de cuento Hernández Catá, que pronto se duplicaron con otros de carácter internacional. Estos concursos, que nunca tuvieron apoyo oficial, dispusieron de un jurado permanente que estaba compuesto por Fernando Ortiz, Jorge Mañach, Juan Marinello, Raimundo Lazo y Rafael Suárez Solís, contando con los auspicios del periódico *El País* y la revista *Bohemia*. Premios y menciones obtuvieron en estos concursos cuentistas cubanos después de tanto renombre como Félix Pita Rodríguez, Onelio Jorge Cardoso, Dora Alonso, Raúl Aparicio, Luis Amado-Blanco, José Manuel Carballido Rey, Ernesto García Alzola, Raúl González de Cascorro y algunos más. Significación extraordinaria tienen estos premios en el desarrollo del cuento cubano contemporáneo. El 8 de noviembre de 1953, Antonio Barreras comenzó la publicación de *Memoria de Hernández Catá* —como mencionamos con anterioridad—, revista que incluía artículos, comentarios, bibliografías, iconografía y reproducciones de trabajos originales o desconocidos de Catá. Solo ocho números pudo publicar Barreras. Ningún escritor cubano, salvo Martí, tuvo tan constante y firme devoción como la que le dedicó a Catá el

---

32   *Ibidem*, núm. 1, pág. 4.

magistrado Barreras, que se revirtió en positivos beneficios para el estudio de nuestras letras.

Para concluir, debemos exponer que el ex libris de Hernández Catá, *Apasionadamente hacia la muerte* sintetiza aquel sentimiento trágico hacia la vida y hacia el arte —como supo ver Balseiro— con que el narrador buceó en sus entes de ficción, rastreando en los oscuros rumores de esos espíritus angustiados, acongojados, aunque también le permitía con sagacidad y delicadeza penetrar en las tímidas reacciones de la niñez. En definitiva, contando con las condiciones de su procedencia social y de las especiales circunstancias en que le tocó vivir. Hernández Catá impulsó su creación hacia lo humano universal —como él mismo advirtió— con afanes de desentrañar la vida interior de sus personajes, sin importarle la concreta atmósfera, el ambiente en que se desenvolvían, pero cuidando siempre con rigor, con amoroso esmero, el instrumento expresivo, la lengua literaria de su etapa formatriz sobre la que ejerció eficaz dominio.

Salvador Bueno

La verdad del caso de Iscariote

Su sombra, curvándose en el terreno desigual, se alargaba detrás de él, y en la quietud soporífera de la tarde solo se oían los murmullos vagamente dísonos de la ciudad, y las ráfagas caliginosas que luego de agitar los vergeles y los gallardos sicomoros erguidos a las márgenes del Cedrón, venían a estremecer el desbordamiento gris de su barba y a turbar sus meditaciones. Aquellas tibias ráfagas henchidas de aromas le recordaban los alientos capitosos de Marta y de María la de Magdal.

Había salido de Jerusalén después de la colación de mediodía por la puerta de Efraím, ansioso de expandir en la soledad la turbulencia de sus ideas. Y marchaba con lentos pasos, abatida la cabeza, que solo de tiempo en tiempo alzaba para mirar a su diestra la mole del monte Oliveto y la verde extensión del valle, donde, sobre el reposado ondular, las anémonas y los lirios abríanse como un florecimiento de purezas.

Su pensamiento, saltando los sucesos cercanos, iba hasta la bienhadada hora en que la luz entrando en su espíritu, antes todo tinieblas, habíale hecho abandonar el regalo familiar en su aldea de Karioth, para seguir al sublime maestro. Andaba, andaba, olvidando con sus meditaciones las fatigas de su cuerpo. Y sus pensamientos eran una bendición para los ojos de su materia que habían visto los prodigios de leprosos sanados y de muertos alzados con vidas de sus tumbas, y era un epinicio para los ojos de su alma, que habían logrado conocer en el nazareno enfermizo, de laberíntico platicar y de carácter extraño que iba desde la mansedumbre máxima hasta las iracundas violencias, al hijo de Aquel que en el Cielo todo lo creó y todo desde allí lo rige. Andaba, andaba, y cuando sus pies descalzos se hundían en las pequeñas abras del camino, la túnica, estremeciéndose, acusaba su musculatura viril, y en la bolsa cantaban argentinamente los siglos, oblaciones hechas a la divina compañía por las caritativas mujeres.

Al fin sentóse a reposar, y mientras miraba lejos de él, hacia la puerta de los Rebaños, un fariseo que lanzaba con su honda guijarros a un águila mientras ésta describía rápidas espirales imperfectas en torno del cadáver de una alimaña, un anciano, cuya llegada no advirtiera, sentóse en un peñasco próximo y le saludó con la palabra Paz.

—Sea la paz contigo, hermano.

Y hablaron. El anciano habló al apóstol, con segura voz impregnada de sabiduría, de todas las ciencias, de todas las artes, de todas las filosofías, afirmándole conocer otras lenguas que él, solo sabedor de la aramea, no sospechaba que existiesen. Y en tanto que de los labios desconocidos fluía la plática, el tesorero divino se preguntaba si no sería la conversión de aquel hombre de figura majestuosa y de talento profundo como el Tiberíades y caudaloso como el Hinnon, el mejor tesoro que pudiera ofrendarle al maestro.

—¿Eres escriba?... ¿No? Entonces descarrías —como el rebaño que desoyendo las voces del pastor que le muestra la buena senda con su lanza, se precipita en los barrancos— las luces que te dio el Padre del que es mi maestro, siguiendo las idólatras falsedades de los Nicolaístas, de los Gnósticos o de los Simoníacos.

El viejo movía negativamente la cabeza. Y el santo no veía en sus ojos un sulfúreo brillo, ni en su frente, bajo los largos cabellos nazarenos, la insinuación de dos protuberancias córneas, ni veía en la tierra que hollaban sus pies las marcas bisurcas de unos cascos de macho cabrío.

—Mi religión no te es conocida. ¿Crees que el mundo está entre tu aldea y el mar Muerto y entre el monte del Mal Consejo y el Mar de Mármara? El mundo es inmenso y hay en él muchos hombres y muchos dioses.

—No hay más Dios que uno: el Galileo es su hijo y deber creer en él. Ha ordenado a las aguas, ha multiplicado los alimentos y ha vuelto la vida a cuerpos ya pútridos.

—Tu Dios es de debilidad. Si es fuerte y todopoderoso, ¿por qué no aniquiló a los escribas y a los saduceos que se burlaron de él cuando les dijo en el pórtico del templo que era el hijo de Dios? ¿Por qué no convierte a los judíos que le llaman impostor y se niegan a reconocerle por el Mesías?

—Porque nuestra religión no ama el rigor, sino la fraternidad. Pero oyéndole, muchos han visto la luz y han besado sus pies y le han llamado por su nombre: Hijo del verdadero Dios.

—Solo ha convertido a débiles y a mujeres. Y él, que reverencia a su Padre, ha obligado a otros hijos a que abandonen hermanos y deudos para seguirle. Pudiendo hacer el mundo perfecto, ha hecho que los animales para vivir se tengan que devorar los unos a los otros. Ama la adulación y se deja ungir los pies con perfumes, permitiendo que Juan y Jacobo murmuren de ti, porque propusiste la venta de ese sándalo para repartir a los menesterosos el producto... En vuestra peregrinación nada habéis hecho de divino. Esos milagros son naturales, y llegará el día en que sean comprensibles para todos los hombres. Los convertidos por vuestras predicaciones son pobres de espíritu, y por cada varón que habéis arrancado a Tiro y a Sidón y a Samaria, han olvidado el culto de sus hogares muchas mujeres para quienes la divinidad de tu maestro solo está en la barba rizada, en la elocuencia de sus frases, en los amplios ademanes imperativos y en el fuego de sus miradas que habla de otros fuegos concupiscentes.

—¡Herejía, herejía!

Y mientras en la quietud vesperal temblaban los acentos demoledores, Judas meditaba cómo aquel viejo sabía las calumnias de que era víctima por parte de Jacobo y de Juan.

Insinuó el desconocido:

—Y si es ciertamente el Salvador, las Escrituras no podrán cumplirse: Santiago, Juan, Felipe, Mateo y Andrés han tenido tentaciones y se han negado a vender al Galileo. Hasta ahora, vuestra religión es solo de vanidad y de triunfo. Falta la profetizada acción de mansedumbre; falta que el Galileo, que ya ha demostrado ser un gran hombre, muestre a sus enemigos y a su propio rebaño que es Dios.

—¡Es Dios! Es el hijo de Dios, y con el Santo Espíritu es uno solo. No hay más Dios que él y siendo tres es uno, siendo uno domina todo el Universo.

Y encendida en el fuego de la fe su mirada húmeda, el buen Judas narró cómo con la sola virtud de su palabra había el hijo de María alzado de la tumba a Lázaro y al unigénito de Jairo. Y sin amedrentarse por la sonrisa fosforescente y gentílica del viejo, refirióle, una a una, las sorprendentes parábolas del convite de los judíos, de la perla, del Samaritano y la del trigo y la cizaña, Y aun, sin hacer caso del incrédulo musitar, le dijo cómo siendo un niño había triunfado con su sapiencia de la de los doctores y cómo en la puerta del templo había respondido a la salutación de un mendigo tullido con estas milagrosas palabras: «No tengo oro ni plata, pero te doy lo que poseo: levántate, que ya estás sano».

Pero el viejo seguía murmurando:

—El mundo se quedará sin redimir, porque los discípulos del Galileo son egoístas. Oseas, Jonás, Amós, Ezechiel y Elías habrán mentido, y los hombres no serán redimidos por el que se llama redentor.

De la ciudad, pasando por Getsemaní, partía una caravana. En la penumbra vespertina, la larga fila de camellos, graves y deformes, aparecía velada por el polvo que alzaba el múltiple pisar. Y las ráfagas abrasadoras del desierto, que se refrescaban al besar los vergeles, acercaban las voces de los beduinos y el ruf-ruf de un pandero con el que uno de los viandantes distraía la marcha.

Obseso por la tenaz afirmación del desconocido, aseguró Judas:

—El mundo será redimido. Los profetas no quedarán como impostores. Jesús de Nazareth, el hijo de Dios, morirá por todos los hombres que han sido y por los que han de ser y por los que son.

Entonces el viejo, arrodillándose súbitamente, besó los pies del apóstol. Lágrimas de júbilo ponían, como las noches serenas en los campos, gotas transparentes en la ola de su barba gris. (Judas no veía sus negras alas, ni sus patas de caprípedo, ni sus córneos abultamientos.) Y su voz era tremolada por los sollozos cuando dijo:

—¡Oh, tú eres el único generoso y bueno Judas! Dios te coloca a su diestra porque tú vas a ser instrumento para que la redención se realice... Tú has desoído la voz del orgullo que te aconsejaba anteponer el prestigio de tu nombre a la salvación de la humanidad... Tú venderás al maestro para que no muera como simple criatura, sino como Dios. Y porque no sean imposturas los vaticinios y porque la voluntad de Dios, el que es padre de tu maestro, se cumpla te expondrás a que la multitud ignara te moteje de infiel... Sí, yo me convierto a la religión única. La luz ha entrado en mi espíritu al igual de una espada que hiere. Tu acción sublime me hace reconocer a Dios. Le venderás y será el precio de tu acción noble lo que compre la redención del mundo. ¿Qué sería de los hombres sin ti? Solo tu espíritu abnegado los salva. Eres el discípulo único; el espíritu clarividente sabedor de que preservando de la muerte al cuerpo de Jesús expones a morir a su divinidad. Al venderle, cumples la voluntad del Padre, llevas a término los designios de la vida humana del Hijo y eres brazo del Espíritu Santo que inspiró a los profetas. ¡Oh Judas! Tú eres el redentor... Ve a ver a los príncipes de los judíos, pero dame antes a besar la diestra que ha de sellar el pacto. ¡Oh discípulo noble que no sabes de egoísmo! ¡Oh amado de Dios!

Y entonces fue cuando el buen Judas tendió al anciano, que en la oscuridad sonreía, la mano calumniada y heroica que había de recibir los treinta denarios.

La fábula de Pelayo González

Todo el mundo, o casi todo el mundo, ha oído hablar de Pelayo González, sabio español que floreció en la ciudad de Madrid a comienzos del siglo XX, hacia el año 1908. Es sabido que la parca herencia de su talento, como la próvida del de Sócrates, subsiste merced a discípulos que fijaron las ideas y las frases que él prodigó, con magnífico descuido, en conversaciones familiares. Quienes hayan leído los últimos acontecimientos de su vida narrados por el doctor Luis R. Aguilar, que tuvo la debilidad de confiarme la revisión del manuscrito trazado por él con mano y recuerdo reverentes, no ignoran que entre las paradójicas compatibilidades de su espíritu estaban un ardiente idealismo y un amor, tal vez desmesurado, por los placeres de la mesa. Como el alma de Charles Baudelaire era prodigiosamente sensible a los perfumes de las tierras distantes de pereza y voluptuosidad —el sándalo, la mirra, el áloe, el almizcle, el ámbar—, la del sabio español lo era al aroma de las viandas bien condimentadas. Junto a la mesa soportadora de una abundante colación su espíritu se elevaba por virtud de una máxima agilidad. Varias veces habló del porvenir de la perfumería culinaria, con la entusiasta convicción de un químico esteta. Sabiendo la irremediabilidad de las funciones animales, alejaba sus prácticas de las de esos idealistas que al abominar de la materia, se condenan a un sufrimiento cada día cruelmente renovado. Él ponía su idealidad sobre ella, la espiritualizaba, y de este modo, al comer, gustaba el placer duplo de sentir armonizados su cuerpo y su alma en un goce homogéneo. Hubiese escrito —de resignarse alguna vez a escribir—, el elogio del bisté o de la salsa mayonesa, con semejante exaltación a la insigne que inspirara a Joan Maragall el «Elogio de la palabra», a Maurice Maeterlinck el «Elogio de la espada y del boxe» y al regocijado taciturno Pío Baroja el elogio del acordeón y el de los caballitos de madera. Y fue el café de Platerías (donde el sabio prefería ser invitado) el areópago en que escuché de sus labios, brillantes de grasa, la sustanciosa fábula que podéis leer.

****

Gregorio, que vendía periódicos todas las mañanas, todas las noches y algunos mediodías en la Puerta del Sol, ganaba casi dos pesetas diarias.

Con esta cantidad, además de mantenerse, fumaba, socorría a un tío valetudinario que no pudo hacer carrera en la mendicidad por su aspecto mefisto-
félico, y ahorraba para ir a los toros cuando toreaba Vicente Pastor, a quien
seguía llamando «El chico de la blusa» con igual obstinación que sus compañeros llamábanle a él Gregorio a secas. Vestíase, cada vez que la moral le
obligaba a hacerlo, con trajes viejos de un señorito parroquiano suyo; trajes
que si no cumplían nunca las medidas de su cuerpo cumplían siempre las de
su necesidad. Un día, Gregorio, buscando una colilla en un bache encontró
un disco de metal amarillo. Sospechando que pudiera ser un tesoro perdió
su tranquilidad habitual. Y si aquella mañana las gentes hubiesen sido
observadoras, el trémolo inquieto de su voz al pregonar «¡Liberal... Imparcial.
La Corres de anoche por un cigarro!», no habría pasado inadvertido.

Llegada la noche se atrevió a sacar el disco del bolsillo; grabó la imagen y
los caracteres sobresalientes de él en su memoria, reacia como tierra jamás
cultivada, y fue a comprobar su fortuna en el escaparate de una casa de
cambio. Allí vio la misma cara bonachona, la misma peluca rizada, el mismo
«Carlos III por la gracia de Dios», y allí, sobreponiéndose a las intranquilida-
des que le sobresaltaban deliciosamente, decidióse a aplicar aquel hallazgo
a construirse un porvenir. Como laborarse un porvenir no es fácil y las sendas
de la vida son, por oscuras y escarpadas, inciertas, obrando con prudencia
Gregorio forjó la idea de no variar de senda y persistir en aquélla, ya a medias
esclarecida por la experiencia de cuatro años de pregonar incesantemente
«¡El Liberal, Imparcial... Heraldo!», experiencia que, sin él darse cuenta, le
hacía saber cosas ignoradas de muchos sociólogos: la calidad de sucesos
que suscitan más atención, los sendos periódicos preferidos por las clases
sociales, la hora en que es la curiosidad más intensa, que una revista para
ser bien vendida ha de tener por precio diez, veinte o treinta céntimos, pero
nunca quince ni veinticinco, entre otras. Gregorio jamás encaminó su imaginación hacia los peligrosos encumbramientos de la tauromaquia ni, como
veía hacer frecuentemente, hacia el hallazgo de una mujer de esas que ahítas
de verse pagadas todos los días, pagan, a manera de represalia, un amante;
fue casto, sagaz, constante y sedentario, quizá por el remoto atavismo a que
le forzara un abuelo israelita. Y en sus ensueños de ambicioso, se alternaban
las visiones de una taberna, de una casa de préstamos o de una librería. Ni

un momento pensó en exponerse al peligro de entrar a cambiar una moneda de tan escasa circulación. Apenas tuvo geométricamente moldeado su propósito, la primera decisión que adoptó fue cortar toda relación con el tío valetudinario de la cara de Mefistófeles.

A la mañana siguiente —no durmió bien—, llegó muy temprano a la Administración de *El Imparcial* para sacar por su cuenta seis manos de periódicos. El capataz oyó la historia de la moneda de oro y le dijo:

—Mira, tú me dejas la moneda en prenda: yo no tengo cambio para tanto —luego, pensando con suspicacia rápida en la posibilidad de un robo y de una contingencia fatal, decidió—: No, lleva los periódicos y después arreglaremos cuentas.

Aquella mañana el pregón de Gregorio fue fructuoso. Luego de pagar los ciento cincuenta periódicos al capataz, dirigióse a la casa de una revista semanal que se publicaba aquel día, pensando en las terribles mañanas de invierno, en las que, con el solo alimento de un churro, desfalleciente la voz, el aliento congelado, errante y famélico, apenas conseguía vender quince periódicos. Este recuerdo, relacionado con la pródiga venta concluida de hacer, recordóle la necesidad de no dejar marchar la ocasión, cuando se decide ella a pasar cerca de nosotros. Llegó a la Administración de la revista, con todas las nobles ambiciones erectas en su pensamiento. Le dijo al jefe de los vendedores:

—Mire, don Julio, yo quiero desde hoy vender por cuenta mía. Ya esta mañana saqué *El Imparcial*: aquí está el dinero. Déme cien números de *Nuevo Mundo* y cobre de aquí.

Al ver la moneda de oro, el hombre, con la misma idea de desconfianza que su compañero de *El Imparcial*, respondió:

—Bien, bien... No es preciso que me dejes eso. Dame lo que tienes suelto y lleva los números... Cuando vendas me darás el resto.

Aquellos ciento cincuenta *Imparciales* fueron en su vida la piedra miliaria demarcadora de una nueva era. Vendió todos los periódicos. Por la noche compró *Heraldos* y vendió también. El número de ejemplares fue creciendo de día en día. Correteaba la ciudad con ardor, y, por las noches se acostaba jadeante y feliz, Y ahorraba, ahorraba sin tregua. La prueba definitiva la pasó: Llegó una corrida en que toreaba Vicente Pastor y no fue. Después de ésta, nada significaban las demás privaciones. Mientras más dinero ganaba, su vida material era peor.

¿A qué contar uno a uno los peldaños de la alta escalera por donde Gregorio fue ascendiendo poco a poco? Tan sabido es ya que cuando la Vida da en ser novelesca precisa exhibir ejemplos de enriquecimientos fabulosos y excede a las más quiméricas ficciones, que no se hacen rápidos para hacer creíbles los progresos de Gregorio. Sea suficiente saber que la moneda, que jamás tuvo su posesor necesidad de cambiar, viajó muchos días envuelta en papel de periódicos, primero en un bolsillo y luego cosida en la camiseta de su dueño, hasta que pudo reposar en el cajón de un kiosco de periódicos y de cerillas, fronterizo de un teatro. Durante dos años, Gregorio aprovechó, con actitud maravillosa, todos los grandes sucesos para llevar, al principio por sus pies y más tarde por los de muchos rapaces a sus órdenes, las noticias a través de la vasta ciudad. En sociedad con un impresor, vendió libros y estampas cuyo anuncio no podía hacerse a pleno pulmón como el de su primera mercancía, logrando, insinuante y cauto, hacerse una clientela, todos los días creciente, de jóvenes muy jóvenes y de viejos muy viejos. Pudo ceder el kiosco con ventaja. Comenzaron a llamarle don Gregorio. Consiguió la agencia de varias revistas de Barcelona y a su protección, establecióse en una casita sombría, que fue milagrosamente aclarándose y hasta ensanchándose. Al fin, cuando después de casarse —con bombín y chaqueta negra hecha a la medida—, se decidió a hacerse editor, y tuvo un hijo gritón y voraz y cuenta corriente en el Banco, la onza de oro, en testimonio de gratitud, refulgía al Sol en el centro de un cuadro de terciopelo rojo colocado en la sala. En esas salas como ya habrán inducido ustedes teniendo por base la prudencia de Gregorio, no entraban todas las visitas que en su calidad de editor recibía.

Un día de su santo, para celebrar un buen negocio, convidó a varios compañeros a quienes conveníales tener contentos y, como la sala era la habitación más espaciosa de la casa, comieron allí. A los postres, cuando la cordialidad es mayor, y se dan grandes palmadas familiares en la espalda y acaricia a todos un sublime y pantagruélico sentimentalismo, uno de los invitados preguntó:

—¿Verdad que ese cuadro tiene más mérito que el de cualquiera de los ilustradores que hacen monos para las obras editadas por nosotros?

Otro dijo:

—Nuestro amigo tiene gusto para decorar sus habitaciones.

Gregorio... Don Gregorio repuso:

—Esa onza tiene historia. ¡Si supieran ustedes!... Esa onza es la base de mi fortuna. Luisa, descuelga el cuadro.

Todos se inclinaron, como en el Teatro al comenzar una escena culminante, y don Gregorio narró la historia de aquella moneda jamás cambiada. Al concluir, el cuadro fue pasando de mano en mano, tal un talismán. Uno de los convidados, el mismo que antes interrogara, rompió de pronto en risa. Cuando las carcajadas le dejaron hablar, dijo:

—En mi vida he visto cosa más graciosa: Esta onza es falsa.

Y mostró a todos la huella hecha en la onza de metal blanco con una púa del tenedor.

****

—No podemos juzgar la fábula, señor Pelayo González, sin conocer la moraleja, que es en ese género de composiciones, lo que el filo o la punta en un arma.

El sabio Pelayo González adujo:

—No, yo no diré la moraleja, por no dar a mi fábula el tono imperativo y absurdo que he reprochado siempre en las de los demás. En mi juventud, cuando yo leía, complacíame en sacar de todas las fábulas razonamientos distintos a los dogmatizados por los fabulistas. Un libro de fábulas detrás de cada una de las cuales, bajo el epígrafe «Moraleja», hubiese una página en blanco que pudiese llenar el lector, sería un libro útil. Suponed que la onza de Gregorio equipara la solidez de las realidades y la de las quimeras; suponed que nada tiene valor absoluto, ya que la creencia de las gentes, igual a un nuevo Midas, trocó el metal blanco en oro todo el tiempo que le fue a Gregorio preciso... No importa. Todas las moralejas serán verdaderas. Un libro de fábulas a la manera antigua es un libro para hombres sin imaginación.

Y con aquella versatilidad distintiva de su talento, el sabio que lo mismo alababa o censuraba a Dios en las manifestaciones inmensas —la armonía de los astros, la maravilla de un volcán, la suntuosidad de una selva, la muerte de un niño—, que en las cosas ínfimas, dijo:

—Si Dios no hubiese demostrado en casi todos sus actos rencor hacia los hombres, podría deducirse con solo recordar que ha creado al tigre con cuatro patas y al pollo con dos.

La carne blanca, blanda y jugosa del muslo de un pollo, temblaba entre sus dos filas de dientes desiguales y feroces...

Cuento de amor

Bastaba ver su pelo de oro mustio, su aire frágil y sus castos ojos azules, para comprender que el amor, al apoderarse de ella, tendría más temblor de alma que de fuego de carne. Hasta las palabras fútiles adquirían, al pasar por sus labios, blandura de caricia: y aun cuando hablara de cosas cotidianas, parecía otorgar o pedir suavemente.

La raza favorecía también la comparación con una Ofelia desterrada de algún parque romántico por la brutalidad de la vida. Al verla por primera vez nadie pensaba que pudiera ser institutriz. Toda ella era candidez y espiritualidad. Únicamente en el cuerpo tenía ángulos.

—¿Cuidará usted bien de la niña, fraulein?

—Sí, señora.

—Queremos que al romper a hablar aprenda los dos idiomas a la vez. No tiene los tres años aun.

—Sí, señor, sí. Es preciosa.

—Ha venido cuando ya casi no la esperábamos, y es la verdadera dueña de la casa. Si usted se da maña con ella, estará mucho tiempo con nosotros. ¿Tiene usted novio?

—Sí, señora. No es de aquí. Es un muchacho serio: un compatriota que conocí en Munich. Puede usted pedir informes de él.

Se le llenó el rostro de rubor al decirlo, mas a través de las pupilas semidesleídas en la blancura de los ojos, la señora vio tanta ingenuidad, que quedó tranquila. Su casa estaba presidida por el amor y no podía negarse a que la servidumbre disfrutara del único don que la iguala a los poderosos: «Con tal que cumpliera a conciencia sus obligaciones... Ni ella ni su marido eran tiranos».

Y la alemana cumplía sus deberes con ese esmero automático de la raza que hace pensar a veces en algo inhumano e infalible. Jamás mostraba la niña en sus vestidos mancha ni arruga. Gracias a sus cuidados la maternidad dejó de exigir a la señora el duro tributo de sacrificio de los primeros tiempos. Ya podía vivir casi como antes ya no era preciso abandonar al esposo ni pasar malas noches ni contener sus caricias de enamorada temerosa de que pudiera interrumpirlas el llanto tierno y pertinaz, como si el fruto del amor se obstinase en no dejar florecer el árbol otra vez.

Poco a poco normas de disciplina rigieron con severidad inflexible la vidita naciente: «Las niñas guapas no se manchan las manos ni se mueven sin ton ni son para que se les deshagan los rizos; las niñas guapas no piden más dulces ni miran con ojos de gula las cosas buenas; las niñas guapas no preguntan dos veces seguidas, las niñas guapas...».

¡Qué difícil resultaba la vida para las pobres niñas guapas! Pero la madre solo percibía las excelencias del método y pensaba:

En verdad que hemos hecho una adquisición...

Bien puede disculpársele lo del novio, máxime cuando el mozo, de desgarbada traza, se apodera al punto de la simpatía con su tartamudeo y su aire de bobalicona honradez.

Muchas veces, al entrar o salir, los vieron paseándose frente a la verja del jardín, cogidos de las manos.

Si éstos hubiesen ido a poblar el Paraíso, no tendríamos pecado original —solía decir el marido.

La dama suspiraba mimosa, en respuesta y al pasar bajo la enredadera, de donde caían frescos susurros, sentía locos renuevos juveniles:

De seguro que nunca se habrán dado un beso así, ¿verdad?

El idilio de los alemanes llegó a constituir para la casa una diversión. Jamás dos enamorados vieron desarrollarse la complicada madeja del amor en tan dulce paz. Era un amor rubio. Las almas, enlazadas en el deliquio, iban incansables, día tras día, por el camino de las evocaciones. Hablaban de la patria, de su primer encuentro en una tarde llena de fragancias, de cerveza y de música wagneriana en la clara Germania del Sur... Y las naderías, el ir del uno al otro, saturábanse de la esencia de un cariño por completo libre de la bullente escoria sensual.

Viéndolos sonreírse con los ojos tan pálidos y las bocas tan castas, las baladas con que ella dormía a la niña adquirían verosimilitud. Los rigores de la vida no empañaban el espejo poético en que contemplaban el mundo. En su escritorio él alinearía cifras y cifras, mientras en la casa ella atendía sus menesteres sin retrasar ni atropellar uno. Pero ni obligaciones ni guarismos lograrían impedir a las almas volar por encima de la ciudad para buscarse y decirse esas tonterías divinizadas que el mágico amor saca del fondo de las vidas más sórdidas. Bastaba que el uno pensase en el otro, para que números y menesteres se dorasen con luz de madrigal.

¡Ah, si tú me quisieras así!... —añoraba la señora al hablar de ellos.

No tendríamos entonces al bebé —atajaba picaresco el marido.

Y cada vez que alguna criada desfallecía bajo las solicitudes de su galán, o que el eco de una fechoría de amor pasaba por la casa, el ejemplo de aquel idilio elevábase a categoría de arquetipo.

—¿Cuánto tiempo llevan de relaciones, fraulein?

—Dos años, señora.

—¿Y siempre así, sin cansarse?

—¿Cansarnos?... ¡Oh, no!

La dama reía al escuchar la convicción atónita; pero un dejo de envidia y respeto sedimentábase en su alma, que también habría anhelado el amor absoluto. ¡Ah, querer y ser querida de aquel modo!... Aquella muchacha debía tener el corazón místico de María tras de su pecho un poco desnudo de gracias paganas. A los seis meses ejercía en la casa una autoridad compatible con lo subalterno de su estado. Los criados buscaban su influencia, y los señores le hablaban siempre en tono de consulta. En cuanto referíase a la niña ni se atrevían a intervenir. ¡De seguro que ellos no hubiesen podido educarla igual! Eran demasiado mimosos: latinos al fin... Daba gusto ver el cuarto tan limpio, con la cunita llena de encajes cerca de la cama de la que iba a enseñarle, con las primeras nociones de la vida, la blancura y la constancia del amor. Ya podían salir no importa a qué hora, convencidos de que ningún cuidado iba a faltarle. Ahora la niña no era para ellos un deber, sino un premio.

Y de nuevo comenzó el interrumpido júbilo de ir juntos a los espectáculos. Volvieron a ser como dos amantes, casi como dos novios. El coche que los llevaba por las tardes cruzábase a menudo con el cochecito donde paseaba la nena. Llegó un célebre actor italiano y pudieron abonarse a todas las representaciones. Al regresar del teatro entraban a dar a la niña un beso de adiós. Los bracitos llenos de hoyuelos, tendíanse hacia ellos; pero la voz nasal decía desde debajo del embozo: «Las niñas guapas duermen en su cuna sin querer salir»; y todo el gesto retozón se apagaba, y la cabecita recostábase en la almohada con los párpados muy apretados.

Una noche, estando en el teatro, casi a mediados de la función, la señora sintió súbito malestar, no del cuerpo, sino del espíritu. Tal vez la atrocidad del drama, representado con bárbaro esmero, afectase sus nervios, que siempre fueron enfermizamente sensibles. Removíase en la butaca y miraba al marido con ojos de súplica.

—¿Qué te pasa? Tranquilízate... Si te impresiona mucho, piensa en otra cosa y mira un rato a los palcos para distraerte.

—No, no es eso. ¡Es que tengo una angustia!... Que no hago más que pensar en la nena.

—¿En la nena? No seas tonta, mujer. Estará soñando con nosotros de fijo... ¡Ea, cálmate!

—Por más que hago, no puedo. Es más fuerte que yo. Vámonos. ¿Quieres?

—Pero, ¿qué le va a ocurrir a la nena, boba? Sé razonable. Vaya, atiende a la función y verás.

Realizó un gran esfuerzo para obedecer y estuvo unos minutos inmóvil, sin que el drama revivido en la escena desalojara de su alma aquel sentimiento a un tiempo vago e imperioso. Era como si desde lejos su hijita la llamase; como si sus entrañas que se torcieron de dolor al traerla al mundo, volvieran a sufrir y tomaran voz para pedirle: «¡Ve!... ¡Salta por todo y ve!»...

De nuevo oprimió la mano del marido. Este comprendió y musitó contrariado:

—En cuanto acabe el acto nos iremos. No vamos a salir ahora; bastante hemos llamado la atención con tanto moverte y cuchichear.

Solo faltaba para concluir el acto una escena, y le pareció inacabable. En cuanto descendió el telón, salieron entre el crepitar de los aplausos y subieron al coche. Ya sin la traba del público, los nervios turbados se distendieron y la voz perdió toda continencia.

—¡Dile al cochero que corra!... ¡Díselo!

A medida que se acercaban la impresión de ahogo se agravaba en vez de mermar, y el hombre se sintió contagiado también. Subieron por la escalera de servicio, situada a espaldas de la casa, para llegar antes, disputándose los peldaños. Si él era más fuerte, los pies femeninos tenían las alas de la maternidad. La casa quieta, el ambiente tibio, el orden y el reposo de los muebles familiares no lograron calmarlos; ningún paso extraño ni ningún trastorno percibíase; y, sin embargo, los espíritus no se recobraron.

Cruzaron la alcoba, el gabinete y llegaron al cuarto de la niña. Ante la puerta se detuvieron de pronto, cual si reunieran fuerzas para entrar; y también allí fue ella más rápida. Sus ojos taladraron la penumbra y un grito lleno de alma y espanto, rasgó el silencio:

—¡Mi hija! ¡Mi hija!

Sonó una blasfemia y luego los dos quedaron mudos, paralizados y casi insensibilizados por la inmensidad del dolor. Balanceándose, trágico y grotesco, un espantajo hecho con unos pantalones y una chaqueta rellenos de almohadas, colgaba de la lámpara; y sobre los hierros de la cuna los bracitos color de cera y la cabecita mustiada, donde el horror había transformado los ojitos de uva en algo monstruoso, yacían inertes. La boca, antes de amoratarse, debió de gritar muchas veces: «¡Mamá... mamá!».

Los criados y una crisis de nervios precursora de la locura, salvaron de la venganza maternal a la institutriz, que llegó atraída por los gritos. A las preguntas del juez respondió cándidamente que, por estar la niña muy majadera y no bastar las amenazas de costumbre, se le ocurrió hacer el espantajo para poder bajar a hablar con su novio. «Aunque la señora le daba permiso para verlo a diario, como aquellas noches eran de Luna y estaba el jardín tan poético...»

El embajador alemán intervino en el asunto y fue absuelta.

El gato

Comprendo que de cada suceso, de cada caso solo puede ofrecérsele al público cuya pálida curiosidad merodea por los periódicos, un esquema aproximado a la verdad. Pero esta vez la noticia difundida por la prensa ha sido tan mentirosa, que me incita a rectificarla. Ni los dos misioneros murieron el mismo día, ni fueron asesinados por los chinos a quienes se proponían convertir. El primero, el anciano, falleció de insolación en pocas horas; el otro, el joven, se suicidó quince días más tarde junto al cajón en donde acababa de morir el gato montés domesticado por él con paciente y egoísta ternura.

Afirmar que un hombre consagrado al servicio de Dios se suicida, es impiedad tremenda. Lo sé. Añadir que su diestra no se decidió a apoyar el revólver contra la frente hasta que el mísero gato hubo dejado de latir, agrava la impiedad con algo pueril, burlesco. Y, sin embargo, así fue: A fray Juan se lo llevó Dios, y fray Leopoldo fue, ignoro si hacia Dios, pero sí hacia la muerte, por voluntad propia, cuando el gato se quedó rígido después de maullar por vez última.

Un azar puso ante mis ojos las notas escritas por el frailecito, halladas sobre el cadáver de un viejo que vino a vendernos madejas de seda virgen a nuestra factoría de Amoy. Estas notas me han permitido asomarme al borde de la historia que los periódicos uniformaron con este lugar común cablegráfico: «Dos misioneros asesinados en China por los indígenas». Quizá lo mejor sería reproducir las notas ordenadamente. Mas después de leídas no tengo paciencia de copiarlas letra a letra. Hombre de acción, prefiero resumirlas. Si algún comentario arranca el recuerdo a mi fantasía, procuraré que el chispazo sirva para alumbrar mejor la veracidad del relato.

Ignoro cómo se llamó fray Leopoldo de niño —todos los deseos de escapar a la ley humana para humanizarse más en el vicio o para divinizarse en el claustro, coinciden en la particularidad de cambiar de nombres—; pero me es fácil imaginar la pequeña ciudad levítica agazapada a la sombra del convento, y el huerfanillo que, recogido por la piedad y educado después en una atmósfera de penitencia, fue elevando su alma con el amor de Dios y polarizó en los modos tradicionales de servirle, los entusiasmos de un temperamento rico en sangre y en imaginaciones.

Para fray Leopoldo, desde mucho antes de ser hombre y vestir la estameña, apenas si la puerta del convento daba a una calle que, con otras pocas, reflejaba en miniatura las pasiones del mundo; y si las ventanas dominaban un paisaje de tierra polvorienta donde se aferraban heroicamente algunas higueras y olivos. Su mundo era mínimo, y su universo inmenso: aspiraba al favor celestial, y el ámbito de un orbe ilusorio, hecho de deliquios beatos y de proyectos, obligándole a mirar muy lejos, borrábale la terrena turbulencia de gulas, lujurias y envidias que sedimentaban su arcilla concupiscente en el pueblo y hasta en la misma vida monástica.

Como cierto teniente de la milicia terrena realizó alrededor de su habitación un viaje prodigioso, el cadete de la milicia célica realizaba a diario fantásticos periplos. Otros niños juegan con objetos o con ideas empequeñecidas; él jugó con Dios, y los frailes, el claustro defendido contra el Sol por persianas verdes, y el pozo de donde entre bromas y veras pretendía sacar la Luna con el cubo y la polea chirriante, fueron juguetes que jamás dejó de referir en todas las horas de su existencia conventual a su destino de ser santo y de redimir almas privadas de la luz de la fe.

Feo, ingenuo, vehemente, pasó de la infancia a la pubertad sin que el cambio alterara su cosmos. Para él solo existían el convento, el pueblecillo, y, en torno, el mundo ocupado por los infieles.

Fray Juan, su maestro, solía decirle:

—Cuando te hagas un fraile de verdad, los dos iremos a la China a predicar la fe del Señor.

—¡Qué ganas tengo de que el tiempo pase! —respondía él.

Y como el tiempo adquiría en la clausura la aparente inmovilidad de una de esas ruedas cuyo veloz girar supera a la percepción de la vista, el proyecto del viejo y del mozo pasaba inmarcesible al través de meses y años. Y siempre que se miraban en el coro entre el azul del incienso vibrante de cantos gregorianos, o en las tardes aterciopeladas del huertecillo, o en el refectorio, cuando alguna palabra del lector los arrancaba a la colación llevándolos muy lejos, aquel propósito de dar juntos sentido pragmático a sus vidas, los unía con un hilo fuerte e invisible. Y en sus coloquios lo infantil y lo viril se fundía bajo el soplete de la fe:

—Cuando estemos «allá» miraremos siempre aquella estrella.

—Los ojos de la Virgen, les llamo yo a esas dos tan juntas y azules.

—Y en un pozo como éste, jugaremos también a sacarlas en el cubo del agua, para dárselas de beber a los recién convertidos.

—A mí el pozo me causa miedo siempre: Me parece una pupila del centro de la tierra. Y en el centro de la tierra está Satán.

Hablaban con tan pareja candidez que parecían por igual niños. Y un día como todos, después de muchos, el pueblecillo los vio salir del portón herrado del convento. Los hábitos del mismo color, los rosarios terminados en sendas cruces, como espadas equivocadas de tamaño golpeándoles las piernas al andar, el paso resuelto, los rostros atezados, los ojos ardientes de ayunos e ilusión, reducían al mínimum la diferencia de sus años. ¡Ya estaban allí, ante la planta de sus sandalias, la aventura que tanto tiempo parecióles remota! ¡Iban a injertar en realidad sus sueños! Unas cuantas semanas, unas cuantas leguas y los dos desembarcarían en China sin otras armas que las Sagradas Escrituras y el espíritu de Jesús, dispuestos a aumentar su rebaño y a sufrir por él martirio o muerte.

Ahora iban a serles útiles los juegos graves de tantos días, las abstinencias para fortificar el alma, los ejercicios para fortalecer el cuerpo, los estudios orientalistas, los diálogos en que, alternativamente, eran ambos predicador y alma cerrada a las luces divinas. Habían deseado e imaginado los dos aquel instante de partir con tanta vehemencia, que la emoción de vivirlo se galvanizó. Todo fue sencillo: unos cuantos abrazos, unas cuantas exhortaciones, un coche que espolvorea el silencio del campo con cascabeleo de colleras y los lleva a una ciudad de donde parte un tren; horas y horas de rodar entre bocanadas de humo, atropellando paisajes; y, al fin, el puerto, el buque con su novedad imponente, la tierra que se va alejando, alejando hasta romper el istmo que la liga al pasado, y dejar al navío solo en medio de un círculo azul.

Pero entonces, para los dos religiosos, fue cuando el istmo espiritual se creó y comenzó a crecer a cada instante, cual si flotante grava de recuerdo y de nacientes melancolías impidiese a las olas anegarlo. Aquel mundo del pueblecillo en donde habían creído vivir sin estar en él, surgió poco a poco del ayer para servirles de único punto de referencia humana. Rostros en los cuales apenas habían detenido el mirar durante años, aparecieron en la memoria con todas las facciones precisas. Es más: el vasto universo que empezaba a desarrollar un fragmento de su panorama ante ellos, era de continuo referido a detalles del lugar minúsculo de donde provenían.

—Aquel hombre del turbante, ¿no le recuerda a usted a fray Mamerto?

—Sí... Bien decía yo que me recordaba a alguien, pero no sabía a quién. Es el mismo fray Mamerto, sobre todo cuando se ríe... Y aquel oficial, el de los dos galones, ¿no le recuerda a...?

—A Romualdo, el cartero, sí. También hay un maquinista que se parece al de la tienda de mercería. Ya lo verá usted.

Y bajaron a verlo juntos, como si se tratara de un apasionante espectáculo. Esta fue, en el tedio del viaje, su única diversión. Diversión a veces turbadora, pues hacía palpitar sus corazones con un amor que ignoraban poseer: el amor de todo ser vivo, aun cuando vaya camino del cielo, hacia cuanto se queda atrás y es juventud irrescatable.

Así, paralelos a los via crucis devotos, otros rosarios profanos iban desgranando sus cuentas: Fray Juan notó que el blanco recodo del pasillo de los camarotes de lujo «se daba aire» con el corredor de las celdas. Y fray Leopoldo, cometiendo un pecado tal vez, advirtió que la joven que se reclinaba lánguidamente todos los crepúsculos sobre la borda con la cabeza envuelta en un velo azul y el cuerpo moldeado bajo las telas claras, era «casi igual» a la Magdalena del cuadro grande de la capilla.

A pesar de la mutua inocencia, los años de fray Juan barruntaron el peligro de estas evocaciones obstinadas:

—Quizá no debamos ocuparnos tanto del ayer, fray Leopoldo —dijo.

Pero el que toda la vida fue su discípulo y ahora era su compañero de aventura, respondió con filosofía:

—El mañana ha de venir seguramente y el ayer, si no lo acariciamos un poquito antes de perderlo, no será ya nunca para nosotros.

Esto los decidió a una franqueza dolorosa: se sentían aislados en aquel vaivén de ocios y tal vez de pasiones mecidas hasta el letargo por el mar. El trepidar de las máquinas los enervaba. A dondequiera que miraban veían atisbos de un mundo de apetitos desconocidos para ellos. Sabían, claro es, que existe el mal, pero lo sabían de una manera abstracta, y aquellos hombres y mujeres prisioneros en la nueva Arca de Noé hija de la Industria, les concretaban esa noción. Sentíanse solos y rodeados de algo demoníaco.

Únicamente aquellos cuyas facciones habían podido ser relacionadas con otras vistas y queridas sin saberlo en el convento y en el pueblecillo, les producían sensación de compañía segura.

Mas cuando se acercaban a ellos tartamudean, y sus ademanes eran torpes. Sin sospechar su ternura las gentes les hablaban un minuto y se alejaban. ¿Qué iban a decirle de interesante al hombre del turbante, al oficial, al maquinista de tatuajes azules y cara manchada de aceite, y a la mujer lánguida a quien la brisa transformábale el velo color violeta en una prolongación de sus cabellos?

Nadie, nadie en el buque pudo explicarse por qué los frailecitos tan sobrios, solían detenerse a diario en el pasillo de los camarotes de lujo, ni por qué, cuando todos miraban la puesta de Sol, hacia popa, ellos clavaban la mirada en los cabrestantes de descarga del trinquete, transmutados por su fantasía en una de las higueras del huertecillo donde vivieron tantos años.

Después de aquel súbito ensanchamiento de sus vidas, los horizontes volvieron a estrecharse. El primer puerto les echó a los rostros esa bocanada voluptuosa y pútrida que resume todos los olores del Oriente. Desde Amoy partieron hacia el interior, y pronto se hallaron solos con su fe en medio del mundo asiático.

Cada jornada dejaba detrás las huellas de otros misioneros predecesores: querían ir más allá, movidos por esa emulación un poco bastarda infiltrada hasta en las acciones más puras. No ignoraban que la existencia iba a llenárseles de peligros; sabían que según iban alejándose de las autoridades capaces de socorrerles, iban entregándose inermes a un oblicuo rencor cuya leyenda de crueldad conocían. Pero como marchaban impelidos por un ideal grande, iban alegres, y el miedo no reflejaba ninguna imagen en los espejos de sus conciencias.

Fijaron su primera residencia cerca de un riachuelo, y empezaron la obra de evangelización. Tarea ardua, porque abrir túnel en la roca es más fácil que horadar creencias multiseculares protegidas por costras de ignorancia y por esa especie de nada enorme que es la diferencia racial. Se alimentaban poco, bebían aguas insalubres, y realizaban a diario caminatas fatigosas para ser recibidos ya hostilmente, ya con una sonrisa arrugada y estrecha de párpados y labios. Lo mismo que el idioma estudiado años y años en el convento presentábales en la realidad dificultades de comprensión y elocución, los corazones mostrábanles caminos, precipicios y obstáculos capaces de mellar todo fervor y toda paciencia. No era la lucha del hijo del carpintero galileo contra Confucio o contra el que dejó de ser príncipe para sonreír, libre en su quietismo, de todas las pasiones infecundas. Era algo mucho más pequeño y, sin embargo, infranqueable. Debajo de la piel amarilla, detrás de los sesgados ojuelos, existían sin duda otras entrañas, otra materia gris, impermeables al efluvio cordial y a las doctrinas de Occidente.

Solo una familia de sembradores —el padre, la madre y una hija moza—, los recibían con amabilidad. No tardaron en saber que habían vivido antes mucho más cerca de la costa y que habían tratado allí a otros europeos. ¿Misioneros o negociantes?, se preguntaban al observar que aquella simpatía no estaba formada por la menor predisposición a una comunidad de fe, sino por algo de hábito, de recuerdo de otras relaciones quizás interesadas, que a veces alumbran en los labios y en las pupilas de la moza un sonrisa de sumisa feminidad incomprensible para los dos monjes.

Todo: seres, paisajes, clima, constituía un universo nuevo. Aquí sí que no hallaban ni un rostro que referir a los del convento y el pueblecillo, ni un árbol que comparar a las higueras y a los olivos de allá. Y cuando, de regreso de las incursiones que realizaban separados, para multiplicar su acción, se encontraban en la cabaña, se abrazaban trémulos, con un sentimiento de seguridad recobrada, y revaluaban, sin conocerla, aquella frase de Spencer que afirma que el hombre ve siempre con placer al hombre.

Predicaban la fe de Cristo con su corazón y con su inteligencia; pero más allá, más adentro del pensar y el sentir, el imperativo somático decíales: «Esos pedazos de marfil blando que andan en dos pies, no son hombres, y no son tampoco árboles estos árboles, ni tierra esta tierra, ni agua esta vena amarillenta que asemeja entre los bambúes una secreción».

En las crisis de desaliento muchas veces no osaban hablarse, y caían en un mutismo denso. Al fin fray Juan lograba salir de él:

—No debemos desfallecer. Si no avanzamos más no depende de nuestra fe, sino de nuestra torpeza.

—Sí, sí.

Llevados por las palabras aseguraban avanzar poco, mas no avanzaban nada. Aparte de la familia que ya convivió con europeos, nadie se detenía a escucharlos. Y aun esos ¿los escuchaban o los oían tan solo? Todos los rostros corrían, cuando ellos empiezan a hablar de Dios, sus persianas amarillas, como ante un Sol molesto. Cada día hostilidad, el peligro, hacíaseles más macizo en torno. Pero el mismo martirio con que tantas veces soñaron, sería menos duro que esta desmoralización progresiva.

Tácitamente han decidido no hablar del pasado, pero los sueños no dependen de su voluntad, y en ellos el ayer vuelve con detalles y gracias punzantes, investido de un hechizo donde el imán de todos los pecados actúa. Sin su tesón el mismo breviario sería una ventana, y las oraciones caminos abiertos hacia aquel dulce ayer, por el cual pasaron ciegos pensando en este hoy. Y por ser el uno para el otro testimonios vivos del mundo perdido, apenas se separan se ponen a esperarse con miedo, y la fantasía satura la menor tardanza de sobresaltos.

Días iguales pasan sobre el paisaje mineralizado bajo un cielo seco que no cruzan pájaros ni nubes. La voz del instinto dícele a fray Leopoldo que detenerse con frecuencia en la única casa donde los reciben con vaga luz de tolerancia, es peligroso, y por eso va lejos, bordando el riachuelo, tratando en vano de interesar en el negocio de la salvación del alma a quienes halla, y rezando a gritos muchas veces, para defenderse contra el envolvente mutismo de todo.

Al regreso de una de esas caminatas fue cuando halló en su cabaña las dos novedades: un gato montés tratando de romper con las garras una de las cajas de comestibles y a fray Juan caído en tierra, con la cabeza rodeada por un paño húmedo.

El segundo suceso le oscureció por el momento el primero. Atendió a fray Juan sacando de la memoria casi inútiles por el azoramiento, los recuerdos con que su larga preparación había pretendido prevenir todas las posibles contingencias. Pero casi enseguida, por instinto, mientras agonizaba el hombre, un interés afanoso lo condujo a fijarse en el gato de ojos fosfóricos que venía a recordarle en su amenazadora soledad al gato, olvidado hasta ahora, del convento.

¡Con cuánta cautela trató de acercarse a él, pretendiendo atraerle con la oferta de un pedazo de carne! ¡Con cuánto temor lo vio alejarse elástico e hirsuto apenas lo hubo devorado! ¡Y con cuánta emoción lo vio aparecer dos días después, cuando ya de la boca cárdena de fray Juan solo salía una respiración escasa y febril! Paralelas fueron las dos luchas: la de retener el alma que iba a dejar el cuerpo, y el cuerpo sin alma que con su electrizada espina dorsal y sus pupilas llenas de estrellitas, saltaba apenas él osaba aproximarse. Una victoria nada más obtuvo: Cuando el cuerpo de fray Juan quedó exánime, el gato rondaba a diario la cabaña y ya no le huía.

Mientras duró el dinamismo de la acción, fray Leopoldo no pudo analizar sus propias zozobras. Una ayuda única tuvo en los trabajos de cavar la fosa, de transportar los despojos de su inductor y maestro y de ensamblar los dos palos que formaron rudimentaria cruz: la de la muchacha asiática. Sus padres habíanle aconsejado no imponerse aquella faena inútil, pero no se opusieron a que ayudase a fray Leopoldo. La idea para ellos natural de despeñar el cadáver en cualquier vertedero y abandonarle a las alimañas, rebeló la tradición católica de fray Leopoldo, y las energías extenuadas más que por las fatigas físicas por el miedo, resucitaron. A su lado la chinita rebullía activa, útil, sonriéndole con las dos gotitas de aceite de sus ojos y con la doble fila de dientes menudos.

Cuando ya fray Juan quedó para siempre invisible, sobrevino una calma espantosa a favor de la cual volvió el miedo a desflecarse en pensamientos. «¿Qué haría sin él? La misión estaba frustrada. Lo sensato era replegarse por etapas hacia la costa, presentarse a las autoridades, buscar un nuevo compañero con quien emprender la aventura otra vez.» Pero una inmovilidad imperativa ponía plomo en sus pies y en sus decisiones. Su única salida era para acercarse a la tumba de fray Juan y atender con el oído prodigiosamente despierto, como si quisiera percibir la obra de los gusanos.

Y no era el amor sino el terror lo que lo llevaba allí. Hubiera querido huir de aquella tierra recién removida. Sus veinticuatro años, a favor de la vecindad de la Muerte y de la plenitud del estío, reclamaban contra la soledad. Él, que jamás había sufrido tentaciones, luchaba ahora en los insomnios contra una tentación difusa. Ni el rosario ni el breviario le bastaban: Necesitaba para reanudar el hilo roto de su energía un elemento vivo... «Si siquiera fueran negros en vez de amarillos estos seres —susurraba— creo que podría llegar a considerarlos hermanos, a quererlos. Pero a éstos no. ¡Perdóname, Señor, pero no me parecen obra tuya!... No han podido ser hechos a tu imagen y semejanza... Les temo... ¡Junto a ellos me siento en un mundo vacío!» Y las oraciones se le empedraban de palabras nacidas de su exasperación. Y con la infinita ansiedad de quien cultiva el único árbol capaz de darle fruto, pasaba horas y horas mirando al gato, sonriéndole, cruzando con el magnetismo esquivo de sus ojos el de los suyos dulces, llamándole con suave castañetear de dedos, y dándole, seductoramente, casi toda la comida que la chinita le preparaba.

Habían convenido que, cuando se recogiera la cosecha, el anciano asiático acompañaría a fray Juan hasta Amoy, mediante un estipendio pagadero allí. Regresar solo era casi imposible, sin duda, mas, ¿no habría sido mejor afrontar todos los peligros a permanecer en aquel abandono en donde ya empezaba a perderse? La línea divisoria entre los sucesos y las realidades se le borraba a menudo. Las pesadillas traspasaban la frontera del sueño transformándose en alucinaciones, y llorando sobre sí mismo como los hijos de Jerusalén, sentía a menudo piedad hacia el frailecito que habiendo salido del convento para conquistar la Gloria, había encontrado la desdicha y, quizás, el Infierno.

En su misma voluntad de agradarle, la chinita le mostraba la hondura de un aislamiento, que habría sido absoluto sin el cuaderno de papel donde de vez en cuando escribía para gozar la ilusión del diálogo, y sin el gato, que ya enarcaba el lomo bajo sus caricias.

¡Ah, no, quienes tienen un perro, quienes acarician con orgullo la piedad palpitante de un caballo, ni siquiera quienes cuidan pájaros o hacen de sus hombros pedestales para un loro de pico avieso y palabras estúpidas, no pueden comprender el amor que fray Leopoldo puso en el gato aquel! No era un gato nada más: era un camino, un puente, la única vía de escape, el espejo donde la exasperación lograba reconocer su imagen humana. Para fray Leopoldo las pupilas consteladas de chispas de aquel pedacito de viva carne, era el único vestigio de su otra existencia, la compañía única. Los chinos hablaban y el gato no; los chinos poseían brazos, piernas, pecho, esqueleto semejante al suyo... Y, sin embargo, él reconocía al gato como hermano y a los otros los sentía como extraños, impenetrables, heterogéneos de su materia y de su alma.

Por eso presintió más que observó la enfermedad y se uso a cuidarlo con hipertrofiada ternura. No hubo remedio que no intentase, mimo o cuidado en los que no pusiera toda el alma y un tiempo larguísimo, saturado de afán. Cuidando al gato, se cuidaba a sí mismo. Mientras el animal palpitara bajo sus manos, él podría resistir. Mientras el gato no quedase inerte, tendría un testigo, unos ojos capaces de servir de vivos espejos a su angustia y de impedirle olvidar la mirada de Dios. Jamás enfermero alguno cuidó con abnegación y egoísmo iguales. Minuto a minuto todo su ser espiaba las resistencias de la vida en el ser minúsculo que rebullía dolorosamente dentro del cajón puesto en el centro de la cabaña.

Todos los deliquios celestiales de su existencia refluían ahora hacia su carne desamparada. Vocablos, sensaciones táctiles, ajenos a su ser hasta entonces, reclamaban los derechos de una juventud que pensó desentenderse de la arcilla por completo para arder íntegra en la llama del espíritu. El suave pelo del gato cedía tibio bajo sus caricias, y cuando los maullidos hacíanse muy tenues, él le acercaba el rostro y le decía palabras sacadas de la letanía como de un venero secreto, dulcísimo y ardiente, insospechado y tocado de locura:

No te quejes, que yo te cuidaré, mi lucero... ¡Pobrecito, tan lindo! Mi consuelo... Mi refugio... Ya que no pude salvar a fray Juan, te salvaré a ti... Y tú me salvarás también.

Por cuidarlo apenas iba al montículo fúnebre al cual la Naturaleza, impasible, insinuaba ya los primeros brotes de vegetación. Las sombras del desconcierto paralizaban sus decisiones y trastornaban sus palabras; mas como suele suceder en muchos casos, del derrumbamiento cerebral se destacaba una llama más lúcida que las habituales, y a su luz fray Leopoldo veía la necesidad de dejar todo y de correr a través de todos los riesgos hacia la costa. Pero enseguida comprendía la imposibilidad de acelerar el fin del animalito convertido por el destino en llave de su vida. Y palmo a palmo le disputaba su presa a la Muerte.

Acaso para reaccionar contra la influencia letal, la vida abríale cada día, valiéndose de espejismos aciagos, el jardín de las tentaciones cuajado de mandrágoras y de manzanas saturadas de terrible efluvio de mujer. ¿Por qué, él siempre insensible al peor de los enemigos del alma, a la Carne, empezaba a sentir en el olfato, dentro de los ojos y en la piel cosas jamás sentidas, cual si también fueran a nacerle brotes de vegetación a su cuerpo?

Y le temía a la chinita que venía a prodigarle una simpatía prometedora: tal vez la misma que en otra soledad habían solicitado de ella los otros europeos a quienes trató antes.

Fray Leopoldo habría podido defenderse de la carne amarilla sin esfuerzo, sin necesidad de cobijarse junto a la cruz rudimentaria puesta sobre la tumba de fray Juan ni junto al cajón donde el gato agonizaba, ya casi apagando el centellear de sus ojos, entre maullidos lastimeros. Pero, indefenso, abandonado de Dios ¿iba a poder contra los malos milagros de Lucifer? La mozuela asiática no era ella misma ya solamente. Por misteriosos juegos cerebrales lo imposible se realizaba, como en los sueños. El gato era ahora gato del convento, y para borrar de la muchacha la amarillez y los rasgos oblicuos, del fondo del pasado surgía una imagen no recordada nunca, ni siquiera mirada antaño, vista nada más, entre otras cien: la imagen de la hija del sacristán. Y el recuerdo, con infernal minucia, precisaba el color de los ojos, la gracia mitad púdica, mitad hipócrita de sus párpados, el cobre de la cabellera, los labios gruesos, los hoyuelos de las mejillas, y, en el pecho, aquel doble vaivén que alcanzaba ahora, contra todas las preces de fray Leopoldo, poderío atroz...

¿Cómo en la placa fotográfica de sus retinas habían quedado aquellas imágenes latentes para ser reveladas después por los ácidos de Satán? Hasta el tono de la voz y la calidad del aliento de la muchacha de allá, una vez que le entregó dos cirios rizados en víspera de la fiesta de San Jerónimo, se transfundían por mal milagro a la muchacha china. Y era estéril pedir socorro a la razón: La barrera entre la quimera y la realidad había sido arrasada.

Ya ni siquiera las mañanas eran castas. En la calígine de los mediodías resultaba infructuoso apretujarse contra los dos maderos cruzados de la sepultura, o inclinarse sobre el cajoncito a contar los latidos de aquella bestia destinada por las arcanas potestades a sostener con su último aliento los alientos últimos de un hombre. Y por las tardes, cuando a la caída del Sol se enconaban los recuerdos, dos hilos de lágrimas caían de sus ojos, anegaban en amargor la boca, y se esponjaban en la estameña.

La mozuela se escapaba de sus faenas para venir a consolarle, y le sonreía en el silencio con sus dientes menudos, con sus labios sutiles: en realidad con los dientes anchos y la boca pulposa de la hija del sacristán: en realidad con la boca de todas las mujeres jóvenes del orbe. Y él la contemplaba aterrorizado, la diestra puesta en el cuerpo del gato, que también, por negra magia, se transformaba en algo sedoso, voluptuoso, abrasador. El aire se enrarecía entonces, y ambos quedaban inmóviles, como si estuvieran separados por un cristal infinitamente frágil, que pudiera quebrar el menor movimiento. Y así, muchas veces, en este duelo mudo, llegaba la noche y rasgaba la sombra de la cabaña los dos puntitos de mortecino fósforo del gato y las dos lucecitas enigmáticas cuajadas en el rostro amarillo.

Esta lucha duró varios días. Uno, al fin, de regreso de la tumba de fray Juan, fray Leopoldo encontró al gato inerte. Y se quedó estupefacto junto a él, solo, en la soledad absoluta.

De este modo estuvo varias horas, tan sumido en sí, que se sentía mineralizado igual que el paisaje, lo mismo que su desventura. Iba a caer la tarde cuando unos pasos le sacaron la conciencia de lo profundo, y la esparcieron por sus sentidos. Desde la puerta de la cabaña la chinita, le tendió los brazos.

Y entonces fue cuando fray Leopoldo apoyó una de sus sienes sobre la almohada única donde ya le era posible reposar, y abrió con la ganzúa del revólver, de un disparo, la puerta tras la cual iba a encontrarse frente a frente con Dios o con la nada.

El testigo

Aquel peligro con que había jugado noches y noches, hasta aclimatarse a él y casi olvidarlo, sobrevino al fin.

Apenas oyó las palmadas llamando al sereno, en la calle, tuvo el presentimiento de que su marido venía a sorprenderla; y solo entonces su conciencia, adormecida durante tantos días entre la molicie del pecado, dio un salto en el alma; un salto espiritual casi tan grande como el físico de su amante, que había comenzado a vestirse, apresurado y trémulo.

Repentino instinto les hizo comprender los inconvenientes de aquel descenso peligroso y sobre todo escandaloso a través del balcón, proyectado desde el principio de sus relaciones, y la ventaja de sustituirlo por otro plan más factible. Sí, era mejor. Con esa fe irreverente de algunas mujeres, invocó a su Virgen venerada para que le valiese en el trance, prometiendo a cambio no delinquir más; y, ya tranquila, le dijo a su cómplice con desprecio, con ira de verlo acobardado:

No te asustes; aun tiene que subir y que abrir la puerta... Mira, en vez de saltar por aquí, es mejor que cojas todo y esperes en el cuarto del niño, allí no ha de entrar él. Vendrá directamente aquí, y mientras que yo lo entretengo, tú descorres, sin hacer ruido, el pestillo y te vas.

Salieron en puntillas de la alcoba y entraron en el cuarto del niño, que estaba próximo a la puerta de la calle. La luz de la lamparilla hizo bambolearse sobre una pared dos siluetas, y ella, mientras escondía al amante bajo la cortina de un perchero, miró la cara de su hijito y tuvo la momentánea ilusión de verlo parpadear. Pero no, el nene dormía sosegadamente: bastaba oír su respiración apacible. La cobardía del hombre la había contagiado.

Enseguida volvió a la alcoba, borró en la cama y en las almohadas las huellas del cómplice, y se estuvo quieta, en acecho. Ya la llave giraba con ruido mal evitado en la cerradura. ¡Su pobre marido era torpe para disimular hasta cuando pretendía sorprenderla! Y por primera vez se le manifestaron la franqueza y la hidalguía implícitas en aquella dificultad para el engaño.

«Yo, en su lugar —pensó—, habría aceitado la cerradura; me habría procurado de antemano, una llave de abajo para no tener que llamar al sereno, y en lugar de someterlo a aquel interrogatorio de seguro estéril, que, a pesar de las voces veladas resonó en el silencio de la noche como un aviso, dándole tiempo para apercibirse, habría subido silenciosa, felina...»

También por primera vez aquella idea de superioridad sobre su marido le produjo ternura. Estaba cierta de poder engañarle, estaba cierta de que al llegar delante de ella y no encontrar un hombre a su lado, se excusaría torpemente, arrepentido, convencido... Y esta inferioridad le hizo sentir toda la vergüenza de su culpa.

Fue uno de esos instantes inmensos que dan espacio a todas las recapitulaciones. Pensó en la estupidez de su falta, en el hijito idolatrado que iba a escudar con su inocencia a quien, por sensual capricho nada más, había hecho ser mala a su madre, comparó al marido con el egoísta que ante sus proposiciones de salvarlo y de quedar sola, expuesta a la venganza, no tuvo ni una sola protesta. Y entonces comprendió tardíamente, como llega tantas veces la comprensión, que aquel hombre había maleado su alma para poder apoderarse de lo único que deseaba de ella: de su cuerpo.

Pero ya se percibía por las rendijas de la puerta el resplandor de la luz; ya los pasos habían dejado detrás el cuarto del niño... Y de súbito la puerta de la alcoba se abrió con violencia.

Ella fingió despertar, y en cuanto vio en el rostro del marido la turbación, comprendió que estaba salvada. Apenas se cruzaron las primeras palabras pareció él el culpable.

Con conmovedora sorpresa trataba de justificar su regreso del club a hora extemporánea:

Me encontraba mal... Ya repararías que casi no cené. Al abrir la puerta me pareció oír ruido, y por eso saqué el revólver. Perdóname el susto... No, no te molestes en hacerme nada... Me voy a acostar.

Mientras se desnudaba, ella no dejó de hablar volublemente, fingiendo haber creído todos los pretextos. Hablaba esforzando un poco la voz, para amortiguar cualquier ruido lejano. Al cabo oyó o adivinó que la puerta de la calle se cerraba con sigilo, e impelida por esa imprudencia hija del triunfo, le preguntó:

¿Ese es el ruido que sentiste antes? Debe de ser alguna ventana abierta. Ve a ver.

Él tuvo un movimiento hacia la puerta, y luego, encogiéndose de hombros y ruborizándose, repuso:

No, no. Hazme sitio... ¡Tengo un cansancio!

¿No quieres que hablemos un rato?

No, no... Hasta mañana.

Pasó largo tiempo. A pesar de la oscuridad y de la quietud, ella comprendió que estaba despierto. Algo eléctrico y febril hacía vibrar los cuerpos al menor contacto. De pronto, él le dijo con voz violenta y conmovida:

Oye: yo no quiero vigilarte nunca ni hacer caso de anónimos ni habladurías. Necesito tener confianza en ti... Pero si algún día te cojo en lo más mínimo, te mato. ¡Por éstas!

Y cuando ella, sintiendo en el alma y en la carne la verdad de aquella amenaza, iba a incorporarse para responder, él le puso la diestra callosa y rotunda sobre la boca, impidiéndole hablar.

No me contestes nada, es mejor. Ya está dicho.

Luego la abrazó con abrazos espasmódicos, que tenían algo de goce y algo de tortura, como en aquellos primeros tiempos del matrimonio; y mientras ella se abandonaba pesarosa y feliz a las caricias, propósitos de fidelidad llenaban su mente.

No era miedo a que el alma primitiva del marido dictase al brazo el cumplimiento de su amenaza, no. Ahora preferiría morir a faltarle de nuevo: Ya conocía el gusto agrio del pecado, ya sabía lo que era ser infiel... Lo había sido por malsana curiosidad, pero sin causa, casi sin goce... Ningún hombre podía valer más que el suyo. En todo caso, aunque alguno valiese un poco más, debería conformarse y pensar en los que valían menos... Porque en todas las cosas de la vida debía haber siempre ricos y pobres y, si él era un poco brusco, la quería, y era, sobre todo el padre de su hijo idolatrado, que no los tenía más que a ellos en el mundo para hacerlo feliz.

Otra vez, de pronto, él le preguntó:

¿En qué piensas?

¡En ti, en ti, en ti!

La sinceridad y la vehemencia del tono lo convencieron. La volvió a acariciar, y también la carne, con su persuasión muda, le dijo que pensaba en él y que correspondía a sus caricias con esa violencia inconfundible de la pasión. Así permanecieron mucho rato, entre besos mudos, elocuentes. Y al día siguiente, contra la costumbre, se levantaron tarde.

Toda la mañana ella estuvo aturdida de dicha. Hasta la criada se lo notó. De tiempo en tiempo tenía que decirse a sí misma: «Cálmate, cálmate...». Una necesidad de ejercicio la obligó a trabajar, y le sobró tiempo para todo. A mediodía ocurriósele obsequiar a su marido con uno de sus platos predilectos, y guisó con esmero, con entusiasmo, con poesía casi. Luego mandó a comprar flores y adornó la mesa.

Estaba saturada de alegría, como una persona que creyéndose irremediablemente perdida encuentra de pronto el camino. Era cual si se acabase de casar, cual si tuviera otra vez toda la vida por delante, cual si hubiera pasado una enfermedad grave y renaciese en primavera... La monotonía de diez años de matrimonio habíase desvanecido. Y a las doce y media sintió aquella feliz impaciencia que al comienzo del matrimonio le producía la menor tardanza del esposo, y se asomó al balcón para esperarlo.

Al fin lo vio: venía allá por el final de la calle, con el niño, a quien todos los días iba a recoger al colegio. Una ola de ternura le subió a los ojos. ¡Ya su hijito era casi un hombre! Bastaba mirar su aire serio, el esmero con que traía el portalibros, su aspecto a la vez despierto y ponderado, para comprender que era excepcional. ¡Pocos niños de nueve años habría tan reflexivos, tan formales! ¿Cómo pudo ella manchar ni siquiera en sueños aquella infancia? ¡No merecía volver a ser dichosa después de...! Pero su nueva vida rescataría la mala, la anterior...

Los vio entrar, fue a abrirles la puerta, y los besó a los dos emocionadamente. Después, en la mesa, hubo de hacer esfuerzos para disimular que estaba alterada. Hubiese querido poder gritar: «Voy a ser buena». Hubiera querido arrodillarse, confesar su maldad y pedir perdón a todas las cosas profanadas: a las ropas íntimas, a los muebles, a aquella cama, sobre todo, que la había sustentado pura y culpable con los mismos crujidos de muelles. ¿Los mismos? Tal vez no. Tal vez no...

La luz, tamizándose en una cortina, suavizaba la blancura del mantel y la de las flores, y el humo de la sopera, la carita del hijo, la sana confianza del padre, todo, adquiría para ella un sentido de nobleza y de paz. ¡Esta era su verdadera vida! ¡Ahora sí que iba a ser feliz! Más que una comida, aquélla fue una comunión.

A los postres dio de su plato una cucharadita al niño y otra al marido... Sí, no bastaba ser buena: además, sería mimosa en adelante, porque los mimos contrarrestan el frío de la costumbre. Constituía una vergüenza la mancha que llevaba él en la solapa... Esa mancha, como la otra, la horrible, serían las últimas. «Desde hoy no habrá patena más limpia que sus trajes ni que mi conducta», se dijo. Al verlos levantarse para irse, se sorprendió. ¿Era ya la hora? Fue el tiempo más corto de su vida... Y los acompañó hasta la puerta.

Por la tarde salió decidida a ver al «otro» y a romper de una vez. Tenía cita con él en un parque lejano; pero, no queriendo hablarle para evitar complicaciones y posibles desfallecimientos, escribió una carta seca, irrevocable. Cada vez que recordaba su egoísmo y su miedo ridículo ante la posibilidad de la sorpresa, sentía hasta rubor. El falso Don Juan que había explotado su frivolidad y su novelería, en el caso de tener una mujer infame, como había sido ella, habría preferido aguantarse a matar. ¡Su marido sí que era un hombre!... Al ver al cómplice, de lejos, advirtió en su figura detalles defectuosos en que nunca se había fijado.

¿Y era aquél el ser que por poco tuerce para siempre su vida? Ahora era cólera contra sí misma lo que sentía, y se acusaba de ciega, de viciosa, de necia... Cuando estuvo junto a él le dijo, dándole la carta:

Toma, toma y vete... Creo que me siguen.

Él balbuceó, nervioso, casi al mismo tiempo:

Estaba intranquilo por ti. ¿Te ha dicho algo tu hijito? Es monísimo. Anoche, en cuanto saliste, abrió los ojos y me habló. Debe haberme visto ya otras noches cuando no gritó y se dio cuenta... Él mismo cerró la puerta del pasillo para que no me oyeran salir.

Varias personas se aproximaban, y el hombre, separándose, siguió a paso largo por la avenida. Ella hubiera querido detenerlo, gritar, pedirle detalles, pero durante un largo minuto estuvo sin movimiento y sin voz, con las ideas dispersas, igual que si aquellas palabras que acababa de oír fueran de plomo y le hubiesen caído sobre la nuca...

Acaso su rostro reflejara su estado interior, porque algunos se volvían a mirarla con extrañeza. Inconscientemente anduvo sin rumbo más de dos horas, pasando y repasando por los mismos sitios. El frío de la tarde le restituyó la lucidez, y una idea única se hizo luminosa en su cerebro, lo llenó todo y calcinó su alma: ¡El niño lo sabía! Ya no era posible aquella vida de ventura y de bien a cuyo solo anuncio debía su única hora puramente feliz. ¿Cómo habría sido? ¿Qué palabras a la vez atroces e ingenuas se habrían cruzado entre aquel maldito hombre y su hijito? ¿Podría el niño haberse dado cuenta de todo, «de todo»? ¡Si fuera posible engañarlo!... Pero no, ahora recordaba el aire sombrío del niño desde hacía algún tiempo, y, relacionándolo con la precocidad de la criatura, comprendió que ninguna esperanza era posible.

El mismo hecho de no haberle dicho ni una palabra, ni una alusión, confirmaba su certidumbre. Aquella inteligencia precoz de que ella con orgullo de madre se había tantas veces ufanado, habíale servido a su hijo para abrirle prematuramente esas cortinas de ilusión que ocultan durante algunos años la acritud de la vida.

¡Por su propia abyección y por la cobardía de aquel hombre iba a ser desgraciado su hijo! Hubiera preferido mil veces que la noche antes la hubiera sorprendido el esposo y dado la merecida muerte. Dios podía perdonarle la traición al hombre, pero no la traición al niño, porque un hombre puede insultar, puede vengarse, mientras que un niño es una pureza indefensa... Imaginaba el doloroso esfuerzo del nene para sobrellevar en silencio el descubrimiento de que tenía una mala madre. ¿Por qué había hecho ella eso? ¿Cómo iba a resistir ahora toda la vida aquella mirada de reproche? ¿Con qué autoridad iba a pretender inculcar en el alma infantil normas de rectitud? No, sería imposible, imposible.

Ocho campanadas traídas por la brisa pasaron sobre la arboleda. Era ya hora de cenar, y estaba muy lejos de su casa. Instintivamente se encaminó hacia la salida, mas al poco tiempo cambió de rumbo y volvió a internarse en el parque. Andaba deprisa, por voluntario paralelismo entre las ideas y los músculos. Cuando volvió a sonar otra hora, una nueva reacción de instinto le dictó: «Es mejor regresar ahora mismo. Inventa un pretexto y tu marido lo creerá». Y enseguida se pintó en su cerebro la mirada con que la acogería su hijo: Mirada triste, mirada que querría decir: «A mí no puedes engañarme: yo sé de dónde vienes, mamá... Pero no, tú no eres mi madre de antes: me has amargado con el vicio lo que con las entrañas me diste. Te debo este dolor que me obligará a entrar derrotado en la vida. Estamos iguales: si tú me diste la existencia, yo te la conservo callando».

¡Ella tendría que leer todo eso en los dulces ojos infantiles!... Y eso no sería solo una vez, sino cada día que saliese, todos los días, siempre...

El tiempo pasaba. Una estrella fugaz fue a perderse hacia la ciudad, que se delataba a los lejos por una claridad blanquecina. En la casa, bajo la luz tranquila de la lámpara, el padre consultaba de rato en rato el reloj, taconeando de impaciencia, sin comprender, y el niño, para rehuir sus miradas, cruzó los brazos sobre el mantel, apoyó la cabeza y fingió dormir. La única que por fin logró descansar en aquella noche terrible, fue ella.

Los periódicos de la mañana anunciaron en pocas líneas que una mujer había aparecido ahogada en el estanque del parque. No pudo saberse si fue suicidio o accidente. Los periodistas husmearon la pista de un suceso, pero faltos de datos hubieron de desistir de las pesquisas.

A los dos días otros dramas solicitaron la atención del público y solo recordaron el hecho un niño, dos hombres y algunos allegados que fueron poco a poco olvidando.

La culpable

A las siete de la mañana, todos los invitados estaban a bordo, y el patrón, luego de desatracar la barca con un remo, mandó cargar las velas. Poco a poco las lonas se hincharon, y el torbellino de espuma que nacía en la proa, partiéndose en dos grecas crujientes, fue a formar detrás de la embarcación un camino. Los muelles, los malecones, las montañas doradas por el Sol, las boyas pintadas de rojo, fueron quedándose detrás, y de súbito, al tomar la vuelta de el Morro, el mar apareció vasto y tranquilo, turbado solamente, de raro en raro, por las triángulos diminutos de las velas, que parecían llamas.

—¿Se va a marear la niña? —preguntó con sorna el patrón.

La niña recogió las dos gasas flotantes de su sombrero, y mostró orgullosa su rostro, sin responder. No, no se mareaba: ninguna de las gracias de su semblante había perdido vida, sus grandes ojos negros estaban ávidos de reflejar todos los horizontes a la vez. Aquella era su primera salida después de casada, y había que mostrar entereza. Asistía a la pesca por testarudez, para no separarse de su Emilio; y había opuesto a toda razón encaminada a disuadirla, esa resistencia disfrazada de resignación que es la mejor arma de las mujeres.

Cuando ya los murmullos de la ciudad se extinguieron y, lejos de la costa, un gran silencio envolvió la barca, preguntó afectando serenidad:

—¿Y es cierto que hay tanto peligro en la pesca de agujas?

—Vaya; señorita... Cuando se levanta grande, así, y viene derecha para el bote con su espolón, hay que tenderse enseguida y pensar en la Virgen del Cobre, por si acaso. Al hermano de un compadre mío, en Nipe, le alcanzó una: partío en dos quedó. Pero es pesca que rinde, eso sí.

—Si no pica ninguna, tendremos que pescar tiburones —dijo el patrón.

—¡Ay, qué miedo!

Todos los hombres sonrieron, y el marido de Luisa creyó necesario disculparse:

—Yo le dije que no debía venir; que esta era una excursión para hombres solos; pero ella...

Raúl Villa, el organizador de la pesca, concluyó:

—Es que no ha querido separarse de usted; se comprende. Mi mujer, a los tres meses de casada; hacía lo mismo...

Y volviéndose hacia los otros:

—Parece que vamos a tener terral; sopla viento caliente.

La barca era grande, y además del patrón y del marinero —un negro de risa feroz—, iban cuatro; Raúl Villa, un oficial de marina, Emilio Granda y su mujer. El oficial maniobraba los foques, y el patrón la vela mayor. De tiempo en tiempo Raúl iba a ver si las cuerdas de las anzuelos se mantenían flojas, y el negro guisaba en el fondo de la barca la sopa de pescado que lo había hecho famoso en el puerto. Solo Luisa y Emilio permanecían inactivos, mirando el mar y la playa distante.

El viento se había hecho más rápido, la barca marchaba muy inclinada, rozando casi el nivel del agua por estribor. Dos veces había hundido Luisa una mano por gusto de sentir la espuma chocar y romperse contra su piel, e iba a sumergir la otra cuando dijo el patrón:

—No saque usted la mano señorita, más vale.

—Le quieren meter miedo, Luisa.

—Ya sabe usté que to pue ser, don Raúl, más de dos y más de tres casos se han visto.

Alzándose del fondo de la barca, el negro dijo:

—No crea la niña que el patrón va mal. Allá en los mares de España no hay pescaos tan bravos. En tiempo de España, tropezaron ahí a la entrá dos barcos, y del que se hundió, que era de guerra, no quedó ni uno vivo... Los tiburones se dieron el gran banquete. El mar estaba colorao de sangre.

La evocación del drama había puesto en el rostro de Luisa el incentivo del miedo, y los hombres no apartaban de ella los ojos, separándolos cuando Emilio miraba. Como tras un silencio lleno de crujir de espumas y volar de gaviotas, preguntase al negro si era verdad que los tiburones para hacer presa habían de retroceder y volverse de modo que su mandíbula saliente quedara hacia abajo, el negro, después de chasquear la lengua, respondió:

—Pamplinas, niña; el tiburón come aunque sea de lado.

A un gesto de Raúl el negro volvió a su cocina, y al poco rato un vaho oloroso halagó los paladares. Aunque todos querían rehuir la conversación para no amedrentarla, Luisa insistía en sus preguntas de tal modo que, en el patrón, en el oficial y en Raúl se despertaron los instintos de hombres de mar, y empezaron a emularse con historias y hazañas cuya médula era el odio común a los tiburones. Raúl confesaba que al verlos cerca, sentíase poseído por un furor ciego.

—Me tengo que contener mucho para olvidarme del peligro y no tirarme a pelear con ellos. Ya llevo matados más de cien.

Uno a otro se arrebataban las anécdotas de la boca, y Luisa las oía apasionadamente. Sentado en su rollo de cuerdas, Emilio rebuscaba en vano, con despecho, alguna aventura heroica que contar.

El oficial, que se había levantado a tantear los anzuelos, exclamó:

—Ya ha picado uno... ¡Cómo jala!

Arriaron las velas, y la barca quedó abandonada al tenue vaivén del mar. Sin apartarse de su hornillo, el negro preguntó al patrón:

—¿Es aguja, maestro?

—¡Quia!... Es uno de esos condenados... Échele soga, teniente; hay que cansarlo un poco.

Por turno todos fueron a tantear la cuerda, que estaba tensa y hacía marchar suavemente la barca. De pronto Raúl Villa gritó:

—¡Ya están aquí en bandada! Ya están aquí, subid los otros anzuelos, por si acaso.

A diez o doce metros, por la proa, el tiburón se vislumbraba ya, sujeto al extremo del cable, y en torno de él, siluetas veloces se iban acercando, precisando. La resistencia del pez herido debía de ser enorme, porque el oficial y el patrón, dedicados a rescatar la cuerda poco a poco, hubieron de pedir ayuda. Por fin el cautivo quedó sujeto a la borda, y el patrón, inclinándose con un hacha en la diestra, le desarticuló las mandíbulas con sendos tajos. Una de las fauces se desgajó, dejando ver siete hileras de dientes.

Luisa temblaba, y seguía con el alma en la vista la escena, donde no era ya el bruto marinero el más feroz. Al terminar, el patrón volvióse a mirarla, como dedicándole lo que acababa de hacer; y entonces Raúl, arrebatado por repentino frenesí, cogió un hierro de verja que estaba tirado en el fondo de la barca, y sujetándose de una de las cuerdas del palo mayor para poder proyectar el cuerpo fuera de la borda, hundió la punta lanceolada varias veces en la cabeza del tiburón, que todavía aleteaba con furia.

De un vigoroso esfuerzo, el oficial lo izó hasta media altura de la borda. Todavía el cuerpo formidable se debatió un momento, y, antes de que quedara inmóvil, uno de los tiburones indemnes, de una sola dentellada, le arrancó un pedazo cerca de la cola.

Enseguida los otros se lanzaron también. Acometían desde lejos certeramente, como torpedos lanzados por barco invisible. Y un momento antes de llegar, las enormes cabezas se abrían, y, al retirarse, un tremendo semicírculo había desaparecido del cuerpo del cautivo.

—Son los tigres del mar —dijo Emilio—. ¡Pobre del que cayera aquí!

Luisa se sujetaba convulsivamente a la cuerda hasta hacerse daño en las manos. Cada una de las moléculas de su piel fragante tenía miedo. El negro, que había cogido el hacha para despedazar al tiburón, prendió con el anzuelo un gran trozo de carne y lo echó en cubierta. De repente, como si aun después de separada del cuerpo persistiese en ella un instinto de exterminio, la masa sanguinolenta comenzó a agitarse, a saltar, a golpear furiosamente una y otra banda... Y hubo un momento de pánico.

—¡Botarlo fuera!

—¡Ayuda, tú, que nos va a desguazar!

—¡Cuidado!

Luisa lanzó un grito nervioso que se sobrepuso a todos. Al oírlo, las últimas prudencias se trocaron en enardecimiento, y el grupo de hombres se lanzó hacia proa, cual si hubiese sonado un clarín.

Pero ya sobre la carne palpitante había caído el etiópico cuerpo sudoroso, que volviéndose hacia la mujer le mostró, antes de devolverlo al mar, el pedazo de tiburón hostil todavía bajo sus brazos hinchados por el esfuerzo... ¿Qué pasó entonces? ¿Se dio ella cuenta de la sonrisa con que había premiado la hazaña? ¿Por qué la voz de Raúl se tornó turbia cuando dio la orden al negro que se ocupara de la cocina únicamente? ¿Qué había de vivo imán en sus labios y en sus ojos, que sentía en ellos las miradas como algo tangible y ardiente que mezclaba a su miedo vetas de vanidad satánica?

Raúl aseguró un nuevo anzuelo bien cebado, dando tres vueltas a la soga en uno de los estrobos, y lo echó al agua. El patrón cogió el hacha, el oficial cargó rápido su revolver, y otra vez Raúl con un pie en la mura y sujeto con la mano izquierda a los cordajes, proyectó el cuerpo fuera de la barca para poder herir perpendicularmente con el hierro.

Los tiburones acudieron en grupos, llegaban, emergían para poder coger la presa, y un tajo, una bala, o la lanza acerada y airada caían sobre ellos. A cada ataque los hombres volvíanse a mirar a Luisa, y aunque ella decía: «¡No, no... basta ya!», algo en su cara revelaba el orgullo de recibir aquel homenaje primitivo de peligro y de fuerza. Dos veces Emilio quiso tomar parte, pero lo rechazaron:

—Usted no es para esto. Quédese allá.

El negro, empinándose junto a su fogón, se encogía de hombros y dejaba ver su sonrisa ancha y reluciente, como otra arma. Era una emulación homicida, estúpida y trágica a la vez. Cada uno contaba en alta voz sus víctimas: «Uno», «Dos», «¡Van cuatro con este!»... Raúl se quedó a la zaga, y su brazo que comenzó a blandir el hierro en golpes numerosos, se recogió de súbito, concentrando fuerzas solo para acertar golpes mortíferos. Su ímpetu era tal, que la lanza se le fue de la mano para clavarse casi hasta desaparecer en la cabeza del tiburón.

Inmóvil en su sitio, sintiendo la rabia de la impotencia subirle a la garganta, vio que el tiburón, en lugar de morir, volvía a acometer. El pedazo de hierro que se le asomaba sobre la cabeza, se le antojaba a Raúl una ironía, una burla. ¡Y no tenía otra arma! El oficial quiso ultimarlo de un tiro; pero él, descompuesto, le gritó:

—¡Ese es mío, que nadie lo toque!

Y cuando lo tuvo cerca, inclinándose más, alzó el pie para golpear el hierro, hundirlo más hondo y rematarlo al fin... El tiburón, rápido, esquivó el golpe, y el pie, falto de resistencia, entró en el agua.

Un alarido rasgó la calma luminosa del día. Sin el socorro del patrón y del oficial, el cuerpo se habría desplomado. Cuando ya entre todos, lo tendieron sobre una de las bancadas, Raúl estaba sin conocimiento; le faltaba el pie derecho y casi media pierna. Veíase la carne y el hueso triturados, de donde la sangre le manaba a borbotones, esponjándose en la madera de la cubierta. El negro propuso quemarle el muñón con una brasa pero los de más no accedieron. Los pañuelos con los que trataban de estancar la hemorragia, se empapaban enseguida, y fue preciso envolver la pierna en una lona, que poco a poco, se tiñó de púrpura, y de negro después.

Estaban muy lejos de la costa. El aire había encalmado. El patrón y el oficial cogieron los remos, y muy lentamente la barca se fue acercando a tierra. Nadie osaba hablar. El regreso duró más de una hora. De tiempo en tiempo, los remeros se volvían furtivamente para ver si el cuerpo, exánime a proa, alentaba aún.

El negro no se había ofrecido a remar y ya muy cerca del muelle, Luisa observó con repugnancia que estaba comiendo sopa y que había hurtado una botella de vino del cesto de las provisiones.

En la capitanía del puerto, después de declarar, Luisa tomó un coche hacia su casa, mientras los hombres, en la misma ambulancia pedida por teléfono, fueron al hospital, donde debían amputar la pierna a Raúl.

Al llegar a su casa, Luisa sintió apetito; pero, indignada contra sí misma por aquella exigencia física, se acostó enseguida, sin comer. Y pronto su hambre parecióle menos vergonzosa que otras necesidades impuras, bestiales, que le subían de un fondo malo e ignoto de sus entrañas. ¿Por qué no estaba Emilio ya de vuelta, para acompañarla y acariciarla? Cual si toda la oscuridad fuera un espejo, veíase en ella odiosa, repugnante; y, sin embargo, no podía evitar la sonrisa. Hubiera querido dormir, olvidar; mas las horas pasaban huecas largas, eléctricas sin traerle sueño ni olvido. Una idea cruel se insinuaba; pensaba en la belleza fofa de su marido, y en la viril de Raúl cuando esgrimía el hierro contra los tiburones.

La luz fue menguando en las junturas de las ventanas. Llegó la tarde. Y despierta, como nunca despierta, Luisa sentía, al mismo tiempo, ansiedad y temor de que Emilio volviese.

Al fin oyó abrir la puerta y pasos en la alcoba contigua: ¡Era él! Sin saber por qué, tuvo miedo y se tapó la cabeza. La angustia la hacía estar con los ojos muy abiertos, en la sombra. Pasó un gran rato; una campana sonó. De repente, como si Emilio hubiera tenido la certeza de que ella lo acechaba, le dijo en voz baja y colérica, con un tono opaco que Luisa no le había oído nunca:

—Si tú no te hubieras empeñado en ir, todos habrían sido prudentes. ¡Has sido tú la culpable con tus gritos, con tu cara..., con aquella manera sucia y provocativa de sonreír!

Ella hubiera querido protestar, exculparse; pero no era contra su marido, sino contra su propia conciencia, contra quien necesitaba hallar razones. La misma impureza de orgullo sentida al ver concretada por Emilio la idea que había ya halagado y torturado su mente, le probaba su responsabilidad. Sí, había gozado y sufrido una excitación malsana, viéndolos ante el peligro. Su sonrisa había sido espuela, premio, y todos sus deberes y su educación fueron olvidados para convertirla, ante la violencia y la sangre, en la hembra primitiva que se ofrece al más fuerte. ¡Tenía razón Emilio! Sin su sonrisa, sin sus ojos, todo habría ocurrido de otra manera.

Quiso saber de una vez la magnitud de su culpa, y, tras un gran esfuerzo, balbució:

—¿Y qué ha pasado? ¿Han tenido que cortarle la pierna?

La respuesta tardó unos segundos angustiosos, interminables.

—Ha muerto.

Ella se incorporó; con visión repentina comparó al hombre bello, fuerte, vivo horas antes, con el pedazo de carne yerta que sería ahora entre cuatro cirios; y en la garganta estrangulósele un grito de horror. Quiso refugiarse en vano en los brazos de Emilio, que se separó de ella. Entonces, una llama de remordimiento la abrasó toda; y en silencio, desconsoladamente, lloró, por primera vez en su vida, esas lágrimas que dejan huellas en la piel y en el corazón.

La galleguita

El doctor, hombre bondadoso e inteligente que a veces necesitaba recordar la responsabilidad social de su misión de médico de puerto para no sucumbir de lástima ante infortunios individuales, la vio casi al bajar al entrepuente: Su cara atónita, anhelosa de borrarse, contrastaba con el ímpetu de la multitud ávida de resarcirse en tierra de los diez días de hacinamiento y vaivén: sufridos desde Coruña a La Habana.

Mientras él cumplía los requisitos de revisar las vacunas, y de abatir tal cual párpado sospechoso, en torno al buque pululaban remolcadores, lanchas, bates y cachuchos, en espera de que fuera arriada la bandera amarilla para acercarse. Centelleaba el mar, y los ribazos próximos a la Cabaña proyectaban contra la ciudad, apelotonada tras de los muelles, el rigor tórrido del Sol. Nombres vulgares gritados interrogativamente y la monótona pregunta de si Juan López o Pedro Pérez tenían o no «carta presentada», chocaban contra las planchas del navío e iban a multiplicarse en ecos tenues hasta el fondo del puerto.

En la cubierta de primera clase aleteaban las muselinas claras y empezaban a iniciarse, entre impaciencias, los incumplimientos de esos pactos de amistad eterna, hechos en viaje, que se contagian de la inestabilidad de las olas. Ya tocaba a su término la inspección de los inmigrantes; solo quedaban por examinar un hombre y la joven de ojos asustados que el doctor había visto casi huirle. El médico de a bordo dijo, señalándosela a su compañera de tierra:

—Aquí tiene usted una galleguita valiente. Viene a trabajar sola, sin conocer a nadie... No, no se ocupe en mirarla: ¡Es más fuerte que un roble!

—Pero ¿no tiene idea siquiera del país? ¿De qué va a trabajar?

La galleguita, entonces, se decidió:

—De criada... Oyera mucho hablar de Cuba y nada más... Tengo los meus brazos muy sanos para trabajar por el rapaciño.

Había en su rostro una dulzura que la decisión de sus palabras no lograba mermar. Conmovido el doctor, preguntó:

—¿Y tiene los 30 pesos que exige Inmigración para desembarcar?

—Cuando subió en Coruña ni un ochavo tenía; pero los ha ganado a bordo... Su voluntad de ganarlos ha podido más que la miseria de los otros emigrantes y que el mareo. Una heroína.

El doctor volvió a mirarla, interesado. No, no tendría más de veinticuatro años. Algo del verde de sus prados jugosos perduraba en sus pupilas de mirar infantil. Era recia, enjuta... Recordó haber oído a su mujer quejarse de una de las criadas, y tomó repentina resolución:

—¿Quieres colocarte en mi casa? No sé lo que te darán; pero no será menos que en cualquier otra. Solo somos mi mujer, mi cuñada y yo. No hay muchachos.

La galleguita aceptó entre los plácemes del médico de a bordo, que se esforzaba en encarecerle la suerte del hallazgo, y desembarcaron. Camino de El Vedado, apenas si sus ojos movíanse hacia los panoramas de la ciudad nueva. Sin duda una visión interior los absorbía. En la casa la recibieron bien; y la señora, bondadosamente, le enseñó sus obligaciones: limpiar, ayudarla a vestir a ella y a su hermana soltera, atender al teléfono cuando saliesen, ayudar en algo en la cocina si era menester. La galleguita asentía con la cabeza, en silencio. «El sueldo serían 20 pesos..., 25 si sabía cumplir.» «¿20 pesos? ¿20 duros?» «Sí, 20 duros; más, porque el peso valía más que el duro.» En los ojos tímidos se cuajaron dos lágrimas, y en los labios una sonrisa... «¡Ya lo creo que sabría cumplir!... Cumplir y agradecer, (...) ya verían los señores.»

Y vieron el milagro de dos brazos incansables y de un tesón para el cual no existían distracciones. Las lozas del suelo espejeaban, ni una bruma de polvo turbó, desde su llegada, el brillo de los muebles; la cocinera descansaba en ella sin levantar una sola protesta; y como si las horas adquiriesen ante su actividad una dimensión inverosímil, pidió aun que no enviasen la ropa íntima a la lavandera, y lavó, repasó, planchó... La señora y su hermana estaban a la vez temerosas y alegres. «¿No sería aquello añagaza de los primeros tiempos? ¡Escobita nueva barre bien!» Mas, no: los días tejían semanas, meses y su ardor no cedía. Hasta los domingos se negaba a salir a la calle... «¿Pasear? No, ella no. ¿Para qué?» Y, a pesar de todo, no lograban tomarle cariño.

Algo de tímido, de lejano, de misterioso, de silencioso, la separaba de la efusividad locuaz de la casa. Puestos a buscar, al fin le hallaron el defecto:

era avara, sórdida. Para que sustituyera sus andrajos, fue preciso regalarle ropas de desecho. Antes que gastar un solo centavo, habría hasta abdicado de aquel pudor que le hacía huir como del daño del paisano apuesto que casi desde el primer día empezó a rondarla. Guardaba con prontitud de urraca, y una tarde, después de haber dado muchas vueltas en torno al señor, azogada de miedo, le dijo, en una decisión súbita:

—¡Eh, mi señor!... Eu quisiera que me mandase este dinero a España... A la Puebla de Trives... A nombre de Santiago Pazos... ¿Quiere?

Y volcó sobre la mesa los 30 duros ganados a bordo, los 75 pesos ganados en la casa, los dos mensuales que la cocinera le daba por cederle sus salidas los días de fiesta, todo... ¡todo!

Cual si este primer grano del apretado collar de su mutismo dejase, al desprenderse, libre el hilo de las confidencias, aquel mediodía, a favor del sopor de la siesta, se acercó a la hermana de la señora —¡la señora no se había atrevido!— y le pidió que le leyese las cartas llegadas hasta entonces. Las llevaba en el seno, en espera de que el sentido de las letras para ella incomprensibles, se le trasfundiese por contacto, adivinando lo que decían del rapaciño, del neniño querido.

La lectora se conmovió. ¡Cuán fácil era prejuzgar injuriosamente! La bestia de trabajo, la avara ahorradora para quien ni las solicitudes de un buen mozo; ni las diversiones tenían imán alguno, no ahorraba por egoísmo, sino por generosidad, y acababa de darle una lección de abnegación... Las cartas perentorias, exigentes, revelaban todo: La galleguita había sido expulsada de su hogar para pagar con el sudor, no solo de su frente sino de todo su cuerpo, y con las angustias de su pobre alma además, el pecado fatal de la mujer indefensa y joven. Una tarde de agosto, después de una lluvia que arrancó a la tierra relentes de locura que olían mitad a flores, mitad a podredumbre, cayó entre las mieses altas, impulsada por un hombre. Nueve meses después, un pedacito de carne gemebunda se desprendía de sus entrañas. Y otra vez el honor sirvió de careta a la codicia.

La colérica autoridad del padre fulminó sobre ella, y no faltaron rudos castigos para lograr la sumisión. «En el pueblo no podía quedarse... La vergüenza, más que la vejez, iba a llamarlos a la huesa... ¡Tenía que marchar!... Si no por ella, por el neno, que luego carecería hasta de un cuenco de caldo que llevarse a la boca... Ainda que en Las Habanas se ganaban buenos patacos de jornal... Él se quedaría con el pecado, y ella, desde allá, mandaría.» Cotiada, malpocada, ¿qué iba a hacer más que someterse? ¡Si esa era su costumbre de siempre! ¡Si casi por obedecer había caído sin cariño la tarde de lluvia entre los trigales! La voz paterna ahogó el vagido que no era voz aún, y embarcó en tercera, entre el pobre ganado humano, sucio y anhelante, que el hambre y la ilusión pastorean... Camino del puerto, en el mar y ahora en la ciudad en donde estaba deslumbrada, una idea única resumió su ser: «¡Era justo que ganara para su hijo!... Pero, además, no era castigo. Era la alegría de su vida. Se lo pedía su corazón».

El secreto dio en la casa donde trabajaba, al descubrirse, caracteres de heroicidad a lo que antes era el único punto oscuro de la galleguita: su tacañería. Y su ahorro fue, a partir de entonces, casi el fondo común de la economía de la casa. Si sobraba una vuelta menuda de cualquier pago, si se obtenía cualquier rebaja, la frase: «para la galleguita» surgía unánime. Las dádivas llegaron a tal punto, que el doctor decidió un día dividirlas en dos partes; una para atender al envío mensual; otra para formar, lentamente, un remanente que permitiese a la madre, un poco más tarde, ir a recoger a la criatura. Al saberlo, los ojos atónitos se nublaron un largo minuto, en un esfuerzo de credulidad. «¿Ir ella?... ¿ella?... ¡Era demasiado!» Luego se esmaltaron de un llanto que se los cubrió íntegros, dejando en el fondo dos inmensas llamas alegres, a modo de lluvia con Sol. Redobló su gratitud y su actividad. Cual si quisiera borrar los días que la separaban del lejano en que podría ir a completar para siempre su ser, hundiose en el trabajo sin querer salir al portal más que para fregar las lozas; sin hacer el menor caso del paisano incansable, que, con la humilde tenacidad de su raza, dirigíale desde la acera su aterciopelado mirar de morriña, blando y plañidera como su acento.

Y el tiempo, avalorado ya por la esperanza, empezó a marchar con ese paso desigual que se burla de la regularidad de los calendarios y de los relojes: unas veces monótono, otro saltarín. A modo de jalones traía el Correo de España cada mes, la misma carta llena de exigencias. Dijérase que el niño, al crecer, hubiese ensanchado, pues necesitaba, al mismo tiempo, la leche de una vaca y las medicinas de una botica entera. El cuerpecillo que en una fotografía borrosa y tan estropeada que ni siquiera el nombre del fotógrafo pudo leerse, debía tener una dimensión invisible para justificar tantas varas de tela como le exigían para vestirlo. El sarampión fue para la galleguita una erupción de plata, y el primer diente del prodigioso niño fue sin duda de oro. ¿Qué le importaba a ella? ¡Mejor, si eran precisos tantos extraordinarios! ¡Para eso tenía tantas fuerzas y el Apóstol le había deparado la casa más buena del mundo! Y, confiada metía su voluntad de trabajar hasta rendirse en los días, lo mismo que la proa de una nave anhelosa de llegar antes. Solo en vísperas de recibir carta —las cartas-tirabuzón, según les llamaba la hermana de la señora—, veíasela inquieta.

Más de pronto, su energía, que había resistido sin falta alguna cerca de tres años, tuvo un desfallecimiento. En la casa frontera cambiaron los vecinos, y los nuevos tenían un niño. Era rubio, pálido, de una fragilidad que hacía temer que cualquier movimiento brusco lo quebrara. La galleguita se detenía a veces con la escoba o con las bayetas de limpiar en la mano, a contemplarlo en un sombrío ensimismamiento. El rondador, que al verla mirar a la calle tuvo la ilusión de haber triunfado con su larga asiduidad de la larga esquivez, la perdió al punto, sin cejar por eso en su empeño. La señora su hermana y el doctor se dieron, en cambio, cabal cuenta y celebraron consejo de familia. «Había que repatriarla o se enfermaba.» «¿No le era posible a él, con sus relaciones en el puerto, obtener un pasaje gratuito? ¡Así las ahorros le servirían para llegar allá; para callar las bocas ansiosas, y poder rescatar su hijo y volver!» «Yo le voy a dar dos moneditas de oro que tengo guardadas», dijo la muchacha. «Yo he pensado, puesto que Dios no nos da hijos, en regalarle la onza que el padrino me dio para "el casi nieto"», dijo con los ojos nublados la señora. El doctor aprobó... Vio al cónsul, y arregló el viaje...

La antevíspera de salir el buque; se lo dijeron de improviso a la galleguita, sonriendo, en son de quitarle importancia. Ella quedó rígida, sumida en un inmenso minuto de estupor la vida entera, y luego se dobló hasta desplomarse, para reaccionar enseguida en busca de pies y manos que besar.

Y dos días después, fueron a despedirla igual que habrían ido a despedir a una parienta. Por mediación del doctor, la pasaron a segunda clase. El mar centelleaba, y los mil ruidos del tráfico repercutían semiapagados en el fondo del puerto. Cuando el buque enfiló el canal, dejaron de ver su pañuelo en la borda.

—¡Qué pronto se ha entrado! Es que ya no nos ve.

—Allí está, allí está —dijo el doctor, que miraba con gemelos.

Y la vieron en la misma proa, ya sin volver la cabeza para la ciudad; inclinada hacia delante cual si sus ojos percibieran, entre la revuelta uniformidad de las olas, el camino que iba a llevarla hasta su rapaciño.

Lo mismo que el buque puso entre su mole y el muelle un espacio poco a poco ensanchado, hasta hacerse invisible, el tiempo puso entre el hoy y la despedida de la galleguita, un lapso más vago cada vez. La recordaban con afecto, y su nombre salía de tiempo en tiempo en las conversaciones. «¿Volvería?» «No, se quedaría por allá: quizás estableciera con sus ahorros un comercio minúsculo.» Como no recibieron carta —«¿Quién le iba a escribir en la aldea?»—, las remembranzas fueron amortiguándose; y a los tres meses, pasaban ya dos y tres días seguidos sin nombrarla. Y una noche, inesperadamente, deshecha, rota, con las mismas ropas con que partió, pero hechas harapos, la vieran apoyada, derrumbada casi sobre la cancela del jardín, sin atreverse a entrar. Al principio, en la penumbra del crepúsculo, creyeron que fuera una mendiga:

—Dios la socorra hoy, hermana. Ya hemos dado.

—Dale un medio siquiera... Tome.

—¡Si es la galleguita!

—¡Pasa, pasa, mujer!

Y tuvieron que irla a recoger como una cosa inerte. Venía famélica, con una debilidad ya cercana al desmayo, y tardaron mucho en reanimarla. Miraba a todas partes con lentitud, queriendo asirse con los ojos a aquel buen oasis de su vida. Pero a todas las preguntas, oponía un mutismo abnegado, y su respuesta única era un llanto difícil, como extraído por la bomba de las sollozos de lo más hondo de su ser.

—Vamos, cálmate... ¿Llegaste hoy? ¿Por qué no avisaste? Y tu hijo.

—No le preguntes más... No pienses en nada, galleguita... Bebe este jerez... Luego te llevaremos un caldo a la cama... Ahora lo que tú necesitas es dormir... Ya hablaremos... Anda.

Se dejó llevar, y durmió de un tirón ese sueño de piedra que sigue a los grandes dolores. Al despertar, la hermana de la señora, que estaba a su lado, recogió su confidencia: «¡La habían engañado! Hacía más de dos años y medio que su neniño pudría bajo tierra, y lo ocultaban para seguir sacándole dinero. El condenado retrato que mandaron, era de otro... ¡De otro!». Y volvió a caer en un sopor alternado de hervores y de mansedumbre... Solo de tarde en tarde, pedazos de frases reveladoras desgarraban su jadeante silencio. Al principio pensó matar... ¡A su padre, a su padre, sí! Como él había matado a su madre y quizás a su neno... Luego quiso huir, y todo era negro, negro ante sus pasos. Una idea sola era clara en aquella negrura. Quería verlos a ellos, que habían sido tan buenos, antes de morir. Embarcó igual que un bulto, no sabía cómo. En el fondo del mar había dos bracitos llamándola, pero el cura de a bordo lo adivinó, y cuando iba a inclinarse sobre la borda para corresponder a aquel abrazo, la llevó a la capilla. Le hizo jurar ante una imagen de San Yago..., y luego le habló de Dios, de ellos, que en La Habana le ayudarían a hacer vida nueva... Además —le dijo—, su hijito estaba allí arriba, en el cielo, y si ella se tiraba al mar, iría a la profundo y no podría ya verle nunca... ¡Por eso había venido!

La cuidaron con amor el cuerpo y el alma, con esa hospitalidad suave que es el don de Cuba. El barrio entero siguió durante unos días su gravedad, su mejoría, su convalecencia. Luego su complexión fuerte restituyó el vigor a su sangre y a sus músculos, y un día, por instinto, viose camino del portal con la escoba y las bayetas en la mano.

—¿Vas a trabajar ya? Deja mujer —le dijeron.

—Si me distraigo... ¡Si me gusta! Así no pienso, y es mejor.

Volvió a trabajar con aquel ardor juvenil de antes; a sonreír, a cantar las añosas cantigas melancólicas de su tierra, pero sin poner ya en ellas otra tristeza que la colectiva, de raza. Una tarde, al volver la señora y su hermana de paseo, la vieron, con inmensa sorpresa, hablando en la cancela con el rondador obstinado a quien durante tres años enteros ni siquiera miró una vez. Y entraron, llenas de misteriosos aspavientos; a referírselo al doctor.

—¡Ya está como si tal cosa! Y después de todo me alegro... Hablando con el gallego de los bigotes, sí...

—¡Quién lo iba a pensar!

—No sabe una nada del mundo... ¡Si a mí me lo hubiese dicho alguien!... ¡Si parece imposible!

El doctor alzó del libro que leía su cara bondadosa e inteligente, y:

—No juzguéis de ligero —dijo—. Lo único que ha puesto la naturaleza en esa alma rudimentaria como la de una bestia buena, es la maternidad... Por la maternidad la hemos visto hacerse grande, admirable... ¡No es que ha cambiado, es que busca el camino del hijo, de otro hijo vivo a quien querer y por quien volver a sacrificarse! ¿No lo comprendéis?

El hijo de Arnao

En esos primeros simulacros de pugnas entre caracteres y aptitudes que en los bancos del colegio anticipan una imagen, no menos terrible por ser cándida, de las luchas entre los hombres, Julio Arnao vencía fácilmente a sus condiscípulos.

Los profesores ponían de modelo a aquel niño reflexivo, de anchos ojos atónitos y frente ya torturada por una arruga bajo los bucles color de ámbar, aplicado no solo a extraer la sabiduría de los libros, sino a desentrañar en todos los hechos el sentido recóndito, que los desconcertaba con sus preguntas. Y más de una vez, al verle apoyado de brazas en el pupitre con la cabecita entre las manos, en un gesto casi doloroso de atención, alguno de los maestros sintió una misteriosa intranquilidad.

No es preciso decir que el hecho de estar siempre en el cuadro de honor y de merecer por su conducta los elogios de todas las personas mayores, engendraba en los demás muchachos una malquerencia de continuo activa. Burlas, pescozones, ofensas anónimas y de las cuales no era posible tomar venganza, acidulaban su existencia. En el dormitorio le era preciso vigilar, luchar contra su propio sueño hasta estar seguro del de los otros, temeroso de algún almohadazo. Al salir de las clases, cuando el patio se llenaba de tumulto y un vaivén de enjambre lo hacía parecer asoleado hasta en los crepúsculos, él se quedaba solo, cerca del cuarto de profesores, para refugiarse allí en caso de peligro. Y los jueves por la tarde, en la sala de visitas, viendo al través de las ventanas los coches y automóviles que aguardaban a los familiares, trémulo de emoción observaba, al llegar su padre, que el bisbiseo de las conversaciones se aquietaba, y que muchas cabezas volvíanse a mirarlo con una curiosidad donde su instinto percibía algo de simpatía, pero de una simpatía rara, protectora, imposible de analizar para su almita toda hecha aún de oscuridades y presentimientos.

Su padre saludaba con desembarazo no exento de timidez, y se apartaba con él a uno de los rincones. Hora feliz y breve. Sus cariños tenían tal necesidad de expandirse, que jamás al marcar el reloj el minuto de la partida, estaban agotadas preguntas y mimos. Durante la visita, el padre miraba varias veces emocionado el cuadro de honor y, cual si se propusiera grabar en la voluntad del niño la suya, le repetía con voz anhelosa:

—Quiero que estudies, Julio; que tengas una carrera de verdad. ¡De verdad!

Y cuando se iba, el niño sentía, aun en medio de la greguería del comedor, una impresión de soledad y de sombra.

Luego, en los instantes de desfallecimiento, si la fatiga o la dispersión de su inteligencia lo incitaban a apartar la atención de los libros, la voz paternal resonaba en su memoria como un reproche; cobraba toda su imperativa ternura, y los ojos se clavaban otra vez con ahínco en la página, fuertes ya contra el cansancio y las incitaciones externas. Pero, cual si absorbiera al par de los conocimientos una tristeza vaga, a veces lloraba sin motivo concreto, y, sin saber por qué, envidiaba hasta a los más torpes.

Los domingos, al ver acudir en tropel a sus condiscípulos al locutorio y pensar en que su padre, por causa para él indescifrable, no podía venir, tomaba su pesar la forma del desamparo; y solo, en el vasto espacio surcado de penumbras violetas, sentía ansias de ponerse de rodillas ante todas las cosas; de dar sus diplomas, su vida íntegra, a cambio de aquella hora robada a su cariño por la absurda profesión que consistía en trabajar cuando los otros disfrutaban de recreo.

Su memoria, al remontarse, hallaba lapsos de bruma que lo extraviaban. De los primeros años... apenas si sobrenadaban algunos de esos episodios que tan pronto parecen ecos de sueños como de realidades. Recordaba una casa de campo, unos brazos rudos, poco maternales, largos días de Sol en las eras, inviernos: tiempo monótono jalonado por el cambio de estaciones... Árboles desnudos, frondas fragantes y risueñas después...

Una mañana su padre lo fue a recoger a aquel retiro y al verlo despedirse con congoja de la campesina y llamarla madre, le dijo:

—Esa no es tu madre, nene mío; tu madre ya no está en el mundo... Pero quedo yo para hacerte un hombre.

Y viajaron casi dos días enteros en el tren, llegaron a la ciudad y lo internaron primero en un colegio tétrico, en donde pasó cuatro años casi sin ver a su padre, de quien le decían los profesores que estaba trabajando en América. Después cambió de colegio, y entró en aquel, tan aristocrático. Mejor, no tanto por el lujo, cuanto porque su papaíto idolatrado venía todos los jueves cargado de bombones y chucherías, con los ojos siempre nublados de ternura.

¿Qué oficio era el de su padre? Al fin lo supo: es decir, supo el nombre de la profesión sin llegar a percibir su sentido. A la vanidad del morenito travieso que para terminar las discusiones decía: «pues mi padre es ministro, vaya», a la complacencia de cuantos podían decir: Mi padre es ingeniero, médico, abogado, él pudo oponer al fin: «Mi padre es actor». Los otros niños, derrotados por la novedad del vocablo, debieron preguntar en sus casas, pues a la noticia escueta se añadieron bien pronto adjetivos que granjearon a Julio, primero, el respeto y, luego; otra envidia menos violenta que la suscitada por sus méritos escolares. Su papá no solo era actor, sino un gran actor, el primer actor cómico del país. ¡Bah, ya podía burlarse el pelirrojo diciendo que ser actor es hacer tonterías: Por tonto no se admira a nadie!...

Aquellas miradas que lo seguían cuando entraba serio y como encogido en la sala de visitas, eran popularidad, admiración... ¡Qué días de orgullo disfrutó Julio!, cada vez que sentía aquietarse las conversaciones y vagar sobre los labios de los visitantes, al llegar su padre, una sonrisa; henchíase de gozo, y se le antojaba que el nombre paterno estaba inscrito, no en el mísero cuadro de honor del colegio como el suyo, sino en un cuadro mucho más vasto y más ilustre: en el cuadro de honor de la humanidad.

Esta idea hacíalo duplicar sus esfuerzos. Para él, ninguna lección era larga ni árida. Lo importante era concluir aquel año, a fin de poder pasar por primera vez en su vida unas semanas junto a su padre, antes de embarcar para Inglaterra, en donde debía continuar sus estudios. Contaba los días, las horas. La vehemencia de su anhelo era tal, que se desbordaba por las noches en sueños casi lúcidos, de los cuales se despertaba muchas veces para continuarlos luego de un desvelo meditativo: ¡Qué lento es el tiempo de la esperanza y cuán poco agradecidos nos mostramos a su merced! Julio hubiese querido precipitar los minutos, cerrar los ojos y despertar ya en su casa; junto a su padre...

¿Cómo sería su casa? Solo con pensar en ella se aceleraba el ritmo de su corazón y los ojos se le humedecían. Siempre supuso que su padre fuera algo grande; pero ahora tenía de él una idea divina. Y cuando sus manos fatigadas halagaban su cabecita o sus hombros en alguna caricia, él niño se encogía, se turbaba, y, confusamente, experimentaba la sensación de recibir algo como un nuevo bautismo.

Aquel año la tarea no fue tan fácil: otro chico estudiaba casi tanto como él, y la lucha por el primer puesto estuvo llena de alternativas. Corría la primavera, y una laxitud desmoralizadora ascendía del jardín, ya en olor a tierra húmeda, ya en trinos de pájaros, ya en hálito de flores. Al principio de cada lección difícil, Julio había escrito esta palabra, a la que nadie hubiera podido dar su inmenso sentido de estímulo: «Papá». Antes de comenzar el estudio, recogía un instante su alma, pensaba en él, en la próxima temporada que pasaría a su lado viéndolo vivir, y enseguida su energía, mostrábase de nuevo ágil y dispuesta para la labor.

Una noche en el estudio, un periódico circuló de mano en mano y llegó hasta las suyas. Traía un artículo lleno de ditirambos sobre la labor de su padre en cierta obra reciente, y publicadas también fotografías de las escenas principales. La mano torpe y cruel del pelirrojo había escrito estas palabras al margen: «Mira qué feísimo está tu papá»... Julio miró con toda su alma, y tardó mucho en descubrirlo.

¿Era aquel? Al través del traje estrafalario, de la peluca, de la barba postiza; casi no logró reconocerlo... Apenas si un parecido remoto los ligaba. Diríase que el verdadero ser, el de la voz dulcísima, el de los ojos hondos y húmedos cuando hablaba de la madre muerta, estuviese profundamente escondido dentro de la figura del retrato.

Julio sintió impulsos de llorar; mas ante el hostil círculo de miradas fijas en él, realizó un esfuerzo enorme y logró sonreír. Aquella noche no tuvo necesidad de esforzarse para esperar a que todos se durmiesen: el hervor del pensamiento ahuyentaba el sueño. Mil preguntas, mil impaciencias se entrechocaban; y temores sin forma hacíanle abrir mucho los ojos, cual si quisiera percibir en la sombra —alegoría del porvenir— algo amenazador.

Él no quería que su padre fuese feo. Estaba en esa edad pura en que belleza y bondad son cosa, única. Si el padre del uno construía puentes, el del otro sanaba enfermos o ganaba pleitos, y el del pelirrojo maldito no hacía nada porque era marqués; el suyo debía ser mucho más importante, mucho mejor... ¡Cuándo llegaría, al fin, la época de pasar el primer asueto junto a él,

venerándolo, idolatrándolo! Todas las medidas de tiempo parecíanle sin fin...
Y al terminar el curso y ver llegar una tarde a su padre para recogerlo, sintió
ante el hecho tan esperado, el estupor que produce lo milagroso.

¡Oh el encanto, las sorpresas de los primeros días! La casa era pequeña,
como un nido. Todo lucía en ella nuevo, claro. La camita suya estaba cerca de
la de su padre, y tenía un crucifijo tallado en marfil. La vida adquiría allí sose-
gados ritmos. Ni los parques frondosos, ni los paseos en coche satisfacíanlo
tanto como su casita.

La criada iba por las habitaciones a pasos quedos. Sobre el comedor, dos
amorcillos repetían en el friso una escena llena de gracia, que él veía una y
otra vez sin fatiga, mientras su padre leía los periódicos. Ningún capricho
suyo dejaba de ser trocado en realidad por el cariño paterno; ningún cuidado
se debilitaba con los días. Y, sin embargo, al poco tiempo aparecieron dos
nubecillas en el horizonte: la primera se disipó; la otra fue agrandándose,
ennegreciéndose, hasta cubrir y amenazar su dicha.

La primera anormalidad ocurrió una mañana: llamaron a la puerta, salió su
padre a abrir, y, al poco tiempo, sintió una voz chillona, a la que respondía
la voz querida en tono a la vez airado y sofocado. Julio acudió, y su padre,
entonces, alargando algo a lo que gritaba, cerró con violencia la puerta y
volvió hacia su hijo el rostro, donde solo la boca lograba fingir sonrisa. Julio
no pudo sospechar la verdadera significación de la escena; mas acaso ello
contribuyó a que la otra contrariedad se agudizase.

Por las noches, al irse su padre al teatro, la casa le parecía de súbito sombría, vasta, enemiga. ¿Por qué lo dejaba tan solo? ¿Por qué rehuía él hablar
del teatro y llevarlo a verle trabajar era el único capricho que le negaba?
Aquel miedo a las noches se hizo presente al amor paternal, porque empezó
a encontrarlo despierto y nervioso al regresar de madrugada. Y una noche,
cuando ya lo suponía dormido, oyó su vocecita suplicante:

—Papá, yo quiero también verte en el teatro siquiera una vez. No me quiero ir al colegio de Inglaterra sin haberte visto.

—¿Para qué, bobo?... ¿Para qué?

—No me compres la bicicleta ni la caja de compases, pero déjame ir.

Había tanta ansiedad en la súplica, que el padre prometió:

—Irás una de estas tardes: bueno..., duerme ahora.

Algunos días después, la criada llamó con sigilo al niño para decirle:

—Oye, esta noche vamos a ir a ver a tu papá. Él me dio hace días dinero para que, sin decirle cuándo, fuéramos a verlo. Me dio para que fuéramos arriba; pero yo pondré más y tomaremos un buen sitio, para estar muy cerca. ¡Ah, lo que vas a reírte!

Su impaciencia del colegio le pareció pequeña al compararla con la de aquel día. Llegó la noche, al fin, y fueron al teatro. El ruido de la sala antes de levantarse el telón, las luces, las conversaciones, irritaban al niño, que hubiese deseado un gran silencio para concentrarse. Cuando empezó la obra, estaba trémulo; y al oír de pronto la voz querida hablar desde dentro con inflexiones gangosas y extrañas, el alma entera fijósele en los ojos.

¿Cómo los vio su padre tan pronto desde el escenario? ¿Los buscaba ya al salir desde hacía algunas noches, o fue misteriosa corriente anímica la que puso en contacto sus miradas? El efecto del choque hizo desfallecer al actor, y sus compañeros de escena notaron que algo le ocurría. Logró erguirse, y siguió hablando; pero enseguida se trabucó, y un siseo surgido de un punto de la sala, fue apagado por una de esas salvas de aplausos con que el público parece decirles a los buenos actores que un día se equivocan:

«No te apures, sabemos quién eres y somos generosos»...

La escena continuó, y casi enseguida sonó otra salva más entusiasta, y luego otra y otra. «¡Cómo se ha crecido!», murmuraban algunos. «Está trabajando como nunca ¡qué gracia de hombre!», susurrábase entre carcajadas. Y cada vez que Julio miraba hacia la sala, veía caras congestionadas, manos juntas, mientras que en el escenario su padre, no el que él conocía y adoraba, sino el calificado odiosamente por el pelirrojo de feo y ridículo, se contorsionaba, adelgazaba la voz y ponía una cara estúpida que hacía morir de risa, mientras los otros cómicos fingían complacerse en prolongar, a sus expensas, una de esas situaciones que pueden servir igual de base a una bufonada que a un drama

En cuanto cayó el telón al final del primer acto, Julio se obstinó en volver a su casa, y la criada no pudo retenerlo.

—¿Estás malito, bobo?

—No, no.

—¿Es que no te ha gustado?... ¡Mira que marcharnos sin ver toda la obra! ¡Tan gracioso como está el señor!

—¡Cállate!

Partieron, y el niño se acostó iracundo sin querer explicar la causa de su enojo a la pobre mujer. Cuando pasadas muchas horas; sintió abrirse la puerta, se hizo el dormido, y por entre las rendijas de los párpados vio a su padre desnudarse lentamente y apagar la luz. Los dos tenían certidumbre de que el otro velaba. Así transcurrió mucho tiempo; al cabo, el niño dijo en voz muy queda:

—Papá...

Y, al punto, la voz llena de angustia le respondió:

—¿Qué te pasa, mi nene? ¿Quieres algo?

Hubo otro silencio. De súbito los sollozos del niño llenaron por completo la sombra, y su vocecita, inmensamente dolorida, suplicó:

—¡Que yo no quiero que tú hagas reír!... ¡Que yo no quiero que tú hagas reír, papá!

Confesión

Cinco años y sucesos oscuros, ¿podían haber cambiado tanto a un hombre? En el pueblo, donde la vida estancada daba a los días, a los seres y a las cosas una dramática fidelidad a sí misma, aquella mudanza de Francisco al regresar de América, era como un maligno milagro. Seguía el Sol transformando en oro las sucias bardas de los corralones; seguían las lluvias otoñales envolviendo la torre, que hacía veinte años amenazaba derrumbarse, en romántica vaguedad; seguía su hermano el párroco compartiendo sus menesteres, de casi veterinario de almas con la caza apasionada del perdigón; y él, él que había partido con otros cuatro mozos contagiados de su alegría y de su afán aventurero; él, que siempre tuvo para cada minuto su chanza especial y para todos su clarísima risa, tornaba silencioso, adusto, envuelta la faz en una sombra que suavizaba sus facciones igual que las lluvias de octubre dulcificaban los ángulos pétreos del campanario.

—¿Qué te ha pasado por allá, muchacho? Habla... Las penas que se quedan dentro nos van royendo lo mismo que los gusanos roen a la fruta. Si no quieres confiarte al hermano, el sacerdote puede oírte. ¿Quieres?

Pero Francisco denegaba, y un surco de tenebrosa obstinación le bajaba del pelo al entrecejo. En ese surco caía, para no levantarse, la curiosidad del pueblo; las alusiones taimadas de los viejos, las sensaciones sensuales de las mujeres, las preguntas que de tiempo en tiempo estallaban repentinas en boca de los hombres, cuando en el ocioso sopor del casinillo estaban separados por el mármol de la mesa y unidos en la atmósfera alcohólica por el caminito blanco del dominó. Jamás interrogación ninguna, ni aun la más inesperada, lo halló desprevenido. Y, en cambio, la interrogación del hermano, que para argüir el título de padre podía, más que su estado sacerdotal, invocar el recuerdo de haber casi anulado con su cariño la orfandad temprana, sorprendíalo siempre, y lo sumía en un silencio angustiado, desvalido, transido, que hasta en los días tórridos lo escalofriaba.

—No me preguntes. No me preguntes nunca más... ¿No ves que sufro?

Y entonces una tregua de obediencia solo traicionada por la pregunta viva en las pupilas, sobre todo cuando en cierta época del año la hipocondría de Francisco hacíase más torva, estableciose.

Antes de su regreso, rumores llegados por borrados caminos grabaron en el pueblo una imagen a la vez rutilante e incierta, de los cinco emigrantes. Suponíase que el grupo capitaneado por Francisco recorría el mundo entre lances osados de fortuna y de amor; y al jefe atribuíansele ya proezas mitológicas. Más de un rostro fiero de indio o de mulato habíase humillado para no resistir su mirada; más de unos de esos ojos orientales desterrados en las caras de las mestizas, habían llorado mendigándole limosna de tiranía... luego se supo que tras el recorrido vertiginoso por varias repúblicas, Francisco y su inseparable Juan, el que desde niño fue su eco obediente, el que desoyó todas las seducciones de la deserción, fueron a fijarse en una vetusta ciudad colonial, trasunto de Salamanca o de Ávila en el profundo corazón de América. Los otros habían desertado, mas Juan, no: «Juan con sus pasitos desiguales de cojo, lo seguiría hasta el fin del mundo. Amigos así no se habían visto nunca»... Otra información, misteriosa también, propaló que Francisco cortejaba todas las tardes, en la reja volada de un palacio, a la hija de un potentado, presidente o virrey, que en eso las versiones diferían, de piel de ámbar y finísimos labios crueles. Aquella reja afiligranada, de plata y hasta de oro según algunos, enorgulleció al pueblo como antes lo ufanara la risa y el porte señorial del mozo tan poco parecido en lo físico al basto párroco cazador de perdices. Por último llegó, más incierto y brumoso aún, el rumor de una gran catástrofe, y fueron inútiles las cartas y las peticiones de informe. Nada pudo saberse. Ni siquiera el compañero fiel, el eco que desde la escuela lo había seguido cual un reflector de su luz, dio noticia de Francisco. Y solo años después, cuando ya casi empezaba a olvidársele, apareció de improviso, cambiado, envejecido, con el aire de pavorosa frialdad que debió tener Lázaro en su segunda vida.

—Después de haber recorrido tanto mundo, vuelve a su aldea a morir — comentábase en voz baja al verlo.

Y no era raro oír responder, sentenciosamente:

—El animal herido vuelve siempre a su cueva.

Pero el paso del tiempo, petrificando el secreto en torno de él, concluyó por fatigar todas las curiosidades excepto la curiosidad fraternal, nutrida de cariño. Muy de tarde en tarde, escapábasele por una grieta del alma, y el sacerdote le decía: «¿Por qué no cumples tus deberes religiosos, muchacho? Cuando la confesión es sincera, Dios nos permite perdonar, porque su misericordia es mayor que todas las equivocaciones y hasta que todas las maldades humanas». Mas el hermano, lastimado en la carne viva del recuerdo o del remordimiento, recogíase en sí misma; y seguía un largo lapso de silencio que a veces duraba semanas. Cada año una vez, al llegar cierto día de abril, Francisco envolvíase más en desesperada sombra. «Lo que ha pasado, ha pasado este día», decíase el párroco. Y con piedad maternal, poníase a tenerle mala voluntad al calendario cuando el día funesto se avecinaba, y a buscar medios de aminorar su daño con distracciones que sacaran al dolorido de su ensimismamiento.

Así había ocurrido ya tres veces desde su vuelta. Y aquel año estaba dispuesto a no dejarlo en soledad. Aun cuando resistiera bien de madrugada, lo llevaría al campo, a cazar, a aventar en el aire puro las cenizas del mal recuerdo.

—He comprado una hembra que dicen que es la mejor que se ha visto. Por lo común los machos son mejores; pero si una hembra sale reclamista, no hay macho que la iguale. También he comprado una escopeta para ti, muchacho... Ya verás lo que es divertirse.

—Pero si a mí no me gusta cazar. Si no...

—Es inútil. ¡Tú vienes! Aunque no sea más que para sentarte tranquilito en el puesto y ver subir el Sol. Aquí no te dejo... O me quedo entonces yo, y me privas de mi único placer. Tú elegirás.

Fue preciso someterse. Era de noche todavía, cuando se levantaron. Envuelta en su funda de lona la jaula, con la perdiz famosa, y las dos escopetas relucientes, esperaban. Salieron del caserío en silencio, y se adentraron en el campo húmedo. El cura, atento a que en el alma fraterna no quedara lugar para las remembranzas, trataba de llenarla con interminables explicaciones: «Tú te pones en un puesto y yo en otro, muchacho... Cuando la perdiz cante y algún macho acuda al reclamo, no te muevas ni apuntes enseguida... Hay que esperar a que se acerque diez o doce pasos, y entonces ¡fuego! Yo no tiraré más que si tú marras. Pero si aciertas, estoy seguro de que vuelves... La primera vez que me trajeron no quería venir, y ya llevo más de veinte años en lo mismo. Ea, aquí estamos... Da gloria el olor a tomillo y a retama...

90

Quietecito a esperar... La espera es casi lo mejor, pero hay que pensar nada más que en lo que se está esperando y no en otra cosa. ¿Me lo prometes?».

Olorosa maraña de matorrales rodeaba el claro de monte donde estaban los puestos. Después de dejar a Francisco en el suyo, el cura desenfundó la jaula y la puso sobre unas piedras, yendo luego a ocultarse. Desde su observatorio veía al hermano en acecho, la jaula de afiligranados barrotes que el Sol recién nacido hacía parecer a veces de plata y a veces de oro fúlgido, y, más lejos, el rastro querido en el que los ojos y la inclinación anhelosa descubrían atención repentina. «¿Iría a interesarle la caza? ¡Ojalá lo permitiera Dios!»

Los primeros gorjeos de la hembra perlaban el silencio con su voluptuosidad incitativa. Primero eran como llamadas dulces, como súplicas; después como reproches, como besos crujientes. Esponjada entre la reja, con la pupila excitada, con una especie de timidez audaz en los movimientos llenos de gracia lasciva, cruel, la hembra cantaba, cantaba. El cuello henchido tenía algo de humano en su turgencia.

Y la peripecia, tantas veces observada, adquiría para el sacerdote un imán nuevo: la actitud inmensamente atenta del hermano, que del otro lado de la plazoleta iba gradualmente inclinándose con el alma entera en el mirar.

Tras el linde de la arboleda surgió, al fin, el macho; trémulo, indeciso, en un dramático combate entre el instinto sexual y una voz secreta de repugnancia o de temor... Era pequeño, y su entrecortado andar tenía algo de cojera. El ojo rojo y el pico entreabierto decían que el veneno del canto femenino habíasele infiltrado. La hembra, apretándose contra los barrotes, ofrecíase ahora en esa impudicia última que, cuando la coquetería fracasa, busca el fondo brutal del sexo. El macho no resistió más: bajó la cabeza, desplegó casi las alas, y en un ímpetu mitad de vuelo, mitad de carrera, se lanzó hacia la muerte que con fragor y relámpago y humo le salió al encuentro. Francisco se echó la escopeta a la cara con tan instantánea violencia, que el pobre pájaro no tuvo tiempo de huir. ¡Buen tiro! Pero cuando el sacerdote lo iba a celebrar, otra detonación resonó, y la jaula de afiligranados barrotes y la hembra artera, quedaron deshechas también.

Antes de que pudiera sorprenderse, vio a Francisco arrojar lejos de sí el arma y prorrumpir en frenética congoja. Corrió hacia él, y lo cobijó entre sus brazos viriles, maternales, con el ansia de consolarlo, de arrullarlo igual que cuando era pequeño. El doble relámpago de los disparos había iluminando de súbito su curiosidad de tanto tiempo... «Ya lo sabía todo... ¡Había sido así!... ¡Había sido así!» Y dejando que el sacerdote completara la obra del hermano, lo forzó con suavidad a arrodillarse en tierra, y, gravemente, sobre la cabeza abatida, trazó en la rubia paz de la mañana el ademán generoso de la absolución.

Noventa días

Si alguien hubiese encargado a un detective la misión de seguirla, de seguro podría probarse hoy que durante aquellos meses en que cayeron hojas, ulularon cierzos y la nieve amortajó muchos días la ciudad, la primavera había andado en malos pasos, sabe Dios por dónde.

Por lo pronto llegó tarde; burlándose del calendario y faltando a todos sus deberes de suavidad, cual si viniese ebrio. No hubo sitio, no hubo vida; que no sintieran su influjo violento. Ayer mismo era invierno duro; y hoy, de súbito, pareció volcarse sobre la población el oro de uno de esos vinos que son Sol para la vista y fuego para las entrañas. Aire, cielo, plantas, seres vivos, trocaron la sonrisa, convaleciente de otros años por un rictus audaz en el que pupilas y bocas tenían luces de reto: Y a media mañana, empezaron a aparecer en las calles mujeres con los bustos envueltos en telas claras, que amenazaban o prometían abrirse a impulsos de eclosiones internas.

¡Ah, los malos modos que la primavera fue a adquirir al otro lado del planeta, no se habían visto hasta entonces entre nosotros!... Si la estadística de aquellos tres meses se hubiese hecho, hasta los números más rígidos habríanse estremecido al testificar tanto desafuero. Ni un solo observatorio anunció la furia germinativa y el aire impúdico que empezaron a hinchar venas, tallos y almas. Un poeta presintió la virulencia de la epidemia sensual, y previno contra ella; mas como lo hizo en verso, nadie le hizo caso. Y las autoridades, tan extremosas otras veces, ninguna medida tomaron contra la primavera.

Yo creo haber sido uno de los que mejor la resistió; y al anotar hoy lo sucedido en mi casa, doy la escala para medir la cuantía de sus maleficios en otras muchas partes. No me preguntéis cómo llegué a saber lo qué voy a contar. Si dudáis de mí, recordad algunos estragos de esa primavera facinerosa, o echad a broma mi relato. No me enfadaré. Acaso las historias lacas no deban tener lectores serios.

Aquella mañana el portero abrió la puerta antes de la hora, y los lecheros trajeron sus botellitas tambaleándose dentro de las armazones de alambre, cual si vinieran llenas de alcohol. Los dos matusalenes de la casa, el tronco de castaño erguido ya casi como un poste en el patiezuelo, y el prestamista del segundo piso, experimentaron raros fenómenos: al primero le salió entre las negras y petrificadas arrugas de la corteza, un grano verde; y el segundo, sin espiar previamente por la mirilla con sus ojos turbios de sospechas, corrió los pestillos de un golpe, abrió la puerta a la cieguecita vendedora de periódicos —que sonreía también extrañamente, ¡cómo si viera!— y le dio la vuelta de una moneda de plata, de regalo. El enfermo del cuarto centro arrojó al suelo las medicinas amontonadas en la mesa de noche, abrió la ventana, se sentó en el lecho, y se puso a respirar despacio cual si quisiera aprender otra vez a vivir. El financiero del piso principal se encogió de hombros al leer las cotizaciones de bolsa, y estuvo canturreando en el baño mientras el agua de la ducha, irisándose en un rayo de luz, semejaba una fiesta. El gato de la rentista vio cruzar a lo lejos, en el pasillo, a un ratoncito, y en vez de saltar sobre él, siguió desperezándose. Las dos viejas del piso tercero, beatas de corazón de Jesús bajo el dintel, y de pechos desecados por la soltería y el egoísmo, hallaron, de súbito, que el San Luis Gonzaga desfalleciente entre lamparillas de aceite y flores de trapo, se «daba un aire con cierto joven conocido veinte años atrás en una partida campestre». Y...

Pero lo más extraordinario le ocurrió al inquilino del piso abuhardillado y a la sobrina de la costurera del sótano.

El vecino que vivía bajo las tejas, era un hombre de ciencia hecho a meditaciones, a cálculos, a teoremas de riguroso razonamiento, rico en escolios y corolarios hijos de un severo ingenio desnudo de sonrisa. La vecina que vivía bajo tierra con su tía la costurera, era casi una obra de arte; y fuera de la innata experiencia de seducción que toda mujer recoge, herencia social de su sexo, en el primer borde de la pubertad, no tenía otra sabiduría que la de realzar el brillo de sus ojos, aumentar la sedosidad de su piel, y reírse con una risa explosiva, luminosa, blanquirroja, hecha toda de esmalte y fruta, que en vez de bajar del cerebro le subía de las entrañas.

Vivían en el mismo edificio y no se conocían. Tal vez se cruzaron en el invierno envueltos en ropas y pensamientos oscuros; pero los seres no se conocen siempre la primera vez que se encuentran. Ella era rubia; él moreno: Ella tenía la gracia dispersa y como en peligro de algo que se derrama; él llevaba en la frente y en la boca la cifra centrípeta de la concentración. Ella tenía veintitrés años, el cuarenta y cinco. (Entre los dos, menos que la menor de las viejas quien la primavera estaba dando la broma cruel de consustancializar a San Luis Gonzaga con un galán remoto.) Ella se llamaba Lucía; él José. A ella los íntimos le decían Lucy; él, siempre solo en sus estudios, sin cariño, jamás tuvo a nadie que le dijera Pepe.

Y aquella mañana, cuando él acababa de bajar las escaleras después de una meditación antimatemática, la mala hechicera había venido prostituida de sabe Dios dónde a meterse entre el invierno y el estío, no contenta con el hálito que arrancaba de la tierra y con la tibieza que ponía en la luz, empleó un soplo de brisa traviesa para encadenarlo. A Lucía se le voló el pañuelo; José corrió tras él, y a cosa de cuarenta pasos lo recobró, y esperó para restituírselo a que ella toda turgencias y sonrisas, se acercara.

—Le he hecho correr a usted. Dispense. Gracias.

—De nada... De nada, sí: Me alegro. Le juro que me alegro.

En esas frases vulgares quedó hecho todo... Inverosímil, ¿verdad? Pues así fue: Quienes recuerden otros procedimientos de aquella primavera, no se sorprenderán: Además; el destino, cuando quiere manifestarse dramáticamente, no necesita de frases largas ni escogidas.

La meditación que había precedido aquel descenso y aquella carrera de José, obedeció a la sensación de agotamiento y de esterilidad mental sentida casi todo el invierno. ¿Exceso de faena? No. Otras veces, había laborado con intensidad mayor. Sus trabajos sobre la teoría de la quanta, sus comentarios a la teoría de los números y sus intentos de demostración del teorema de Fermat atestiguan por igual de la fertilidad de su mente y de su ahínco. Y ahora, sin saber por qué, las fuentes de su cerebro mostrábanse exhaustas, laxo su tesón. En vano noche tras noche, bajo el sosiego recogedor de la pantalla, llamó a sus dos deidades propicias: el razonamiento y la fantasía. No, no podía ni subir peldaño a peldaño las escalas del raciocinio, ni saltar en el trampolín de las intuiciones. Se sentía enjuto, ácimo. Sin duda los surcos de su materia gris necesitaban abono. Y entonces recordó que hacía muchos años, al salir de la escuela, un compañero tuvo una pasión amorosa a favor de la cual su talento, hasta entonces dormido, adquirió alas y brújula.

El recuerdo, saltándole de improviso, a impulso avieso de la primavera, desde el fondo oscuro de la memoria a la superficie, adquirió categoría de revelación. Sí; su vida era monstruosa; urgía poner, en torno al pabilo de su entendimiento, cera virgen para que la llama fuese más alta y duradera.

¿Cómo no lo comprendió antes? ¡Ah, a veces mirando un rayo de Sol donde viajaban fúlgidas constelaciones de polvo, puede aprenderse más que en un libro de Gauss o de Riemann Leberrier, por ejemplo, ¿no concibió la idea de la transformación de la materia, viendo coagularse la sangre en los bordes de la herida de un marinero, en mares del trópico? Pues él, toda proporción guardada, había hallado la clave de su decaimiento por vía de ocio contemplativo también. Y ahora la sabría aprovechar.

Así, lo mismo que quien se decide a tomar un tónico, José decidió enamorarse. Apenas si tenía clara idea de que enamorarse es, las más de las veces, obstinarse en sumar números heterogéneos, empecinarse en vivir en otro ser, agotarse en el esfuerzo de pastorear dos almas y dos cuerpos casi nunca nacidos bajo el signo de Géminis, dar sentido a todos los gestos e intenciones, martirizarse en juegos de angustia, llamar placer a ciertos sufrimientos y tatuar invisiblemente en la piel de una mujer todo el sistema planetario... Había leído algo de esto en algunos libros que hasta entonces creyó baladíes, y quién sabe sin el influjo de aquel día saturado de quiméricas insolvencias, no habría tenido la idea de enamorarse. Al fracasarle sus procedimientos habituales de lógica, se echó en brazos de lo maravilloso. Y una vez transpuesto su umbral, siguió sin titubeos ni dilaciones, a pasos rectos, cual si continuara moviéndose en el camino seguro de la ciencia.

Si había de enamorarse, si le hacía falta enamorarse, ¿para qué perder tiempo en búsquedas? Ya tenía allí, en la misma puerta de su casa, a una mujer; y joven, y bella, y radiante, y llena de hechizos. Su voz, al hablarse por segunda vez, tenía, debajo de todas las inflexiones, la autoridad de una secreta decisión.

—¿A dónde va usted, señorita? La voy a acompañar.

—¿Aunque vaya muy lejos, muy lejos?

—Tengo todo el día para ir a su lado, y quizás más. Meses, años... La vida entera, si nos llegamos a entender.

—Pues vamos a empezar, y veremos. Me gustan los hombres decididos.

—Y a mí las mujeres que no se asustan.

Miles de veces, millones de veces, comenzaron amores de modo semejante; mas no bajo el signo de una primavera tan malvada. Media hora después, ya José estaba enamorado con su ser íntegro e iba, por lo tanto, serio;

mientras que Lucy seguía atrayendo, a lo largo de la caminata, miradas y deseos con su risa. Esta fue la oposición de que se sirvió la fatalidad para cimentar el drama: Un rostro serio, un alma seria, frente a un rostro de continuo roto en gestos reidores por un alma frívola. Lucy encarnaba todas las transacciones de la relatividad, y José la ansiedad rígida de lo absoluto. Sus almas, quizás. Tuvieron en este primer choque un sobresalto de aviso y debieron separarse enseguida; pero la primavera no los dejó seguir las buenas sendas opuestas; y un poco después, José había pasado ya un brazo por el asa fragante de otro de Lucy. Este paseo fue la única suavidad que les otorgó el amor, las únicas sonrisas no contaminadas de rictus. En el doble proceso erótico que consiste primero en querer dar todo lo de sí al otro, y luego en pretender rescatarlo, la segunda fase comenzó casi antes de empezar el tercer beso.

Y en el breve episodio que la muerte selló con su frío troquel, infinitamente más fuerte que los que la vida marca a fuego, ambos procedieron de buena fe en cada disparidad, en cada riña, en cada desengaño, en cada violencia. Lucy no podía comprender que amar fuera respirar con un solo pulmón, borrar el mundo, y hacerse beso y caricia para ser transformada exclusivamente en teoremas. Su concepto legendario de la fidelidad, convencíala de que este no está en falla en tanto el sexo y sus centinelas materiales más avanzados —las manos y la boca— no se han juntado al enemigo. En el fondo de su cabecita maravillosa de microcéfala, creía que la mujer solo tiene un medio específico de ser mala: Y «más honrada que ella no la había». Él, en cambio, desde la primera hora se sintió inseguro, excitado en lugar de sosegado. ¡Qué diferente aquel hervor de dudas, aquel temor de todos los hombres que miraban a Lucy, del fluir cantarino y útil que soñó adquirir enamorándose! Problemas intrincadísimos, ecuaciones de muchas incógnitas habíanse clarificado cien veces ante la lente de su razón, y ahora este, sobre el que ponía no solo su entendimiento sino su instinto, sus sueños, sus fuerzas más oscuras, junto a las más claras, enfrentábasele irresoluble, irónico y cruel en su sencillez.

«Es buena, me quiere, nada concreto puedo reprocharle: pero, si me quiere y es buena, ¿por qué su alma se va con los automóviles que pasan? ¿Por qué se da al puñado de flores que huele, al canto estúpido que raya el silencio? ¿Por qué se me merma, se me despedaza, se me pulveriza en todo, y por qué sonríe de ese modo cuando yo estoy serio, casi con ganas de apretar los labios hasta sacarme sangre?» Y al mismo tiempo que José se hacía estas preguntas, Lucy pensaba vagamente: «Lo quiero, claro: si no lo quisiera no lo aguantaría. Pero, ¿por qué no toma otra profesión menos aburrida y, sobre todo, por qué ha de empeñarse en que querer "con todas las potencias", según dice, ha de ser como estar de luto?».

Fuera del círculo inalienable o ígneo que rodea cada amor, cualquiera habría podido responder a estas interrogaciones. Ellos no. Para ellos dos, las verdades y las soluciones simples eran puertas herméticas contra cuyos cerrojos debían estrellarse, presos para siempre. Si la primera vez que sintieron palpitar los gérmenes de la desavenencia, se hubieran dicho adiós... ¡Qué difícil ciencia la de decir adiós bien a tiempo, con sencillez!

En vez de hacerlo, José fue al juzgado a pedir sus papeles, a una joyería a comprar una pulsera y dos anillos, y a la parroquia del barrio a averiguar cuánto costaría recamar de luces y de flores el altar mayor, y echar sobre Lucy y sobre él, entre latines, esa marcha nupcial con que el alma semita de Mendelssohn, vengativa e irónica, hace ir rítmicamente parejas y parejas hacia el más quebradizo de los sacramentos católicos. Dos meses después eran ya marido y mujer, y vivían en un ático donde Sol, Luna, aire y luz entraban con libertad maravillosa, y en el cual no había otras sombras que las que empezaron a producir sus almas.

«Iremos lejos si usted quiere», le había dicho él el primer día y fueron, sin duda en un sentido, ya que el matrimonio: es una de las más lejanas metas a donde hombre y mujer pueden llegar juntos. Más, sin embargo, no fueron tanto: hasta el límite de la primavera nada más.

Cuando las sombras de sus almas empezaron a trascender, amigos oficiosos trataron de inmiscuirse, y fue preciso que oyeran de uno y otras acibaradas confidencias, tras de las cuales cabeceaban gravemente y murmuraban convencidos, lo mismo cuando hablaba él que ella:

—No cabe duda de que tiene razón. De todos modos...

De todos modos el conflicto, de la mano aviesa de la primavera, apenas salido de su principio desbocose hacia su final.

No hay dramas más temibles en las relaciones humanas que aquellos en que los dos antagonistas tienen razón. Y en las relaciones de amor, sobre todo donde los porqué no y los porqué sí imperan con tiranía omnímoda, tener razón es siempre haber dejado de tener pasión y ternura, soldaduras únicas capaces de unir los más lejanos polos. Llenos, saturados de razones, Lucy y José empezaron a vivir ese lado opuesto del amor que confina con el odio y que complace su ira con frases acerbas y con pensamientos de exterminio. A la hora de los besos y de los abrazos, los labios daban sus últimas dulzuras y los brazos no llegaban a adquirir presión hostil. Entonces ambos, sin confesarlo en alta voz; se reprochaban su intransigencia y se prometían enmendarse. Más al impurificarse la atmósfera pasional lograda solo a merced de las emanaciones físicas de sus cuerpos, las almas recobraban su elasticidad dura, y entonces, bajo los labios, los dientes brillaban con ímpetus de desgarrar, y refluía en los puños agarrotados la tensión de todos los músculos. «Por sus manías yo no voy a dejar de vivir. Tengo la conciencia tranquila y no le falto», refunfuñaba ella. Y él se decía torvo: «Por adorar a esa mocosa que cree que el mundo acaba y empieza en su palmito, no voy a estarme riendo siempre como un payaso y a abandonar los estudios de toda mi vida». Un hijo, la esperanza de un hijo, habría tal vez fertilizado en ambos zonas desde donde se proyectaran hasta las partes áridas de sus seres, sombras balsámicas. El amor no cuajó, y la violencia precipitó y envenenó su curso.

En otra estación cualquiera, ella habría podido hallar un derivativo en amistades, y él aprovechar la sequedad de sus especulaciones para distraerse; pero en primavera, sobre todo en aquella terrible primavera, no. A ella la obligaba a reír a moverse, a esponjarse con voluptuosidad; y a él a recordar sensualmente sus curvas, aun cuando fueran ángulos rectos sobre los que estuviera especulando; y en los cálculos algebraicos, por juego maligno, lo forzaba a trastocar las letras para formar con ellas su nombre: A más B, elevado a m, partido por pi, eran siempre Lucy, Lucy, Lucy... Así transcurrió mayo.

Una tarde un poco más tibia que las otras, el subconsciente les avisó la proximidad del desenlace, y los dos quisieron detenerse en el borde del precipicio. Al llegar Lucy de la calle. José no le preguntó de dónde venía: dejó sus cálculos, sacó del fondo de su ser una sonrisa afable, cándida, no usada desde hacía ya mucho, y se puso a hablarle de futilezas y a proponerle salir aquella noche a dar un paseo. Ella, sorprendida, casi conmovida, le respondió que era mejor que se quedaran y que él trabajase mientras ella tejía a su lado.

—¿De verdad que no quieres salir?

—¿De veras que no prefieres quedarte con tus papelotes?

Y de súbito una duda mutua se puso entre ellos, y crispó las dos sonrisas y heló las dos bondades, «No quiere salir porque llega ya cansada de donde viene», le sugirió a él. «Se ha fatigado con el trabajo de toda la tarde, y ahora quiere venderme la lisonja de que lo deja para salir conmigo», le sugirió a ella. Aquella noche ni siquiera el amor físico los pudo juntar. Y hasta muy tarde, despiertos y hostiles, temiendo que un roce o una palabra imprudente hiciera estallar la electricidad acumulada en ellos, no consiguieron dormir.

Pasaron varios días más, inexorables. El 18 de junio, José no trabajó en toda la mañana, ni a mediodía tampoco, y Lucy ni se asomó al balcón siquiera. ¿Para qué? Ya toda su vida y toda su muerte estaba en ellos nada más, y en el influjo de la primavera que, hasta en aquel su penúltimo encierro, delataba su presencia en un ramo de geranios violento y en otra de taimados jazmines, cuyo perfume ponía en la habitación algo que en un jardín habría sido delicia y allí era ponzoña.

A eso de las cuatro de la tarde —según la apreciación del médico forense— José, asustado quizás de oír la hélice de sus pensamientos atornillarse en el vacío, dirigió su diestra a un estante de libros, y no sé si por deliberación de la voluntad o por una de esas casualidades en que el destino muestra la oscura rectitud de sus designios, cogió el volumen que apareció luego abierto sobre la mesa: el Otelo de Shakespeare.

Puesto que allí estaba casi toda la raíz de su drama, de él había que tomar la norma técnica, debió decirse con esa lógica compatible, a veces, con las máximas exaltaciones de la locura. Entró Lucy, y quizás cambiaron entre ellos palabras de inmensa fatiga o de cólera inmensa. Y después las manos de José se agarrotaron en torno al cuello, hasta que la cabeza se mustió para siempre. Luego, de un tajo único, con la maravilla de afilar lápices, se seccionó las dos carótidas. La fuerza hubo de ser tal para obtener tan tremendos resultados con arma tan mínima, que, cuando descubrieron los cadáveres, en los dedos de la homicida diestra azuleaban aún las equimosis de la presión.

Cayeron casi juntos, y la sangre de José corrió hasta el cuerpo de Lucy y empapó sus vestidos, de modo que al entrar, era preciso fijarse bien para saber a cuál de los dos pertenecía.

Yo vi los cuerpos sobre el mármol del Depósito Judicial. Los tapaba una sola tela encerada sobre la cual los dos rostros, levemente inclinados en dirección opuesta, como si hasta en aquel instarte quisieran rehuir la comunicación, ofrecían una diafanidad de cera y una expresión tan sosegada, que parecía que de un instante a otro fueran a sonreír. Y pensé que las dos almas, ya desencarnadas y libres de todo influjo sensual, eran las que unidas por primera vez por completo, imponían a las caras tan suave paz y aquella esperanza de sonrisa.

El entierro fue la tarde siguiente, 20 de junio: lo recuerdo. Conservo, además, el papelito del almanaque. Con unos pocos deudos, seguí por entre las calles agobiadas de sopor los dos carros fúnebres. En la puerta estaba el portero caduco. En el patiezuelo el árbol, que ya era casi mástil sin savia. En los balcones las dos viejas a quien San Luis de Gonzaga enloquecía, el avaro de los ojos turbios, el enfermo incurable... Y todos se inclinaron hacia la muerte, para agradecerle, quizás, el haberlos olvidado, mientras que ellos dos, Lucía y José, poco antes saturados de vida, iban rígidos, fríos, inertes...

En una avenida ancha, durante breve rato, los negros carruajes marcharon a la par, anticipando a los dos ataúdes el momento de juntarse dentro de la fosa, bajo las paletadas de tierra. Como no conocía a ninguno de los acompañantes, a nadie di la mano al despedirse el duelo, y me quedé largo rato en el cementerio, leyendo lápidas. A la hora del crepúsculo, volví a hallarme, sin saber por qué, sobre la tumba recién cerrada, y siguiendo el hilo de un pensamiento obsesivo cerré los puños y, amenazadoramente, los tremolé hacia el lugar donde el día dejaba sobre unas montañas sus llamas últimas.

Lo raro de mi ademán atrajo a un sepulturero, que me preguntó:

—¿Le pasa algo?

—No, nada.

—Entonces, ¿a quién amenaza usted?

Pensé decirle que a la primavera, que pretendía incendiar, con la última hora de su último día, la sierra casta; pero no me atreví. Ante mi evasivo encogimiento de hombros, el hombre añadió:

—Bueno, vamos andando hacia la salida; es hora de cerrar. Y aquí, por la noche, nadie se queda por su gusto.

Lo seguí, aceptando por cosa natural que en el postrer episodio del drama cuya decisión había sido pautada en el Otelo, interviniera un enterrador que parecía provenir del Hamlet. Al otro día mi ciudad recobró su ritmo de cordura. Ya era verano.

Los ojos

Ahora que ya está todo concluido —decía la carta—; ahora que el fallo injusto del jurado ha puesto entre la sociedad y yo una barrera de treinta años, que mi escasa salud no me consentirá saltar, quiero darte a ti, que aun en los días envenenados inmediatos al crimen tuviste palabras de piedad y me exhortaste a decir algo en mi defensa, la razón de aquel obstinado mutismo. Si me has visto seguir los debates con resignación, si oíste al defensor rogarme en vano que le diera un apoyo, siquiera débil, para añadirlo a mis buenos antecedentes y sustentar su alegato, no lo tomes por desvío o embrutecimiento. Precisamente cuando él insinuaba la posibilidad de algún disturbio cerebral, yo sentía encenderse mi cordura como una luz y, después de alumbrar todas las posibilidades, decirme cuán estériles serían mi disculpa, mis motivos, que solo podrían ofrecer sin mancharse de mentira, causas fugitivas e incorpóreas a quienes para disponer contra mí tenían el argumento irrecusable de los hechos. ¿No asesiné? Sí. ¿No está manifiesta la alevosía del asesinato? Sí. Bajo el móvil oscuro del crimen, ¿no aparece claro que no recibí de ella ofensa ni siquiera excitación alguna? También. Por eso, cuando habló el fiscal de sadismo y de otras sandeces, viste en mis labios aquella sonrisa de impotencia interpretada por todos como una confesión. Y sin embargo...

Hoy que después de un año de presidio, vencido por las privaciones, domado por las labores manuales, siento la indiferencia pública cerrarse como la puerta de otra cárcel espiritual sobre el recuerdo de «mi caso», me obsesiona la necesidad de explicar este «sin embargo». Y para no decirlo a ninguno de estos seres desventurados o perversos que conviven conmigo, pongo tu nombre al principio de este papel y escribo esta carta, que acaso no me decida a enviarte nunca.

¡Cuán absurda debe parecer esta historia a infinidad de hombres vulgares y felices a quienes el misterio no ha elegido para ahincar en ellos su garra! Para no añadir obstáculos a la casi imposibilidad de explicación, he de proceder con método y remontar el curso de mi vida hasta la niñez. Tú, que te sentaste conmigo en los bancos del instituto, creerás conocerla tan bien como yo; mas siempre hay en las vidas rincones ocultos no revelados ni aun a los más próximos. Así te extrañará saber que el día de nuestro examen de Retórica —¿te acuerdas?—, cuando me dio aquel desmayo que muchos compañeros juzgaron marrullería o gana de apiadar a los profesores, vi por primera vez los ojos que habían de perderme.

Los vi claramente, no sé si dentro o fuera de mí, destacar del fondo de una cara de facciones indeterminadas las pupilas grises, los iris muy negros y la esclerótica de color pajizo. Aquello duró solo un segundo: pero la mirada fue tan intensa, que durante muchos días quedó grabada en mi sensibilidad. Y las dos o tres veces que quise decir a mis padres o a algunos amigos, a ti misma, algo de la alucinación, una voluntad más fuerte que mi ansia paralizó mi boca.

El examen fue el 4 de junio del 82 a mediodía: me acordaré siempre. Y mi emoción, al resolverse en congoja, hizo diferir el último ejercicio para dos días después. Obtuve notas brillantes, y mi pobre padre me compró en premio el reloj tan deseado desde hacía tiempo. Pero ni el regalo ni las felicitaciones lograron adormecer la inquietud de volver a ver aquellos ojos. Y esa inquietud fue poco a poco transformándose en terror.

Toda puerta, toda ventana, todo sitio por donde pudiera entrar, me causaba zozobra. Y a veces, en medio de una conversación, mi interés se apartaba de las palabras para seguir en el aire algo invisible, algo deseoso de plasmarse y de tender hacia mí las curvas flechas de las pestañas, el círculo gris, el puntito negro chispeante y la pajiza almendra con su brillo de concha marina...

Esta tortura duró muchos días, casi hasta el otoño. Mi vida era entonces de ejercicios al aire libre, de nutrición sana; y a pesar de eso languidecía. Los médicos, después de auscultarme y de hacerme preguntas difíciles, diagnosticaron un poco de anemia, sin sospechar que todo aquello era obra de los ojos malditos. Yo tomaba los reconstituyentes para no contrariar a mamá, y procuraba aturdirme con los juegos, interesarme por todas las cosas, esperando hallar en cada sueño la medicina única: el olvido.

Y casi olvidé... ¿Qué no puede olvidarse a los catorce años? Pasaron diez, cursé en la Escuela de Arquitectura, y los estudios, las ilusiones y la pubertad fueron retoños tan fragantes que más de una vez pensé en la antigua alucinación y un mohín de mofa separó mis labios.

A pesar de eso, un día me sorprendí al recordar tan bien aquellos ojos, y otro hube de realizar dolorosos esfuerzos para no pintarlos en un dibujo cuyo modelo me parecía mucho menos vivo que mi visión interna. Entonces comprendí que debajo de las floraciones primaverales guardaba el tronco la carcoma: que los ojos terribles no estaban muertos, sino ausentes, y que un día u otro se me volverían a aparecer.

Esta sensación de terror se agudizó y duró varios días, durante los cuales, con alternativas, tuve la impresión de que los ojos estaban como indecisos entre mirarme o no... Luego comenzaron a alejarse.

No es que desaparecieran de mi memoria, sino que al pensar en ellos los veía muy lejanos, igual que durante los diez últimos años, como al través de unos gemelos poderosos usados al revés. Esta anormalidad no modificaba ni mi vida de reacción, ni mis estudios. Salí de la escuela con el número cinco, me independicé, conocí a mi mujer, nos casamos...

Mi existencia era activa y fructífera, sano de cuerpo y de espíritu, triunfaba de las envidias profesionales, y a cada esfuerzo sucedía la recompensa. Hasta el no tener hijos, el carácter frívolo de mi mujer y la holgura económica, contribuían a procurarme la paz propicia a mis labores. Tú has conocido mi casa, mis obras, y comprenderás cuán poco quejoso debía estar yo de eso que llaman suerte. Sin tener nada de ogro, al contrario, gustábame ponerme a cubierto, siquiera un rato cada día, de la turbamulta social; y ahora te confieso que no era por empaque de hombre de estudio, sino por la necesidad del recogimiento preciso para pensar en los ojos terribles...

Porque desde el temor de la segunda aparición, ni un solo día pude pasar sin dedicarles un rato; rato tan desagradable, tan imperativo e imprescindible a mi espíritu como algunas funciones fisiológicas al cuerpo. ¿No recuerdas haberme visto muchas veces, al sonar las cuatro, despedirme con celeridad, pretextando una ocupación que jamás especificaba ni retrasaba? Acaso también tú me atribuiste alguna aventura. Confiésalo.

Era que mi espíritu, habituado al método riguroso de las matemáticas, llegó a regular la irregularidad que lo minaba... A las cuatro, estuviera donde estuviera, recogía los puentes levadizos que me unían a la realidad, me aislaba en mí mismo, y me ponía a pensar en los ojos con toda mi alma. Este doloroso tributo, oculto para todos, no entorpecía en lo más mínimo mi inteligencia, ni quebrantaba mi salud. Ya sabes que hasta la misma mañana del crimen hice mi gimnasia y trabajé con perfecta lucidez, y que he combatido victoriosamente las insinuaciones piadosas del defensor obstinado, igual que tantos, en atribuir a falta de razón los actos cuya razón desconoce. Una existencia perfecta de equilibrio, en cada día de la cual hubiera un instante de vesania y de horror, esa era la mía.

Los meses pasaban sin aportarme ningún consuelo. A veces preocupábame la idea de sufrir una manía pueril o el comienzo de la locura; mas la regularidad de mis trabajos, mi bienestar físico, y la imposibilidad de hablar o insinuar siquiera algo de aquello, me convencieron de que los ojos eran reales y de que estaban ligados a mi vida por un hilo invisible, elástico, fortísimo, que solo la muerte podría cortar con su seguir...

Una tarde, de vuelta de reconocer un edificio ruinoso, volví a tener la impresión tremenda de que los ojos se acercaban. Habían pasado siete años desde la última sensación semejante, y, sin embargo, reconocí enseguida la misma clase de inquietud, de dolor. Los ojos se acercaron lentamente durante muchos días, hasta que un domingo tuve la certeza de tenerlos ya próximos y de poder, de un momento a otro, encontrármelos, verlos objetivamente fuera de mí como los había visto tantas veces dentro de mí desde el día del examen de Retórica.

¡Y, al fin, los vi no solo un instante y en el aislamiento excitado favorable a las quimeras, sino largo rato y en medio de la calle!

Era de tarde, poco después de «su hora», cuando se me aparecieron. Y, como la primera vez, no percibí ni el cuerpo, ni las facciones de la cara a que pertenecían. Súbitamente sentí algo punzarme hasta el fondo de los huesos, y volví la cabeza seguro de ver los iris tenebrosos, las aceradas pupilas, los óvalos vítreos de blancura terrible... Lleno de valor, y para acabar de una vez, fui a su encuentro en lugar de huirles; y durante un rato anduvimos así por entre la gente, hasta que los vi meterse en una travesía solitaria y después en el tercer portal de la derecha. Yo estaba solo, y todo mi valor se volatilizó. Incapaz de volverme atrás, seguí andando, y al pasar frente al zaguán los vi fulgir en la sombra y hube de realizar un esfuerzo enorme para no entrar tras ellos...

El mismo miedo multiplicó mis energías: eché a correr, me mezclé jadeante a la muchedumbre, regresé a casa, y tuve la heroicidad de hablar de cosas pueriles para ocultar mejor mi secreto. Encontré a mi mujer en la cocina, pues acababa de despedir a la criada, y dos veces tuve intención de confesarle todo, o, al menos, de decirle que me encontraba enfermo; mas tampoco pude, y devoré en silencio mi fiebre fría y lúcida. Y en el largo insomnio asaeteando las tinieblas con la mirada, el mismo temor me hizo desear en vano que se me volvieran a mostrar... ¡Ah, qué larga noche! ¿Cómo iba a figurarme yo que los tenía tan cerca?... ¡Tan cerca!

A la mañana siguiente, fui a la oficina y estuve trabajando en unos proyectos, aunque sin lograr sacudir el malestar. Al mediodía llegué a casa, entré con mi llave, y ya en el comedor me senté a leer los periódicos, según costumbre. Mi mujer no tardó en llegar, me dio el beso habitual y se sentó frente a mí. Yo leía algo de teatros y luego la fuga de un banquero. Leía tan prodigioso y fantásticamente interesado, que no sentí cuando sirvieron la sopa y mi mujer hubo de llamarme la atención: Vaya, vamos a comer... Aquí tienes a la criada nueva.

Alcé la cabeza y debí ponerme muy pálido, porque la vi sobresaltarse y acudir en mi ayuda.

—¿Qué te pasa? ¿Te sientes mal?

Denegaba con el ademán, y de mis labios no podía salir ni una frase... ¿Has comprendido lo que era? Los ojos terribles estaban allí, vivos, claros, más claros que nunca; pero en la penumbra de un rostro como otras veces, sino en la cara de la nueva criada.

Y, sin concordar con las facciones, con los ademanes, con la sonrisa, humilde, me miraban con aquel mirar solo visible para mí, y reducían, aniquilaban mi voluntad de estar sereno, lo mismo que la llama del soplete vence la resistencia del metal.

Yo habría gritado, huido; me fue imposible: dócil al consejo de mi mujer, obstinada en atribuir a debilidad y exceso de trabajo el accidente, empecé a comer clavada la vista en el plato. Y ellos dos se pusieron a hablar, a hablar... Y yo no oí con el oído, sino con el corazón, aquellas palabras a la vez sencillas y pavorosas.

—Usted debe ser muy joven, ¿verdad?

—Sí, señorito. Nací el 4 de junio del 82.

—¿A qué hora, a qué hora? —le pregunté sin contenerme ya.

—¡Qué cosas tienes! ¿Cómo va a saber eso?

—A mediodía, señorito... Lo sé porque mi madre me lo ha dicho muchas veces... Enseguida de nacer me sacaron de aquí, y estuve entre la vida y la muerte. Luego nos fuimos a la Argentina, y hace diez años volvimos y casi estuvimos decididos a vivir aquí, pero a mi padrastro le salió otra buena colocación allá, y nos fuimos otra vez.

—Allí han estado siete años. ¿No es eso?

—¿Cómo lo sabe usted?

—Pero, ¿tú conoces a esta chica? ¿Por qué estás así?

Y una energía independiente de mi voluntad me hizo reponerme, tomar un aspecto tranquilo y decir con acento sincero:

—Tengo idea de haber conocido a su padrastro... ¿Y hace mucho tiempo que llegaron ustedes?

—Ayer. Como estamos solas mamá y yo, y los parientes no tienen habitaciones bastantes y no nos recibieron como pensábamos, pues yo le dije: «Lo que ha de ser después, que se sea enseguida». Y busqué casa.

¡Y mientras ella citaba hechos y fechas, yo los cotejaba con rapidez terrible, comprobando el porqué de aquellas alternativas de proximidad y alejamiento, de amenaza y de engañosas esperanzas de liberación, que habían marcado mi vida hasta entonces!

¿Cómo describirte ahora los hechos que se amontonan, que se atropellan? Sin duda, salvo los ojos, todo era bondadoso en la pobre muchacha. Mi mujer le tomó gran apego, y a cada uno de mis pretextos para despedirla supo argumentar, cual si recelase que yo no podía decirle el verdadero motivo. Desde entonces llevé en mi propia casa una vida de persecución, de tortura. Al abrirme la puerta, al entrar en una habitación, al trasponer un pasillo, los ojos se fijaban en mí y sus iris de ébano parecían decirme: «¿Creías que no vendríamos a buscarte? Ya estamos aquí, ya no nos iremos nunca más». Al principio inventé ocupaciones, invitaciones, para escapar; pero, al mismo tiempo, la fuerza magnética de los ojos me atraía y concluí, para no separarme de ellos, por hacer en casa hasta muchos trabajos que antes realizaba fuera. Te juro que en esa atracción para nada entraba su cuerpo apenas recuerdo que era menuda, desgarbada y que su rostro —como han notado los periódicos con su indelicadeza de siempre— nada debió tener de seductor. Acaso hubiera en su sonrisa algo de bondad, pero bondad ajena a todo incentivo sensual. «Yo bien quisiera libertarte y libertarme yo... ¡Tú no sabes cómo son estos ojos!», parecían repetir: sin palabras los finos labios que luego vi gruesos y cárdenos... Y si al decir el fiscal las petulantes insulseces que dijo acerca de las degeneraciones, yo hubiera podido explicar a los jurados la verdad o ponerles ante la vista los ojos funestos, y hacer hablar a los propios labios de la muerta, que de seguro me darían las gracias por haberlos librado de la terrible vecindad, ahora estaría libre... ¿Comprendes ya? ¿Debo aun contarte del resto? ¿Cómo describirte aquella vida, aquel huir constante en la estrechez de la casa, de los ojos que era imposible dejar de mirar? Lo que pasó habría sucedido mucho antes si en cien ocasiones mi mujer no me hubiera prestado, con solo su presencia, ayuda inconsciente. Más, al cabo, un día nos encontramos solos en la casa y...

Yo la sentía rebullir en la cocina, y estaba alerta sobre mis planos, pidiendo en una oración de todo mi ser que se quedara allá, y, al mismo tiempo, con la convicción de que esa plegaria no sería atendida. La espera debió durar mucho rato, no sé... Fue una de esas horas en que se siente el elemento de eternidad de cada minuto... ¿Por qué extremaban los funestos ojos su crueldad, martirizándome con aquella interminable espera? ¿Ellos mismos no habían dicho, sirviéndose de la boca bondadosa, que lo que había de suceder después era mejor precipitarlo? Al fin sentí pasos, me levanté de un golpe y en la oscuridad del pasillo mis manos avanzaron con furor homicida hacia los puntos enemigos que fosforecían en la sombra y avanzaban hacia mí armados también con las armas invencibles de su mirada. ¿Por qué había de ocurrir el encuentro en las tinieblas, donde yo no podía ver su cara, su cuerpo menudo, su cuello fino como un tallo todo cuanto podía templar mi encono; donde solo los podía ver a ellos? Hubo en esto algo misterioso y fatal... Todavía hoy siento el terrible equívoco de la escena... Yo no sentía nada contra ella, te lo juro, sino solamente contra sus ojos; si mis dedos atenazaron su garganta fue por un ademán torpe, instintivo. Si en vez de abrir los párpados desmesuradamente y mostrarme las pupilas y el iris estático y el blanco mucho más grande y viscoso, los hubiera cerrado, te juro que me habría conformado con esa victoria y mis manos habrían aflojado generosamente... Pero estaba escrito que los ojos habían de ensañarse en ella y en mí. Ya el cuerpo se desmadejaba inerte, ya en la piel había rigidez y frialdad, y los ojos permanecían dilatados, retándome. Y no se cerraron hasta mucho después, cuando todo era inútil. ¡Ah, si en vez, de cegarme la cólera yo hubiera envarado los dos dedos índices, como dos lanzas, y los hubiera clavado en ellos solo en ellos!... ¡Qué gratitud me hubiera guardado para siempre la cieguecita!

Y eso es todo, amigo... No lo digas a nadie. ¿Para qué ya? Mi mujer ha muerto, dicen que de dolor. ¡La pobre! A su existencia vulgar alcanzó también el maleficio de los ojos diabólicos. Todo se me aparece ya remoto en este aislamiento, y la ruda labor, el aire confinado, la media muerte con que la sociedad castiga, las sobrellevo. Cada semana traza una rayita en mi celda, y ya hay muchas..., aunque bien veo que la pared imagen de mi vida es pequeña para contener las que faltan. Detrás de uno de los patios, un naranjo asoma un poco de ramaje que ya ha verdecido dos veces y cuyas nuevas flores estoy aguardando con impaciencia, como si floreciera solo para mí... Alguna vez la nostalgia de mi vida rota me sube en marejada del corazón, y lloro, y me desespero, y me mustio; pero enseguida lo inevitable de mi culpa me consuela, y a manera de bálsamo viene la certidumbre de que ya los ojos no podrán aparecérseme nunca más, de que ya no están ausentes, sino muertos. Para apagarlos fueron precisas dos vidas y una libertad; tres vidas, en fin; pero se apagaron... Te escribo de noche, viendo al través de mi ventanuco un pedazo de cielo salpicado de plata... Aún me faltan veintiocho años, seis meses, dos días y casi medio, porque deben ser cerca de las doce... ¡Ah, si al menos mañana empezara el naranjo a florecer!

Apólogo de Mary González

Está invitado a almorzar, y llama en la cancela de la casa antes que llegue el Sol al meridiano. Ha corrido muchas tierras, ha vivido muchas costumbres, pero el amor a la patria donde tan poco ha estado con el cuerpo, lo mueve, cuantas veces le es posible, a ajustarse a los horarios de ella. A poco de sonar la campanilla, una muchacha avanza por el jardín. Es ágil; su tez soleada y el ritmo de su paso sugieren ideas de gimnasia y de juego. Luce esa fuerza ágil de los buenos cruzamientos de raza. Debe ser la hija del anfitrión.

—¿Usted es el señor Martí? Pase. No puede figurarse las ganas que tenía de conocerle. Al primer mitin que den los cubanos, voy... No he ido antes porque estaba en el colegio, en Nueva Jersey... Pase. Yo le haré compañía hasta que papá venga. Tuvo que ir a la fábrica por no sé qué asunto... Él cuenta y no acaba de usted.

Un poquito turbada, a pesar del aplomo aparente la muchacha guía al invitado, que sonríe. Cuando van a subir los primeros escalones de la casa, él le dice:

—También yo la conocía a usted de nombre... Sé que, aun cuando ha nacido en Valladolid, se ufana de ser americana; que tiene el primer puesto en todas las asignaturas de savia inglesa... Y el acento es yanqui puro. Cuando tengamos confianza, le diré que su boca puede reprocharle a su nariz el que se entrometa un poco en su conversación: Su inglés es nasal, y su español suena ya un poquito a falso, como moneda que empieza a partirse.

—¡Vine de tan chica!... Además, mi madre, aun cuando hija de españoles también, nació en Boston. El idioma de mi niñez no ha sido el español, y casi tengo que traducir... ¡Como que cuento y rezo en inglés! Papá quería que hablase como él, pegándome con las jotas, las zetas y las erres. Cuando me da por complacerlo, quedo más cansada después de una conversación que tras un partido de tenis.

Ríe con su boca fresca de dientes nuevos. El invitado le responde:

—Ni su papá tiene en esto razón... Ni usted tampoco. La corriente nos arrastra, mas hay que nadar contra ella. Y usted, tan buena deportista sin duda, hace todo lo contrario; nada a favor. Ya que no hablar, procure, al menos, pensar en algunas cosas como piensa su padre.

—Pues tampoco. No reñimos, porque nos queremos tanto que cuando estamos juntos solo tenemos tiempo de mimarnos el uno al otro. Pero siento que si se pusieran frente a frente nuestras ideas sin que la sujetaran nuestros cariños, nos pelearíamos de firme. Él, aunque usted lo ve tan comerciante y aunque le haya ido tan bien en su fábrica de tabacos, es poco práctico. Mientras que yo... Los molinos de Don Quijote le dan vueltas en la cabeza. No creo que haya, no aquí en Tampa, sino en todo el mundo, un español más español que él.

Ya están en el corredor festoneado por una enredadera de hojas brillantes; ya se miran, sentados, frente a frente.

Bajo el ancho bigote, la sonrisa buena persiste. La muchacha, para afirmar su desenvoltura, cruza una pierna sobre otra y respira recio, contrayendo e hinchando el busto de curvas magníficas. Media entre ambos un silencio atento. Ella, muy mujer, se desasosiega y lo corta.

—Mire que papá, español tan español, y usted, que es el filibustero más filibustero según dicen, entenderse...

—Y a maravilla. Nuestras almas hablan la misma lengua. Me ha invitado a su mesa, y pienso nada menos que sacarle dinero para nuestra Revolución. Usted y yo, en cambio, creo que no nos entenderíamos tan bien, vamos a ver, ¿quiere que riñamos un poco mientras él llega?

—¡Oh, no!... Ya sé que va a decirme lo que otros me han dicho: Que me he americanizado demasiado, que me siento americana hasta la médula, que admiro esta civilización, esta libertad, estas oportunidades dadas a todo ser libre... No lo niego. Para mí el pueblo más grande y más liberal del mundo, es este, pero discutir con usted ¡Dios me libre! Sé que es un portentoso orador. Me aplastaría con bellas palabras, a la española.

La sonrisa ha comenzado a disolverse bajo el mostacho, y todavía, antes de que desaparezca por completo para dejar sitio a un gesto triste, transcurre otro silencio lleno de piar de pájaros y cabecear de rosales. Esta vez no es ella quien lo rompe.

—Ataca usted antes de que la ataquen. Dicen que es la táctica mejor. Y, sin embargo, no siempre es de fuertes. Habla usted de los oradores como de los brujos, con una especie de admiración medrosa, como si el orador fuera un tramposo, un prestidigitador de palabras. A los grandes oradores se les conoce mejor el mérito, cuando tartamudean. Y yo ni siquiera voy a tartamudear ante usted, porque voy a hablarle de cosas que tengo muy pensadas, muy sentidas: que he dicho muchas veces. Mi admiración a este país es también muy viva. Ha tenido y tiene grandes hombres; tiene grandes masas también. Pero adora a Mammon, se está envaneciendo de su fuerza y temo que, convertido en retorta de todos los pobres del mundo, dé un día una raza enriquecida y rapaz que no pueda tener por antepasados a los emigrantes del «Mayflower», ni a los redactores de la protesta ejemplar al rey Jacobo. Nada ayuda a despreciar tanto la razón como la fuerza excesiva, y este país ya la tiene. La meta es ya, para cientos de miles de americanos, el oro con todas sus concupiscencias sensuales y el poder con todas sus bastardías. Los grandes idealistas, poetas y filósofos tienen en este pueblo, que ama usted tanto, un carácter excepcional que sorprende. No son culminaciones de la masa, sino incrustaciones extrañas a ella. Hoy se amparan, con todas las estrellas de su bandera, en el amor a la libertad; mas la libertad es incompatible, y la paz también, con el acaparamiento de la riqueza. El águila no es en vano su Espíritu Santo, y llegará un día en que otras fieras de otros emblemas tengan que luchar contra ella. ¿Que crecen aquí el bienestar y la independencia? En buena hora. ¿Que usted y cien mil girls se enorgullecen cada día más de lo deprisa que van hacia las nivelaciones sociales? Albricias. Las muchachas de España, las muchachas de toda nuestra América, son, junto a ustedes, pacatas e indecisas. Pero cuide usted de que para conquistar esta superioridad del cuerpo y del alma, no haya sido menester sacrificar algo sustantivo del sexo. Yo le temo al dólar como a algo perturbador. En el nuevo Paraíso, la serpiente llevará un dólar de oro en vez de silbido y de veneno. Admiro a esta gran nación en sí, pero no quiero parecerme a ella, ni quiero que la nación a la cual he dado ya mi vida, dependa de ella nunca. Con los españoles como su padre, y aun con los otros, me entiendo. Con los norteamericanos, no. Aunque a veces queramos las mismas cosas, las queremos con palpitaciones diferentes. Y usted, fundiéndose en esta raza, es algo que se me pierde, y me dan ganas de llorar... Porque usted se casará con un americano, y sus hijos no mirarán nunca más con ojos puros hacia nuestros países. Antes bien, se servirán de su heredado conocimiento de nuestras flaquezas, para mejor perdernos. De un Smith, aún puedo fiarme. De un

González norteamericano, no me fiaré jamás. De la transfusión de sangre que no es afín, mueren los enfermos. Aun cuando se injerte en el tronco de nuestras repúblicas el mundo, el tronco ha de brotar de cada tierra, nutrido de su sangre, de sus sacrificios, de sus tradiciones. Cada país necesita vivir con todos, pero de sí. Ni con limosneros de derecho se fundan naciones, ni con parásitos o mulatos de civilización se sostienen. Es más fácil invadir a un país que nos tiende los brazos, que a uno que nos vuelve la espalda. Y en el futuro, cuando se rompan los lazos inmediatos de la estupidez y la maldad, de España tiene que venirnos la sangre afín: de esa España grande cuya esencia está usted cambiando poco a poco por confort y por libertad falsificada. Libertad. María —ino Mary!— es el derecho que cada ser tiene a hablar sin hipocresías y a ser honrado. A España, hoy enemiga, todos debemos, después de combatirla y de reformarla por nuestra victoria, sentirla en lo hondo de nuestras entrañas, porque de ella vino nuestra vida, de ella viene nuestro indómito temple y han de venir las resistencias del mañana. Si unificamos la cultura, de posible diversidad; la raza, de imposible separación, nos abrirá nueva plaza en la historia. Un indio educado puede ser Benito Juárez, ipero a condición de que Cortés fecunde a la Malinche! España caída, empobrecida en manos de torpes gobernantes, tiene, empero, esa grandeza que anhelo yo para todas las naciones de mi América, porque pueblo mayor no es aquel en que una riqueza desigual produce hombres crudos y mujeres venales: pueblo grande, no importa su tamaño, es el que da hombres generosos y mujeres puras. Todavía está expuesto a ser esclavo el que mantiene esclavos a su lado, y este pueblo tiene dos amos déspotas: el dinero y la prisa. Yo digo a los míos: el vino de plátano, y si sale agrio ies nuestro vino! Y así le digo a usted, María —ino Mary!—, María González, hija de español, nieta de españoles acepte usted solo de este emporio lo que pueda ser fronda de su árbol, sin alterar el jugo vital que por el tronco hispánico viene de muy hondo, de muy lejos. La vida espiritual es una ciencia como la vida física; cultive usted su españolismo y, corrigiendo el viejo proverbio, piense que, por desgracia, aquí todo lo que reluce es oro. De la raza, como de la religión, el que reniega es siempre sospechoso hasta para la misma raza y religión, porque deja las suyas. Recuerde usted sus años de colegio, y alguna aventura habrá en la que su españolismo le haya servido de coraza o de arma. Usted dice con Séneca: «La patria es donde bien se está», y además, en el idioma perentorio de hoy: «¡Quiero vivir mi vida!». Y la vida, la más nuestra, María —¡no Mary!— no es nuestra solo: hay sepulcros y hay cunas. Hay voces en la sombra, manos invisibles que impulsan y piden... ¿Se le aguan los ojos? ¡Buenas lágrimas! ¿Ve usted cómo el orador no es el abrillantador de mentiras, sino el desnudador de verdades?

Una mano ha ido a refugiarse en otra mano, y una cabecita de rizos color de caoba ha buscado el cobijo del pecho varonil. Sin duda todas las palabras no fueron entendidas, pero hay el tono; la atmósfera... Y las que dieron en el blanco del corazón, bastaron. Al través de las insinuaciones de lágrimas que no llegan a llanto, ella sonríe. Y una marejada dulce los envuelve. Por esa sonrisa veteada de emoción, se siente pagado de su larga plática. El mito de Orfeo ha vuelto a realizarse. Una palabra más, una insinuación suya, y el premio supremo sería para él, a pesar de toda la diferencia de edad. La certeza subconsciente de que su vida está cerca al fin, lo embriaga cual si fuera a llenársele en raudal la copa a medio vaciar de la existencia. La tentación dura un tiempo mínimo. ¿No venció otra más fuerte, allá en Guatemala? En la mañana rubia, ante la belleza rubia rendida, siente otra vez que del mismo germen son la miel, la luz y el beso. Y a la conciencia se ha impuesto en fácil triunfo.

Si la mujer al ser conmovida necesita besar, Mary González no será harto defraudada: besará; pero el beso que reciba no tendrá el aguijón sabroso y ponzoñoso que suele enconar los besos febriles. Dos manos cogen su cabecita y la guían. El beso no es ruidoso: es largo, de alma, en la frente. Y, al separarse, él murmura:

—Vamos a ver si el discurso sirvió de algo: ¿Cómo se llama usted?

—María González —responde ella comprendiendo rápida. En ese instante se abre la cancela y entra el dueño de la casa. Es corpulento, jovial, áspero de facciones y de ojos blandos. Desde lejos bromea con su huésped:

—¿Me está usted dando lecciones de filibusterismo a mi princesa, señor cabecilla?

—No, señor. Se las he dado de españolismo, que no es lo contrario, aunque algunos se lo figuren.

Ya están juntos los tres; y hay otro beso entre padre e hija, y un apretón de manos entre los dos hombres. Los rosales cabecean en el jardín cual si quisieran otorgar fragante aquiescencia a las palabras. Una brisa que viene de bañarse en el mar, que viene de Cuba tal vez, lleva hasta el fondo de los pulmones ecos de sal y yodo.

Cayetano el informal

Cuando don Cayetano salía cada mañana a las ocho y media de su casa de Jesús del Monte y, a paso corto, dejando atrás la nubecilla azul de su veguero, iba hasta la línea del carrito, cuantos se cruzaban con él tenían la ilusión de ver reanimarse una estampa antigua.

Alto, armónico de miembros, de avellanado rostro donde el pelo, las patillas y el caudaloso bigote blanqueaban realzando el negro vivaz de los ojos; con su flus de casi charolada albura, su panamá que parecía marfil flexible, y su sonrisa niña a la que daba edad un diente de oro, dijérasele en demanda de la volanta o del quitrín, y no del vehículo eléctrico.

Resumía los rasgos cardinales del criollo. Y evocadas por su apostura sin empaque y su llaneza señoril, la hidalguía española y la bondad cubana venían tan simultáneamente al pensamiento, que formaban una imagen sola. Lo mismo podía concebírsele desplegada la diestra sobre el pecho entre la golilla de encaje y el áureo pomo de la espada, que con guayabera constelada de estrellas de cinco puntas, machete y sombrero levantado por delante para mostrar mejor la alegría de la faz bajo la escarapela.

«El niño sabe a guanábana y a son cantado en un bohío, pero sabe también a peninsular de los buenos» —decía con arrobo la negra casi centenaria, esclava antaño de la casa, para la cual guardaba siempre don Cayetano algo infantil.

De este feliz entronque de razas, lo mismo que su apellido vasco. Arrechavaleta, estaba él tan contento que solo de una cosa por igual se ufanaba: de su formalidad. Su padre, arruinado en la Guerra del 68, se la dejó en herencia al retirarse a España.

«Traga saliva tres veces, pues, antes de dar tu palabra; mas echa luego tres veces la vida por la boca antes de faltar a ella, pues», solía decirle. Y esta dedicación a poner su alma íntegra detrás de cada promesa, le dio cautela y crédito, con los que otra vez rehízo la fortuna.

Su formalidad llegó a ser proverbial: «Lo ofrecido por don Cayetano, igual que tenerlo en la mano», decían unos; y otros: «Palabra de Arrechavaleta, escritura completa». Incapaz de pasar a una segunda cláusula sin tener la anterior dilucidada irrevocablemente, al terminar un trato y decir su sí o su no, extendía la diestra y trazaba en el aire invisible rúbrica ya siempre presente a sus ojos. Y este ademán era su signo notarial, su «doy fe en absoluto».

Llegó a ser tan extremada esta virtud, que andaba ya en las fronteras del vicio. «Papelotes, juicios y escribas son para tramposos», aseguraba. Y como su vida era especular, y a la fecundidad ubérrima de la tierra daba un trabajo nutrido de todas las sabidurías del guajiro y de todas las habilidades del colono, sus potreros medraron y sus trapiches se convirtieron en ingenios sin que nadie manchara con descontento ni envidia, su auge.

Las sacudidas precursoras de la erupción patriótica del 95, lo pusieron a prueba. Hijo de español, quiso siempre conservarse equidistante de las dos pasiones diametrales, con una dignidad tan palmaria que quitase a su prudencia toda sospecha de cuquería. Había casado con cubana, y cubano era él y eran cubanos sus dos hijos; mas allá lejos, junto a las brumas norteñas del Cantábrico, un viejecito que esperaba la muerte habría sentido caer una gota amarga en su hora última, si el menor de sus hijos —los otros estaban una en la Argentina y el otro en Chile: siembra pródiga de aventurero hispano— hubiese levantado armas contra España.

Fue una disyuntiva dolorosa, tan claramente dolorosa, que nadie pensó que las comodidades del hogar o el temor a los riesgos de la manigua, lo retenían. Pero no bastó su abstención: época asaeteada por relámpagos pasionales, no ya los hechos, no ya las palabras: hasta los silencios eran interpretados; y fue inevitable partir. ¿A dónde? A España, no: Habría sido ir a repetir en la ribera opuesta, y mucho más agudamente, el mismo problema.

Se trasladaron a Tampa, y desde allí asistieron a los primeros arrebatos de la Revolución. Ya los muchachos crecían, y el alma se les iba por los labios. Don Cayetano no osaba contener las patrióticas voces que eran como la voz de su alma muda. Y un día, creyendo ir a buscarlos, entró en una reunión pública en la que un hombre de frente vasta, de ojos alucinados y palabra tan pronto metálica como sedosa, plasmaba ante la muchedumbre la imagen aún inexistente de la Patria.

Al salir, después de los gritos de entusiasmo, rezagose un grupo en torno del tribuno. Don Cayetano no consiguió apartarse y siguió con ellos, bebiendo sediento las palabras que adquirían en la intimidad una elocuencia más persuasiva aún.

118

—Quien no tenga libertad para dar su vida a la causa, dé algo de su hacienda, o su pensamiento o su simpatía... Si el dinero no fuera estrictamente necesario, pediríamos almas nada más. La guerra, cuando es buena, cuando es santa, necesita por igual de sonrisas que de sangre. Hay que hacer virtuoso al inteligente, y útil al tibio.

Don Cayetano sentía que esas frases eran dedicadas a él. La unción del acento en aquel predicador de exterminio, daba a cuanto decía un sentido humano, razonable, necesario, tierno. Para formar milicias parecía que el tono imperativo de Iñigo de Loyola, su santo ancestral, fuese más eficaz que aquel suave dejo que infundía a las palabras gracia de florecillas —unas fioreti rojas, manchadas de una sangre que pudiera lavarse después—. Y él, que acaso no hubiese seguido al santo áspero, seguía dócil el eco de la voz seráfica.

Tarde, muy tarde, logró quedarse a solas con el cautivador de almas, y le dijo:

—Yo no tengo libertad para ir a la guerra; pero quiero contribuir a ella... Si alguna vez, que no lo quiera Dios, quedo libre, iré... ¡Iré, palabra! Mañana le enviaré a usted 3.000 pesos.

—Gracias en nombre de Cuba. Yo le remitiré enseguida un recibo provisional.

—No, no... Nada de papeles. Ni yo se lo prometo con escritura, ni quiero escrituras después. 3.000 pesos. ¡Dicho!

Y extendió la diestra para poner su rúbrica en el aire.

El noble rostro de la frente y los ojos de luz, se aclaró con una sonrisa, y la voz se tornó jovial para decir mientras palmoteaban las manos:

—¡Ya sé quién es usted! Don Cayetano Arrechavaleta... Déjeme estrechar contra el corazón ese pecho noble. He oído hablar tantísimo de usted, que me parece conocerlo. No se me corte, no... ¡Feliz quien logra hacer una leyenda de su hombría de bien!

El día en que don Cayetano recibió de Zarauz una carta de luto y pudo disponerse a cumplir su palabra de ir a la guerra, ya había muchos huesos heroicos en los campos y un verdor auroral confundíase del horizonte casi lleno aún de noche.

Fueron solo seis meses de fatigas y de esperanzas. Pero supo de los cansancios, de la hamaca metida entre dos quiebrahachas, de los sobresaltos del tiroteo, de los galopes rudos, de las alarmas, del fuego, de la sed, de la herida sin vendas, de la traición de las tembladeras y de algunos hombres, de los cortos reposos en las prefecturas, del maíz salcochado y de los mangos verdes. Y cuando llegó la hora dichosa de entrar en La Habana tras el Generalísimo, ni aun los que estaban en la manigua desde el primer momento pudieron dejar de tratarle de igual a igual.

Al calmarse el hervor de los primeros goces de la libertad, don Cayetano no quiso seguir en la estela tumultuosa y ya estéril de la guerra: colgó su media-cinta y su canana, dejó las disputas de la ciudad y se marchó a enderezar su hacienda arruinada otra vez. Solo su probidad y su formalidad consiguieron triunfar de los pescadores de río revuelto. Gastó en deslindes, atrajo braceros, roturó, labró, sembró. Y fue la suya la primera cosecha cogida en tierra libre. Un año después, el mar vegetal de los cañaverales ondulaba al paso de la brisa... Un año después y no antes: que aun en la tierra más próvida del mundo, el buen acero del arado trabaja menos deprisa que el de las armas.

Don Cayetano estaba contento... El azúcar subía, subía. Cada mes era un cuarto de centavo más, y la codicia de la vampiresa Wall Street buscaba, día tras día, ingenios que adquirir. ¡Ah, si el agente no se hacía ilusiones —y siendo su agente el más formal entre todos—, iba a hacer un negocio mirífico! Puesto que las dos últimas zafras habían sido de cien mil sacos, bien podían los representantes del trust yanqui ofrecer aquella cantidad enorme... ¡Iba a ser rico, rico en dinero, sin preocupaciones, sin deber a los bancos!... ¡Rico para poder ya descansar, e irse de viaje mucho tiempo; rico como don Nicolás Castaño; rico para no importarle que sus hijos Bebito y Tano jugaran fuerte en el Unión Club, y tuvieran tres máquinas mientras él iba en el carrito!..., ¡porque ya no había guagua! ¡Iba a ser rico!... Aquella noche se reuniría con el agente y las dos americanos en el Restaurant París, y a la mañana siguiente, aun cuando para él no habría sido preciso, claro está, irían a casa del notario a dar la minuta de la escritura... ¡Iba a ser rico!

La reunión fue breve y, sin embargo, pesada. Contra toda previsión, no eran don Cayetano y el agente quienes insistían. Con sus voces lentas y gangosas los americanos martilleaban: «Queda entendido que mañana, a las nueve..., a las nueve, para poder tomar nosotros el barco... El City Bank garantiza la operación... Si el señor quiere una cantidad a cuenta, o firmarnos siquiera una opción...».

Don Cayetano se enojó: «¿No valía su palabra más que todos los anticipos y opciones del mundo? Por el ojo de una "o" se escapa un pillo... Ya estaba su palabra dada, y nada más». El agente debió explicarle en inglés la historia y el renombre de don Cayetano, porque los sajones se pusieron en pie y se deshicieron en excusas, mirándole con una curiosidad semiasustada, sin atreverse a decir que en el mar de los business naufragan las formalidades. Y todavía, al despedirse, volvieron a repetir:

—Nos alegramos de que usted sea así, tan caballero... Mañana a las nueve, en la notaría.

Don Cayetano regresó a su casa algo nervioso. ¿El exceso de la comida? ¿El trabajo de seguir una conversación tartajosa sentíase pesado? No pudo leer el alcance del Diario, según su costumbre. Abrió la ventana, y el olor de los jazmines del Cabo y de los heliotropos concluyó de turbarle... Temiendo el insomnio, tomó la precaución, rarísimas veces precisa, de prevenir el despertador para las siete. Contra sus temores, quedose dormido poco después; pero no dormido como siempre: dijérase que estuviera en dificilísimo equilibrio sobre esa línea sutil que separa la vigilia del sueño.

Su olfato diferenciaba todos los perfumes frutales y florales del patio; sus ojos veían la ventana, la llama fresca del flamboyán, la Luna quieta que agrisada el blanco calizo de las paredes. Y tras una inquietud más intensa, vio abrirse la puerta poco a poco, y avanzar hacia él a un hombre envuelto en misteriosa penumbra de la cual solo se destacaban los ojos y la frente.

Quiso incorporarse para coger un arma, y no pudo. Un ademán aquietador, dulce, calmó su sobresalto. Y una voz, balsámica también, empezó a hablarle con suave reproche. ¿Dónde había él escuchado ya aquella voz?

Y la voz dijo:

—¿Qué vas a hacer, don Cayetano? Cayetano Arrechavaleta, cubano hijo de vasco y de cubana, ¿qué vas a hacer? Tu palabra es tu orgullo, y la has dado; pero la has dado para algo que no es tuyo del todo. Vas a vender tu finca. Vas a cambiar por un monte de oro sin raíces, de oro que pueda ponerse y quitarse en cualquier sitio, la sabana fértil y la cañada, y el valle hermanito menor del Yumurí, y aquel sitio donde un palmar dibuja en el suelo la estrella caída del ramaje: sombra dulce donde siempre se refugian los niños... Has dado tu palabra..., pero tú no sabes que ya se ha dicho: «La lengua ha jurado, el alma no ha jurado». Y tu palabra la pronuncia la boca, pero después; de haberla fraguado la conciencia. Mejor es; tú lo sabes, decir noblemente: «Me equivoqué», que mantener una palabra loca; sobre toda una palabra injusta, impura, delictuosa en ese otro Código más ancho que el que mueve juzgados y notarias... No exagero, antes me quedo corto, por estimación a ti. Vamos a ver: ¿Podrías dar tu palabra para vender tu apellido? Tu Arrechavaleta es de tus padres y de tus hijos; lo tienes en préstamo. Pues la tierra también. La tierra es para los abuelos y para los hijos. Está abonada con huesos de compatriotas nuestros, regada con sangre y con lágrimas mientras tú peleabas por Las Villas, otros cubanos peleaban por toda la tierra de Cuba, sobre la de tu hacienda también. Como no somos grandes y hemos luchado tanto, apenas hay de San Antonio a Maisí tierra sin muertos. Las brumas que cubren tu hacienda en los crepúsculos, son las ilusiones que cien generaciones pusieron en ella. Si ahondas en tu monte de oro, nada encontrarás. Si ahondas en tu sabana, en tu valle, en tu cañada llena por las tardes de sombras color violeta hallarás las aguas lustrales de nuestro Mar Caribe... No os ha bastado hacer de nuestro país un país diabético a merced del mercado vecino, y queréis hacer mercado de la tierra misma, de la tierra sagrada cuya venta pueden echaros en cara desde Hatuey al último vástago de la última entraña cubana fecunda. ¡No, que no se contagie el corazón del oro de ese diente que amarillea entre tus labios! ¡No, Cayetano Arrechavaleta, tú no, tú no!... Luchaste por la libertad; mas por la libertad hay que luchar en cada minuto, de mil modos, y ahora eres soldado de vanguardia en el decisivo combate. La guerra no empieza nunca en la primera batalla, ni acaba con la última... Ahora nos falta fundar, consolidar, combatir contra lo peor de nosotros mismos —vanidad y cólera— que queda siempre exacerbado después de la pelea. Sé que has empeñado tu palabra, tu orgullo; y, sin embargo, hoy la rúbrica de tu mano ha de borrarse en el viento. Dejarás de ser formal una vez: ¡gran sacrificio! Pero pesa en la balanza que todos llevamos en la conciencia, y pon de un lado el dinero y del otro los perfumes que te llegan, el aire que te envuelve, la cama de tierra libre que reemplazará un día, para siempre, a esa cama donde ahora reposas... ¡No, tú no venderás el pedacito de Patria que es tuyo, casi tuyo!... ¡Cayetano Arrechavaleta, no venderás!... ¿Verdad que tú no venderás?

Un temblor angustioso recorrió el cuerpo yaciente. Otra vez quiso incorporarse hacia la aparición; y su boca dijo sin necesidad de palabras:

—¿Quién eres tú que me hablas de ese modo? ¿Dónde te he oído antes? ¿Por qué tu voz me remueve hasta lo más profundo y pone en mi ser vibraciones nuevas? Dime tu nombre... ¿Quién eres? ¿Quién eres?

La sombra sonrió dulcemente, y respondió estas tres palabras luminosas, en un susurro:

—Soy José Martí

Al trepidar el despertador, una frazada cayó en repetidos dobleces sobre él hasta ahogar su repique. Con los párpados muy apretados, invocando un sueño lleno de grietas abiertas a la realidad, don Cayetano durmió hasta muy tarde. Fueron vanas las llamadas telefónicas de la notaría y las tres visitas del agente. Fiel a su orden, el criado de mano dijo a cuantos vinieron a buscarlo que se había ido al campo.

La noticia de su primera informalidad fue comentada con ese tono empavorecido con que se habla de los fenómenos que vulneran las grandes leyes del mundo. Y con la injusticia con que se exige todo de quien ya lo ha dado casi todo, bastaron aquellas horas para teñir con su sombra aparente tantos años de vida inmaculada. «¿Qué te parece lo que ha hecho Arrechavaleta?» «Vaya usted a fiarse.» «Puede que quisiera aún más plata.» «No, eso no, imposible...» Los financieros más expertos aseguraron que había hecho un mal negocio. Pero cada vez que algún indiscreto aludía a su incomprensible conducta, don Cayetano decía:

—Llámeme usted don Cayetano el informal. ¡A mí; sí: lo merezco! Prometí, y falté; di mi palabra, y no fui.

Y sonreía con sonrisa feliz, cual si por debajo de sus propias vituperaciones, acariciara lo más hondo del alma un secreto inefable.

El pagaré

Se llamaba Herminio, vivía en un bohío de tablas y guano enclavado allí donde la población, medio desnuda ya, miraba al campo frente a frente, y tenía seis hijos que, según expresión guajira, no cabían debajo de una batea. Él mismo, con su chamarreta, sus medias botas de cuero amarillo, su sombrerón de yarey y su machete acariciándole con planazos suaves el muslo izquierdo, era el guajiro perfecto. Y en cuanto a sus hijos, cierto es que cinco de ellos abultaban poco; pero la mayor, acaso por la necesidad de sustituir cerca de los hermanos a la madre y a la criada que no tenían, se echó a crecer, y no era debajo, sino junto a la batea donde podía vérsela a diario lavando la ropa de todos, o cerca del anafe preparando el congrí y el ajiaco.

Muchachita, hay que coser esta rienda.

Muchachita, que ese fiñe no tiene pañuelo.

—¡La frita, que se me abre la boca, muchacha!

Estas eran las voces que la espoleaban a cada minuto; y tenía que ser muy fuerte para resistir. Sin el trabajo que desde la mañana a la noche la cercaba por todas partes, quién sabe si a sus doce años hubiera ya sido una de esas hembras opulentas que el trópico injerta en la niñez. La fortaleza vital heredada de Herminio, impedíale no caer en la anemia y en la tristeza, y ya era bastante. Sus ojos pardos y su boca de trazo firme reían de continuo, parleros, sin que sus manos dejaran de trajinar.

—¿Entra a tomar una tacita de café?

En el bohío, confluencia de ciudad y monte, practicábase aún el rito hospitalario de los tiempos en que la política no había hecho de cada cubano una isla de recelos. Herminio tenía fama de ahorrativo y de haber sabido aprovechar las épocas en que el azúcar fue buscado y bien pagado por el mundo. Apenas sabía leer y escribir, pero era listo y, además, trabajador como muy pocos. Diversos oficios le habían conocido: carboneó por la Vuelta Abajo, tuvo una tiendecita cerca de un ingenio en Matanzas, anduvo con negocios de ganado en Camagüey y en corte de caoba cerca de Manzanillo. Activo, todo músculo, lo mismo se echaba a la cintura el saco de henequén franjeado de azul, que montaba a caballo y se pasaba campo adentro, en misteriosas transacciones siempre fructuosas, días y días. La muchachita —

muy pocos le sabían el nombre— hacía frente a la casa, y tomaba a crédito en las bodegas cercanas lo que era menester, sin salirse jamás de las normas. Uno de los bodegueros, asturiano, solía decirle:

—El viejo no debía trabajar ya: tiene buena plata. Él no anda con papelotes de banco, porque desde la robadera que hubo en La Habana cuando los americanos se hicieron «amargos» de pronto, desconfía hasta de su sombra; pero vaya si tiene tinaja enterrada... ¡y hasta tinajón! lo que es vosotros, no iréis pa allá —para el campo—, sino pa acá a vivir sabroso, ya veréis.

Y señalaba a la población.

Herminio, al regreso, desmentía las aseveraciones largo tiempo, y después, de improviso, se sentaba sobre una lata de luz brillante, y una rara jactancia desbordaba de su boca, por lo común parca y prudentísima:

—Pues, sí tengo: mi trabajo de muchos años me ha costado... Tengo. No me ha gustado botar la plata nunca, ni ponerme a esperar los marañones de la estancia. Yo no soy como muchos planetas que compraron las prendas por miles de pesos y que no vieron que los Bancos tenían las patas aserrás. Tengo. Y lo que tengo, a nadie le importa, porque no hay un centavo quitao a nadie, ¿estamos? Y para ustedes lo guardo, que lo que es para mí, que vivo con unas viandas salcochás o con una jutía del monte y hasta con unas guayabas verdes si es preciso, no lo guardo.

—El padrino es quien dice que debía usted dejarse ya de tantos trabajos; que el campo está muy peligroso.

—¡El padrino!... Aconsejar es fácil... Yo lo quiero; es un buen hombre que no se atreve a nada. Si tuviera valor como saber haría mucha... Y tiene razón: el campo está perdío... Cualquier día, en cuanto acabe unas casas que tengo allá, por Bayamo, sigo su consejo.

Y, al par hermético y confidencial, sonreía a los cuatro que no cabían debajo de la batea y a la muchachita, que ya mostraba, al través de la chambra, atisbos de mujer. Después se asomaba a la puerta del bohío, y con el veguero muy mascado y a medio apagar, quedábase largo rato rememorando y proyectando. El campo..., la ciudad... ¡ah, si fuera siquiera un poco más viejo o menos fuerte, para apetecer comodidades y no sentirse a la caja en el campo, en donde siempre había ganado su vida y un poco más también... Ya dos veces, en momentos de crisis políticas, había intentado retirarse, y no le fue posible: las calles, las casas, hasta la moda de hablar de la población, lo oprimían igual que un flus estrecho. Pero el padrino tenía razón: Nunca en el campo los rifles, los machetes y las sogas se movieron con menos respeto a la ley. Por eso, desde hacía un año ya, habíase asentado en aquel bohío, en el límite de los dos elementos. Y ahora, en la creciente sombra nocturna que bajaba de las montañas, miraba indeciso, a un lado el fresco silencio del manigual surcado a veces por la tenue fosforescencia de los cocuyos, y, en la negrura opuesta, el enjambre artificial de las luces de la población.

El supervisor se detuvo frente al bohío, al día siguiente de su llegada a la ciudad.

—¿Hay una taza de café para un amigo?

—Y mucho gusto en dársela —respondió desde dentro Herminio.

Mientras la muchachita juntaba la candela y preparaba el colador para echar café pilado, los dos hombres hilaron la charla:

—Ya me ha dicho el bodeguero que es usted hombre de bien y de posibles.

—Y que no hago política, comandante.

—Eso no es una recomendación; hay que hacerla. Hay que estar con el general, que es estar con el orden. El que no está con él, o es bandolero o es comunista, que viene a ser lo mismo y aquí el que no ande derecho, va andar muy poco o esperar a las auras guindado de una guásima. Puede estar seguro.

—Ya.

Era el supervisor un hombre macizo, de facciones toscas. En el rostro afeitado y peludo, la parte donde debiera estar el bigote y las orejas, acusaban un principio de abolsamiento. La frente dura, los ojos tenaces y las manos feas, predisponían en contra suya, a pesar de la mesura cortés de su hablar. De tiempo en tiempo, la diestra iba a tocar la funda de cuero tostado donde dormía el revólver.

—De nombre ya lo conocía a usted.

—Ah, ¿sí? Pues ya me conocerá del todo. Si lo que ha dicho el bodeguero es cierto, nada tiene que temer de mí: seremos amigos.

Hubo en el «Ah, sí» un doble fondo capcioso que Herminio no percibió. La muchachita salió a la puerta con la taza de café, que el comandante paladeó despacio.

—El café es aquí mejor que en todas partes. Ojalá que los hombres sean igual. Muchas gracias, muchacha. ¿Es hija de usted?

—La mayor de cinco. Ya ve si hay que trabajar duro.

—También yo tengo dos, fuera: en Europa, estudiando...Ea, aquí va un tabaco. Y cuando vuelva a pedir que me haga café, con permiso del viejo, le traeré unos caramelos, o una cinta, que ya a su edad le gustará más. ¿La quiere punzó, que le sentará al pelo? ¡Pues será punzó! Vaya, gracias otra vez, y buenas tardes.

Así se conocieron. Dos días después, ya el ala negra de la violencia comenzó a ensombrecer la ciudad. En voz muy baja, tan baja que ningún delator podía oírla, se hablaba del hombre terrible que vestía uniforme kaki, con dos barras en las hombreras, cuyo ceño era resorte que desencadenaba la muerte. Herminio fue a ver al padrino y le dijo:

—¿Ha oído usted lo que dicen? Pero ya he debido caerle en gracia: ahora mismo, al venir pa acá; me vio de lejos y me saludó como si fuéramos compadres. Habrá hecho eso los dos días primeros pa escarmentar.

El padrino nada dijo. Tenía su opinión; había tomado informes del personaje; pero, aun cuando estimaba mucho a su ahijado, creyó prudente callar. Era uno de esos seres de talento y sapiencia, a quienes la cobardía y el egoísmo esterilizan. Si se hubiera atrevido, habría aconsejado a Herminio que emprendiera hacia el interior uno de aquellos viajes que duraban un par de meses; y si no hubiera pensado tanto en las molestias, le hubiese dicho que cerrara el bohío y trajera los muchachos a su casa. Los favores que le debía a Herminio, no eran para menos, sin embargo, puso al impulso los frenos de la egolatría y apretó la boca. Cuando Herminio se fue calle abajo, miró alejarse sus anchas espaldas, su cogote tostado de soles, sus largas piernas devoradoras de leguas y sus manos siempre dispuestas a servir...

No volvería a verlo vivo nunca más.

La segunda vez que el caballo del comandante se detuvo frente al bohío, fue una semana después. Ya la ciudad estaba agarrotada por el miedo, y bastaba amenazar con su nombre para que en las almas más fuertes y en los días más tórridos, penetrase un soplo helado y trémulo. Criminal e imán de criminales, el comandante, apenas llegó, había sabido rodearse de brazos sin conciencia que prolongaban el alcance del suyo; y el viva habíase transformado en cueva de torturas, y los sitios más apacibles en escenario de asesinatos. Pocas veces iba solo; mas aun, cuando pareciera estarlo, iba siempre escoltado por la injusticia y por el crimen.

—¡Eh, amigo! —llamó.

Herminio dudó unos momentos. Y la voz, impaciente, volvió a llamar:

—¿Hay que sacar al cimarrón del monte? Se pide una tacita de café nada más. Y si no hay candela, nada, porque se está deprisa. Un apretón de manos de amigo y abur.

Herminio salió, y poco después la muchachita, lo mismo que la primera vez, sacó la taza aromática y humeante. Como no le brotaran las palabras, el comandante volvió a hablar:

—Faena dura, amigo... El militar tiene que cumplir las órdenes, y a mí me han mandado de La Habana a limpiar esto de mala hierba. A mí que me echen ñáñigos y oposicionistas, y estudiantes y lo que quieran; la bala que ha de tumbarme no está fundida, por eso voy por todas partes sin miedo, cumpliendo mi deber... Y si hay que afrijolar a cien, se afrijolan... El militar no puede discutir... Que se quejen a los políticos, o al general... Pero, por supuesto, la gente de bien, como usted, ya ve que no le pasa nada. La otra vez le traeré la cinta, muchachita... En estos días no he podido ocuparme de cintas, sino de soga..., contra mi voluntad, que es de perro manso... Ea, hasta pronto.

Y se fue. Herminio y su hija mayor quedaron a la puerta del bohío, mirándolo alejarse. Al pasar debajo de un árbol de flamboyán, caballo y jinete adquirieron un reflejo rojizo.

—Mire, taita..., mire —dijo la muchachita—. Ojalá no me traiga la cinta nunca. Sangre pa pintarla de punzó no le falta.

—Sí... Ojalá no vuelva. El colorao no es del flamboyán; sale de él —dijo Herminio.

Y como si temiese que alguien hubiese podido oírle, entró deprisa en el bohío, empujando a la muchachita, y trancó la puerta.

Ya hacía un mes que estaba en la ciudad, y la muerte no había tenido ni un día de reposo. Nunca jamás, ni en los días peores de la guerra de emancipación, habían caído tantos hombres a fuego y a hierro. Era una epidemia de homicidios, una especie de amor occidental, un barbarismo tan refinado, tan inconcebible, que el estupor paralizaba las reacciones viriles de la ira.

Amordazados los periódicos, enloquecidas las imaginaciones, contábanse a media voz escenas feroces. Se había borrado la senda que separa lo inverosímil de lo real. Ningún hombre osaba mirar a otro cara a cara, por pudor, por pavura. Y nadie sentíase seguro. Lo increíble era lo verdadero. La muerte, borracha de sangre y ron, daba vivas a Machado y blandía en torno su guadaña sin errar ni un golpe. La mies humana caía y regaba con su jugo la tierra donde había nacido la libertad de la Patria, que había vuelto a dejar de ser libre.

Una mañana llamaron a la puerta del bohío. No era el comandante, pero era un emisario suyo. Herminio quiso desviar el ataque con sutiles ambigüedades de guajiro. Todo fue inútil.

—Déjese de pretextos. El comandante sabe a qué atenerse, y sabe que si usted dice que no, es que no le quiere servir.

Hablaba el emisario con vago dejo peninsular. Herminio lo conocía de oídas. Periodista, abogado, político, con mal renombre en las tres profesiones, aquel letrado llamado por su inteligencia a servir de guía, había rodado, a impulso de sus vicios, desde las posiciones más altas a la miseria y al descrédito. Sus frases hubieran avergonzado a otro, a él mismo quizás años antes. Capciosas, irresistibles, entraron por los oídos de Herminio a congelar su alma:

—Piénselo usted. El comandante tiene, usted lo sabe bien, fincas con qué responder. El pagaré se firmará en toda regla: una operación corriente, con su interés; y, además, con un interés mayor que alcanzará Dios sabe cuánto... Estar bien con el comandante, es estar bien con el general, y estar bien con el general... Pregunte usted el dinero que han hecho muchos en La Habana y en otros sitios. ¿Sabe usted a qué le debe Viriato ser el hombre más influyente de la república después del presidente? Pues a un pagaré, precisamente a un pagaré; fíjese. Usted sáquelo de este apuro, y ya verá; de menos se han hecho muchos representantes, amigo... Él sabe que usted lo tiene, le consta. Eso y más... Y es solo por unos días, hasta que le llegue una plata que espera. La única condición es que se haga enseguida y que no se entere nadie, ni siquiera su padrino de usted... Tiene que contestar esta tarde.

Y qué iba a contestar, la muchachita lo vio salir y entrar varias veces, alejarse con un azadón, tomando muchas precauciones por si alguien lo seguía; lo vio regresar preocupado y apenas abrir la boca, a pesar de que le había ella traído unos pasteles de manteca, que tanto le gustaban... Por la tarde regresó el abogado, y el comandante pasó poco después, echó pie a tierra y firmó un papel cuya valor ella ignoraba. Herminio se lo guardó y quedó triste. Estuvo despegado con los hijos, y al más revoltoso, al preferido, al que siempre le hacía más gracia, solo porque había cogido un pedazo de raspadura le dio dos gaznatones. Sin embargo, a los dos días cambió de humor: ¡Quién sabe si el abogado estuviera en lo cierto! Después de todo, lo de hacer al lobo pastor podía dar resultado. Y puesto que no le quedaba otro remedio... Por lo pronto, estar a bien con el que podía por una mera sospecha o capricho, quitar a uno del mundo, ya era gran cosa. Que se lo dijeran si no a cuantos a diario seguían apareciendo colgados en árboles, o cribados por balas de fusil y pistola en las calles... «Usted no será de los que caigan así», había dicho dos veces el abogado, sonriendo. Y esa vez no mintió: cayó de otro modo.

Es decir, no se sabe cómo cayó. Se sabe, únicamente, que de su cabeza no quedó casi nada. Herido o quizás muerto, se empleó, para que no pudiera identificársele, un medio diabólico y sencillo: le abrieron la boca, le colocaron entre los dientes un petardo y encendieron la mecha. Del tallo del cuello, a flor del rostro se desprendió en sangrientos pedazos. La nariz, los ojos, parte de la bóveda frontal volaron deshechos. En una pared quedó un manchurrón de masa encefálica; el pobre cerebro, que con sus manos ahora rígidas habíale servido para trabajar y ahorrar aquel dinero cuya entrega había equivalido a la de su vida.

Alguien vino a decirle por la mañana que el comandante había recibido ya lo esperado y que le rogaba que fuera a la tardecita con el papel, para canjearlo. Herminio, tan listo, pero tan hombre de bien, no sospechó. Solo cuando cuatro esbirros se le echaron encima, un relámpago póstumo iluminó su mente. Ni siquiera tuvo tiempo de luchar. Cuando ya no era más que un monstruo inerme, lo cambiaron de ropa, y en la que le pusieron no fue hallado ningún papel. Un muerto más no podía llamar la atención, lo mismo que un trueno un poco más horrísono, no sorprende en medio de una gran tormenta. Para que los señores botelleros de la audiencia, sobre todo el pesado del presidente, no diesen en decir que las leyes se atropellaban, se obligó a ir al necrocomio al bodeguero, a quien la muchachita, asustada por la ausencia paterna, fue a avisar, y al padrino, avisado también. Ninguno de los dos pudo reconocerlo con los ojos; y por la misma razón, el ser inculto que explotaba la bodega y el ser culto que se había abroquelado en su egoísmo para hacer infecundo su talento, desoyeron la voz del alma, que les gritaba con certidumbre: «¡Es él!».

—¿Es decir —aseveraba el abogado triunfalmente—, que por que falte de su casa un hombre, ha de estar muerto? Se habrá ido a uno de esos viajes que ustedes mismos afirman que acostumbra hacer... Este es, sin duda, un comunista que ha caído en su propio cepo; un terrorista que no vale la pena de que nos estemos molestando tanto. ¿Verdad, comandante?

—Claro... El que anda con bombas, ya se sabe. Puesto que ustedes no lo han reconocido, no es menester más. Los niños que no los traigan. No hace falta que vean estas cosas. Yo también tengo hijas —estudiando en Europa—, ¡qué caray!... Estas no son cosas para muchachos.

Y dirigiéndose al padrino, concluyó:

—Usted los recoge en su casa hasta que él vuelva. Y dígale a la muchachita mayor que yo iré a llevarle la cinta prometida, cuando me dejen tiempo.

No se lo dejaron. Tenía que servir tan activamente al general, que no le quedó hora libre. ¡Si la muchachita hubiese tenido siquiera dos años más, quién sabe! El día que, al fin, lo llamaron de La Habana para dejarlo descansar un poco y para que no siguiera fastidiando al presidente de la audiencia y los periodistas, desde el tren, apartando con su diestra fea el humo del tabaco, contempló el bohío cerrado sin que una facción de su rostro se desfigurase, y sin que un miembro de su cuerpo sin alma abandonase la postura indolente. A lo lejos, en el andén, el abogado agitaba aún, para despedirlo, el pañuelo de seda.

Por él

El hombre que había permanecido casi inconsciente durante varias horas, sin sentir en las muñecas el dolor de los hierros, ni en la mente el de haber trocado la luz radiosa de la libertad por la húmeda penumbra de aquel subterráneo, se irguió al oír ruido de pasos al otro lado de la puerta.

Era joven, de tez pálida, y estaba casi desnudo. Aun cuando había sido ya brutalizado en el trance de la detención, el presentimiento le advirtió que otro dolor más grande se le acercaba. Y su primer impulso fue retroceder y apelotonarse contra las rezumantes piedras. Después, la sangre juvenil le sugirió el ímpetu de acometer a los que venían, y, por fin, una tercera fuerza, hecha de resignación y de dignidad, lo aquietó en el mismo sitio en donde acababa de erguirse, con los brazos sobre el pecho y el mirar henchido de zozobra.

Esforzose virilmente para no dejar traslucir la angustia, y sus labios mudos durante tantas horas, desplegáronse para dar forma verbal a la voluntad íntima:

—¡No me sacarán ni una palabra, pase lo que pase! El secreto no es mío... ¡Si hablo, seré un cobarde, un vil!

Acababa de decidir la conciencia, y la firme serenidad en que se disolvió la distensión de las facciones, fue prenda de que había sido escuchada. Sin embargo, la carne, casi niña aún, no pudo reprimir un temblor.

Cuatro siluetas movíanse ya en el vano de la puerta. Una de ellas la conocía: era la del hombre a quien fue entregado la noche antes por los esbirros que lo prendieron. A los otros tres, no. Mas al punto, sus caras torvas y sus mandíbulas, que revelaban fuerza, terror y delito, apagaron de un golpe la tenue esperanza de libertad encendida por la ilusión durante un instante.

—Venga con nosotros —dijo sin mirarle, el esbirro que recordaba de la noche anterior.

—¿A dónde?

—Usted venga.

—¡No saldré de aquí sin que me digan por qué fui preso; por qué me han quitado las ropas y se me ha tenido sin comida y sin luz, peor que la bestia más inmunda!... ¡Si quieren ustedes matarme, mátenme aquí mismo!... los que están fuera de la ley son ustedes, no yo.

132

—Cójanlo a la fuerza, y tráiganlo. Y si quiere hablar más, le tapan la boca. ¡Cobardes!

El que hablaba era, sin duda, el jefe de la prisión —tres barras bronceadas rayaban sus hombreras—, y los otros cumplían sus órdenes. Los cuatro vestían uniformes militares. Sarcásticamente, el capitán añadió:

—Tapársela solo..., sin hacerle daño en la lengua: ¡Tiene que hablar aún! Si no tuviera que hablar, ya le habríamos hecho tragar los insultos de un golpe.

—¡Pues no hablaré!

—¡Ya verás si hablas! Al principio todos dicen igual, y luego, hasta los que se creen más hombres, confiesan. ¡Vamos! Cuatro manos lo atenazaron por los brazos y dos les alzaron los pies, que en vano trataban de arraigarse al suelo. Un frenesí compatible con extraña lucidez mental, hacíalo retorcerse entre los enemigos, mientras descendían por el largo corredor, cada vez más húmedo y oscuro. Iban a martirizarlo, estaba seguro. ¡Pero él no traicionaría a los suyos!

—¡Deprisa! —espoleó la voz del capitán.

Él apretó los dientes para morder el miedo; los dedos apretaron más, y ya ninguna otra palabra volvió a oírse. A partir de allí, todo fue silencio y refinada violencia. Los gemidos que sonaron poco después, nada tenían de humano ya.

Lo condujeron a otra mazmorra más profunda, y apenas lo posaron en tierra, sin necesidad de nuevas órdenes, los seis garfios vivos anudaron cuerdas en torno a sus brazos y a sus tobillos, y fueron torciéndolas despacio sobre la carne viva. Eran unas cuerdas resecas, ardientes, que no tardaron en mojarse de sangre. La faz del mozo hundiose contra el pecho, cual si no quisiera dar a las cuatro fieras el espectáculo de su agonía. El relieve violento de vértebras y articulaciones, delataba el ansia del esqueleto por escapar de la carne martirizante. En el silencio espeso, de tiempo en tiempo crujía algo, y un estertor hondo, más dramático aún que los primeros sonidos, marcaba un ritmo alucinante. Cuando sobrevenía un desfallecimiento de la víctima, oíase una orden; y entonces se aquietaban los garfios, y en la boca del jefe sonaba la misma pregunta:

—¿Confiesa?

La boca, cubierta de dolorosa espuma, seguía, sin embargo, fiel al alma. Tras cada demanda infructuosa, la voz del capitán adquiría trémolos irritados, y los torturadores aumentaban su saña. En el umbral de la mazmorra había quedado, no solo la esperanza, como en la puerta dantesca, sino la piedad. No era un hombre entre la cólera de otros hombres: era un hombre entre demonios insensibles a ninguno de los signos por los cuales los semejantes se reconocen entre sí. El único eco de su dolor lo daban las piedras.

Con su último pensamiento se dio cuenta de que se acercaba el fin, y cerró los párpados y los labios. ¡No le verían las lágrimas!... ¡No, no hablaría!

La pregunta volvió a repetirse:

—¿Confiesa?

—¡Ahora lo veremos!

Un estremecimiento recorrió su médula. ¿Irían a aplicarle el marurio que deja al hombre convertido en despojo incapaz de engendrar sucesión, ni de sentir la fuerza suprema de la vida? Sí; eso iban a hacer. Eso hacían las seis garras que apretaban ya un nudo en torno de sus órganos viriles. Y sonó un grito: un grito de desvarío; un grito que tenía de aullido y de relámpago; un grito que no era la voz de confesión esperada. Y algo piadoso, al fin —el colapso—, echó fuera del cuerpo a la pobre alma, y quitó a la carne la potestad de sentir.

Ya no podían hacerle más daño, porque la muerte no lo era; ya no podía oír la pregunta implacable; y, a pesar de eso, la boca del que había dirigido la tortura, empezó a vomitar contra el cuerpo inerte palabras dictadas por un despecho insensato:

—¡Confesará, y los cogeremos a todos para acabar con ellos, lo mismo que hemos acabado ya con más de veinte!... Sí, no nos importa que se sepa: Los que han desaparecido, ¡los desaparecimos aquí!... El que se dijo que se había ahorcado, ¡lo ahorcamos en esta misma celda, de esa ventana! ¡Y aplicamos tortor, y quemamos las plantas de los pies!... ¡Lo que haga falta! Todo el que vaya contra Él, ya sabe a qué atenerse... Pueden decirlo. ¡Por Él todo!... ¡Todo!

Una cólera epiléptica lo sacudía, y frente a su agitación, el jadear del cuerpo que acababa de sufrir tortura, parecía sosegado.

Cuando calló el capitán, el silencio volvió a saturar la penumbra. Dos de los hombres se acercaron al que yacía en tierra y, poniéndole las manos en los pulsos y sobre el corazón, lo examinaron con una apariencia de lástima que enseguida descubrió su raíz cruel.

—No muere, no. Resiste.

—Mejor. En cuanto se pueda, otro interrogatorio. ¡Hablará! Retrocediendo de espaldas, como si tuvieran miedo al indefenso, salieron al corredor, cerraron la puerta y lo dejaron solo agonizante.

Si Él hubiera podido verles, habría reconocido a sus siervos satisfecho. Acaso mientras en su nombre y para su gloria hacíase aquello, desde su alto sitial, rodeado de su corte, gozaba de su omnipotencia terrible. ¿Y quién era Él? ¿Era aún el Jehová iracundo del Antiguo Testamento? No, ni menos todavía su dulce hija, cuyo credo de amor falsearon hasta el crimen los sacerdotes homicidas de la Inquisición. ¿Quién era entonces? No era Dios, aun cuando creía serlo por su dominio sin ley sobre seres, riquezas y honras; aun cuando para que estuviera en su alcázar, un pueblo entero moría de miseria y era vejado en sus ideales, en su dignidad y hasta en su carne misma por sicarios en quienes se habían despertado y cultivado los más inhumanos instintos; aun cuando decía, al modo divino, que quien no estaba a su lado, estaba en contra suya, y repartía bienes injustos entre unos pocos, y entre los demás ignominia, dolor y muerte. Él era un hombre, una trágica apariencia de hombre nada más, igual que las fieras que servían su poder inhumano.

Silenciosos, entre los dedos agarrotados aún, las cuatro sombras avanzaron al través del largo pasillo y subieron varias rampas hasta llegar a una rotonda, casi a flor de tierra. El jefe se separó allí de los tres subalternos, y tomó por una escalera de pasamanos y peldaños de mármol. A medida que subía por ella, triunfaba la luz, y otro mundo separado por muchos siglos del inferior donde había quedado la víctima, iba desplegando sus gracias. Al fin, llegó al rellano último y penetró en una habitación amplia, lujosa casi. Dos grandes ventanas abiertas a un cielo de purísimo azul y a un aire vibrante, dejaban ver un mar en el cual los peces habían saciado muchas veces su hambre con los despojos muertos y vivos de aquella fortaleza. Nadie hubiese dicho al verlo, entre la sonrisa matinal de todas las cosas, que subía del más horrendo subsuelo y del más abominable pasado. Gotas de sudor asomaban, empero a su frente. Debía sentir fatiga, y los muebles cómodos invitaban al reposo. Pero no se sentó; tenía que hacer aún. Apoyado en la mesa, coordinó una cifra en el disco bordeado de números de un teléfono. Cuando respondieron, su voz servil no era la misma de antes.

—Aquí. Sí... Póngame enseguida, directamente... Gracias. Tras unos segundos de espera, volvió a hablar:

—Siempre a sus órdenes... No ha dicho nada, ¡pero lo dirá!... Se ha hecho, lo que se ha podido... ¡Y se hará más! ¡Lo dirá todo, todo!... Puede estar tranquilo, general. Sí.

Y colgó el receptor.

Después, como si no le bastara con suponer la sonrisa de complacencia que al término del hilo debía haber premiado sus frases y quisiera complementarla, se volvió a mirar un retrato colgado en el testero próximo a la mesa. Del lienzo surgía un rostro rudo, de boca cruel y ojos fríos escondidos detrás de unas gafas de concha. En la parte baja del marco, en letras de oro, leíase:

«General Gerardo Machado, Presidente de la República de Cuba. Año mil novecientos treinta y uno.» Era Él.

La quinina

A José Manuel Carbonell

Habían cerrado las ventanas para que el paisaje externo no destruyese el ilusorio, y la familia, agrupada en torno a la mesa, disponíase a saborear el almuerzo hecho al modo de allá. Los manjares servidos simultáneamente, permitían librarse de la presencia de la criada, que de seguro habría manchado con esa risa burlona propia de la gente ordinaria ante las costumbres ajenas, el hechizo de la fiesta. Y porque aquel día era 20 de mayo, la necesidad cotidiana iba a elevarse a comunión patriótica en uno de esos hogares aventados por el destino lejos de la tierra natural.

—¡Yo quiero galleticas de plátano!

—¡Yo, tasajo!

—Échame a mí un tamal.

—No, primero el ajiaco. ¡Silencio!

La gula de los pequeños era alegre; pero el vaho de las viandas estimulaba en los mayores más la fantasía que el apetito. De tiempo en tiempo los tenedores quedaban indecisos sobre las frituras o sobre los pedazos de boniatos, cuyas venas azules hacían pensar en un mármol jugoso. Casi todos los chicos habían nacido fuera de la patria y no habían podido conocerla aún, a causa de los obstáculos económicos. Los padres procuraban recompensarlos con libros y conversaciones; más siempre quedaban zonas oscuras imposibles de penetrar. Hacia el final de la comida, cuando la pasta de guayaba y el queso blanco bajaron del aparador al mantel, uno de los pequeños tuvo el recuerdo súbito, de una frase de sentido equívoco, leída en un periódico de La Habana, y preguntó:

—¿Qué quiere decir «Ese mandó quinina», papá?

—Quiere decir... igual que tantas frases, casi lo contrario de lo que expresa. Donde tú la leíste será, casi de seguro, un sarcasmo, un insulto. Y, sin embargo..., yo conozco una historia de quinina, que nunca, por pudor, he de descubrir a nadie, a pesar de haber sido muchas veces tentado a ello por la jactancia de tantos usureros de la patria. Voy a contarla a vosotros y así sabréis lo que «mandar quinina» quiere decir.

Empequeñecióse la mesa al inclinarse los bustos en un círculo de atención, y el padre habló así:

—Cuando en 1895 estalló la guerra liberadora, yo vivía en Santiago de Cuba y tendría poco más de once años. Mi casa era una casa de confluencia, como hubo tantas; padre español, militar; madre cubana, nacida en Baracoa, y criada en Sagua de Tánamo, es decir, cubana reyoya. El grito de Baire resonó de modo bien distinto no solo para los dos grandes elementos opuestos en la isla, sino en el seno de muchos hogares. En el mío fueron primero cuchicheos, sombras de preocupaciones; pero, sin duda, la argamasa de cariño era muy recia, porque nada se resquebrajó en él. Toda la familia de mi madre debía simpatizar con la causa separatista, y toda quería y respetaba a mi padre, cuyo sentido liberal de hombre de estudios y de viajes era doblemente raro en su posición de patriota y en su profesión de militar. Yo no he sabido hasta mucho después por qué, en tono bondadoso, solían llamarle don Capdevila —Capdevila fue un oficial español de heroica honradez, que defendió a los estudiantes fusilados ignominiosamente en 1871: siempre que salíamos con mi padre y paseábamos por la calle de San Tadeo, cerca del Parque de Artillería, se detenía para enseñarnos la casa en donde él vivió—; pero el caso es que con una deferencia rara cuando fermentan las pasiones, ni una alusión a la guerra se hacía en su presencia. Recuerdo que mi casa, una casita baja con su techo de viguetía donde anidaban pájaros, y su patio, donde un flamboyán inmenso ponía la sombra encendida de sus flores sobre una malanga de gigantescas hojas y savia picante, me parecía un oasis.

Todo rumor de la contienda me llegaba de fuera. En esa edad en que hasta los acontecimientos adversos, si vienen a romper el paso monótono de los días, parecen sucesos venturosos, susurros, noticias, esperanzas, temores, exacerbaban casi a diario la curiosidad de los niños. Y en tanto que los mayores aplicaban trabajosa prudencia al disimulo, los muchachos, en plena calle, jugábamos a españoles y mambises, haciendo con piedra y palos simulación de lo que, con fuego y con sangre, hacían en la manigua. Por nuestras bocas inocentes pasaban las noticias con temblor de pasión. «¡En Ramón de las Yaguas ha habido un combate!» «¡Lo ganamos nosotros!»; «¡Mentira, tuvisteis que chaquetear y meteros en el cementerio!..» «Sziwikos-

138

ki huyó...» «Santolices es un valiente...» «Más lo es Maceo.» Y pescozones y chirlos sellaban las opiniones en aquellos desmontes del Pozo del Rey, donde las batallas conocidas por nosotros tenían minúscula copia. Al llegar a mi casa, mi hermana mayor, mayor que yo cuatro años, me arreglaba las ropas o me curaba los golpes, diciéndome: «Di que reñiste por un libro». Yo asentía sin darme cabal cuenta de aquella complicidad delicada. Y en las amonestaciones paternales, los dos convenían en exhortarme a no reñir, y en no inquirir nunca los motivos de tan continuadas pendencias.

Una tarde, junto a la confitería La Nuriola, un muchacho llamado Satién, me dijo a gritos, con un gesto confidencial:

—Tu tío se ha ido al monte desde Gibara.

Ya se sabía lo que era «irse al monte». Ahora pienso que si los gobernantes españoles hubieran querido averiguar el misterio de muchas cosas, mejor que dar oído a delaciones y sospechas, habrían hecho fijándose en los juegos de los muchachos. La noticia fue para mí como un secreto pesado y doloroso. Aquel tío tan delgado, tan pálido, de continuo vestido de negro, que usaba pañuelos de seda, barbita en punta y un absurdo sombrero de copa, ¡se había ido a la guerra! Siempre me había parecido el tío Álvaro un ser misterioso. Yo me lo imaginaba en la manigua con un gran machete y siempre con su chistera inverosímil. ¿Lo sabían ya ellos? ¿Qué diría mi padre? ¿Y mi madre, que hablaba de él como de un ser débil, indefenso, por quien ella tuviera obligación de velar? Fui a casa de unos parientes y, del mismo modo que Satién, solté la nueva:

—El tío Álvaro se ha ido con los mambises, tía Leonor.

—Usted lo que debe hacer es callarse, muchachito, y no meterse en cosas de grandes.

El sofión casi me advirtió que la noticia era conocida de todos, y no me atreví a renovar en mi casa la prueba. No, no debían de saberlo. Aquel día precisamente, mi padre y mi madre tenían sobre sus caras cierta serenidad dulce, que casi les daba un parecido. Ahora pienso que debió ser antes, un día que me dijo con sigilo mi hermana: «Vete a la calle y no vuelvas hasta la hora de la comida», cuando la noticia ahondase en ella las ojeras y tendiese en él, sobre el rostro blanquísimo, una sombra.

Pasaron los días, los meses. Alternativas diversas conmovieron la ciudad. En mi casa esas peripecias apenas se marcaban en silencios y en sonrisas difícilmente perceptibles. Una discreción, no de las palabras, sino de las almas, debía aliarse con el cariño para lubricar los pasos peligrosos. Tengo hoy la certeza de que mi madre estaba por completo junto a los que en el campo combatían, y que mi padre, aún comprendiendo la justicia de la causa cubana, estaba junto a sus compatriotas por ese instinto superior a nuestra razón, que nos dicta tantas acciones. Cierta noche —recuerdo hasta el color del cielo, hasta el olor del aire— mi madre me llamó aparte y me dijo:

—Mira, ya pronto vas a ser un hombre y, como las circunstancias obligan, tengo que contar contigo para una cosa, para un secreto. Se trata de tu tío Álvaro, que está enfermo en el campo y me ha escrito... Me pide quinina y un cubierto. Hay que dejárselo en una tienda de Dos Caminos del Cobre, a nombre de un tal Miguel, que irá a recogerlo. Allí saben... Por causa que cuando seas mayor sabrás, esta es la única cosa que voy a ocultarle a tu padre en mi vida... Es un deber mío no dejar morir a mi hermano, y también es un deber no comprometer a nadie por él... Si a ti te cogieran, dirías la verdad, yo la diría también y... Como eres un niño, y al fin y al cabo no se trata de... Pero no creo que te cojan. Tú eres listo... ¿Te atreverás?

Mis ojos chispeantes debieron responder antes que mis labios. A la mañana siguiente fui a la botica de un señor italiano llamado Dotta y me entregó cuatro frasquitos amarillos llenos de tableticas blancas. De allí marché a la ferretería El Candado y compré un cubierto. Recuerdo que me dieron a escoger, y que, sin duda, por destinarse a un guerrero, elegí uno de largo cuchillo puntiagudo. Orgulloso de haber realizado la primera parte de la aventura, fui a mi casa y, entrando por el traspatio, entregué a mi madre el paquete. La carta de mi tío debía marcar día fijo para la entrega, pues mi madre me hizo esperar, y hasta pasada casi una semana, no me dio las instrucciones finales. Para preparar el paso, desde cuatro días antes, ya a pie y con otros amigos, ya en el caballo de un pariente oficial de la Guardia civil, de apellido Alcolado, iba yo hasta cerca de Dos Caminos. Había que cruzar junto al cementerio y esto era lo único grave para mí, hasta de día. Jamás ningún soldado me detuvo ni me preguntó nada; los muertos que dormían tras la puerta de piedra, me turbaban más que todos los ejércitos del mundo.

En el viaje de ida nada falló. Al llegar a la tienda el hombre me hizo pasar a un colgadizo interior y abrir el paquete.

—Es para saber lo que hay y evitar luego reclamaciones —explicó.

El bulto, cuidadosamente comprimido, encerraba la quinina, sin frascos, y el cubierto, pero faltaba el cuchillo. Yo mostré mi sorpresa y el guajiro masculló: «¿Ve usté, niño?». Y salimos de la trastienda porque una mulata solicitaba un real de luz brillante. Creyendo que aún quería el hombre algo más, esperé y cuando él se dio cuenta y me dijo «puedes irte», empezaba uno de esos crepúsculos breves de nuestra zona, en que las tinieblas caen sobre el Sol. Monté a caballo y al instante me acordé del cementerio. Yo no conocía otro camino; era, pues, preciso pasar junto a la puerta terrible. Un rato antes de llegar canté para enardecerme y cuando entre la mezcla azulosa de día y de noche surgieron las blancas tumbas, el caballo, tal vez contagiado de mi terror, empezó a temblar y a encabritarse. Fue un miedo loco, tan grande por lo menos como el que habrán tenido que dominar cien héroes. Agarroté los pies debajo de la cincha, me abracé al cuello del bruto soltando las riendas y, en un galope frenético en el que nuestros sudores se juntaron, cerrados los ojos, cerrada el alma, salté barrancos y crucé breñales... Los muertos no pudieron cogerme, pero llegué a mi casa ensangrentado. El susto de mi madre fue tal, que apenas prestó oído a mis explicaciones acerca del cumplimiento del encargo. Dudo que ninguno de los sacrificios que, de ser hombre hubiese hecho por la independencia de mi tierra, me hubiera sido más penoso que aquel pavor.

Años después, en un viaje, mi madre, vieja ya, sacó de entre sus reliquias un envoltorio y me lo entregó.

—¿Reconoces esto? —me dijo.

Casi antes de abrirlo, solo con el tacto, reconocí el cuchillo que en un azar misterioso se separó del paquete que yo llevé a la tiendecita de Dos Caminos del Cobre. Junto a la empuñadura un papel mostraba aún varias líneas escritas con lápiz. Era la letra primorosa y generosa de mi padre, pero con un temblor que nunca le había visto. Y esas líneas decían: «He dejado que fuera lo demás por ser para tu hermano... Pero el cuchillo, no; es casi un arma... Perdóname». Los rasgos trémulos de la escritura nos hablaban aún de su delicadeza infinita cuando la mano que los trazó hacía mucho tiempo ya que estaba agarrotada e inmóvil sobre el pecho, bajo la tierra.

Hoy duermen los dos, juntos, en aquel mismo cementerio, cerca del camino que yo pasé aterrorizado. ¡Ah, ahora no tendría miedo! Ahora —disculpadme, hijos míos—, en vez de huir, entraría por la puerta de piedra, buscaría la tumba, y me acostaría a descansar a su lado, para siempre.

Casa de novela

Sin duda no fue Oscar Wilde el primero en notar que el arte no imita a la vida, sino al contrario. Esta verdad, no absoluta ni constante, debió ser hace mucho, visible, aun cuando nadie la formulase con el serio desenfado del esteta inglés. El título puesto a unas páginas en donde quiero consignar impresiones vitales tan reacias a la nomenclatura literaria, que ignoro si los calificativos de relato o de cuento podrán ampararlas sin inexactitud, me recuerda cuánto hay de misteriosa osmosis entre arte y vida, porque ha sido ya obra estética, fuente de sugerencia entre literatura y pintura.

Lo vi hace años, debajo de una estampa, en cierta exposición de acuarelas. El pintor, con perfecto equilibrio de fantasía, colores y dibujo, presentaba una casa aislada y cerrada, en torno a la cual turbador halo de aventura infundía a cada uno de sus detalles —balcones, postigos, puertas, disposición arquitectónica— raro acento expresivo, casi reticente, que oprimía el alma con emoción dramática, como si al través de las paredes presenciásemos a mujeres y hombres sufrir la torsión de un trance de angustia. ¿Podía ser la inquietadora estampa hija de un recuerdo o madre de una realidad? No lo pensé entonces. Mas ahora, cuando he ido a fijar la impresión que fue cuajándose hasta convertírseme en fe, durante los tres meses en que las funciones de cónsul me retuvieron en aquella ciudad tropical, las tres palabras, casa de novela, se han abierto paso desde el fondo de mi memoria, han bajado a mi pluma, y se han puesto a campear, seguras de ejercer un derecho, sobre la parte alta del papel.

Mi llegada coincidió con el final de julio. Durante casi todo el día, el Sol hacía retorcerse y crujir los paisajes, y luego, casi de súbito, una tempestad de truenos lentos, de anchos relámpagos, especie de catástrofe ufana de sí misma, terminada por un aguacero rencoroso, apagaba la ciudad que poco antes parecía ir a quemarse y la dejaba extenuada. Bajo el doble poder germinativo del agua y del Sol, la flor del trópico multiplicaba su enorme pujanza en los árboles, y hierbas invasoras irrumpían por las grietas del asfalto y las junturas de las baldosas. Donde quiera una hendidura permitiese trabajar una raíz: en las fachadas, en los troncos mismos, entre las tejas, arbustos y líquenes gritaban su verdad. Lo que no era abrasado por el Sol o arrasado por el torrente, ganaba, hora a hora, en vigor. Por la noche la atmósfera quedaba ozonizada, de una transparencia de milagro; los árboles semejaban siluetas, y en el firmamento, las estrellas esplendían tan apretadas que, a trechos, permitían la ilusión de que, si por obra del calor el cielo se agrietase también, descubriría un inmenso yacimiento de plata.

A esta estación de lluvias torrenciales, casi macizas, que dan durante muchos minutos la impresión de vivir inmersos en un violento acuario, llaman invierno allí. Y, acaso por este trastrueque del almanaque; por la enervada soledad de mis primeros días sin relaciones amistosas; por la humedad y la electricidad que me debilitaba y excitaba alternativamente, y por la luz solar que, hasta cuando mantenía los ojos cerrados alumbraba dentro de mí constelaciones deslumbrantes, estuviese predispuesto mi espíritu a entrever anormalidades en todo.

Desde mi casa, situada en el ensanche de la estrecha ciudad, veíanse las nuevas avenidas aún sin edificar por completo, los solares donde medraban matorrales selváticos y los cadenciosos penachos de las palmeras. En las aceras reblandecidas, centelleaba la luz cuando el agua chorreaba de los tejados. Y entre los innumerables vuelos de pájaros, de mariposas hechas como de recortes de arco iris, de insectos ya raudos como aves, o ya torpes, casi pétreos, en la vastedad del paisaje y las casitas, igual las de cemento y ladrillo que las de madera, parecían de juguete. La frontera a uno de los costados de la mía, edificada por salvar un brusco declive sobre ocho troncos, dejaba ver entre su piso y la tierra un vacío que la alta maleza no lograba llenar. Y eso acentuaba el aspecto de juego, al sugerir la suposición de que se hubiera subido traviesamente en zancos para aventajar a las otras.

Esa fue la casa que yo me puse a observar con los ojos y con la imaginación siempre alertas, atraído desde ella por un imán imperativo. Toda de madera, dos escalerillas de ágil curva daban acceso al corredor de su fachada pintada de un verde que el Sol amortiguó y el agua oblicua de los días de viento ensució a pedazos. Ventanas y puertas estaban ya de par en par cuando, cada mañana, camino del comedor para tomar el desayuno, hacía yo mi primera inspección; y al través de la luz de un rubia que tardaba poquísimas horas en perder toda suavidad y en trocarse en luz de incendio, adivinábase dentro, una penumbra fresca, con tiestos floridos, con una mesa cubierta de hule en la habitación más interior, con muebles de rejilla de paja en la primera, y con una mesita de mármol con tapete verde rodeada de un cónclave de sillas panzudas que algunas noches se llenaban de personas rollizas con naipes en la mano, por entre las que, de tiempo en tiempo, una sirviente mestiza paseaba ofreciendo refrescos de colores preciosos. A las horas de mediodía, en que un rojo ígneo hacía vibrar la atmósfera, la casa cerraba todos sus huecos, y solo por la chimeneíta trasera percibíase el humo de su respiración. Las tablas superpuestas de sus paramentos parecían entonces enterizas, y, bajo el Sol o bajo el agua, hacían pensar en uno de esos bungalows que dejan en el recuerdo algunos relatos de Kipling, Stevenson, Conrad y Somerset Maugham. Otras veces, cuando las nubes descargaban su furia y un diluvio precipitaba su alud por la pendiente de la calle, la casa sugería la idea de un arca fabricada por otro Noé más modesto y previsor, para albergar pacas parejas.

La mestiza de los refrescos fue el primero de sus moradores que conocí de vista. La llamo ahora de los refrescos, y lo mismo pudiera llamarla de la ropa tendida del tablero de viandas sobre la cabeza, de las dos cantinas de hierro esmaltado colgando de los brazos... También podía llamarla del cuerpo rítmico y de la cara aviesa, la de los ojos de agua pútrida y de los movimientos tan pronto evasivos como provocadores. Acercándola con mis prismáticos, observé muchas veces las contradicciones de sus gestos y de sus actitudes, y adquirí la certidumbre de que dentro de su piel ocre una fuerza ajena a toda inteligencia, rica en instintos animales, hija de sus entrañas, dictaba, sin cuidarse de motivaciones lógicas, aquella tortedad, aquel sonreír de dientes ávidos, aquel andar oblicuo, de asechanza, aquellas inmovilidades casi minervales, aquel masticar de bestezuela, aquel abrirse de brazos con estremecimientos que hacían sospechar cerca de ella, contra ella, la existencia de un macho invisible.

Era la primera fuerza personal que surgía en la casa y la última en extinguirse detrás de las puertas que cerraban sus manos de cobre, como dos aldabas. Y antes de que yo me decidiese a ir en demanda del desayuno y a echar mi primera ojeada indagadora, sus gritos llamando a la señora y a la niña, para que vinieran a ver las cabalgatas frenéticas del muchacho por entre los matojos, me sacaban del duermevela, penetrando en mi cuarto por entre las persianas y haciendo vibrar los cristales, a los que espesas cretonas no lograban quitar su desnudadora y cruel transparencia en cuanto salía el Sol.

—¡Venga a ver, niña! Vengan a ver a ese demonio mentiroso... Si no te bajas del maldito caballo y dejas enfriar el café, te acuso de que ayer no fuiste a la escuela... Ven acá, diablo..., ¡diablo! ¡Más que diablo!

Por entre la alta vegetación que rodeaba la casa, respondiendo a sus gritos y manoteos, alzábanse, como en un vegetal naufragio, otros dos brazos; luego sonaban gritos de entonación grandilocuente, de negaciones y carcajadas burlescas. Y de vez en vez, en un claro, el caballito enano y su jinete surgían un instante para perderse enseguida, de nuevo, en el rumoroso ondular.

—¡Calla tú, que metes más bulla que él, mujer! —decía al asomarse la señora.

—Es que me da rabia que mienta. ¡Es capaz de negar hasta la luz del Sol!

—Déjalo... ¡Me has asustado con tus gritos! —añadía la muchacha.

En el corredor, las tres figuras femeninas se inclinaban hacia el minúsculo centauro, que tan pronto se delataba alzando los brazos teatralmente donde menos se esperaba verlo, como quedaba quieto e indescifrable entre las hierbas. Las dos mujeres blancas —la madre, la hermana sin duda— delataban al punto, por el parecido, su parentesco con el turbulento muchacho. La madre, opulenta de formas, pesada y activa, sugería también, a pesar de la blancura de su tez y de la tersura lustrosa de su pelo, una sospecha de mestizaje por sus ojos rasgados, por sus labios de grueso relieve y por esa languidez tropical que despierta siempre evocaciones de promiscuidad de raza y culpables olores de canela.

A los tres o cuatro días de observarlos, establecí metódicamente durante un insomnio, el censo de la casa para no confundirme.

Había la madre, de formas embastecidas por los años, de actividad intermitente. Unas veces se le veía trabajar mucho, cuando la mulata sacaba a las horas de comer cantinas; otras holgaba, vestida con anchas batas guarnecidas de encajes, toda la mañana y solo por las noches, durante las partidas de juego, alterábase su ritmo de andante para adquirir algo presuroso, entrecortado, violento casi; algo que se leía a las claras, desde lejos, hubiera querido castigar a la suerte con gritos y golpes, o someterla con trampas.

Había, después, el padre, a quien solo se le veía durante la hora del almuerzo y por la noche: Un extranjero enjuto, ictérico, a quien el trópico le iba comiendo, día a día, el hígado, casi siempre lento, como inhibido, y algunas veces congestivo, riente, agitado por una exultación artificial que, sin duda, salía del fondo de las botellas, guardadas en un bar minúsculo. Había luego la hija mayor, bella, lánguida, de unos veintidós años; ojos de morena en una cabeza triangular de rubia; piel tal vez pecosa y busto y caderas de perfecto ritmo. Y al fin, la mulata, la más fácil de observar porque pasaba muchas veces al día frente a mis ventanas y el niño casi ubicuo, gritón, hiperbólico, declamatorio...

Me propuse no hablarles nunca y no preguntar nunca nada acerca de ellos. Mi aburrimiento se mitigaba así, al cambiar la satisfacción repentina de la curiosidad por una seudoinvestigación lenta, especie de acertijo donde entraban la fantasía y la observación, dejándome siempre insatisfecho. Los informes que acerca de sus personas y sus vidas me llegaron, y que no traté de comprobar jamás, debiéronse a la casualidad o a oficiosidades de mis criados que, al verme mirar con insistencia hacia la casa de novela, trataban de adelantarse a mis interrogaciones.

—La mulata es más mala que el hombre, y cuando está en celo, hay que temerle.

—El muchacho miente hasta en sueños. Y no lo corrigen como es debido. El otro día la mulata lo pinchaba con las tijeras para sacarle una verdad, y lo que le sacó fue la sangre... Todavía con la venda en el brazo y las lágrimas en las ojos, refunfuñaba: «Pero no te dije la verdad... Era mentira todo».

—A la muchacha le ha dado por los guatemaltecos: ha tenido ya dos novios de ese país, y ahora está chiflada por otro que ha venido al club en una orquesta. El padre le busca novios gringos, y ella los acepta y los soporta mansita hasta que aparece otro de Guatemala. Y entonces, ya se sabe... Igual dan consejos que golpes. No sé qué les encontrará a esos indios.

La madre trabaja como una burra; pero todo se le va en el juego. Buena mujer, eso sí. Si no fuera porque sería capaz de jugarse al marido y a los hijos a una carta, sería la señora más señora.

—Pues el padre, con su andar de sombra, no es de fiar. Tiene unas manos que dan miedo. Parece que solo le importan sus cócteles y su pipa. Se murmura que cuando la guerra fue espía, o vaya usted a saber. Le llaman Don Silencio. No debe de saber lo que pasa en su casa, y ojalá no lo averigüe, porque cuando se pone fiera... Una vez se incomodó en el club, donde tomó una mixtura de sabe Dios qué, y a poco estrangula a un yankee que presumía de boxeador. Fíjese usted en las manazas.

Yo cortaba la vena confidencial fingiendo desinteresarme; pero me fijaba. Sí, sin duda, las manos del hombre tenían algo de anormal: no parecían suyas, y ya estuviesen empuñadas o abiertas, sugerían imágenes de violencia, de golpe y, más aún, de eso: de estrangulación. A veces tenía como pudor o miedo de ellas, y las ocultaba tras de la espalda o se sentaba encima, con los brazos rígidos a lo largo del cuerpo, o cogía la pipa, la coctelera o el vaso con dos dedos solo, tratando de dar una impresión de inofensiva destreza. Desde el principio le llamé el Míster, y cuando supe que era holandés, ya era tarde para anular el primer bautizo. Mientras los demás hablaban o jugaban, él permanecía mudo, preparaba cócteles con lenta minuciosidad, dosificando, casi científicamente, las mezclas cual si buscase una fórmula preciosa y misteriosa, y luego, al probarlos, se encogía de hombros, descontento. Los nombres de la mulata y de los dos hijos los supe enseguida por los gritos con que se entrellamaban. El del padre no llegué a saberlo.

El pichón de centauro, enemigo de la verdad, respondía a un nombre breve, tal vez contracción del suyo, tal vez apodo familiar: Duti; la muchacha se llamaba Sylvia, y la mulata Chefa. No me explico por qué todos, menos el muchacho que suscitaba risueña simpatía, daban algo de miedo. ¿Era reflejo de la casa sobre ellos, o de ellos sobre la casa? Lo ignoro. En sus gestos, la criada delataba esa familiaridad que en los países de antigua esclavitud conservan, durante varias generaciones, los hijos de los libertos. Se adivinaba que era, alternativamente o al mismo tiempo, criada y tirana, y que algo de hembra fina y de bestia espesa convivía en su ser, donde las iras, los cinismos, los deseos, las perezas y las actividades torrenciales tenían, aun vistos a distancia, expresión inequívoca. A veces sacaba la lengua a los amos por detrás, inmediatamente después de haberles sonreído servil; otras permanecía largos ratos a los pies de la señora, sobándole o rascándole los pies; otras acariciaba a Duti o a Sylvia de un modo que daban ganas de prevenir a los padres, y otras se estiraba y esponjaba sola, en una hamaca tendida en el corredor, con tan lúbrica dejadez que daban ganas de avisar a un médico. Se notaba que debía tener las palmas de las manos siempre húmedas, y que las vetas de miel que le brillaban en los ojos, al golpe de ciertos choques debían transformarse en vetas de fuego.

La muchacha parecía muy poco inteligente, elemental casi, y, a pesar de la blancura de su piel, a pesar de los vestidos espumosos, dijérase hermana imposible de la mulata. La fuerza sensual latía en su ser, a pesar de la cabecita virginal y de las trenzas purificadoras. Jamás leía ni libros, ni periódicos; jamás trabajaba como no fuese en el cuidado de su persona, y pasaba largos ratos frente a un espejo minúsculo, gustándose, o acodada sobre la mesa cubierta de hule con las barajas, tratando de descifrar su propio horóscopo. Los días de extremo calor esperaba al novio sentada en el corredor del fondo, inmóvil, con los ojos entornados. Yo asistí al tránsito de un novio a otro, es decir, de un inglés, alemán u holandés, no sé, a un guatemalteco, y puedo afirmar que nunca tuve ante mis ojos cuadro donde mejor se expresase cuanto va de la tolerancia a la pasión. El mozo rubio llegaba, llamaba a la puerta, entraba y se acercaba a ella luego de cruzar las dos habitaciones sin suscitar otro movimiento que el de la diestra displicentemente tendida. El otro, en cambio, entraba de hecho en la casa antes de aparecer en el extremo de la calle; entraba para Sylvia nada más, suscitando en su ser claros reflejos condicionados; ella lo sentía, empezaba a esperarlo con leves estremecimientos impacientes, con un desasosiego feliz, y, al cabo, no pudiendo contenerse más se ponía en pie, iba al corredor de la fachada y apretándose contra el barandal, con los labios, los pechos, el mirar y el alma proyectados hacia afuera, aguardaba hasta que el galán de crinado pelo lustroso y color de hiel surgía en la bocacalle próxima. Entonces los brazos se tendían también para adelantar el encuentro, y una sonrisa exaltada; de ofertorio, la iluminaba íntegra.

Desde mi balcón, acudiendo hasta combinaciones de espejos para disimular mi interés, yo veía este juego de amor, y pensaba: «Los manes de la moral han querido paliar la liviandad de esta muchacha poniéndole, a modo de irónica cortapisa, la condición de vibrar únicamente así con hombres de su país, de población escasa». Cada una de sus efusiones eróticas me producía ira, casi celos. Es sabido que las mujeres ven a los hombres de modo diferente a como nosotros los vemos y que, acaso, el arma óptima del amor no sea su infalible saeta, sino unas gafas transfiguradoras. Si aquel indio menguado, verdoso, se lo hubiese propuesto, aquella hembra rubia, fina, principal, arrastraríase a sus pies para permanecer en adoración servil lo mismo que la mulata Chefa arrastrábase a los pies de la señora. Así, presencié besos reverenciales, abrazos exasperados, súplicas, despedidas henchidas de angustias. Cuando partía él, Sylvia quedaba desamparada, anhelante. Y sus combustiones eran tan fuertes que, después de cada adiós, entraba a darse una ablución o, si empezaba a llover, sacaba la mano para pasársela fresca por la frente y por el nacimiento del pecho. A veces Chefa surgía de un rincón, y sonreía socapa, malévola; otras, Duti alábase de entre el herboso, y con grandes gestos y ademanes interrumpía el éxtasis:

—Una culebra, Sylvia... Ven a ver... ¿Te lo creíste? ¿Te lo creíste?

Y ella, renuente a la mirada de la mulata y a las voces del hermano, tardaba en salir de sí misma y no reingresaba en la realidad general sin hacer un movimiento seco, angular, de algo muy frágil que se quiebra.

En una de estas ocasiones, una señora pasó con su hija y, refiriéndose a Sylvia, murmuró:

—Si la madre, en lugar de estarse juega que te juega, velase por ella como yo velo por ti, la muchacha sería de otro modo.

Y en otra, dos caballeros, uno de los cuales de barba blanca y ojos claros, conversaron refiriéndose a Duti:

—Me ha dicho el maestro que en la escuela es igual: miente sin proponérselo.

—En otro medio sería un gran artista tal vez, aquí no; aquí lo más probable es que se pierda.

De este modo, sin otros amigos que los oficiales a cuyo trato somero me obliga el cargo; sin otras ocupaciones que el despacho de conocimientos y facturas, y el visado de pasaportes; sin otro entretenimiento que unos cuantos libros en cuyas páginas me era imposible atornillar la atención; y prefiriendo mi soledad, para todos incomprensible, a las tertulias del club y a los bailes sudorosos de las legaciones, pasé allí tres meses, y cuando me llegó el traslado, lo recibí sin excesivo júbilo. Quién sabe si yo también fui, más de una vez, espectáculo para los habitantes de la misteriosa casa: hombre solitario y paradójico que rehusó asirse a ninguno de los cables que para entablar trato tendíale a diario la vecindad, debí parecerles incomprensible. Todavía, mucho tiempo después de abandonar aquel puesto, el compañero que me sucedió en él, charlando conmigo en el Ministerio de Estado de nuestro país, me dijo:

—¿Qué diablos de mosca le picó a usted allá? Usted, tan sociable, dejó una fama de misántropo que me ha hecho gracia.

—Ya ve usted. Me entretuve leyendo y curioseando. La casa de frente al consulado, por la fachada de la izquierda; la de las dos escaleritas, y el matorral debajo y alrededor, era bien rara. Yo la llamaba casa de novela.

—No sé. Cambié las oficinas enseguida para el centro, a pesar del calor. Cuando le daba por llover, parecía que hasta en la azotea fuera uno a ahogarse. No habrá usted vuelto a ver lluvias como aquellas, ¿verdad?

Nos separamos y, ya solo, avivose dentro de mí el recuerdo de los últimos días de mi permanencia frente a mis amigos desconocidos. Ni siquiera los afanes del equipaje, de la entrega del despacho, y de esa especie de prisa ingrata que nos posee en víspera de todo largo viaje, lograron disminuir mi desinteresada curiosidad. Hasta la postrera tarde, miré con igual ahínco y apreté con igual vehemencia contra mis ojos, los gemelos. La noche última encontré a Duti en el centro de la ciudad, fui tras él unos pasos y comprobé con sorpresa que nada en la calle lo diferenciaba de cualquier otro macho. Entonces revivió en mí la convicción de que no eran los personajes aislados, sino la casa, los personajes en la casa, mejor dicho, lo que creaba aquella atmósfera de innaturalidad, de dramática víspera. Y al regresar ya tarde, di, en la soledad de la noche, una vuelta entera a la casa cerrada, tratando de percibir si algún detalle raro de su arquitectura justificaba mis imaginaciones.

Cerrada, en silencio, el efluvio novelesco era, no diré mayor, más sí tan vivo. Los tablones superpuestos, el rojo tejado con manchas de líquenes, los tubos de desagüe en los ángulos, las persianas cual rectos y verdes párpados caídos, la doble escalerita, el barandal, los ventanales del fondo cubiertos con tela metálica, todo, conservaba en la quietud nocturna su aire de secreto. Sin duda la certeza de que ellos estaban dentro era parte de esa impresión. Quería imaginármelos a los cuatro durmiendo con sueño de sosiego, y me era imposible. Traspasando con el mirar de la fantasía las paredes, los veía medio incorporados en las camas, cada uno de ellos presto a lanzarse, a defenderse, a entregarse en no sé qué colisión pavorosa.

Al arrancar el automóvil, mi última mirada no fue para la casa donde me había albergado, sino para la que albergó mi fantasía durante tres meses de tedio, de trabajo antipático, de humedad ablandadora, de calor demoníaco, de agua colérica, de truenos, bajo los cuales ni vidrios, ni muros, ni montes podían dejar de estremecerse. Y al partir, tuve la seguridad de que dejaba un espectáculo del que solo se me había dado la iniciación; especie de cinta cinematográfica que se destruía irreparablemente cuando, luego de proyectarse el escenario y los personajes, la intriga verdadera iba a comenzar.

Ninguno de los personajes de la casa de novela ha de cumplir su predestinación fuera de ella. Ha de ser allí. Ignoro si la señora perderá un día el alma puesta a un envite, y si el esposo, hallando o no la fórmula del cóctel que ya una vez incitó a sus manos delictuosas agarrotarse en torno a un cuello, interrumpirá violentamente el juego de naipes con la trampa de cambiar la reina de corazón por la reina de guadaña que hace detenerse todos los corazones. Ignoro si Sylvia, tras el desvarío sexual de una hora, sentirá palpitar y crecer en su vientre de rubia a un indio clandestino, acusador, voz profunda de América, imponiéndose al través de todas las vanidosas colonizaciones, que la obligue, a tomar un veneno o a huir del brazo de un hombre de pelo lacio, deseoso de abandonarla después de haber vengado, en su carne medio europea, los ultrajes inferidos a su carne medio asiática. No sé cuál mentira costará a Duti su inocencia, a caso su libertad, su salud o su vida, ni cómo serán de amargas las lágrimas que han de llorar por él las tres mujeres y el extranjero de hígado devorado por los colores. No sé si un día Sylvia habrá de cuadricular a latigazos la piel de Chefa porque esta, enardecida por un rojo feroz, persiga a Duti y a su potro por entre el alto y verde ondular sobre el cual flota la casa. La imaginación se esfuerza en vano, prediciendo combinaciones fatídicas. Pero sí sé que cuando me llega algún periódico de allá y busco la noticia del drama, no cometo ningún desatino.

Tengo fe en ese drama. Estoy seguro de que con aquellos cinco seres y en la casa ya inmersa en la maciza lluvia, ya irreal y como a punto de evaporarse en la atmósfera ígnea de la resolana, ya dibujaba con cortantes perfiles en las noches, el destino prepara uno de esos acontecimientos de horror con que gusta demostrar su terrible potencia.

El que vino a salvarme

Siempre tuve un gran miedo: no saber cuándo moriría. Mi mujer afirmaba que la culpa era de mi padre; mi madre estaba agonizando y él me puso frente a ella y me obligó a besarla. Por esa época yo tenía diez años y ya sabemos todo eso de que la presencia de la muerte deja una huella profunda en los niños... No digo que la aseveración sea falsa, pero en mi caso es distinto. Lo que mi mujer ignora es que yo vi ajusticiar a un hombre, y lo vi por pura casualidad. Justicia irregular, es decir, dos hombres le tienden un lazo a otro hombre en el servicio sanitario de un cine y lo degüellan. ¿Cómo? Pues yo estaba encerrado haciendo caca y ellos no podían verme; estaban en los mingitorios. Yo hacía caca plácidamente y, de pronto, oí: «Pero no van a matarme...». Miré por el enrejillado y entonces vi una navaja cortando un pescuezo, sentí un alarido, sangre a borbotones y piernas que se alejaban a toda prisa. Cuando la policía llegó al lugar del hecho me encontró desmayado, casi muerto, con eso que le dicen shock nervioso. Estuve un mes entre la vida y la muerte.

Bueno, no vayan a pensar que, en lo sucesivo, iba a tener miedo de ser degollado. Bueno, pueden pensarlo, están en su derecho. Si alguien ve degollar a un hombre, es lógico que piense que también puede ocurrirle lo mismo a él, pero también es lógico pensar que no va a dar la maldita casualidad de que el destino, o lo que sea, lo haya escogido a uno para que tenga la misma suerte del hombre que degollaron en el servicio sanitario del cine.

No, no era ése mi miedo; el que yo sentí, justo en el momento en que degollaban al tipo, se podría expresar con esta frase: ¿cuál es la hora? Imaginemos a un viejo de ochenta años, listo ya para enfrentarse a la muerte; pienso que su idea fija no puede ser otra que preguntarse: ¿será esta noche?, ¿será mañana?, ¿será a las tres de la madrugada de pasado mañana?, ¿va a ser ahora mismo en que estoy pensando que será pasado mañana a las tres de la madrugada? Como sabe y siente que el tiempo que le queda de vida es muy reducido, estima que sus cálculos sobre la hora fatal son bastante precisos pero, al mismo tiempo, la impotencia en que se encuentra para fiar el momento, los reduce a cero. En cambio, el tipo asesinado en el servicio sanitario supo, así de pronto, cuál sería su hora. En el momento de proferir: «pero no van a matarme...», ya sabía que le llegaba su hora. Entre su exclamación desesperada y la mano que accionaba la navaja para cercenarle el cuello, supo el minuto exacto de su muerte. Es decir, que si la exclamación se produjo, por ejemplo, a las nueve horas, cuatro minutos y cinco segundos de la noche, y la degollación a las nueve, cuatro minutos y ocho segundos, él supo exactamente su hora de morir con una anticipación de tres segundos.

En cambio, aquí, echado en la cama, solo (mi mujer murió el año pasado y, por otra parte, no sé la pobre en qué podría ayudarme en lo que se refiere a lo de la hora de mi muerte), estoy devanándome los pocos sesos que me quedan. Es sabido que cuando se tiene noventa años (y es esa mi edad) se está, como el viajero, pendiente de la hora, con la diferencia de que el viajero la sabe y uno la ignora. Pero no nos anticipemos.

Cuando lo del tipo degollado en el servicio sanitario, yo tenía apenas veinte años. El hecho de estar lleno de vida en ese entonces y, además, tenerla por delante casi como una eternidad, borró pronto aquel cuadro sangriento y aquella pregunta angustiosa. Cuando se está lleno de vida solo se tiene tiempo para vivir y vivirse. Uno se vive y se dice: ¡qué saludable estoy, respiro salud por todos mis poros, soy capaz de comerme un buey, copular cinco veces por día, trabajar sin desfallecer veinte horas seguidas...!, y entonces uno no puede tener noción de lo que es morir y morirse. Cuando a los veintidós años me casé, mi mujer, viendo mis ardores, me dijo una noche: ¿vas a ser conmigo el mismo cuando seas un viejito? Y le contesté ¿qué es un viejito, acaso tú lo sabes?

Ella, naturalmente, tampoco lo sabía. Y como ni ella ni yo podíamos, por el momento, configurar a un viejito, pues nos echamos a reír y fornicamos de lo lindo.

Pero, recién cumplidos los cincuenta, empecé a vislumbrar lo de ser un viejito, y también empecé a pensar en eso de la hora... Por supuesto, proseguía viviendo pero, al mismo tiempo, empezaba a morirme, y una curiosidad enfermiza y devoradora me ponía por delante el momento fatal. Ya que tenía que morir, quería al menos saber en qué instante sobrevendría mi muerte, como sé, por ejemplo, el instante preciso en que me lavo los dientes.

Y a medida que me hacía más viejo, este pensamiento se fue haciendo más obsesivo, hasta llegar a lo que llamamos fijación. Allá por los setenta, hice de modo inesperado mi primer viaje en avión. Recibí un cablegrama de la mujer de mi único hermano, avisándome que éste se moría. Tomé, pues, el avión. A las dos horas de vuelo se produjo mal tiempo. El avión era una pluma en la tempestad, y todo eso que se dice de los aviones bajo los efectos de una tormenta: pasajeros aterrados, idas y venidas de las aeromozas, objetos que se vienen al suelo, gritos de mujeres y de niños mezclados con padrenuestros y avemarías; en fin, ese memento mori que es más memento a 40.000 pies de altura.

Gracias a Dios —me dije—, gracias a Dios que por vez primera me acerco a una cierta precisión en lo que se refiere al momento de mi muerte. Al menos, en esta nave en peligro de estrellarse ya puedo ir calculando el momento. ¿Diez, quince, treinta y ocho minutos? No importa, estoy cerca, y tú, muerte, no lograrás sorprenderme. Confieso que gocé salvajemente. Ni por un instante se me ocurrió rezar, pasar revista a mi vida, hacer acto de constricción, o simplemente esa función fisiológica que es vomitar. No, solo estaba atento a la inminente caída del avión para saber, mientras nos íbamos estrellando, que ése era el momento de mi muerte.

Pasado el peligro, una pasajera me dijo: «Oiga, lo estuve viendo mientras estábamos por caernos y usted como si nada». Me sonreí, no le contesté; ella, con su angustia aún reflejada en la cara, ignoraba mi angustia que, por una sola vez en mi vida, se había transformado, a esos cuarenta mil pies de altura, en un estado de gracia comparable al de los santos más calificados de la Iglesia.

Pero a 40.000 pies de altura, en un avión azotado por la tormenta —único paraíso entrevisto en mi larga vida—, no se está todos los días; por el contrario, se habita el infierno que cada cual se construye: sus paredes son pensamientos; su techo, terrores, y sus ventanas, abismos... Y dentro, uno, helándose a fuego lento, quiero decir perdiendo vida en medio de llamas que adoptan formas singulares: a qué hora, un martes o un sábado, en el otoño o en la primavera...

Y yo me hielo y me quemo cada vez más. Me he convertido en un acabado espécimen de un museo de teratología y, al mismo tiempo, soy la viva imagen de la desnutrición. Tengo por seguro que por mis venas no corre sangre, sino pus; hay que ver mis escaras —purulentas, cárdenas— y mis huesos, que parecen haberle conferido a mi cuerpo una otra anatomía. Los de las caderas, como un río, se han salido de madre; las clavículas, al descarnarse, parecen anclas pendiendo del costado de un barco; los occipitales hacen de mi cabeza como un coco aplastado de un mazazo.

Sin embargo, lo que la cabeza contiene sigue pensando y pensando en su idea fija; ahora mismo, en este instante, en mi cuarto, tirado en la cama, con la muerte encima, con la muerte que puede ser esa foto de mi padre muerto, pienso que me mira y me dice: te voy a sorprender, no podrás saberlo, me estás viendo pero ignoras cuándo te asestaré el golpe...

Por mi parte, miré más fijamente la foto de mi padre y le dije: no te vas a salir con la tuya, sabré el momento en que me echarás el guante, y antes gritaré ¡es ahora!, y no te quedará otro remedio que confesarte vencida.

Y justo en ese momento, en ese momento que participa de la realidad y de la irrealidad, sentí unos pasos que, a su vez, participaban de esa misma realidad e irrealidad. Desvié la vista de la foto e, inconscientemente, la puse en el espía del ropero que está frente a mi cama. En él vi reflejada la cara de un hombre joven, solo su cara, ya que el resto del cuerpo se sustraía a mi vista debido a un biombo colocado entre los pies de la cama y el espía. Pero no le di mayor importancia; sería incomprensible que no se la diera teniendo otra edad, es decir, la edad en que uno está realmente vivo y la inopinada presencia de un extraño en nuestro cuarto nos causaría desde sorpresa hasta terror. Pero, a mi edad y en el estado de languidez en que me hallaba, un extraño y su rostro es solo parte de la realidad-irrealidad que se padece. Es decir, que ese extraño y su cara era, o un objeto más de los muchos que pueblan mi cuarto o un fantasma de los muchos que pueblan mi cabeza. En consecuencia, volví a poner la vista en la foto de mi padre y, cuando volví a mirar el espejo, la cara del extraño había desaparecido. Volví de nuevo a mirar la foto y creí advertir que la cara de mi padre estaba como enfurruñada, es decir, la cara de mi padre por ser la de él, pero al mismo tiempo con una cara que no era la suya, sino como si se la hubiera maquillado para hacer un personaje de tragedia. Pero vaya usted a saber... En esa linde entre realidad e irrealidad todo es posible y, lo que es más importante, todo ocurre y no ocurre. Entonces cerré los ojos y empecé a decir en voz alta: ahora, ahora... De pronto sentí un ruido de pisadas muy cerca del respaldar de la cama; abrí los ojos y allí estaba, frente a mí, el extraño, con todo su cuerpo largo como un kilómetro. Pensé: bah, lo mismo del espejo, y volví a mirar la foto de mi padre. Pero algo me decía que volviera a mirar al extraño. No desobedecí mi voz interior y lo miré. Ahora esgrimía una navaja e iba inclinando lentamente el cuerpo mientras me miraba fijamente. Entonces comprendí que ese extraño era el que venía a salvarme. Supe con una anticipación de varios segundos el momento exacto de mi muerte. Cuando la navaja se hundió en mi yugular, miré a mi salvador y, entre borbotones de sangre, le dije: gracias por haber venido.

Los chinos

No me pregunte usted cómo me encontré allí, ni por qué caídas fui a parar, desde la cuna rica y desde la posición de muchacho, a aquella cuadrilla de trabajadores. Entonces el cuento sería interminable. Estaba allí, y era uno más... Solo uno más. Oiga usted lo que ocurrió con los chinos, sin preocuparse de otra cosa.

El mulato llegó del oeste, el segundo día, y sus palabras inflamaron a todos, cortando los últimos lazos de avenencia que quedaron tendidos entre el ingeniero y nosotros, en la entrevista de la noche antes. Subido sobre una pipa de ron, sin cuidarse del Sol terrible, habló más de una hora. El tono exaltado de sus palabras incendiaba la sangre, y sus razonamientos, repetidos una y otra vez, penetraban en las inteligencias más torpes a modo de tornillos que nadie hubiera podido sacar ya sin romperlos.

—¡A los obreros de Bahía Brava, les han estado pagando a 3 pesos y a vosotros a 2...! ¿Es eso justo? Y aquí el trabajo es más duro, porque hay cobertizos, sin tiendas de lona, y por el pantano... Si resistís, no solo os tendrán que subir el jornal, sino que os pagarán los pesos robados, y unos podrán mandar un buen puñado a sus casas y otros ir a pasar unos días de diversión a la ciudad... Tres meses a peso por día, son 120... Pero hay que resistir: cada día sin trabajo es para ellos peor que para nosotros, porque la obra es por contrata, y tienen que dar indemnización si no se acaba a tiempo. ¡Hay que resistir para chincharlos!

Bajo la luz reverberante, el grupo seguía ansioso aquellas palabras que multiplicaban la ira recóndita. Éramos casi cien, y había de muchas partes; negros jamaiquinos de abultadas musculaturas, de sudor acre y de ojos de concha de mar; negros de país más enjutos, de color mielado y dientes que parecían luces dentro de las bocas; alemanes de rubio sucio, siempre jadeantes; españoles sobrios y camorristas, de esos que dejan sus tierras sin cultivo para ir a fertilizar el mundo; criollos donde se veía la turba confluencia de las razas, igual que en la desembocadura de los ríos se ve el agua salada y la dulce; haitianos, italianos, hombres que nadie sabía de dónde eran... Escorias de raza, si usted quiere. En todo caso, fatiga, exasperación, hambre, pasiones y un trabajo terrible, como un castigo.

El mulato interpolaba en su arenga interjecciones de lenguas distintas, y a cada chasquido, una parte del auditorio vibraba. Cuando el agitador se fue, no dejó tras sí hervidero de gritos, sino ese silencio sañudo, hermano mayor de las decisiones colectivas. Puesto que el gobierno necesitaba resolver el conflicto pronto, por la proximidad de las elecciones, y puesto que el comité de la capital estaba dispuesto a socorrernos, resistiríamos. Resistiríamos sin comer, o comiendo frutas verdes de los maniguales. ¡Todo antes que seguir matándose por una miseria, bajo un Sol que hacía crujir igual la pobre carne y la pobre tierra, sin otro alivio que la llegada de la tarde, en que hombres y paisajes quedaban extenuados de haber ardido todo el día, absortos en beata quietud henchida de ensueños de patria y de ensueños de brisa, sobre la cual iban apareciendo, poco a poco, las estrellas!

Tres veces vino la vagoneta con emisarios a proponernos concesiones parciales, y tres nos negamos a escucharles. La última, nos recogieron las herramientas de trabajo y nos quitaron las tiendas de lona.

—Es para meternos miedo —dijo uno.

—¡Tener miedo ellos de dejar hierros en manos de hombres! —rugió un negro, mostrando con risa satisfecha sus dientes ingenuos y feroces.

Aun después de rotas las relaciones, vinieron a advertirnos que el mulato no pertenecía al Sindicato obrero, sino a una agrupación política bastardamente interesada en crear desórdenes. No les hicimos caso. Poco a poco, a medida que los ahorros se agotaban, fueron disminuyendo, hasta desaparecer, los vendedores ambulantes. Ni ron ni vituallas, ni siquiera esperanzas de tenerlas. Los primeros días unas nubes de tormenta, que cubrieron el Sol y el reposo, dieron al hambre aspecto casi dulce. Luego se despachó a la ciudad a un delegado de quien no volvimos a saber nunca. Los alemanes, una tarde, se fueron en busca de otro lugar en donde hallar trabajo; varios españoles los siguieron dos días después, y, a lo último, solo quedamos unos cuarenta, arraigados allí por una especie de pereza furiosa.

Cuando la necesidad empezaba a rendirnos, llegó un misterioso socorro de la ciudad, y la comida y la esperanza de nuevo apoyo nos volvieron a enardecer. Pero el entusiasmo fue brevísimo: a los pocos días, solo teníamos para calmar el hambre frutas terriblemente astrigentes, sin jugo, y para cogerlas, era menester caminatas más penosas aun que el hambre misma. Los primeros casos de disentería no tardaron en sobrevenir, y la fiebre me tumbó bajo la sombra seca de un árbol.

Dos días después llegaron los chinos. Tres vagonetas los trajeron. Debían de ser unos noventa. Varias veces quise contarlos y no pude, porque se mezclaban y confundían unos con otros, igual que en el cielo las estrellas. Sus movimientos vivos, su pequeñez, su lividez y su flaquencia, hacíanlos parecer muñecos. «¿Eran aquellos los que iban a sustituirnos? ¡Bah, imposible!» Al verlos, nuestras vicisitudes se calmaron de pronto para dejar paso a palabras de sarcasmos: «¡Pobres macacos amarillos! ¡Qué iban a resistir el trabajo tremendo! Si no tenía la compañía otros hombres, ya podía ir preparando nuestros 3 pesos de jornal. El triunfo estaba cerca». En nuestro grupo menudearon los comentarios y las risas: «Buenos eran los chinos para vender en sus tiendecitas de la ciudad, abanicos, zapatillas, cajitas de laca y jugueticos de papel risado; excelentes para guisar en sus fonduchos, o para lavar y planchar con primor. ¡Oficios de mujeres, bien! Pero para aguantar el Sol sobre las espaldas ocho horas, y agujerear el hierro, ¡hacían falta hombres muy hombres!». Con curiosidad burlona seguimos su primera jornada. Eran como hormigas amarillas, diligentes, nerviosas. La traviesa que solíamos alzar entre dos, levantábanla ellos entre cinco; pero la levantaban. Iban y venían incansables; y vistos en el trabajo, parecían aumentar en número... Luego, a la hora de comer, en vez de los guisos fuertes, y del vino, y del aguardiente de caña, arroz, nada más que arroz, y comido deprisa. «¡Ah, no podrán soportar así mucho tiempo!» ¡Había que devorar allí, para defenderse del Sol que devoraba todo! No eran menester los guardias armados para custodiar su faena; sin que nosotros los atacásemos, caerían rendidos, dejándonos la presa poco envidiable de un trabajo sobre el cual era menester sudar y maldecir, y que ellos pretendían hacer con la piel seca y en silencio.

Pretendían hacerlo, y lo lograban. A los tres días, nuestras risas irónicas fueron trocándose en seriedad, en pesimismo. Se crisparon los puños, y sonó la primera amenaza. Yo estaba muy débil, y en cuanto caía el día, me abrazaba una fiebre delirante. Vi llegar al mulato otra vez, cuchichear, discutir. Conmigo no contaron para nada. Una negra vieja que, apiadada de mí, había venido varias veces en lo más fuerte del calor a echarme frescas hojas de plátano sobre la cabeza, me arrastró hacia su bohío y empezó a curarme.

Desde allí, al través de una bruma que, sin borrar la realidad, la borraba y alejaba fantásticamente, paralizándome por completo para intervenir en nada, vi todo.

—¡Puesto que son como bichos y no tienen en cuenta el derecho de los hombres, hay que matarlos como a bichos! —gritaba el mestizo.

—Lo mejor es irnos a otra parte... Ya no debíamos estar aquí —murmuraba un blanco.

Y un negro, arrugada la frente y casi el cráneo por la tenacidad de la idea, aseguraba:

—¡Mí no importar guardias!... Mí tener un machete y matar todos de noche, igual que en matadero... Mí saber bien... Así..., así.

Pero el mulato lo calmaba, prudente:

—No, sangre, no... Yo me marcho, y pasado mañana enviaré a uno de confianza con instrucciones mejores. Ya veréis como se arregla todo.

Yo hubiese querido huir, pero no pude. Me pesaba el esqueleto —apenas me quedaba carne—, como si estuviera enterrado a medias en aquella tierra maldita. Además, sentía una curiosidad extraña, merced a la cual, desde lejos, adivinaba el sentido de los movimientos y de los labios al moverse. Vi, dos días después, llegar a un anciano haraposo, hablar con varios y dejarles un paquete de hierbas; colegí primero el miedo, y luego la decisión pintados en los rostros, y con el alma hecha cómplice segura de la impunidad que la postración física le deparaba, en la sombra de la medianoche, presentí más que columbré al jamaiquino, ir a echar las hierbas en la gran paila donde se cocía el café de los asiáticos... Y por la mañana, cuando los miré acercarse con sus escudillas, percibí de antemano lo que los ojos habían de tardar unas horas en ver aún: cuerpos que se agarrotan, manos que van a oprimir los vientres en desesperados ademanes, pupilas que se abultan y salen de las cuencas cual si quisieran sujetarse a la vida, caras amarillas que se ponen mucho más amarillas y que caen crispadas contra la tierra, para no levantarse más.

Veintidós cayeron así. Otros que habían bebido menos, murieron por la noche. ¡Ah, no olvidaré nunca el terror de los guardias, ni mi propio terror! Si un chino nos infunde siempre una invencible sensación de repugnancia y de lejanía donde hay algo de miedo, un chino muerto es algo pavoroso...

Los cadáveres tendidos sobre el campo, bajo el trágico silencio del Sol, galvanizaron a todos. Fue un día terrible. Mas al acercarse la noche y pasar sobre la sabana los primeros ecos de brisa, el grupo de culpables empezó a desbandarse para escapar, y suscitó la reacción de los guardias. La fuga duró poco: tras el primer movimiento del instinto, se entregaron sin resistencia. «No pensar, no trabajar, ir a la ciudad, y comer y dormir a la sombra, ¡qué dicha!», debían pensar los desventurados, casi contentos de su infortunio. El testimonio de la negra me salvó: «Estaba desde hacía cinco días enfermo, y no había podido intervenir». Atontado, sin lágrimas, los vi marchar en fila hacia el oeste, por donde el mulato había venido, bajas las cabezas, atados los brazos a la espaldas. Al día siguiente vinieron en la camioneta unos hombres, tiraron tiros a los cuervos, y se llevaron los cadáveres. Todo quedó solo, y yo pude dormir al fin.

Una mañana, no sé cuántas después, me despertó ruido de gentes. Miré con avidez, y sentí el escalofrío de la alucinación penetrarme hasta el tuétano. De la vagoneta habían descendido treinta hombres amarillos —iguales, absurdamente iguales a los que yo vi caer muertos en tierra, cual si en vez de llevarlos a enterrar los hubiesen llevado a la ciudad para recomponerlos—, y con diligencia de hormigas, ante mis ojos enloquecidos, empezaron a trabajar.

Recuento sobre la Estigia

Una orden en la noche, un descenso difícil a la barquichuela, unos sacos de

provisiones que caen, y el bote que se aleja dejándonos solos con

su destino en el vaivén del oleaje.

El cielo es sombra, la costa es sombra. Y como toda guerra, hasta la más justa, es un trasunto del infierno, no es raro que al sentir salpicarle la boca

el hervor fosfórico del mar, el viajero piense un instante en la laguna Estigia.

Cada hombre cumple su tarea. A él le ha correspondido llevar el remo de proa, y helo ahí de espaldas a la meta, sin ver siquiera que ahora sus puños, igual que antes su mente, van acortando trabajosas distancias. De tiempo en tiempo no puede reprimir la impaciencia y vuelve la cabeza para avizorar si puntean luces en la playa. Nada se ve aún. El esfuerzo rítmico perla su carne de gotitas tibias. Solo se oye el aliento del mar y el de los hombres. Impelida por los aletazos de la determinación, la barca es, entre las negruras, saeta

crujiente.

De tiempo en tiempo, alguna frase rasga el silencio. La excitación no se muestra en el tono de ninguna pregunta de miedo a ser tomada por cobarde. Los pechos se inclinan, los pies se apoyan contra las bancadas, y los bustos vuelven a echarse hacia atrás para impeler la embarcación entre las

revueltas espumosas. Tiempo brujo, tiempo en el cual la mente, oreada

por el viento, alcanza una acuidad cercana a la omnisciencia.

Y en ella su vida se le aparece ajena a sí mismo para que juzgue. Nada puede ya modificar de ella, mas tampoco siente tal deseo. Dio a su fe cuanto

darle pudo. Pasó por la juventud y cerca de la riqueza sin mancharse,

allegó voluntades, formó un haz flamígeo de lo que eran esparcidas pajuelas, nació pobre e ignorante y está en la barca fatal sin moneda impura y con un universo acentrado por el estudio dentro de sí. Ha subordinado a

un deber no impuesto sus sentidos finísimos, sus potencias crea-

doras.

Volvería a pasar lo mismo por todas las horas aciagas y por todos los minutos dulces.

No, no ha estafado a los dioses. Paga su vida. Si los hombres a quienes tomó de ejemplo lo vigilan desde la sombra o si los precursores de la república-

ca cubana lo aguardan en la ribera, podrá mirarlos cara a cara.

A medida que se acercan, su visión se intensifica y solo piensa en Cuba, en Cuba de ayer y en la de hoy. En pelotón insigne aparécensele Ignacio Agramonte (el brillante con alma de beso), Joaquín de Agüero, Francisco Vicente Aguilera, Isidoro de Armenteros, Morales Lemus, Gaspar Betancourt, Honorato del Castillo, Carlos Manuel de Céspedes, Pedro Figueredo, «el Rouget de Lisle bayamés», Vicente González, Domingo de Goicuría, Miguel Jerónimo Gutiérrez, Heredia, el venezolano que para lavarse la afrenta de haber peleado contra los suyos fue a Cuba para realizar en ella el incumplido sueño de su paisano insigne, Antonio Lorda, don José de la Luz, Saco, Varela, Rafael González, Ramón Pintó, Manuel de Quesada, otros más. Y ve sus vidas y muertes, ya gloriosas, ya tristes. Y siente que la herencia espiritual recibida de ellos, ahora en sus manos y en las de otros varones a uno de los cuales conoce y a otros que no ha visto jamás, y que sin embargo como a

hermanos quiere, va a ser transmitida ante el gran Notario que da fe de

las intenciones de los hombres.

Tras esa falange de estrellas ve también, una a una, las estrellas secundarias y la nebulosa del pueblo, compuesta por los héroes anónimos, por los peldaños oscuros de la escalera por donde el mundo asciende, por los miles y miles de seres a quienes la desgracia no dispensó siquiera el funesto honor de señalarles. Piensa en sus amigos de New York, en los que para bien del mañana, conviene economizar. Los dos Maceo, luminosos y oscuros, le sonríen. Calixto García, con su carta de noble hecha cicatriz en la ancha frente;

Máximo Gómez, injerto de acero y de austeridad generosa que va allí a su

lado; Varona, frío, exacto y sabio, en quien ni los sueños se salen

de la lógica nunca; Manuel Sanguily, gran caballero de la inteligencia y de las acciones; Lanuza, que gusta de vestir de sonriente escepticismo su fe;

Salvador Cisneros, grandeza antigua que ha cambiado por una ciudada-

nía inquieta un marquesado.

La lista se alarga, y caracteres y méritos trénzanse en arco iris. Hasta

aquellos siempre separados de él por la contumaz esperanza en los

emolientes, los ve a luz nueva: Montoro, mezcla de hidalgo español y de personaje de Dickens, orador insigne formado por las mejores disciplinas, caballero sin tacha, pero con algo infortificablemente blando en las vértebras; Giberga, híspido selvático casi en todas las expresiones, y otros,

cruzan. Piensa en cuán difícil será la aclimatación de los desterrados de

tanto tiempo: Zambrana, Estrada Palma, varios aún.

Y no le inquietan —tal es la nobleza que percibe en sus rostros— la actitud de los militares que dejando tempranos estudios van a adquirir de la fuerza idea idolátrica. La distancia que lo separa del logro es larga todavía y ha de sembrarse de cadáveres. Con penetración instantánea, ve caer a los dos Maceo y a Flor Crombet —los que señalan los cizañeros como futuros peligros, por su raza—, y los ve caer puros. Ve caer a otros también y ve

levantarse, en cambio, nuevas fuerzas. Tras de ellas, una masa confusa, lu-

minosa, presta a ser materia dúctil bajo buenas manos: el pueblo.

166

Y, de súbito, ya no ve más. Atento, como siempre, a los otros, no ha podido, al mirar por esa grieta instantánea abierta en el pasado y en el porvenir, verse a sí mismo. La gloria de Finlay, la de Casal, la de Manuel de la Cruz, la caída casi al trasponer el umbral de la paz de los dos grandes caudillos supervivientes, son entrevistas en esa luminación honda y breve del milagro

óptico. Pero de sí nada miró y nada sabe, porque nada le importa. Se ha

dado, y no es hombre de retirar la puesta del gran juego.

Cuando la sal amarga de una ola le toca los labios y la frente y oye sofocados gritos de júbilo, sus pupilas tornan a la finita realidad y perciben, ya muy cerca, en la playa, luces. Unas brazadas más y la proa del bote besará

tierra inmensa. ¡Ah, con qué vigor aprieta contra el remo sus manos

doloridas!

Ya está: he aquí el premio. Este choque ha sido el esperado beso brusco en la sombra. ¡A tierra! Dos brazos recios lo alzan mientras dos piernas se sumergen. Él quiere mojarse también, desembarcar igual que todos, pero no lo dejan. Puesto que a su mandato la isla se enciende, ha de mostrar que

sabe obedecer también. La llama no debe tocar el agua. Es imperativo

superior que llegue a Cuba sobre humano pedestal. Ya lo sueltan sobre la playa. Ya ha estrechado el pecho fornido sobre el cual se sintió un poco niño en el desembarco. De la aventura, como del recuento, le ha quedado un regusto jubilar.

En torno son negruras, silencio; y él siente albas y voces en el corazón. Las voces no son las conocidas, sino otras, infinitas, de ayer y de mañana: la de los hombres y las multitudes que hace poco viera al asomarse a la fisura hecha en el muro del tiempo por los dioses para permitirle ver a uno y otro lado de los lindes de hoy. Vienen del ayer consumido y del mañana no creado aún, y son tantas, que parecen una ebullición de la arena. Brazos y almas

lo buscan. Y la sensación es tan exacta, que sus labios responden:
—Aquí estoy... Aquí.

Entonces una mano ase su diestra y lo lleva isla adentro. Y nunca pudo

saber si aquel lazarillo, en la noche, era un espectro o uno de sus

compañeros de aventuras.

Fantasmas

En el cuarto de la plancha, sobre el armario de pino donde se guarda la ropa limpia con una manzana que le da su aroma, vense un zorro y dos cigüeñas disecadas.

El zorro corre inmóvil entre las dos aves decorativas rellenas de estopa, y éstas no se inquietan al ver su aire furtivo ni sus dientes agudos, porque están ya en una región, por encima de la vida, donde la perfecta concordia reina.

Las criadas, atentas a sus bajas tareas, no miran a lo alto jamás; pero los niños, quizá por estar tan pegados al suelo, miran siempre. De rato en rato entran por el montante de la ventana ráfagas sutiles que no bajan al fondo de la habitación, y los pelos del zorro se erizan, se encrespan las plumas y oscilan los picos. Entonces los chiquillos corren despavoridos gritando que hay fantasmas.

Ante la idea de que los espíritus de los animales se esfuercen por reintegrar las fundas de sus cuerpos, todos ríen. Pero el mayorcito, que ya estudia Lógica y es muy observador, hace notar que aquel es el único cuarto de la casa donde no hay cucarachas ni ratones.

El pisapapel

Es de vidrio, está lleno de alcohol y tiene arrollada y con la boca abierta, cual si fuera a segregar su veneno, una viborilla.

El dueño de la casa escribe una carta a un hermano, a propósito de una herencia. Del fondo del recuerdo surgen reproches, cargos... La pluma rasguea con tan colérico ritmo, que hiere a veces la superficie satinada del papel: «Será, como siempre, lo que tú quieras... Te remitiré el dinero puesto que no quieres dejármelo... Dentro de dos años te volverás a ver en la calle... En toda familia ha de haber siempre un carnero negro...».

Está tan nervioso que, a veces, en vez de mojar la pluma en el tintero, toca con ella en el pisapapel. Y allá lejos, el «carnero negro» siente perfectamente la equivocación.

El nieto de Hamlet

I

Las dos ventanas estaban cerradas; en la chimenea, llamas de contornos azules alternaban con puntitos ígneos que corrían sobre los troncos carbonizados. Se sentía ulular el viento fuera y esto daba a la paz de la habitación su valor íntegro. La tibieza, la luz suavizada por la pantalla de la lámpara, el silencio cordial, ponían en el gabinetito el aspecto de uno de esos remansos donde la vida se melifica y donde pierde el tiempo su inexorable precipitación. Enrique dejó sobre la mesa el tiralíneas, arrolló las dos hojas de papel ferroprusiano, en las que una red de líneas blancas resumían su trabajo de tantas horas, puso encima del plano el cartabón de talco, y dejó ir luego la vista hasta el rincón donde su madrastra tejía.

—¿Qué tejes? Ya te he dicho que no quiero que trabajes de noche... No tienes necesidad de estropearte los ojos.

—Es una corbata para ti... Enseguida termino.

—A mí también me falta muy poco.

—Pues anda; papá debe estar al llegar, y en Llegando él...

Ambos sonrieron. Sin duda él quería hablar aún, mas para darle ejemplo, la aguja volvió a enrollar los hilos velozmente. Antes de que Enrique volviese a coger regla y compás, para comprobar sobre la cuadrícula del plano bosquejado por él las últimas distancias, miró a su madrastra otra vez. La enconaba cada día mejor... Los años añadían dignidad a su figura y dulcificaban los encantos, tal vez con exceso provocativo, que debió tener en la juventud; ahora mostrábase llena de esa gracia asexual, tranquila, más grata aun al alma que a los sentidos. El resplandor de la chimenea abrillantaba las canas, que ya dominaban en el pelo antes negro; y así, inclinada sobre la labor, el perfil delataba inteligencia y mansedumbre. Acaso esta impresión no dimanase tanto de la virtud expresiva de las líneas, como de la certeza viva en el alma de Enrique; y esta certeza, que era gratitud, fervor filial, añadía a toda la figura de Mercedes en aquella noche un incentivo donde se fundía el recuerdo de todos los favores, de todos los cuidados, de todos los estímulos recibidos de ella durante los años desvalidos de niñez y los casi desvalidos de tierna juventud. Hoy, que después de conseguido su título de ingeniero, estaba Enrique a punto de dar cima al primer trabajo profesional, una emoción latente había avalorado todos sus actos, hasta los más cotidianos; parecíale decir adiós a su infantilismo; le parecía que ya era un hombre..., y hubiese querido, por última vez, emplear su voz de muchacho para dar gracias a la madrastra que había sido madre, y que, precisamente por no serlo orgánicamente, pudo ejercer sobre su vida ese influjo del sexo, que es incentivo y acicate. Ella debió sentir sobre sí la mirada de Enrique, porque sin levantar la vista le dijo:

—Anda, anda... No caviles más... Concluye.

La costumbre de obedecerla, puso sus manos y su mirada en el papel-tela de azulosa y turbia transparencia y vago olor a farmacia, que acababa de traerle el delineante, pero el pensamiento siguió volando indómito, y fue hasta los confines de la niñez... Enrique no había conocido a su madre. Hasta donde alcanzaba pura su memoria, veía a Mercedes a su lado; primero, atenta a sus necesidades de niño; luego, sentada incansablemente junto a su cama cuando le dieron las viruelas —que ella adquirió por contagio—, y que le habían dejado, en testimonio de su abnegación, algunas depresiones blanquecinas en la piel; más tarde, cuando empezó a estudiar, como su padre siempre estaba fuera de la casa en negocios o en francachelas y él se negó a ir al colegio por vergüenza de que lo vieran tan atrasado los demás chicos, Mercedes lo enseñó a leer y lo preparó para el instituto. Muchas veces había de estudiar ella antes para poder enseñarle, y eso le era grato. El niño le pagaba con un cariño serio, nunca disminuido por veleidades, por amistades nuevas o por juegos; y poco a poco, con el paso de los años, la identidad espiritual se consolidó en lugar de debilitarse. ¿Hubiesen podido vivir de otro modo en aquel caserón? Pero don César era otra cosa: era el hombre de presa que cruza por la vida ganando dinero, sojuzgando voluntades pobres y satisfaciendo apetitos. Había sido, en su juventud, un Don Juan; y aún ahora, cuando mermados sus ímpetus por la edad y los abusos, dedicaba aquella antigua vehemencia del amor a la caza y a los negocios, sus manos no podían dejar de temblar algo cada vez que acariciaba una niña núbil. Era listo, sin finura, exuberante, ingenioso, disperso; era todo lo contrario a Enrique; hasta en lo físico, pues su estatura, su pecho poderoso, contrastaban con la contextura de su hijo tanto como el carácter. Para don César, su casa era la fonda; nada faltaba en ella, pero en cuanto concluía la cena y descabezaba una siesta después del almuerzo, ya demostraba por irse una impaciencia que nadie osaba contrariar. De este modo, Mercedes y Enrique vivieron veinte años. ¿Cuáles eran los fundamentos de aquel apego en la mujer?

¿Adoptó a Enrique y quiso en él al hijo que sus entrañas no habían podido formar? Ni ella misma habría podido responder a esta interrogación. Su amor estaba tejido con mil detalles conmovedores: de madre, de hermana, casi de novia a veces... Esos detalles que hacen sonreír o llorar, según el momento, pero nunca reír en son de burla. Enrique no echó de menos a su madre; como don César no tuvo con él intimidad alguna, jamás la sombra maternal se interpuso entre Mercedes y él. La solicitud, siempre alerta de su cariño, prevenía los menores caprichos de Enrique; conocía sus platos preferidos, le compraba las corbatas, le hacía los cigarros, le marcaba la ropa interior, y todas las mañanas sentábase al piano, lo despertaba y le llevaba enseguida el vaso de leche con bizcochos. Cuando él, con esa torpeza violenta de los hombres, no atinaba a abrocharse el cuello de la camisa y ella lo sentía taconear, acudía, y mientras se lo abotonaba, sin pellizcarle nunca, preguntábale mitad burlona, mitad triste:

—¿Quién te va a hacer todo esto cuando te cases?

—¡Como yo no me he de casar!...

—Sí, sí... Vaya si te casarás; en cuanto encontremos una novia que te merezca...; como que yo misma he de buscártela.

—En ese caso, como tendrás influencia con ella, adviértele que ha de venir a vivir con nosotros y que no pretenda meterse a cambiar nuestra vida.

—Claro, una especie de esposa, sin voz ni voto.

—Eso es.

Y aun cuando ambos reían, transparentábase hasta en la estridente risa, inquietud por una lejana y futura posibilidad... Salían juntos; él no podía estudiar sino cerca de ella, en aquella habitación tan íntima, tan saturada de remembranzas, donde, como se cuida y se endereza un árbol, su espíritu se había ido formando gracias al femenino influjo, recto, recio y delicadísimo a la vez; entre aquellas paredes tapizadas de gris, cuyas flores guardaban, apenas marchitas por el tiempo, como ellas mismas, testimonio de cada una de los cambios memorables de su existencia. Durante largo rato sus manos trabajaron sobre el piano de modo maquinal, desasociadas de la inteligencia, enternecida en dulces búsquedas remotas. De pronto, halló que todas las distancias estaban comprobadas, y dijo involuntariamente:

—Ya está.

Mercedes, que lo espiaba desde hacía un instante, se puso en pie y se acercó a ver el trabajo.

—¡Lástima que esto de los cálculos y de las letras del álgebra no me entren! ¡Eso de que salgáis ahora con que la tierra, en vez de redonda, tiene la figura de un tetraedro o de un demonio!... ¿Te acuerdas antes cómo estudiaba contigo? ¡Hasta el fin del bachillerato fui tu profesora!

Enrique, que acababa de peregrinar por el camino del recuerdo, le respondió:

—Hasta el preparatorio. Y nunca he aprendido tan bien... De veras; no hay mejor pedagogía que el cariño.

—Sí, sí... El caso es que esas grandes sabidurías de ingeniero las aprendiste con profesores.

—Sí y no..., porque después también has seguido siendo mi maestra... Sin tú estar ahí, sentada, no podría estudiar... Cuando no entiendo algo en el libro, te miro a ti, pienso, y se aclara todo enseguida.

Mercedes sonrió con su sonrisa clara, y la mano de Enrique le acarició el pelo y la frente. El timbre repiqueteó, a lo lejos, con un toque largo seguido de dos toques concisos.

—Es papá —anunciaron los dos al mismo tiempo.

Y poco después, se abrió la puerta del fondo y apareció don César seguido de otro caballero. Mientras se quitaba el abrigo; dijo con su desenvoltura de hombre superficial:

—Quítate el gabán, chico... ¿No te lo dije? Los hemos sorprendido en pleno trabajo... Aquí tienes a mi ingeniero y a Mercedes... El señor Emilio Viosca, amigo antiguo... Hace casi veinte años que no nos veíamos, y hoy me lo he encontrado, de manos a boca, en la primera sección del Politeama!.. No vayáis a creeros, por eso, que es un viejo verde... Azul en todo caso... ¡Uf, hace frío! Supongo que estará la cena.

El recién venido se inclinó sonriente y, sin saber por qué, la madrastra y el hijo quedaron un momento en silencio, con involuntario malestar.

II

Mercedes tuvo que ir enseguida a la cocina, para dirigir el aumento de la cena. Como siempre, don César había traído de la calle fiambres, y cuando dijo delante del invitado que no aumentasen nada, al sentarse a la mesa y ver preparado el banquete, no se sorprendió. Mientras aguardaba, don César y su amigo hablaron volublemente de cien hechos pasados. Debieron ser muy buenos amigos, porque extremaban los signos de afecto y se daban, de rato en rato, palmaditas en el hombro... Aunque esto lo hacía don César a los dos minutos de conocer a una persona. Los dos se sorprendían de hallarse tan jóvenes. Dos pollos como en aquellos tiempos, ¿eh? Viosca preguntaba por costumbres y por personas, cuyo recuerdo hacía prorrumpir a don César en carcajadas estruendosas que producían siempre en Enrique una repugnancia, un malestar casi físico, apenas velado por el respeto. Al principio de la conversación, después del obligado elogio «del chico», de su seriedad y de sus capacidades científicas, tributo impuesto por don César a la paciencia de cada nuevo conocido, sin reparar en el azoramiento que esas casas producían en Enrique, fueron olvidándolo, y las preguntas, las bruscas remembranzas, los comentarios se sucedían, mientras él, fingiendo repasar sus planos, pensaba con dolor que su padre, como tantas veces, había venido a romperle la emoción de sosiego, de calma profunda.

¡Cuánto no hubiese dado por prolongar solo, junto a su madrastra, aquel silencio henchido de compenetraciones! De rato en rato; las voces de ambos amigos lo obligaban a separarse de su abstracción.

—¿Sigues con la pijotera costumbre de cambiar cada año de cara, tan pronto afeitándote como dejándote la barba o las patillas, quitándote el bigote y hasta mudando de peinado?

—Siempre... Cada San Silvestre, cara nueva. Así me parece que vivo más.

—¿Y cuántos negocios llevas hasta ahora entre manos?

—También, como siempre, cuatro o cinco... Tengo yo demasiada aprehensión para dedicarla a un solo asunto.

—Tu hijo, no parece de la misma opinión... Ahí lo tienes, consagrado en cuerpo y alma a su ingeniería.

—Aquí, él es el viejo y yo el muchacho.

—¿Lo oye usted, Enrique?

—Sí, señor.

—Se llama Enrique por tu padre, ¿verdad?...

—Quia, por un amigo y socio que luego me salió un truhán.

—De modo que tú eres aquí el mozo, ¿eh? ¿Y no protesta usted de esa pretensión del gran César?

—No, señor... Si tiene razón. Yo no resistiría la vida de papá ni seis meses.

—¡Suponte que, a veces, se está una semana entera sin salir de casa!

No salir de casa constituía para don César el superlativo de la renunciación. El necesitaba de la calle, del ir y venir, del cambiar de perspectivas constantemente. Sus negocios, sus mayores placeres, en la calle se resolvían. Necesitaba entrar cada día en varios cafés, tomar varios coches, hablar con numerosas personas. Lo demás no era vivir. Y este dinamismo compensaba los riesgos de una alimentación pantagruélica de su temperamento sanguíneo, y en cuanto prolongaba la sobremesa, el ancho cuello, propenso a las apoplejías, congestionábase, produciendo a Mercedes y a Enrique la misma impresión de fortaleza e inferioridad.

En sus ocupaciones seguía la misma norma: los negocios más dispares los llevaba a término. Viosca supo, con estupefacción, que en aquel momento era empresario de un cinematógrafo, director de la fábrica de hielo y gaseosas, y gerente de un sindicato constituido para llevar agua a varios pueblecitos y más dinero a varios potentados. Tenía tiempo para ocuparse de todo y, según la frase colérica del antiguo empresario del Politeama —hombre de barba hirsuta, que insultaba a las cifras y atraía las quiebras a fuerza de temerlas—, el maldito don César tenía una varita de virtud, y con solo dar un zarpazo con sus recias botas del cuarenta y tres, brotaba de la tierra dinero. Sus ternos rotundos eran populares en todas partes. Ya tenía «cosas», es decir, tenía una concesión de impunidad. Para saber cualquier detalle de la crónica de la población, el más recóndito, el más oscuro, bastaba preguntar a don César. Si alguien le hubiese dicho que siempre supo más de las gentes que nada le importaban que de su casa y de su familia, hubiera, primero, soltado un taco y echado a volar, después, aquella risa ancha, contagiosa, que era cual una explosión de su cara. De pronto, entre dos respuestas a interrogaciones de Viosca gritó:

—Qué, ¿va a estar la cena?

Y una voz apagada, respondió desde lejos:

—Sí... Podéis pasar al comedor.

Cuando se pusieron de pie, Viosca, dirigiéndose a Enrique, le dijo:

—No sale usted a César. Tiene usted el mismo tipo de su madre, que era la mujer más fina y más linda del mundo... Yo la conocía antes que este, y hasta conservo aún un grupo, creo que en uno de mis baúles está, donde estamos retratados juntos con otros amigos en una excursión a mis molinos de Aldeaclara.

Mercedes apareció en la puerta. Se había alisado el pelo y puesto una bata distinta, pero en sus manos, un poco rojas, adivinábase el trabajo reciente. Ya en la mesa, don César se prendió la servilleta en el borde superior del chaleco, igual que si desplegase una bandera de combate, y sobre su cara tendiose un gesto inefable de gula. En cuanto empezó la comida, se puso a halagar cada uno de los diversos platos, y a afirmar:

—Esto es guisar, ¿eh? Que venga nadie a mejorar esta tortilla de langostinos... Y todo hecho por ella... Como que si no se mete en la cocina, cruzo el cubierto.

Mercedes y Enrique apenas comían; aquel malestar sentido a la llegada del intruso, se acentuaba. Cada vez que don César callaba, se sentía el poderoso trajinar de sus mandíbulas y el tintineo de los cubiertos. Ante el pescado con mayonesa las exclamaciones fueron tales, que Viosca juzgó muy ingenioso decir:

—Yo creo que Mercedes logró atraparte por la boca. ¿Te acuerdas cuando me decías que por nada del mundo te casarías con ella?

Y volviéndose hacia Mercedes:

—Porque yo la conozco a usted antes de conocerla, desde el 88, cuando tenían ustedes aquel pisito en la calle del Rey. Mercedes se puso muy pálida, y sus ojos se encontraron con los de Enrique, que había levantado la cabeza. El mismo don César dejó de reír.

III

Aquella noche, Enrique no pudo dormir. Más de una vez puso en juego para llamar al sueño, toda su voluntad, pero el insomnio fue más fuerte. Los relojes sonaban a intervalos y, de tiempo en tiempo, oíanse pasos en la calle. Al ver que le era imposible dormir, quiso distraer el ánimo saltando de uno a otro pensamiento, o enfrascarse en los últimos cálculos de su obra proyectada, ¡y también fueron vanos estos propósitos; una idea tenaz erguíase en los cimientos de su alma y, dominando a las demás, exigía: «Fíjate bien; ese señor Viosca ha dicho que en el año 88 Mercedes y tu padre tenían un pisito, es decir, que vivían juntos... ¿No murió tu madre a fines del año 90?».

Las contingencias que esta comprobación podía ocasionar a su vida, se le ofrecían sucesivamente como nefastas sombras. En su existencia tan armoniosa, tan rítmica, surgía el primer obstáculo, y Enrique hubiese querido tener el despreocupado egoísmo de saltar sobre él... Un remoto optimismo ofrecíale como última esperanza esta penalidad: «Tal vez haya sido un error, tal vez este señor Viosca sea hombre ligero y haya soltado la fecha al tuntún; pero, ¿y si era verdad?». Un turbión de reproches se insinuaba, y su espíritu los iba acogiendo contrito; sí, él no era un hombre bueno; él, igual que su padre, aunque de otro modo, era egoísta, venal, porque, dejándose adormecer por las dulzuras de su presente, no se preocupó nunca de averiguar nada acerca de la que, después de llevarlo nueve meses siendo vida de su vida, lo había dejado en el mundo abandonado a manos ajenas... Al pensar estas palabras, otra vergüenza, ardiente cual una herida, le dolió: ¿Merecía Mercedes esa frase?; ¿habían sido manos ajenas las que lo mimaron en la infancia, y lo cuidaron en las enfermedades y guiaron sus pasos por los caminos arduos del bien?; ¿por quién sino por Mercedes germinaban ahora mismo en su espíritu las ideas éticas, que jamás trató su padre de inculcarle? Él, como hombre de ciencia, como hombre moderno debía no dar cabida a ideas caducas, y en todo caso, someterlas, antes de aceptarlas, a examen riguroso. No, lo mejor era desecharlas de plano... Mercedes era para él todo, y no le cabía el derecho de investigar su vida. ¿Qué le importaba si antes de casarse con don César, en vida de su madre?... Eso era imposible... Ligereza, calumnia... Cada vez que en el curso del soliloquio tropezaba con el nombre de madre, la idea romántica de la maternidad lo dominaba y ponía en sus ojos cerrados violentamente por el anhelo de ahuyentar las visiones, la tibia humedad de la ternura. Su vida de estudios, su apartamento de las tertulias alocadas de sus compañeros, la delicadeza de sus ideas, todo, aparecíale ahora cubierto de una sombra que mancillaba la ilusoria blancura de antes: «Él no había sido un buen hijo, y no podía, por tanto, ser el hombre íntegro que se propuso ser». Este pensamiento torturábalo con intensidad tal, que lo sentía latir en las sienes; y en vez de buscar lenitivo a su dolor y disculpas a su abandono, los agravaba ahondando en las causas y atribuyendo a sequedad de corazón el largo olvido. «No basta no realizar el mal para ser malo, ni enternecerse con las cosas gratas y próximas —se decía—; jamás se me ha ocurrido ir a visitar la tumba de mi madre, ni preguntar por ella; jamás se me ha ocurrido indagar por qué ni un retrato, ni un vestigio concreto de esos que todos dejamos detrás al irnos del mundo, se conservaba en la casa.» Y se juzgaba malo, monstruoso y las interrogaciones se agolpaban en su conciencia, queriendo sufrir en un momento el olvido de tantos años...

Cuando ella murió, Enrique no había cumplido dos años, al nacer su razón, no halló en torno ningún asidero para fijar el recuerdo y cimentar su culto. Realizó un esfuerzo para rememorar, y allá, en el lejano confín de la memoria, se vio muy pequeño, aprendiendo las letras en un libro de estampas, cuyo sentido Mercedes le iba explicando con paciencia, entre risas y halagos. Don César debía llevar por entonces la vida de siempre, pues Enrique recordaba que solo venía a las horas de comer; y que por las noches, mientras Mercedes se sentaba junto a su camita a contarle cuentos, él llamaba «papá, papá», y ella le decía:

—Vamos, Enrique, sé bueno..., papá está en la calle y no viene hasta muy tarde... Está ganando dinero para que tú estudies y seas un hombre... Anda, duérmete.

Y otra imagen de mujer se mezclaba también a su vida en aquellos años: era una criada... Se llamaba Juana, Mariana o Emiliana, no sabía bien; un nombre terminado así. Debía de ser criada muy antigua, porque mandaba en la casa. Era baja, regordeta, con ojuelos muy vivos hundidos entre abultamientos de carne. ¿Cómo la figura de esa mujer se había borrado tan por completo de su visión interna? Ahora recordaba que estuvo en la casa hasta que él cumplió nueve años, y que una vez, de regreso de un viaje a la finca de su madrina, ya no halló a la criada en la casa, y la casa tampoco era ya la misma, sino otra más lujosa, con todos los muebles nuevos y que tenía en el testero del salón un retrato al lápiz, en donde su padre y Mercedes aparecían cogidos del brazo; él con sombrero de copa, y ella con una pamela agobiada de flores... Aquel retrato siempre le fue antipático; al principio sin saber la causa, luego por la expresión de goce desmedido que traslucía en las dos caras inclinada una hacia la otra. ¿Sería aquella antipatía de la niñez un presentimiento?

De la calle llegó el canturreo de una voz agria... Debía ser un borracho... Por vez primera ocurriole a Enrique que quien bebe para olvidar y se habitúa al vicio, es disculpable; un mueble crujió y tres campanadas se prolongaron en el vasto silencio. Pronto empezaría a amanecer, y era necesario dormir. Para lograrlo, decidió ordenar sus ideas. Todas dimanaban de una proposición disyuntiva cuyos términos era preciso comprobar; o se había equivocado el odioso Viosca, a Mercedes, antes que su madre muriese, tenía ya relaciones maritales con su padre... Al día siguiente decidiría los medios de enterarse de todo... Pero, ¿era realmente necesario? ¿No delataban la realidad del hecho detalles antes inadvertidos que surgían ahora insidiosos, claros, henchidos de significación? El cambio de casa, el empeño de su padre en evitar toda relación con la única tía materna que le quedaba —una señora maniática, según don César—, que vivía con su marido en un pueblecito distante. De todos modos era aventurado fiarse de conjeturas. Los problemas de la vida no eran distintos a los de las matemáticas; era preciso buscar la solución, demostrar... En la ecuación moral tan terrible e inesperadamente planteada, la incógnita debía ser despejada de una vez sin tanteos peligrosos... y en caso de convertirse la hipótesis funesta en realidad ya decidiría en conciencia si su actitud futura para con la madrastra debía ser tronchada para siempre y de un tajo, por la muerta... ¿Cómo fue su madre? era imposible que fuera más dulce, más comprensiva, más capaz de... Pero esto era divagar, anticipar de nuevo, y había decidido encauzar sus ideas y aplazar sus juicios. Todo propósito quedaba en suspenso hasta adquirir alguna certidumbre. En caso adverso, él sería el más sacrificado, pues su vida sin aquel cariño que lo sostuvo atento desde la infancia, le era incomprensible. Aun un rato antes de dormir, revivió las queridas horas lejanas, la voluntad cariñosa y sin desfallecimientos de ella, que aprendió tardíamente el piano para complacerle y tocarlo solo para él. No, Mercedes no podía ser mala. El solo hecho de que viviese con don César no..., pero sí, porque eso era robar el cariño a la dueña legítima. ¡Ojalá todo aquel temor fuera pesadilla disipada por la luz matinal! ¡Ojalá al término de su primera pesquisa la imagen de Mercedes reapareciera impoluta, resplandeciente, como él la tenía sobre el altar de su corazón! En cuanto se levantase, trataría de averiguar la verdad; no volvería a tocar sus planos mientras lo turbase la duda... Sonaron las cuatro. Al cabo, las ideas conscientes cesaron de bullir en su mente y se quedó dormido.

Cuando ya muy tarde llegó don César, se sorprendió de hallar apagada la luz de su alcoba, y más aún de ver que Mercedes no lo esperaba despierta, como todas las noches. La llamó dos veces, y como no despegara los párpados, él murmuró mientras se ponía la camisa de lana:

—Fíese usted de las de sueños ligeros... ¡Nunca la había visto dormir así!

En cuanto apagó la luz, Mercedes abrió los ojos y lo miró ansiosamente, en la sombra.

IV

Por primera vez desde hacía muchos años, Mercedes y Enrique no se vieron durante toda la mañana. Cuando él la oyó acercarse a la hora del desayuno, tuvo miedo de encontrarse con ella cara a cara, de que leyera en sus ojos la duda, y nerviosamente le gritó:

—No entres... Déjame eso ahí fuera y yo lo tomaré. Voy a salir, y tal vez no venga a comer...

Al oír sus pasos alejarse, sintió el dolor de que no le preguntase la causa de aquella insólita salida, y por tendencia pesimista de su espíritu atribuyó a aquel silencio, a aquella fuga, el valor de pruebas de culpabilidad. Todo la delataba: su actitud de la noche anterior, su actitud de ahora... Y, sin embargo, él debía cerciorarse... La posibilidad de que saliese libre de culpa, aparecíale en la negrura de sus pensamientos cual un resquicio de esperanza. Mientras se vestía, iba trazando su plan de investigación. Haría todo discretamente, por si resultaban inciertas sus sospechas; de ese modo, las manchas de la calumnia no trascenderían a personas de fuera. Súbitamente se le ocurrió la idea de ir a ver a Viosca al hotel donde dijo se alojaba, y de pedirle, por favor, que le cediese aquella fotografía de su madre. Sí, tenía tiempo de verlo; aún tardaría dos días en marchar; lo había dicho durante la cena... Pero, ¿no era mejor ir enseguida? Sin saber por qué, tuvo, desde que se le ocurrió la idea, la certeza de que Viosca llevaba la fotografía en su equipaje. Salió, aprovechando un momento en que Mercedes no podía verle, y ya en la calle, encaminose hacia el hotel. Marchaba a pasos largos, impaciente por ver el retrato, y mientras subía en el ascensor, iba sintiendo una opresión, una emoción de cortedad, como si en vez de una imagen minúscula fuera a ver una persona viva, que pudiese hacerle cargas, echarle en cara una falta irremediable y afrentosa. Cuando entró, Viosca se estaba afeitando y se sorprendió al verlo. Durante un minuto ambos, después de saludarse, no hallaron palabras para empezar la conversación. Enrique se expresó, al cabo, torpemente:

—Sabe usted... Tal vez venga yo a privarle; pero usted se hará cargo y me dispensará... Como usted dijo anoche conservaba un retrato de mi madre, y yo no tengo ninguno, venía a pedirle, a rogar a usted...

—No faltaba más, sí, señor... Es una instantánea, y no muy buena, de hace la mar de años; creo que la tengo ahí, en ese álbum.

—Acabe usted de afeitarse; ya me la dará.

Y mientras con un crujido leve, iba desapareciendo el jabón de las mejillas de Viosca, Enrique miraba el baúl abierto, en cuyo fondo estaba el retrato que tanto miedo y tanta atracción producíale. Hubiese querido retardar la escena, pero Viosca aceleraba el tocado, y ya la cara sombreada de azul se volvía hacia él, y se entreabría la boca para decirle:

—Si usted anoche me hubiese dicho, insinuado siquiera.

—No se lo pedí a usted porque...

—Ya comprendo; figúrese... Delante de la madrastra y de César no se atrevió... No le hubiera hecho mucha gracia... Usted sabrá todo, claro es.

—Sí, sí..., todo.

De buena gana, Enrique hubiese rectificado enseguida: «No, nada sé, pero no quiero saberlo por ti, te odio, viejo abominable, que has venido a convertir en remolino el suave remanso de mi vida... Necesito vencer mis impulsos para no echarte las manos al cuello y apretar, apretar, hasta hacerte escupir esa lengua maldita con la que me has hecho tanto mal».

El gesto estúpido de conmiseración adoptado por Viosca, lo obligó a volver la vista hacia otra parte. Cuando lo vio, al fin inclinarse sobre el baúl, sacar un álbum de gruesas tapas de terciopelo con guardas de cobre y tenderle luego una cartulina, tuvo miedo, y el brazo se le agarrotó durante uno de esos instantes que solo mide el reloj del alma. Hubiese querido coger el retrato y huir enseguida para mirarlo a solas. Pero, antes de soltarlo, Viosca le dijo:

—Es esta. ¿Ve usted?... En aquellos tiempos se llevaban las mangas así... Fíjese en la cara... Son las mismas facciones de usted... ¿A que se creyó primero que era esta otra señora, la de la sombrilla?

—No... La reconocí inmediatamente. No era muy alta, ¿verdad?

—Sí, ¡vaya! Es que no se ve bien... Me han dicho que en sus últimos años con los sufrimientos, se desmejoró mucho... ¡Pobre Enriqueta!... ¿De modo que a usted no le dejaron ni un retrato?

—No, señor; es decir...

—Claro está... Yo estaba entonces en América; si llego a estar aquí, no le pasa lo que le pasó... Por eso, a pesar de las apariencias, su padre y yo no podemos ser buenos amigos.

—Yo le ruego...

—Sí, sí..., comprendo... Usted tiene sus mismos ojos... A otra persona cualquiera. yo no le daría este retrato por todo el oro del mundo... Enriqueta y yo —usted me disculpará si se lo diga— nos quisimos mucho, y si su padre no se hubiera metido por medio, tal vez a estas horas yo no sería lo que soy... ¡Cosas de la vida! Seguramente también a ella debió pesarle.

Una fuerza de astucia incitaba a Enrique a esperar, a transigir con el tono fatuo de Viosca, donde aleteaban ofensivas jactancias, con tal de oír todo; mientras que otra de dignidad, que lo dominó al fin, lo obligó a interrumpir con aspereza:

—Gracias; le ruego que no me diga nada más. Estoy en una situación en que todo lastima; y sentiría tener que guardar de usted un mal recuerdo... Crea que no olvidaré nunca este regalo; y que si me hace el favor de no decirle nada a mi padre de esta visita, será completa mi gratitud.

—Descuide; pero... ¿se va usted ya?

—Sí... dispénseme... Asuntos de urgencia. Tengo que...

Y salió atropellando los cumplidos. De quedarse un minuto más habría agredido a Viosca, cuya figura y cuyo lenguaje le repugnaban. Al bajar la escalera, apretaba con el brazo el retrato que había puesto en la cartera, y durante mucho tiempo anduvo sin darse cuenta, hasta que el ansia de contemplar a solas el retrato lo llevó a un paseo lejano, en uno de cuyos bancos se sentó jadeante. Su cansancio lo llevó a pensar en su salud precaria, y a lamentar no ser uno de aquellos mocetones que jugaban al football en un prado contiguo. ¡De seguro que en ellos una idea así sería fugitiva, y no roedora como en él! ¡De seguro que el morbo de Hamlet no podría anidar en ninguno de esos cerebros, en los cuales la dura virtud de pensar se hallaba compensada por el deportismo cotidiano! ¿Por qué había él gustado siempre de vivir así entre cuatro paredes, regalado por sensaciones elegantes, con todos los estigmas y todas las preocupaciones de los tipos de decadencia? ¿Por qué su padre no le mandó a la escuela, a mezclarse con los otros chicos, a adquirir allí el aprendizaje de la lucha y de la crueldad, en lugar de educarlo cual delicada flor de invernadero? Sin duda, aquellos sufrimientos de su madre a que aludió Viosca, habían influido en su gestación, y por refinamiento de la fatalidad se le habían escamoteado las legítimas contrariedades hasta entonces, para herirlo de pronto y troncharlo como hiende el rayo a un tronco enhiesto... Y recordaba su infancia enfermiza, su ineptitud para todo juego de violencia, su felicidad en las largas y muelles veladas junto al piano, bajo la lámpara, en esa quietud en que solo el pensamiento va y viene lejos del cuerpo inmóvil. Con un ademán subconsciente, su diestra fue a coger la cartera, y otra vez el retrato estuvo delante de sus ojos. Sobre el brillo de la superficie, había puesto el tiempo una pátina verdosa amarillenta; hacia una de las esquinas, la gelatina tenía una vesícula; las figuras empezaban a descolorarse; junto a su madre estaba un anciano de cabeza estrecha y agudo mirar, y al otro lado Viosca, con su sonrisa repugnante, la misma sonrisa de hacía poco... La mirada de su madre era melancólica; quizás fuese ilusión por saber que había sido infeliz. ¿Quién sería aquel anciano? Brusca curiosidad por cada una de las personas, por cada uno de los detalles de la fotografía, hacía vibrar su ser. Los jugadores pasaron junto a él tumultuosamente, en fuerte tropel de alegría. Hacía frío; y fue al pensar con idea furtiva en Mercedes que cruzó por su médula un estremecimiento. Las facciones de su madre no se precisaban; apenas si acercando mucho el retrato adivinábanse los rasgos... Él hubiera querido agrandarla, infundirle vida un instante para que le revelase su secreto, y no tener que irlo a sonsacar con vilipendio y astucias a los otros. Ya se arrepentía de no haber escuchado de boca de Viosca toda la confesión. Viosca y don César debían de ser tal para cual; ofrecían a primera vista tantas similitudes espirituales que, a pesar de todas las contingencias posibles, habían de ser amigos. ¿Quién hubiese adivinado, al verlos reír durante la cena y darse amigables palmadas, que antaño medió entre ellos una de esas diferencias que dejan en las almas insolubles sedimentos de rencor? Su madre, ¡cuán distinta debió ser!... Y por apoyar en algo el flujo y reflujo de su fantasía, se aproximaba y se alejaba el retrato para verlo mejor. ¿No podría un fotógrafo aislar de todas aquellas gentes la figura tanto tiempo ignorada, y ya querida, y ampliarla? Al pensamiento de que la figurita aquella era la mujer que lo había moldeado en sus entrañas, al de ese ser único que todas las religiones exaltan y al que no pudo él reverenciar, una onda de ternura le subía del alma a los ojos; poco a poco se fue acercando a los labios el retrato, con unción, mas la idea súbita de que iba a envolver en aquel beso a los otros desconocidos, al mismo Viosca, que con apostura juvenil estaba junto a ella mirándola interminablemente, le hizo desistir... En su imaginación las dudas se entrechocaban y se convertían en interrogaciones: ¿De qué índole serían los infortunios casi delatados por Viosca con sus reticencias? ¿Cuál fue la calidad, la extensión de cariño entre Viosca y su madre? ¿Tendría Mercedes culpa de ello, o sería única causa el modo de ser de don César, su frivolidad, su incuria espiritual que tantos sinsabores habíanle a él mismo proporcionado? No, aquel sugerir y dejar suponer de Viosca era no más presunción de hombre vano... ¿Su madre y Viosca? Casi parecíale esto tan inverosímil, como que su madre quisiera a don César, como que Mercedes... Y la imaginación completaba con monstruosas visiones las ideas incompletas, y lo llevaba del horror a la esperanza, en un salto doloroso dado cien veces, como la noche inacabable. E iba por entre el dédalo de suposiciones, tan pronto guiado por el anhelo como el temor, lo mismo que un ciego que desconfiara de su tacto.

Lo mejor, para salir del círculo horrendo de la duda, era escribir a su tía una carta; debía ser muy vieja, y por estar ya inclinada hacia el sepulcro no querría mentir. Se levantó, guardó el retrato y volvió a internarse en la ciudad. El frío era intenso, pero a él le ardía la frente. Debía llevar el rostro contraído, porque un compañero con quien se cruzó, le preguntó si estaba enfermo. Fue a un café, pidió recado de escribir, y tanteó dos o tres borradores: «Querida tía». El preámbulo para justificar el silencio de toda su vida, y la fórmula para que sus interrogaciones no fueran harto escuetas, resultábanle torpes... De pronto volvió a acordarse de Mercedes, y escribió rápidamente en otro papel: «No puedo ir a comer, ni tal vez a cenar porque estoy ocupado con unos asuntos. Dispénsame». Antes de mandarlo, notó que no había puesto encabezamiento, y en letra demasiado distinta de la otra, como si le costase hacerla, añadió en el margen superior del pliego: «Querida Mercedes»...

Enseguida vino a su mente la extrañeza de no haberla llamado nunca mamá, y se alegró... Un recadero fue a llevar la carta, y mientras volvía, Enrique, sin ocultar el borrador, escribió a su tía dos pliegos de letra menuda, rabiosa, en los que, de trecho en trecho, veíanse muchos tachones. Cuando mandaba al mozo a certificarla, llegó el chico que había ido a su casa. Enrique, en voz baja, le sometió a un interrogatorio:

—¿Quién salió a abrirte?

—Debía ser la señorita... Una señorita alta, de alguna edad.

—Sí... Le dirías que yo estaba con otro señor, como te dije.

—Sí, señorito.

—¿Y no contestó nada? ¿Leyó la carta delante de ti?

—No, señorito; cogió el sobre y lo volteó así, un rato, antes de romperlo... Parecía como si estuviera esperando la carta, porque me abrió antes de llamar. Es una señorita que no debe estar bien de salud...

—Bien, bien... Toma...

El chico recogió la propina y se apartó, no sin mirar de soslayo la taza de café, intacta todavía. Enrique volvió a sacar el retrato, lo colocó sobre el hule de la carpeta y se puso a contemplarlo aún otra vez... Pero la imagen, en vez de avivarse, se amortiguaba; y en su lugar, otra figura viva y doliente ocupaba la visión anterior en la actitud de consumirse de esperar, de abrir luego una carta, y de leer entre los renglones vulgares de una excusa, con el dolor de quien lee su propia sentencia.

V

Cuando por la noche supo don César que Enrique no había ido a comer y que acabábase de recibir una tarjeta advirtiendo que no le esperasen a cenar, se sonrió picarescamente y, entre dos cucharadas de sopa, afirmó:

—Ya era hora de que ese chico empezara a ser hombre. A su edad ya había yo hecho de las mías por ahí. Él se lanza más tarde, pero menos mal, porque tiene algunos cuartos, mientras que yo, cuando emprendí mis primeras campañas, estaba a la cuarta pregunta. Se habrá ido a cenar en alegre compañía, como si lo viera.

—Es la primera vez que falta así —dijo Mercedes con timidez.

Solo entonces reparó don César en que su mujer tenía los ojos enrojecidos, y en que mientras él había concluido su plato, ella no había probado el suyo.

—Nada, que te has estado llora que te llora, creyendo que te ivan a pervertir a tu casto José! Los hombres son hombres, ¡qué caray! Tú has tenido la culpa con tus mimos de que el chico se criara así, como una damisela, y de que solo sirva para andar entre librotes. Mañana le doy una llave, para que venga a la hora que le dé la gana.

—Yo lo digo por su salud.

—No te apures, ya le daré yo unos consejitos.

La ligereza del tono de don César lastimaba a Mercedes. Por virtud de una constante comunión espiritual con Enrique, desde la noche anterior diose cuenta de que la chispa lanzada por Viosca prendió en su espíritu, y cada una de las ideas, de las zozobras, de las angustias sufridas en la noche de insomnio, habían repercutido en su alma. Don César tomó un periódico y se puso a leer, mientras concluía la cena; aunque conociera las noticias, le gustaba leerlas en los periódicos, su única lectura, como si los hechos, mientras no fuesen consignados en la prensa, solo tuvieran una existencia metafísica. En cuanto terminó, se puso el abrigo y, diciéndole a su mujer: «Acuéstate enseguida y no te preocupes por esas cosas tan propias de la edad», se marchó a la calle. En cuanto se vio sola, Mercedes fue al gabinetito, y eligió entre los cuadernos de Enrique uno cuya escritura fue comparando a la de las dos esquelas recibidas durante el día. Los caracteres uniformes del cuaderno de apuntes de «diferencial», contrastaban con la otra letra, irregular, temblorosa. En verdad, a ella, lo mismo que a Enrique, toda prueba material le era casi inútil, y las acometía por esa humana necesidad de apoyar con el no siempre claro testimonio de los sentidos, los fijos avisos del presentimiento. ¡No, aquella no era su letra tranquila y ecuánime! ¿Por qué tanto sufrir estérilmente? ¡Ah, si pudiera hablar, si pudiera hablar!... Y el paralelismo de sus vidas traducíase no solo en la fraternidad de ideas, sino hasta en un sincronismo de sensaciones y hasta de hechos; mientras Enrique miraba el retrato, curvado sobre el mármol de la mesa, en el café, Mercedes, con la carta sobre el regazo, dejaba caer sobre ella lágrimas que ensanchando y cambiando de color los trazos de la pluma, parecían ser el reactivo de dolor necesario para dar a las palabras vulgares toda su verdadera, toda su dolorosa trascendencia.

Cuando dieron las once se acostó. A poco de apagar la luz, sintió que la puerta se abría con sigilo; aguzó el oído, y casi oyó con el corazón los pasos de Enrique, amortiguados por las preocupaciones, que poco después se alejaron por el pasillo. El cansancio de la noche anterior y la excitación de todo el día, los rindió al sueño; pero muy temprano se levantaron, y una misma duda se ofreció a sus espíritus.

¿Debía Enrique levantarse e irse a la calle? ¿Debía Mercedes no llevarle a la cama el vaso de leche con bizcochos? Una necesidad de no ser ingrato, de no adelantarse a condenarla, de prolongar la incertidumbre, contuvo a Enrique, y poco después oyó al piano —¡como tantas mañanas!— cantar una vieja gavota de Handel que en vano se esforzaba por parecer alegre. Después hubo un silencio y, al cabo, sonaron en la puerta dos golpecitos:

—¿Estás ya despierto?

—Pasa... No abras del todo; no he dormido bien.

Enrique estaba vuelto hacia la pared; se había propuesto recibirla así, tan temeroso de verla como de ser visto; pero de pronto sintió la necesidad de leer en su cara y de cerciorarse de que también ella sufría, y se volvió con brusquedad. En torno de sus ojos hondas sombras moradas marchitaban la piel; sus manos temblaron al alargarle el desayuno; en sus labios no logró fijarse una sonrisa. Ante su mirada, Mercedes bajó la vista, y en esa actitud hablaron un instante de cosas indiferentes hasta que, sin querer, igual que cae una fruta harto madura de la rama, cayó de la boca de Mercedes, al fin del diálogo, una frase plena de sentido:

—Anoche te sentí venir... Ni siquiera te acercaste a la puerta a saludarme.

—Creí que estarías dormida.

—Nunca había estado todo un día sin verte.

—Es verdad... Yo también lo pasé mal... Por nada del mundo querría volver a vivir el día de ayer... ¿Y papá?

—Ha ido a despedir a ese amigote suyo, que se marcha hoy. Ya tienes preparado el gabinete..., pero, ¿te vas también?

—Sí; tengo que hacer, tal vez tenga que hacer unos días y...

—Déjalo para mañana... Mira que ayer no trabajaste nada en los planos.

—Lo que tengo que hacer es más urgente.

—¿Más?... Anda, compláceme; quédate hoy.

Y ante aquel «anda» que le recordaba su infancia, él repuso, recalcando la frase:

—No puedo... Voy a llevar flores al cementerio..., flores a la tumba de mamá.

Sobrevino un silencio lleno de angustia, y Mercedes salió a pasos quedos. Enrique se preguntó enseguida si había sido cruel, mas una voz violenta cuyo encono no había oído hasta entonces hablar dentro de sí, le increpó: «No has sido cruel, sino cobarde, porque has pronunciado tímidamente ante ella el nombre sagrado que debe decirse siempre con orgullo: el de tu madre, el de la verdadera, el de la que tal vez regó tu cuna con lágrimas de sufrimiento..., de sufrimiento que ella le causaba». Y esta voz se imponía a otra voz más tenue y dolorida, a la voz de su vida real donde cada bienestar, cada goce puro, cada ascensión en el camino del perfeccionamiento, provenía de la pobre mujer con quien él acababa de ser rudo, casi grosero.

Y la voz blanda abogaba así:

—¿Por qué no rechazaste sus cuidados cuando te hacían falta? Si solo ser madre es dar la vida, ¿a quién si no a ella la debes cien veces? La vida del cuerpo y la vida mejor, la del espíritu, que sería grosero y espeso como el de tu padre, sin su constante cultivo... ¿Cuál de sus hechos para contigo no ha sido digno de una madre? Debes quererla, debes venerarla; ahora que eres ya hombre y la ves más débil que tú, ten la generosidad de olvidar, no trates de saber... Por una sombra lejana, vas a traicionar el amor tangible y a ser ingrato, vengativo, felón...

Mientras que la otra voz, la hosca, la fulminadora, repetía inexorablemente:

—No hay más que una madre, una sola... Si tanto quieres, si tanto debes a la que tal vez acibarró los últimos días de la tuya, ten el valor de ser mal hijo, pero al menos confiésalo y di a todo el mundo: Desmiente la ley de la naturaleza que hasta las bestias siguen, y mi madre no es nada para mí y entierro su memoria bajo triple losa de conveniencias... ¡Anda, atrévete!

Iba vistiéndose de modo maquinal; de la calle subían los activos ruidos de la mañana, y al abrir el balcón, vio el cielo cubierto de nubes veloces y oscuras que se sucedían sin dejar asomar al Sol. Su reloj estaba parado en las doce... A esa hora, la hora en que metódicamente le daba todos los días cuerda, estaba el día anterior en el café... Oyó la voz de Mercedes, que daba una orden, y tuvo impulsos de llamarla, de pedirle perdón.

Si ella hubiese entrado en aquel instante, Enrique se hubiese echado a sus pies, y sin decirle por qué, seguro de ser comprendido sin una sola frase, habríale implorado: «Perdóname, Mercedes, perdóname, mamá, mamá... Tú sabes que yo no he tenido más madre que tú». Pero Mercedes no entró, y un incidente fútil, el tropezar al ponerse la chaqueta, con la cartera —donde guardó la noche antes el retrato dado por Viosca—, cambió la situación de su ánimo. Durante un minuto tuvo la idea de ir a la estación, de ver al maldito Viosca y de arrancarle de una vez la confidencia que el día antes tuvo repugnancia de oír. ¡Si su padre no estuviera también en la estación!... Además, no, Viosca le repelía; antojábasele que aquella baba que al hablar se le iba agolpando en las comisuras de la boca, debía ser dañina; baba de serpiente, baba de sapo, y que el nombre de su madre, solo por pensar cerca de ella, iba a ensuciarse por insinuaciones y suposiciones. Su tía le diría la verdad.

Ya estaba vestido, ya tenía puesta el sombrero y aún no sabía qué hacer. Todo menos quedarse en casa, menos soportar esos espacios de silencio, esa imposibilidad de purificación donde se ahogan las almas, cuando no tienen la valentía de afrontar sus destinos. ¿No había dicho a Mercedes que iba a ir al cementerio? Pues iría. La idea de que nunca había visto un camposanto, le sorprendió y le dejó de sí mismo mal concepto. Claro, ¡era tan cómodo rehuir los espectáculos de dolor! Y ahora, tarde ya,... ¡ay!, comprendía que a su espíritu para clarificarlo y engrandecerlo, habíale faltado el ácido de esos sinsabores escamoteadores a su vida por don César y por la madrastra. El barómetro de su conciencia marcaba las más pequeñas oscilaciones. Dos minutos antes habíasele ocurrido la visita, y ya sentía la necesidad de realizarla sin demora. Debía pagar a su madre todo el anterior abandono, dedicarse íntegramente a ella... Compraría un gran ramo de rosas para dejarlo sobre la lápida, y antes de que se marchitaran, iría a renovarlas... Ya estaba en el pasillo, y la intención de ponerse una corbata negra, le hizo volver el paso hacia su habitación. Entonces oyó de nuevo la voz de Mercedes, y quiso apresurar la salida. Cuando estaba abriendo la puerta ella surgió en el extremo del pasillo, y le preguntó con voz velada de ansiedad:

—Hoy no faltarás a comer, ¿no?

Lloraba en la voz tal desamparo, que Enrique no tuvo valor para angustiarla más, y respondió ruborizándose:

—Sí, vendré, vendré.

VI

La escarcha crujía bajo los pasos en las largas avenidas bordeadas de mausoleos; el viento cantaba por entre los cipreses, que llevaban gravemente el compás. A la derecha, una pared de nichos daba idea de algo ordenado, doméstico, como si la señora Muerte, buena dueña de casa, se complaciese en minuciosas distribuciones. En las grietas verdeaba la hiedra, y en un cuadro de tierra, abonados quizás con restos de pronombres, medraban adelfas y citisos. Algún túmulo, alguna columna, alguna cruz, sobresalían de la tapia que, de pronto, descendía siguiendo el desnivel del terreno; y desde la prominencia veíase bajar por la hondonada, al través de tierras baldías, el camino hacia la ciudad; un camino color ceniza, a cuyas márgenes solo se alzaban raros árboles ateridos y algún cuchitril donde los marmolistas esculpían, a golpe de cincel, vanos nombres en las losas de mármol.

Si Enrique hubiese leído a Shakespeare, habría visto otra vez la sombra del príncipe de Dinamarca cogerse de su brazo en la senda áspera de la duda, pues como antaño en el cementerio ideal donde reposa Yorik, el sepulturero dio a sus preguntas una de esas respuestas que pasman la sangre y ponen un rictus de desengaño aun en los labios que hayan mordido los frutos de la vida más golosamente. Era un hombre bajo, recio, de barba tupida que le ocupaba casi toda la faz. Al oír de labios de Enrique un nombre y unos apellidos de mujer, la sonrisa abrió en un gesto socarrón su boca desdentada. ¡El nombre de un muerto en la vasta ciudad de los muertos! Valdría tanto nombrar una hoja del bosque, una de las arenas del mar... Apenas si los más recientes, aquellos en cuyo entierro hinchose la pompa, o a cuya muerte concurrieron circunstancias extrañas, se recordaban unos días. Luego venían otros, otros, otros; y era el cuento de nunca acabar. Un muerto es un muerto, y es inútil pretender guardarles en el recuerdo, que, al fin y al cabo, solo los conserva un poquito más que el depósito... «Así por el nombre, a la verdad, le era imposible darle las señas. Al fin por un instante Enrique tuvo la idea de decirle que era hijo de don César Cifuentes. Ah, eso era otra cosa: don César era un hombre vivo, de carne y hueso, no de podredumbre y gusanos; a don César, por ser persona influyente en la curia y tener metimiento en lo de los teatros y por sí, con el tiempo, podía colocarle un rapaz que ahora estaba sirviendo al rey; bien lo conocía el sepulturero; no solo lo conocía, sino lo respetaba... Sin que eso quisiera decir que el día menos pensado, en cuanto hubiera echado sobre él una buena paletada de tierra, lo despreciaría y lo borraría de la memoria. ¿Quería saber cuál era el panteón de su padre? Pues haber empezado por ahí. Los muertos no tienen propiedad, al menos material; en eso son los vivos quienes tallan.

—Mire usted, tire to derecho por ahí, hasta aquel recodo, y luego se va por la izquierda y coge la calle que le dicen de Santa Úrsula. Allí lo encontrará en llegando, porque es de los primeros. Tiene una cruz y una corona hecha en piedra. ¿Quiere el señorito que lo acompañe?

—No, no, gracias.

—A su gusto.

El trato cotidiano con tal género de dolores, había hecho discreto al buen hombre; recibió en la mano callosa unas cuantas monedas y después de ponerlas en la faja, echose al hombro la azada y entrose por una de las avenidas, canturreando, Enrique siguió el camino lentamente. Bajo el rumor del viento, sentíase el silencio del camposanto, y hasta el ruido de sus pasos se desvanecía en la enorme quietud. Por la avenida central avanzaba un cortejo fúnebre; el féretro iba delante, a hombros de los deudos, y detrás serpeaba el acompañamiento, cuyos últimos miembros hablaban con animación y aspiraban a grandes sorbos la alegría de vivir. Por todas partes veíanse flores mustias, esqueletos de coronas; algunos pájaros volaban de rama en rama, en busca de refugio contra la inclemencia del frío. Sin darse clara cuenta del origen, Enrique sintió otra vez la misma sensación de atracción y miedo que había sentido en el hotel, al ver a Viosca abrir el álbum en donde guardaba el retrato; ahora hubiese querido alargar el camino, llegar muy tarde junto a la muerta. Para tardar más, se detuvo a leer algunas inscripciones funerarias: las había sencillas, conmovedoras, enfáticas, grotescas. Enrique hubiese pasado todo el día en leer aquellos documentos monótonos del dolor y de la vanidad. Desde la ciudad trajo el aire, el sonido de una corneta, y como si fuera una orden para él, aceleró el paso hasta llegar a la calle donde estaba el panteón de su familia. No tardó en hallarlo: era el tercero. Una losa grande, subdividida en porciones geométricas —algunas de las cuales estaban en blanco—, protegida por una cruz y rodeada de grueso barandal de bronce; formaba el monumento. La primera de las lápidas recordaba a su abuelo, la segunda a su madre. Al leerla, Enrique sintió una emoción dulce, algo que calificó paradójicamente de triste felicidad y que puso en sus ojos una humedad que no llegó a hacer lágrimas. Luego leyó las otras lápidas; menos una donde estaba el nombre de su madrina, muerta soltera a los cincuenta años; las demás eran de amigos de don César, que había prestado su panteón como quien presta un impermeable. Aquella intrusión y el dejo ridículo del epitafio puesto en la lápida de la que lo llevó en sus brazos de solterona, ávidos de maternidad, a recibir las aguas lustrales, templaron su emoción. ¡Era tremendo su padre! ¿No sería posible expulsar del supremo reposorio a los advenedizos? Las lápidas vacías le hicieron pensar que allí descansaría también él, tal vez más cerca de los extraños que de los suyos bajo el cielo inmutable. Miró el reloj era ya casi mediodía. ¿Qué estaría haciendo Mercedes? De seguro pensando en él, de seguro afligida ya por el temor de que también permaneciese todo el día fuera. ¿Cuánto habría dado Enrique por no tener que conquistarla? Y al pensar en ella allí, en aquel sitio donde el recuerdo y el amor de la otra debían acendrarse y adquirir fiero exclusivismo, puso por reflejo del alma en su rostro, la púrpura fogosa del rubor. Por un esfuerzo de voluntad, concentró el pensamiento; esparció las flores, dobló las rodillas, apoyó la frente sobre la balaustrada y, entornando los ojos, animó dentro de sí la figura de contornos imprecisos que estaba en la fotografía entre el viejo de mirada aguda y Viosca.

Y entonces la figurita abrió los brazos, y él, como si volviese a ser un niño inerme, se refugió en el regazo materno, y cien palabras efusivas se encendieron en su pensamiento y acaso brotaron de sus labios:

«Mamá, mamá, triste y misteriosa mamá a quien no he conocido: ¡Ojalá puedas ver desde el otro mundo, toda la grandeza y todo el amor que me atrae a tu fosa! No soy un mal hijo, ni un mal hombre, mamá; te llevo en el alma y, sin embargo... ¡Porque tus ñabios no me enseñaron a besar; porque tus labios no me allanaron los primeros obstáculos de la ruta; porque te perdí cuando aún no había nacido para la vida de la ciencia y porque me secuestraron tu memoria, no había hasta hoy pensado con tal intensidad, que casi te resarzo del largo olvido!

»¡Perdóname, perdona también a mi padre y, sobre todo, perdónala a ella!... ¡Si fue culpable alguna vez, en gracia a que luego ha sido tan buena conmigo, con tu hijo, mamá! Yo no puedo aceptar que fuera dura y cruel, y que te obligara a sufrir. Creo conocerla, creo que es buena, compasiva, abnegada...; pero si me equivoqué durante tantos años, en un minuto solo desarraigaré de mi alma su cariño. Mi alma está hoy nueva, y resuma dulzura como un panal, mamá; soy otra vez niño porque acudo a su culto, y siento envidia de los niños miserables vistos tantas veces en brazos de haraposas mujeres que solo por ser sus madres, son para esos pobrecitos y envidiados niños, como fuerzas de Dios.

»¿Cuál era tu carácter, cuáles eran tus gustos? ¿Son acaso esas flores que acabo de poner sobre el sitio donde duermes? Tal ves, no te traje rosas de té, por ser las que prefiere ella..., y solo era el hecho de elegir otras, bien lo sé, le rindo un homenaje de recuerdo. ¿Por qué en esta soledad, en este fervor con que lo pido, no obra el milagro de que yo oiga tu voz y de que tu vida se me revele? Una palabra bastaría para condenarla o absolverla... ¡Y esa palabra no la oyen mis oídos, ni mi corazón la adivina! Son peticiones absurdas, pueriles, lo reconozco; todos mis estudios me dicen: "El milagro es un espejismo del alma, y que no presenciarás otro que el de ver trastornada tu vida y el de verte vuelto con encono, por fe en ti, mamá, hacia lo que ha hecho de ti un hombre bueno". ¿Por qué no ha de ser posible que una sola palabra rompa mi inseguridad, y que tú digas en el fondo de mi conciencia una de las dos certidumbres? No, es preciso conquistar la verdad paso a paso, tras rudas pruebas erizadas de puntas donde sangra el alma inocente. En esta ecuación sentimental, cualquiera que sea la incógnita, ha de dejar un vacío de ilusión en mi alma... ¡Pero solo en loor a ti, aunque tú no ganes nada y yo pierda lo mejor que tenga en el mundo, su cariño, te juro buscar hasta el fin esa verdad, mamá!»

El laberinto

I

El cerebro de don Santiago Guevara, ex subsecretario de Instrucción Pública, pesaba, el día 4 de julio de 1913, 197 gramos y 15 centigramos; el día 18 del mismo mes, 197 gramos y 94 centigramos, y el día 4 del mes siguiente, fecha en que comienza esta narración, 199 gramos justos. Don Manuel Ruiz, mal llamado *El Huesos* al alicarle el aparato a la vez rudimentario y misterioso con que determinaba estos datos, quedose un instante perplejo, oprimió en vano un tornillo, trató de comprimir la cabeza de don Santiago para ver si estaba en ella el error y, al fin, dijo convencido de la exactitud de sus cálculos:

—Nada, no hay que darles vueltas: 3 gramos más que el mes pasado. Ha llegado usted al máximo de su desarrollo mental. Le felicito.

—¿Cree usted? ¿No se tratará de una equivocación?

—Eso he pensado yo también. Francamente, a simple vista no me ha parecido usted más inteligente que todos los días; pero no puede haber error. Recuerde que es la misma cantidad de masa encefálica de Ampére.

—En ese caso...

A pesar de la sonrisa irónica que surgió entre sus labios, don Santiago se llevó las manos a la cabeza para palparla recelosamente, lo mismo que se palpa un melón de cuya calidad se duda. Se oyó el ruido de una puerta al abrirse y pasos que se aproximaban.

—Guarde usted ese chisme deprisa; ya sabe que don Emilio no cree en el talentómetro. Además, le ruego que no olvide nuestro convenio: si usted no me secunda, buscaré otra persona. Ya ve que no solo cumplo lo ofrecido, sino hasta me presto a servirle para que pruebe en mi cabeza esas chifladuras.

—Hombre, me parece que yo... Francamente...

—Nada, se va usted de la lengua y si don Emilio llega a sospechar de su sinceridad de médium...

Don Manuel mal llamado *El Huesos*, a causa de su figura terriblemente descarnada, guardó con precipitación el aparato en un bolsillo, y con gran humildad susurró:

—¿Puede usted darme ahora las 5 pesetas? Luego es difícil.

Don Santiago iba a dárselas cuando don Emilio entró: era casi tan delgado como *El Huesos*, pero su indumentaria era más descuidada, a pesar de no ser la de aquel digna de un Brumell. Don Emilio saludó ceremoniosamente: una reverencia para don Manuel y dos para don Santiago. Mediaba la tarde; sombras pesadas comenzaban a derrotar poco a poco la escasa luz que entraba por una lucerna abierta en el techo. El techo, paralelo a la vertiente del tejado, formaba un ángulo que sugería la idea de un ataúd; una mancha negra de contornos irregulares indicaba el lugar habitual del quinqué. Sin marco, sujeta a la pared por cuatro alfileres, una oleografía de sir William Crookes se destacaba violentamente del blanco de la cal. En un estante destacábanse, entre varios números polvorientos de una revista de Boston, varios folletos de Russel Wallace, de Oxon, de León Denis y de Schuré, y una obra en varios tomos sobre el espiritismo y el fakirismo occidental. La estancia, aunque pequeña, estaba dividida en dos: el lugar donde estaban los visitantes y otro espacio más chico, velado por negros cortinones que bajaban desde el plafón hasta tocar los ladrillos desunidos del suelo. Don Emilio se dirigió a sus amigos en voz baja, velada y misteriosa:

—Hola, señores... ¿Ha encontrado usted la lente, don Santiago?

—Ha habido que encargarla; la tendremos aquí el lunes próximo.

—Y usted, don Manuel, haga que el Todopoderoso se halle en forma para ese día. Es preciso tener pruebas irrefutables de la materialización. El movimiento de las mesas, las sensaciones táctiles y auditivas, pueden dimanar de sugestiones y hasta fingirse; pero si un espíritu logra impresionar una placa fotográfica...

Junto a don Manuel y a don Emilio, la obesa complexión de don Santiago con su cuello, muy corto. Hundido en las pieles del gabán, producía un extraño contraste. En un momento que se acercó a descorrer los cortinajes, el brillante de uno de sus anillos fulgió sobre la negrura de la tela, semejante a una estrella sola en el cielo oscuro. *El Huesos* lo contemplaba de soslayo, con admiración, e, involuntariamente, un ruidito constante y lejano salía de su garganta de viejo ventrílocuo. Detrás de las cortinas, suelo, muros y techo estaban tapizados de negro; y allí, atraídos por el fluido misterioso del hombre descarnado, habían de recobrar los espíritus algo de las apariencias materiales que tuvieron un día sobre la tierra.

Cogiendo de sobre el velador de tres pies un libro, don Emilio se lo ofreció a don Santiago:

—Lea usted. Son las predicciones del Evangelio desentrañadas por nuestro Denizart Revail. Ahora voy todas las mañanas a la biblioteca, y pronto podré probar que Revail no inventó, sino continuó lo que ya Aristóteles, Pitágoras, Platón, Lucano, Floro y Orígenes, entre otros muchos...

—Sí, sí, claro.

Don Santiago se había quedado serio, solitario sin duda por un pensamiento pertinaz; y, de súbito, preguntó a don Emilio:

—¿Es verdad que la chica está decidida a cometer esa locura? Hay que evitarlo. Debe usted poner en juego toda su autoridad de padre.

El golpe que descargó sobre el velador, más que sus palabras, atrajo la distante atención de don Emilio.

—¿Decía usted?... No tiene importancia.

—¿Cómo que no tiene importancia?

—¡Bah!

Poniéndole las dos manos sobre los hombros, encogidos en un ademán de indiferencia, don Santiago insistió con vivacidad:

—No debe usted dejarla, no debe usted.

Don Emilio puso entonces en él aquella mirada mate que solo parecía considerar las cosas ausentes o interiores; su barba, recogida un momento por una caricia de la diestra, volvió a dispersarse sobre el pecho, y:

—Quién sabe lo que Luisa haya sido en otras encarnaciones —le dijo—; hoy es mi hija, tengo autoridad sobre ella; pero usted, que sabe lo que sabe, ¿puede aconsejarme ir contra las normas del destino? Nada en esta vida es casual... y esto no es lo mismo que el fatalismo, conste. Luisa hará lo que quiera... es decir, lo que la dejen ellos. Sus espíritus protectores la guían; de su periespíritu se escapan fuerzas que yo no puedo contrarrestar, y si ha de dedicarse al teatro, es porque su esencia, purificada ya por muchas transmigraciones, lo exige así.

Don Santiago iba a insistir aún, pero *El Huesos* le tiró del abrigo para aconsejarle prudencia. Aun hablaron unos minutos más; la conversación no lograba seguir el cauce fácil del interés y se cortaba, se bifurcaba entorpecida por preocupaciones inoportunas. Se despidieron al fin. Antes de salir, don Santiago, so pretexto de los gastos de la instalación de las cortinas negras, sacó de su cartera un billete de banco y quiso entregárselo a don Emilio; y como este se negara a aceptarlo, lo dejó sobre el velador. Ya era de noche. Desde la puerta de la buhardilla, don Emilio alumbró con el quinqué los primeros tramos de la escalera.

—Hasta el lunes, pues.

—Hasta el lunes.

Bajaron a grandes trancos, en el rellano del piso principal se detuvieron, y don Santiago tendió a su acólito una moneda de 5 pesetas. Cuando ya la moneda había tocado el fondo del bolsillo, *El Huesos* se atrevió a decir:

—Francamente, el talentómetro debe de haberse equivocado: si no le llego a tirar del abrigo, mete usted la pata... Creí que el viejo lo iba a notar todo.

Para no soportar la justa reconvención, don Santiago, ejercitando sus artimañas de político ducho, cambió de tema e inició un ataque:

—En la puerta nos separamos, ya sabe usted que no quiero que nos vean juntos. Si por casualidad me encuentra en la calle, hace como si no me conociera; ya le mandaré instrucciones por correo.

—Bien.

Siguieron bajando. La portera, que subía a encender las luces, se empotró contra la pared para dejarles paso y se santiguó dos veces al verlos salir.

II

Luisa tenía veintidós años. A veces, cuando la tarea del bordado no corría mucha prisa, y le consentía poner un intervalo de una a otra puntada y llenar esos intervalos de recuerdos, recordaba confusamente una casa familiar, no sabía en qué sitio; recordaba el aparador, las bandejas de plata de donde el Sol arrancaba manchas luminosas que iban a caer, temblando, sobre las paredes; recordaba una vitrina con miniaturas, armarios llenos de ropa blanca que, al abrirse, exhalaban fragancias de membrillo; y recordaba, sobre todo, una figura de facciones borrosas, pero de ademanes inconfundibles: los ademanes materiales que hacía mucho tiempo, en un lugar desconocido, habían dirigido y minado sus primeros pasos por el mundo.

De tiempo en tiempo, su padre se mezclaba también con las figuras de la evocación, mas era don Emilio mucho más joven, con la mirada menos vaga, con la barba muy crespa, recortada en punta, y con las facciones, ahora angulosas, envueltas en las carnes del bienestar. Eran siempre remembranzas dispersas, ya amortiguadas, ya precisas en su integridad de hechos o de sensaciones parciales; y Luisa sentía la impresión de que el nexo que les faltaba, iba a surgir de súbito del fondo de su cerebro, para unirlas y revelarle ordenadamente todo su pasado. Entonces le parecía que una gran dicha estaba próxima; hacía un esfuerzo para recordar, un esfuerzo tan violento, que la obligaba a inclinarse hacia delante; pero las ideas tocaban no más que el dintel de la conciencia, parecía que iban a transponerlo..., y de pronto, acaso temerosas, volvían a desvanecerse en lo oscuro del olvido. Así había ocurrido muchas veces; a cada decepción, Luisa suspiraba, dejando desmayar sobre la cintura el busto que había erguido el anhelo; y con un doloroso ademán de fracaso, reanudaba las puntadas sobre el bastidor, aquellas puntadas monótonas e interminables, como su vida...

Y era inútil acometer cien veces la prueba; las cien veces el mismo vacío extendíase tras de los quince o dieciséis años recordados. Al igual que en su imaginación, en la estancia, donde los reflejos del Sol ponían pinceladas luminosas, la puerta entreabríase cual si la figura borrada y querida de la madre fuera a entrar... y, después de una espera henchida de angustias, volvía a quedar desierta. No, no le era posible reconstituir su infancia.

En los días mejores, cuando los horizontes de su memoria eran menos brumosos, se veía siendo casi una niña junto a su padre, también arrebatado, como ella, a una vida ignorada pero mejor; y luego, al remontar hacia el presente el curso de su existencia, era un desfile de sotabancos, de buhardillas; de sórdidos zaquizamis en ciudades distintas, trocando siempre por unas pocas monedas la labor de sus manos... Y miraba entonces con melancolía el bastidor que aguardaba sobre su falda, con esa mansedumbre irónica de los objetos imprescindibles. Era un bastidor chico en el cual, muy tersa, había siempre una tela fina; parecía como un juguete, y era un yugo. Dijérase que su vida había comenzado sobre aquel bastidor de bordadora, acicalando iniciales, festones y grecas que excitaban insuficientemente los recuerdos jamás concretados. Bordar, bordar, bordar, he aquí su vida.

«¿Cuántos estantes, cuántas tiendas, cuántos almacenes podrían llenarse con lo que he bordado?», se preguntaba con cándida hipérbole; y para mortificarse más, imaginaba inmensos rimeros de ropa y se veía: a ella misma, minúscula, microscópica, como una mosca junto a una montaña de nieve, perdida bajo tanta albura.

Don Emilio apenas si parecía darse cuenta del milagro, cada día, renovado, de sortear las miserias sin perecer. Despreocupado de todo cuanto no fuera su ideal, vivía con sobriedad máxima, cual si en fuerza de frecuentar espíritus y seres de otros mundos, la materia hubiera renunciado en él a casi todas sus exigencias. Una vez, Luisa quiso saber por él la verdad, y la respuesta vaga y dolorosa que obtuvo le hizo comprender que no debía volver a pronunciar aquella interrogación, siempre abierta en su mente: ¿De dónde eran? ¿Cómo se llamaba su madre? ¿En qué tempestad había naufragado aquella holgura tranquila y burguesa que ella tan neblinosamente recordaba? Estaba segura de que ninguno de los amigos de don Emilio lo conocían a fondo; en cada población era la misma gente de ademanes vagarosos; los mismos convencidos de la posibilidad de prolongar las relaciones humanas, después de la muerte; pobres, por lo común, que prestaban a todo cuanto no fuera el espiritismo una atención perezosa, y que aparecían y desaparecían sin dejar rastros ni casi recuerdo material, como otros fantasmas... Y cuando la maravillosa flor de la esperanza habríase en su espíritu, en esas mañanas en que, sin saber por qué, se levantaba saturada de júbilo, pensaba Luisa que algún día, como si le restituyeran un tesoro largo tiempo usurpado, alguien vendría a restituirle todos los recuerdos de su niñez.

Sabía que no contaba con familiares directos a quienes dirigirse, y aquel continuo peregrinar dificultaba más cualquier pesquisa. Por otra parte, sentía miedo de atraer hacia su padre la atención; sin confesárselo nunca, presintió desde niña que don Emilio no era un hombre normal. «Acaso si mi deseo de saber no hubiera sido siempre discreto, mudo —pensaba—, hubiese atraído curiosidades hostiles hacia la monomanía del anciano, y tenía miedo de que se lo arrancaran para llevarlo a un sanatorio, a un manicomio o sabe Dios a dónde. Él no hacía mal a nadie: era paciente, dócil, apenas si se le sentía vivir; pero... ¡Qué sabía ella!» El temor de verse abandonada a los peligros esbozados tantas veces en forma de miradas, de insinuaciones; de crudas palabras dichas al oído en sus salidas a buscar o a entregar labores, era más fuerte que su ansia de conocer su historia. Prefería la ternura vaga del viejo, el constante terror de oírle decir que su madre muerta vivía con ellos, y compartía su mesa y tomaba puesto junto al brasero, en las veladas invernales; prefería, a verse sola en el mundo, las noches pavorosas de insomnio en que escuchaba a su padre hablar con acento suave o airado, respondiendo a voces que no se oían, preguntando a la muerta cosas que quedaban sin responder, en la sombra, y que él contestaba en su corazón... *La Muerta*: este era el triste nombre con que Luisa conoció desde niña a su madre. Ni un retrato, ni un nombre dicho en un instante de lucidez... *La Muerta*, siempre aquella compañera invisible evocada por el viejo con tal intensidad, que los nervios de la muchacha, distendidos, experimentaban una sensación de «presencia», a la cual quitaba el miedo toda dulzura maternal. En ocasiones, sin que nada material las motivase, veía en los ojos del anciano cuajarse dos lágrimas; le interrogaba, y él, pasando su diestra por la cara contraída de ansiedad, guardaba silencio; nuevas lágrimas sucedían, y Luisa lloraba también aquella pena ignota; lloraba, lloraba esas lágrimas que dejan huellas en la piel y en el alma, igual que si sufriese el dolor de una herida cicatrizada en apariencia, sin recordar el arma y la mano que la habían abierto.

Un temor de todo la había hecho insociable. En las tiendas para donde bordaba, hablaba poco; al principio otras muchachas dicharacheras o ligeras eran preferidas, y entonces era preciso recurrir a los viajes, a las casas de préstamos, a las privaciones... pero lentamente aquellas preferencias se iban trocando, y los bordados más finos, los más productivos, los más fatigosos también, habían de esperar a que Luisa terminase otros ya encargados. Era trabajo seguro para un mes, para dos. ¡Sesenta días más, ganado a la enemiga miseria! Y volvía a su casa gozosa, impelida por una ráfaga de optimismo; eran aquellos los días de horizontes diáfanos y perspectiva rosada; y al llegar a su buhardilla y contemplar el bastidor donde se agostaba su juventud, Luisa no sabía si mirarlo con gratitud o con rencor.

Los muchos libros leídos daban a sus anhelos de un cambio venturoso, ese ritmo de verosimilitud que tienen los sofismas. No esperaba la llegada del caballero que había de redimirla de la adversidad, pero sí oía gustosa una voz secreta prometerle: «No desmayes, Luisa; tus veintidós años no deben poner, como hace tu padre, única atención en lo que ya fue; cree en la vida, mira hacia adelante, no te sientes en los linderos del camino, espera días floridos y próvidos, que ellos vendrán... Esperar firmemente es forzar un poco el futuro». Al oír la voz de su fantasía, Luisa olvidaba el desamparo, las zozobras, los efímeros amigos de su padre —ya claudicantes, ya burlones, ya inquietadores como aquel don Santiago que la miraba turbiamente, a hurtadillas—; se olvidaba de sus sinsabores, y el alentar precipitado de su seno, el brillo de sus ojos, toda aquella fuerza de ilusiones animando su juventud, la habría hecho parecer casi bonita a quien la hubiera visto... Solo que nadie la podía ver, porque cualquier persona extraña era obstáculo entre ella y sus ensueños. Para todos, acaso también para su mismo padre, Luisa era esa muchacha pálida, delgada, ojerosa, a quien torturan por igual el gusano de la reflexión y la horma dura del trabajo.

Y aquella anhelada posibilidad de redención de la miseria vino al fin, y llegó, según complacencia frecuente del destino, por senderos inesperados, casi milagrosos. En todas las casas adquirían, al poco tiempo de habitarlas, fama de bajos, que los incomunicaba de los vecinos; jamás existieron entre ellos y los demás, relaciones amistosas; pero en aquella casa, donde habían ido a vivir hacía muy poco antes de que la fama hubiera salido del alambique de chismes de la portería, se casó una muchacha hija de los vecinos del piso principal, y Luisa bordó melancólicamente las ropas íntimas de la novia. Eran artesanas enriquecidas, de esas que en días solemnes olvidan las categorías y gustan exhibir su alegría y su lujo, e invitaron a la bordadora. Un poco turbada por los licores y la luz, Luisa asistió a la boda. Acaso la dueña de la casa, una mujer obesa con cara de pájara, se mostraba intranquila al ver la rapidez con que desaparecían de sobre las mesas las viandas y los licores; acaso el novio estuviera un poco impaciente; mas, sin embargo, la fiesta se prolongó hasta muy tarde. En un rosario monótono, las amigas de la desposada lucieron dudosas habilidades. Incansable, un muchacho de pelo rizado iba llevando junto al piano, o al centro de la sala, a las señoritas que primero se resistían y después querían repetir. Como descubriera a Luisa en un rincón, le instó:

—Usted no se puede escapar. ¿No sabe usted tocar piano? Entonces recite. Usted tiene cara de saber algún verso de memoria.

Y lo sabía. ¿Cómo no? El dolor siempre ha buscado la noble consolación del arte, que lo aumenta deliciosamente o lo adormece. Luisa sabía no uno, como dijo el hortera, sino muchos de esos versos en que hermanos gemelos desconocidos han llorado nuestro dolor con los sollozos y las frases que hubiéramos querido nosotros encontrar. De pie, en el centro de la sala, vestida de negro, con los ojos cerrados para no tener miedo, comenzó a recitar; y poco a poco los murmullos fueron cesando. Evocábase en la poesía un cuadro de dolor y de pobreza. La voz de Luisa era grave, temblorosa; sin el movimiento de los labios, su rostro hubiera parecido el de una estatua. La emoción, desbordándose en su alma, se comunicó lentamente a aquellas almas híbridas y oscuras, y algo del ambiente frío de su buhardilla, algo de su miseria y de sus dolores pasó un momento por la sala llena de luz y de alegrías nupciales. Recitaba con ese tono férvido que, saliendo del corazón, va derecho a los corazones, y lágrimas furtivas asomaban a muchos ojos al finalizar la poesía. Después de un silencio, al que sucedieron muchos aplausos, un viejecito se acercó a ella para felicitarla.

—Es un pecado que usted no se dedique a la escena, señorita, ganaría usted millones.

Luisa sonrió sorprendida, y al estrechar la mano del viejecito la retuvo entre la suya largo tiempo. Sí, tenía razón aquel viejecito tan simpático; sería actriz, dejaría el bastidor maldito... Aún oprimía la mano, ya casi infantil del anciano, y ya estaba decidida a seguir el consejo... Sin duda el pobre señor no sabrá nunca que aquel apretón de manos un poco convulso, quería decirle: «Muchas gracias, señor, muchas gracias. ¿Ve usted? Usted creía venir a presenciar solamente el hecho consumado de una boda, y ha venido a determinar un destino: con esa sola frase que acaba de decirme ha abierto la puerta de mi porvenir, que estuvo hasta hoy cerrada a pesar de mis llamamientos. Quiero ganar en la escena esos millones que usted dice, y no por mí, créame, sino por mi padre... Muchas gracias, señor, muchas gracias. Estoy contenta, contenta, contenta. ¡Siento campanillas en el corazón!».

III

Cuando el criado le entregó, encima de una bandeja de plata la esquela sin sobre, don Santiago tuvo un presentimiento, y para disimular su turbación quiso, antes de desplegarla, añadir al trabajo empezado unos renglones, que resultaron temblorosos; después leyó: «Tengo que hablarle con urgencia», y ordenó brevemente:

—Pase usted a ese caballero.

Poco después, por la puerta, que había quedado entornada, entró, sin necesidad de abrirla del todo para pasar, un hombre: era *El Huesos*. Don Santiago lo recibió de pie.

—¿Por qué ha venido usted aquí? ¿Quién le ha enterado de mis señas? ¿Es que quiere obligarme a prescindir de sus servicios?

—Francamente, si yo...

—Si se obstina en comprometerme y abusa de la situación, le advierto que tengo medios de concluir de una vez. ¡Yo no tolero imposiciones!

La cara de don Santiago se había congestionado de pronto, y las palabras, dichas en tono bajo y seco, brotaban entrecortadas de su boca, como si los dientes las mordieran antes de salir. Un gesto consternado de *El Huesos* demostró que, al menos por el momento, no pensaba imponerse. «Él era el primero en lamentar que su aflictiva situación le impidiese tener tarjetas, obligándole a escribir su nombre en un papel; pero... La vida era difícil, y rara vez tropieza un inventor con un mecenas; además, francamente... Traía noticias trascendentales, de esas que no admiten demora y por eso había osado; de otro modo... En cuanto a explicar cómo había descubierto la verdadera identidad de don Santiago —que hasta entonces habíale ocultado su apellido y condición—, *El Huesos* prefirió, para no embrollarse, admitirlo y emplear todo su alud de lugares comunes y gramática parda en hacer resaltar la importancia de la noticia. La noticia era nada menos que esta: "Felipe Blanco, el actor de *El Dorado*, había puesto cerco a Luisa, y le servía de celestina un cómico viejo apellidado Moral". Claro que la muchacha no era de esas a quienes se pueden declarar fácilmente ciertas pretensiones. ¡Cuando él, don Santiago, no le había dicho aún!... La noticia la había recibido del mismo jefe de la *claque*, que era amigo suyo; y él se permitía aconsejar a don Santiago, sabiendo su interés, para que no fueran a jugarle una mala pasada. El caso merecía la pena; Felipe Blanco era el primer actor, tenía aureola de tenorio, le llamaban Felipe el Hermoso y había sido amante de la Romerales, cuando la Romerales estaba con el duque de Sacua Encina; y, por si eso era poco, podía interesarse cerca de la empresa en favor de la chica, hacer que fuese mejorada, ayudarla a subir, y entonces...» La opinión de *El Huesos* era que se debía hacer salir a la muchacha del teatro cuanto antes, y al efecto traía dos soluciones, a saber: utilizar la misma influencia que se empleó para conseguirle un duro de sueldo, en que la despidieran, o bien —y esto quizás fuese mejor—, jugarse el todo por el todo y hacer que en la próxima sesión de espiritismo el alma de la madre de Luisa manifestase el deseo expreso de verla abandonar la escena.

Don Santiago seguía ceñudo. Mientras *El Huesos* hilvanaba pretextos e hinchaba noticias, pensaba él, sin dejar de oírlo, en los riesgos de tolerar aquel cómplice que, de pronto, abandonaba el papel pasivo de criado y limosnero, para acortar audazmente distancias y sugerir la conveniencia de mantener su discreción. Lo había conocido merced a un condiscípulo de esos que, habiéndose quedado a la zaga en la carrera de la vida, se asen a los faldones de quienes medran, y son sus lacayos, sus testaferros y sus bufones. Ese condiscípulo, aun cuando apenas le había hablado en la universidad, lo tuteaba ahora, y al oírlo, parecía que don Santiago se había criado a sus pechos. En cuanto supo la posición de su «querido Santiago», encontró el medio de allanarlo todo. «Yo tengo el hombre para eso, chico —le dijo—, tú no puedes hacerle la corte a esa muchacha en la calle, como un estudiante; sería comprometerte. Don Manuel, a quien llaman *El Huesos*, te lo prevengo, es nuestro hombre. En quince días se finge médium, se hace amigo del viejo espiritista y luego te presento a ti; y una vez tú dentro de la casa, pan comido... Por supuesto, que ni el mismo don Manuel tiene necesidad de saber quién eres. Así como así, él es también un poco loco. Yo lo conocí hace muchos años, en una ocasión...»

Don Santiago no sintió la necesidad de enterarse de cómo había trabado relaciones su condiscípulo con tipo tan extraño y útil, y cegado por sus deseos aceptó la complicidad. En los primeros días *El Huesos* supo mostrarse el hombre ideal; sus conocimientos vastos y superficiales, sus varias aptitudes de ventrílocuo, de inventor y de prestidigitador, su figura espiritada, su mucha miseria y sus pocos escrúpulos, le daban la medida del cargo. Durante algún tiempo todo había ido muy bien, relativamente bien, de tenerse en cuenta la cara siempre fosca de Luisa; y ahora, en un golpe de desvergüenza, el pillo desenmascaraba sus propósitos. Sin duda se trataba de un chantaje; tal vez proyectase llevarse la ponzoña de la delación hasta el «sagrado seno de la familia»... o era, pues, necesario, no solo parar el golpe, sino dejarlo desarmado para el futuro; y al pensar en esto, los ojos de don Santiago lucían coléricos como dos llamas.

Con la rapidez de comprensión de los truhanes, *El Huesos* advirtió que había errado el golpe. Sentado levemente sobre el borde del hondo sillón forrado de gutapercha, iba evaluando las riquezas del suntuoso despacho y, solo de soslayo, miraba el rostro sombrío y las piernas agitadas por nervioso temblar de don Santiago, esforzándose por precisar si en el disgusto del prócer ponían más acíbar sus noticias o su presencia. La fábula de la lechera había tenido una nueva repetición. ¡Adiós 1.000 pesetas sacadas con argucia, multiplicadas con talento y con suerte! Podía ahorrarse la historia del mecánico dispuesto a construir diez talentómetros con sus tornillos micrométricos y sus escalas de reducción, por la módica suma de 3.000 reales. ¡Tantas veces había ido el cántaro a la fuente!... Un silencio hostil los separaba. Era preciso echar mano de la vieja dignidad, oxidada por falta de uso, de sus días de hombre íntegro, para salir sin mengua decisiva de aquel descalabro; si el gesto de don Manuel no hacía olvidar la triquiñuela abortada de *El Huesos*, todo se habría perdido, incluso el honor. Rápidamente urdió una disculpa en la que su hidalguía, su fidelidad y su agradecimiento resaltaban como tres cimas espirituales, y fue a empezarla por su palabra favorita:

—Francamente...

Pero don Santiago sofrenó su elocuencia:

—No me diga nada más. Está bien. Aprecio su buena intención. Créame, yo tengo en este asunto mucho menos interés del que usted supone. Esa muchacha puede hacer lo que le venga en gana; peor para ella... En fin, para concretar: el jueves, día de sesión, me esperará usted, como de costumbre, en el Café Mercantil y entretanto, pase lo que pase, aunque se hunda el teatro, se hunda la casa y los condenados espíritus confundan a don Emilio y a su hija, no vuelva usted a poner los pies aquí. ¿Está entendido?

Estaba entendido; si alguna buena cualidad tenía *El Huesos* era la de entender bien y deprisa. La diestra de don Santiago se tendió sobre la mesa, cubierta de papeles, y un timbre tremoló a lo lejos. Acudió el criado, y *El*

Huesos, sin desprenderse de la ineficaz dignidad de don Manuel, hizo varias reverencias grotescas antes de salir; en la antesala se cruzó con una señora bigotuda de muy mal talante y con dos señoritas que entraban. Don Manuel aconsejó aún a *El Huesos*, siempre obediente, varias inclinaciones más. Debe ser la familia de don Santiago, pensó. E inmediatamente, su gesto entristecido trocose en una sonrisa que fue a embotarse en el lacio bigote. Ahora comprendía el pavor de don Santiago, sus furtivas miradas hacia la puerta... ¡Las 1.000 pesetas no estaban perdidas del todo! La caja de caudales que había observado formidable y hermética en uno de los rincones del despacho, aclararía para él el jeroglífico de sus cuatro resortes de cobre, y abriendo su pesada puerta le dejaría sustraer siquiera una partícula de su tesoro... ¡Bien hayan las mujeres enérgicas que saben inculcar en sus maridos un terror saludable!... Todo esto y cien cosas más doradas y verdes, como la esperanza y el oro, decía la sonrisa de *El Huesos* al ir a embotarse en su bigote lacio. ¿1.000 pesetas, 1.000 pesetas, y por qué conformarse con 1.000 pesetas? El sitiador había visto en la muralla del castillo punto propicio hacia donde dirigir su catapulta para abrir brecha.

Don Santiago se quedó solo. Los escribientes se transmitieron enseguida la noticia de que vientos huracanados soplaban, y ninguno traspuso la puerta del despacho. Fue estéril su intento de sonreír a sus hijas y a su mujer; esta conoció su disgusto y lo achacó a la «maldita política», vivero de contrariedades, de quebraderos de cabeza y... de influencias. Empotrado en un sillón, con los brazos cruzados sobre la mesa y el pestorejo, a pesar de estar la cabeza inclinada hacia adelante, caído como un seno sobre el cuello de la camisa, don Santiago estaba impotente. Si *El Huesos*, en lugar de lanzarse a la calle a reconstruir otra vez la fábula de la lechera, se hubiese quedado espiándolo por el hueco de la cerradura, habría podido, por sus gestos, saber en qué pensaba. Primero fue una arruga vertical en la frente, y las manos se cerraron hasta crisparse; pensaba en la visita, en la audacia de su cómplice, en el peligro; después fueron varios vaivenes de cabeza, dos chasqueos de lengua, ensombrecimiento de la fisonomía; pensaba en Felipe Blanco; a seguida, un pavor pueril retratose en su rostro mientras uno de los brazos se alzó para esquivar un golpe imaginario; pensaba en la señora bigotuda de mal talante; luego sonrió con benevolencia, con algo de conmiseración, con algo de desprecio; pensaba en don Emilio; y al fin, sus labios se contrajeron como si engordasen, las manos abiertas y convulsas removieron torpemente los papeles, y algo ardiente y húmedo pasó por sus ojos... En este pensamiento se sintetizaba y anulaban todos los demás; apenas la imagen de Luisa aparecía, peligro; ira, miedo, piedad, eran absorbidos por la tromba del deseo. Era algo fatal, inexorable; en vano había pretendido acallarlo, hacer derivar hacia otras mujeres aquella imperativa y tardía pasión de la carne que llegaba a torcer su vida. En amor no hay valores intrínsecos; a don Santiago se le antojaban imperfectas cuantas mujeres no tenían el aspecto enfermizo de Luisa; su mirada humilde y siempre fugitiva, su porte recatado, lo incitaban con más vehemencia que cuantos ardides hubiera podido emplear para cautivarlo una mujer a la vez bella, experta y enamorada. Desde que la conoció en la tienda de bordados, por azar, sus sufrimientos y sus malos pasos se iban encadenando inevitablemente.

Al principio creyó no tener celos. En cuanto se convenció de la imposibilidad de lograr que don Emilio disuadiese a Luisa, las ventajas de tenerla en su teatro se le hicieron visibles: «Acaso una vida menos enclaustrada, otros ejemplos, otras ambiciones...». Sentía rubor de sus procedimientos, y para poder ser menos riguroso al juzgarse, se decía: «Puesto que iba a dedicarse de todas maneras, y en el teatro ya se sabe en donde para una mujer pobre, yo no cometo un crimen sacándola de la noria vulgar del bordado en las mejores condiciones posibles; a lo sumo, lo que hago es sustituir mi persona a otra que, seguramente, había de llegar. Es ella la que ha decidido su suerte». Pero en el subsuelo de su pensamiento se larvaban estas ideas de previsión cobarde: «Así nadie me podrá imputar haber mancillado una vida honesta; si esta situación había de prolongarse, si no había yo de conseguir nada, más vale que se dedique a la escena, que sea antes de otro, y después...».

Mas ahora los celos venían a burlarse de sus previsiones; sufría con toda el alma, con todos los nervios, exacerbados por la idea de su vejez; y ese dolor casi castigaba sus culpas. Era el tormento de Otelo, agravado por la tragedia del apetito sobreviviendo al vigor; pasión senil, consciente de su impotencia para convertir en llama esplendorosa y mutua lo que solo es ígnea carcoma que va destruyendo paso a paso el ser. «¡Oh, si siquiera tuviese unos años menos, aunque no fueran más que quince?» Atraída por esta idea, surgía en su pensamiento la figura de Felipe Blanco, del rival, y sus músculos adquirían, estimulados por la cólera, inesperada tensión; blasfemias extraordinarias entrechocaban en su boca: maldecía a Felipe Blanco, se maldecía a sí mismo por haberlo aplaudido alguna vez, maldecía también a su cómplice, a aquel esqueleto forrado de piel, de quien jamás logró explicarse si era injerto de pícaro y loco, ni si la malhadada invención del talentómetro era aún otra picardía más.

Sonaron golpecitos tímidos en la puerta; era un amanuense. Aunque se crea exageración, parece ser cierto que hay asuntos en política que no admiten retraso, y teniendo que poner a la firma uno de ellos, los escribientes se habían sorteado para ver a cuál correspondía arrastrar el vendaval. La víctima entró oblicuamente; era un muchachito rubio, con un lunar de pelo en la nariz. Sin pronunciar palabra, sin levantar la mirada, extendió sobre la mesa el documento y se echó hacia atrás para ser lo menos visto posible, mientras el señor leía y firmaba... Don Santiago se puso a hojear los pliegos; una figurita grácil, vestida de oscuro, danzaba por entre los renglones. Como de costumbre iba siguiendo las líneas con la pluma, pero de modo maquinal, sin leer. La figurita se duplicó, se multiplicó fabulosamente en innumerables actitudes. ¿Veía bien? Una de las figuritas le tendía los brazos, le ofrecía la boca... No, no había visto bien... De pronto, una *ele* larga y sin perfiles le recordó a *El Huesos*, y dejando de leer, puso su firma con tal violencia que el papel se rasgó, y una gota de tinta fue a caer sobre el enredijo de la rúbrica.

IV

Todas las tardes a las dos y media, Luisa cruzaba muy deprisa el largo pasillo y entraba en el escenario de *El Dorado*, hacía solo un mes que estaba contratada, y la exactitud inútil con que asistía a ensayos en que no tomaba parte alguna, decía claramente que aún las costumbres del teatro no habían influido en ella. Actrices y actores llegaban un cuarto de hora más tarde de lo anunciado en la tablilla; el director de la compañía amenazaba con multas y hasta con expulsiones, jurando por una multitud de antepasados que aquella era la última vez que lo hacían esperar; pero debía querer decir la penúltima, pues, con gran estupor de Luisa, al día siguiente la misma escena volvía a repetirse. Lentamente, a causa de su timidez, Luisa iba arriesgándose a convertir en juicios sus observaciones; además, tenía dudas, ¿la vida del teatro, afinaba o embotaba la sensibilidad? ¿Naufragaba o no lo mejor del alma de cada actor bajo la yuxtaposición de las almas impuestas por los autores? ¿El contacto con esa masa aduladora o cruel llamada público, no tendía a convertir en vanidad el estímulo, a fomentar el ansia de complacer a los más ruidosos, desdeñando a los discretos, que juzgan y callan? ¿Por qué dejaba sedimentos impuros en las almas la ficción cotidiana, en vez de mejorarlas, de ennoblecerlas...? Alternativas de optimismo y pesimismo accidentaron aquellos primeros días en que poco a poco, a costa de múltiples tanteos y titubeos, Luisa fue conociendo el revés del teatro. A veces temía ser injusta, esperanzarse o desilusionarse sin causa, y no daba por fija una opinión hasta después de someterla a varias experiencias concordes. Para las opiniones de orden material era algo más intrépida.

El escenario frío, penumbroso durante los ensayos, con su corro de murmuración y su grupo de actores ensayando en el proscenio, le daba siempre una impresión de lobreguez, de falsedad. Ensayaban ya en torno de la mesa, ante la cual el apuntador leía con voz cortante e indiferente los papeles, que iban repitiendo los cómicos, ya —en los ensayos «en forma»— colocándose como en la función y accionando de una manera que, sin las decoraciones, sin los trajes y sin la luz artificial, parecía inadecuada. Cuando estaba interesándose en una escena, el autor o el director daban órdenes de volver a empezar, y entonces Luisa perdía el hilo, sintiendo el tedio y el automatismo de las palabras repetidas en el mismo tono, y de los ademanes o los gestos apoyando las mismas frases. De los confines del escenario llegaba un bisbiseo constante; con frecuencia entraban a pasos sigilosos camareros llevando servicios de un café vecino; alguien, arrastrado por el ímpetu de una discusión de política o de toros, alzaba la voz y, como si aquello fuera cosa nueva, el director clamaba a grandes gritos que era imposible ensayar allí... Hasta el teatro le parecía otro visto desde el escenario; por las tardes, cuando la poca luz filtraba al través de la cúpula, ponía un clarol sepulcral en el paraíso y en los palcos segundos, y la sala, con sus butacas enfundadas, extendíase silenciosa tras el espacio vacío de la orquesta. En el escenario, alumbrado por dos reflectores portátiles puestos a ambos lados de la concha, resonaban las toses, las voces cansadas del piano, y, sobre todo, los gritos estentóreos del director. Por mucho que el Sol luciese fuera, teníase siempre allí la impresión de un día triste, nublado... Pero luego venía la transformación: la luz artificial, el bullicio; aquel pasillo tenebroso por donde Luisa no dejaba de pasar sin sobresalto, iluminábase de noche y aparecía a la vez decorado y entorpecido por hombres elegantes que iban a los cuartos de Felipe Blanco, de la Luque y de la Romerales. En esos cuartos de los dioses mayores había lujo, un lujo algo provisional, pero lujo al fin; los cuartos de los pisos superiores iban siendo menos confortables, a medida que se alejaban del primer piso. El cuarto de Luisa estaba en el último, y era común de otras dos partiquinas. Solo había en él un espejo, tres estantes hechos con tablas y cordeles, un diván y un palanganero de hierro. De las paredes, agrietadas por la humedad, tendían colgadas en clavos, las ropas de todas... Una bombilla empolvada y fatigada alumbraba el cuarto. El techo y los muros estaban cubiertos por el mismo papel de rayas y flores alternadas interminablemente; Luisa recordaba haber tenido en su oscuro pasado un baúl forrado de ese papel y, a veces, al hallarse en el cuarto, le obsesionaba la idea de que aquel baúl había crecido y de que ella se encontraba prisionera dentro... Todo en el teatro le producía una tristeza oculta, inconfesada, que cada sábado, al llegar la nómina, venía a destruir una sorpresa no exenta de temor: le parecía siempre que en vez de pagarle, el representante de la empresa le iba a decir: «Señorita, esto fue una broma... ¿Cómo creía usted que le íbamos a seguir pagando por no hacer nada? Recuerde lo áspero que es ganar una peseta con la aguja...». Mas el representante, sin decirle nada de eso, le entregaba los 7 duros, y entonces todas sus observaciones deprimentes se adormecían y eran achacadas a la calidad del teatro. Con ingenua dialéctica, Luisa buscaba razones contra sí misma: ¡Ya vería ella cómo en cuanto le dieran ocasión y rompiese el fuego y lograra pasar a un teatro de versos, todo iba a cambiar! Los actores no irían a jugar al mus en las tabernas, no ensayarían con las manos en los bolsillos, no confinarían sus vidas en un círculo vicioso, ordinario, estrecho, y procurarían adquirir, en el cultivo de los libros y de los hombres, nociones múltiples de la vida, para poder encarnarla mejor; serían hombres estudiosos, cultos, enemigos de desplantes y *timos* chulescos; las actrices serían también más finas, menos cizañosas, menos inconformes... Luisa no tardó en descubrir enconos, conspiraciones y odios. Nadie estaba contento con nada. El tenor protestaba de que le hacían cantar los domingos por la tarde para no dejarle ir a los toros; la Luque afirmaba que los ramos recibidos por la Romerales eran siempre los mismos; mientras que la Romerales, no satisfecha con recibir las inmarcesibles flores, aseguraba que la Luque tenía comprado al jefe de la *claque* y que por eso la aplaudían tanto. ¡Ay, si ella hubiera logrado entrar en uno de esos teatros serios, tradicionalistas, donde los actores se codean con la nobleza, y en los cuales, sin duda, sería todo digno, artístico, depurado!... Aquello era dejarse ir por el plano inclinado de las protestas encubiertas y Luisa, al advertirlo, desechaba toda lamentación; no quería ser inconforme también. Acaso las otras lo eran porque habían tenido dinero siempre, porque no habrían vivido como ella, bordando de Sol a Sol, o de Sol a Luna... Y recordaba la fatiga de sus ojos y la dificultad de su espina dorsal para erguirse después de concluidas las tareas sobre el bastidor, sepultado ahora en un rincón, con otros trastos inútiles. Y esos recuerdos la defendían durante algunos días contra, desmayos y decepciones.

Todas las noches, antes de comenzar la función, Luisa iba al escenario, y exponiéndose a ser atropellada por los maquinistas que arrastraban brutalmente bastidores o descolgaban el decorado, acercábase a mirar la sala por el ventanillo del telón. De las localidades altas bajaba un rumor de marea; el público de butacas colocaba en los respaldos sus abrigos, las palcos se iban llenando, y en el fondo de uno de los proscenios veía siempre Luisa la cara apoplética y odiada de don Santiago; al verlo, un rubor súbito subía a sus mejillas; el instinto de mujer habíale hecho adivinar cuánto desdoro, para ella y su padre, significaba la protección de aquel hombre. Sin saber quién era, Luisa percibía las diferencias de posición que los separaban, y lo oblicuo, lo artero de su trato y de sus intenciones se le hacía transparente. Desde el primer día hubiera querido exponerle a don Emilio la verdad y decirle: «Ese hombre, papá, me ha seguido; la dueña de la tienda me dice que le pregunta con insistencia por mí; ese hombre no es espiritista y te engaña, abusa de tu inocencia; nos ve muy pobres y quiere, tal vez, deshonrarnos, papá». Más, ¿tenía derecho ella, precisamente ella, a desflorar con palabras de realidad brutal aquella virginidad de idea, aquel puro y quimérico vagar por la vida sin desgarrarse contra sus obstáculos logrados por su padre merced a su mansa locura? En aquel constante dialogar consigo misma esbozando intenciones, temores, frases que nunca se atrevería a pronunciar, cobraba Luisa fuerzas para resistir las desilusiones primeras del teatro. Era necesario vencerlas, llegar a ser una actriz célebre, no caer en la miseria nunca más, poner la vejez de su padre a salvo de las asechanzas de las malvados. La energía de su decisión le hacía inclinar hacia adelante la cabeza, y el telón, cediendo al choque de su frente, restituíala a la realidad... De pronto, la calva del director de orquesta albeaba sobre el sitial, los violines empezaban a ponerse a tono, resoplaban discordes clarinetes, oboes y bombardinos, la flauta hacía cabriola, el arpa, como si fuera la misma señorita remilgada que la tocaba, parecía ir andando a saltitos por sobre aquel estrépito; y antes que sonara la tercera campanada, Luisa iba a encerrarse en su cuarto, a donde a última hora la iba su padre a recoger.

El director le había aconsejado que antes de repartírsele un papel, saliese en los acompañamientos para «ir haciendo tablas». La primera vez Luisa estaba nerviosa; iba a representarse una obra nueva. Sus dos compañeras de cuarto habían bajado ya, y ella no había concluido aún de prenderse el traje de aldeana. Al pasar por el corredor, atestado de gomosos, notó que la miraban. El coro estaba ya a punto de salir; el traspunte, que pareciendo que iba a llegar siempre tarde llegaba siempre a tiempo, acudió manoteando con un manuscrito en la mano y ordenó: «¡Coro, fuera!...». Luisa cerró los ojos, echó a andar mezclada con el tropel, y cuando volvió a abrirlos estaba ya en escena, deslumbrada por la luz. Parecíale que las localidades altas se iban a venir de pronto abajo y a caer sobre ellas. Al acabar el acto, delante de todos, el director la interpeló rudamente:

—Pero, ¿está usted loca, señorita? Me han dicho que si tengo un espectro en el coro. ¿A quién se le ocurre salir sin pintarse? Que no ocurra otra vez... Colorete, colorete. ¡Que yo la vea en ese acto segundo!

Los caballeros ante quienes había recibido el regaño, sonreían con benevolencia; las compañeras pasaban y sonreían también, pero de otro modo. Si Luisa hubiera tenido que salir en aquel instante, con el candente rubor que afluía a su rostro, de seguro habría creído el público que estaba pintada. Ya arriba, buscó en vano las pastillas de colorete que siempre estaban sobre el tocador, no había ninguna. La luz del cuarto le pareció más triste; la fealdad de las cosas y la maldad de las gentes pesaban sobre su pobre alma. Iba ya a llamar, cuando el actor Moral, su amigo, entró a verla. Era un pobre viejo, cargado de hijos; llevaba quince años en el teatro y ganaba solo 7 pesetas; ayudábase sirviendo casi de criado a los primeros actores, y el encargado del guardarropa le daba, además, 2 reales diarios por distribuir y recoger los trajes. Su mujer, una actriz obesa, jubilada ya, hablaba poniendo los ojos en blanco, de Calvo y de Vico; vendía prendas, visitaba incansablemente saloncillos y cuartos, daba consejos a las principiantas y organizaba rifas. Con todo esto se morían de hambre.

Ajeno ya a toda vanidad, el viejo histrión tenía algo de paternal y un gusto —simpático viajero ya de vuelta— por la gente honrada. Desde los primeros días se hizo amigo de Luisa y la exhortaba para que abandonase el teatro. Al verlo entrar, Luisa le contó sus cuitas entre sollozos.

—Ya, ya. ¿Crees que no lo sé? Por eso vengo. Las pécoras del coro y las meritorias no hablan de otra cosa. Tú no eres para esto, muchacha... En los buenos tiempos del teatro no había tanta pijotera maldad... ¿Han escondido el colorete? Espera un momento y verás cómo yo te traigo y del mejor.

Mientras aguardaba a Moral, Luisa oyó comentarios en la escalera:

—¡Pues ya podía el que la impuso aquí darla para coloretes!

—¡Vaya con la señorita de tan pringado, que no quiere estropearse el cutis!

—¡Y a «eso» le dan sueldo!

Moral llegó jadeante, cuando ya había sonado el segundo aviso, y él mismo se puso a untar carmín a Luisa; mientras le explicaba:

—Tuve que ir abajo; no le traje el mío, porque es de a real el tubo... vamos que no es para ti. Fui al cuarto de Blanco, y enseguida me ha dado el suyo. Es un buen chico; me ha dicho que te lo quedes; sí, sí te lo puedes quedar... ¡Alza, que empieza el acto!

Así tuvo Luisa la primera relación de gratitud con Felipe Blanco. A los dos días de esta escena, le encomendaron un papelito y le aumentaron 2 pesetas el sueldo. Todas las noches Moral o su señora subían a preguntarle de parte del actor si le hacía falta algo, y cuando ella le iba a dar las gracias, él no dejaba de responderle: «No vale la pena; ¡es tan fácil ser complaciente con usted!...». Felipe Blanco era aún joven, de rostro algo marchito; tenía renombre de conquistador, y desde cierta aventura aristocrática había renunciado a las partidas de mus o de tute y a las bistés pantagruélicos del Café Colonial. Adoptaba modales finos y despreciaba un poco a todos sus compañeros, que envidiándolo secretamente no lograban ocultar su envidia, a pesar de su hábito de fingir y ocultar las pasiones. Sin saber cómo, sin saber cuándo, Luisa comenzó a interesarse por él.

Y todo concurría con tácita complicidad a fomentar este interés, transmutarlo; Felipe Blanco era el depósito de cuantas frases elocuentes, de cuantas acciones generosas se decían e idealizaban en las obras; era el galán, ese hombre misterioso que viene de lejos, como un príncipe de leyenda, hidalgo, exento de intereses villanos, incapaz de rehuir compromisos de amor ni juramentos alumbrados con luz de Luna y acompañados con música de guitarra. Cada uno de los autores decía al través de él sus más nobles ideas; era en todas las obras la poesía y el amor; y algo de la justicia inmanente, embellecida aún por la retórica, hablaba siempre por sus labios... Luisa se enamoró de él, y acaso juzgándola la señora de Moral, la Raxnerales y la Luque, pensaron con razón que había cometido un desatino, una idiotez, una locura... Esta última frase, que es de la señora Moral, es la más exacta, por ser la más benévola. Luisa no era ni insensata ni idiota; Luisa cometió esa locura, porque era necesario que la cometiese, porque en todo tiempo, las mujeres como ella han sido fascinadas por esas dos entelequias milagrosas que se llaman la Poesía y el Amor.

V

Don Emilio había adquirido la costumbre de esperar a Luisa en el saloncillo en vez de subir a su cuarto. El saloncillo era una pieza cuadrangular, cuyos muros bordeaban muelles divanes tapizados de gris; de las paredes colgaban algunos retratos de escritores ilustres, y el de un filósofo que nadie se explicaba por qué estaba allí; el calorífero, de continuo candente, producía una temperatura que contrastaba con el aire helado que circulaba por los pasillos. Solo en un rincón, pensando en sus quimeras, el viejo espiritista se aislaba por completo. Para él era lo mismo estar allí que ir, cuando Luisa conseguía *vales*, a esperarla viendo la función desde el anfiteatro, porque igualmente vanos le parecían los juegos de palabras en la escena, que las discusiones e intrigas reales de los cómicos. Los autores de la casa lo juzgaban imbécil, porque ni siquiera sonreía al oír sus chistes. El director de orquesta, a espaldas de él, se llevaba el índice a la calva, queriendo indicar su falta de seso; lo consideraban como un mueble del teatro, y el empresario ni siquiera se recataba en su presencia para hablar de negocios. Por lo general estaba solo toda la noche, porque las tertulias se formaban en los cuartos de las actrices; de tiempo en tiempo, entraba alguien a frotarse las manos ante el calorífero, y volvía a salir sin saludar siquiera. Si don Emilio hubiera tenido dotes de observador, habría podido decir que el actor Moral reunía, con el azúcar sobrante de los cafés tomados en el saloncillo, más de doscientos terrones semanales, y que Antonio Castell, el autor mimado, respondía invariablemente con su bárbaro acento catalán a todos cuantos le preguntaban por su salud o por sus asuntos: «Todo va bastante mal, gracias a Dios...». Pero la atención de don Emilio, íntegra en su obsesión, resbalaba sobre las cosas terrenales sin penetrarlas. Casi no oía el ir y venir de la gente, al terminar los actos; la distancia y las cortinas tamizaban los ruidos del teatro y, solo de tarde en tarde, al abrirse alguna puerta, percibíanse el murmullo apagado de los aplausos, el incierto vaivén de la música y otros ruidos marchitos que no tergiversaban el rumbo de sus divagaciones. A veces se llevaba para entretenerse el «Libro de los médiums», y repasaba las páginas, que ya se sabía casi de memoria... ¿Sería *El Huesos* médium tan excelente como aquella Florencia Cook, como aquel míster Home que tales revelaciones comunicaron al gran físico inglés? ¿Lograría que el espíritu de su mujer, tan continuamente llorada, viniese por conducto de *El Huesos* con la insistencia amable de Katie King? Y de este modo, serio, ensimismado, permanecía en su rincón hasta que la voz de Luisa venía a transportarle al mundo tangible.

—Vamos, papá.

—Vamos.

Y salían. Iban siempre por el mismo camino, muy abrigados. Cada noche obligábales a recordar la noche anterior; tan semejantes eran: al pasar por el cruce de dos calles muy anchas, se llevaban las manos a los sombreros para asegurarlos; después, como si don Emilio se fatigase siempre en el mismo punto, le tomaba el brazo y así llegaban hasta la casa. Todas las noches era así; mas como aquella faltó muy poco para que el viento le arrebatara el sombrero, y como Luisa, al llegar a una esquina, esperó en vano la mano que iba habitualmente a buscar el apoyo de su brazo, le preguntó:

—¿Qué te pasa, papá?

—Nada, nena.

—Tú tienes algo.

—No.

—Sí, sí; tú tienes algo.

—Te digo que no... Es decir... Tengo... Es que quiero pedirte una cosa.

¿Qué le podría pedir? Una petición por parte de don Emilio era algo inesperado, insólito. Siguieron andando algunos pasos sin hablar. Al cabo él la tomó del brazo, la hizo detener y empezó a rogarle muy bajo, con voz oscurecida y trémula:

—Es una cosa que no puedes negarme, nenita. No soy yo solo quien te la pide: es ella también... *Ella*, ¿sabes?, mamá, la otra Luisa... Tú nunca has querido asistir, y nunca te he insistido, bien lo sabes; nunca traté de disuadirte de tu error, porque pensé que era miedo de niña... Si te di aquel libro de Gautier y aquel otro de Flammarion, fue solo por probar, para que tu pobre almita se fuera aclimatando. Ahora ya eres una mujer y no tendrás miedo... Mañana tenemos sesión; mañana puedes sentirla junto a ti y podrá besarte, acariciarte... Ven mañana; te lo pido con toda mi alma... ¿Verdad que vendrás?

—Papá, tú sabes que...

—Que te excita los nervios, sí... No importa; es una sola vez... ¡A mí también me excitaba al principio!

—Y no solo eso: es que no creo, papá; perdóname. Yo respeto tus creencias; respeta tú las mías. No creo y no quiero tampoco creer; me da horror pensar que todos los que han muerto vuelven a este mundo y que junto a ellos nosotros no somos casi nada. Me enfermaría, me moriría, papá... Para vivir me es necesario tener esperanza, mirar únicamente hacia delante...

—¡Una sola vez, ven!

Había tanta angustia en su demanda, que Luisa no tuvo valor de negar. Don Emilio interpretó enseguida su silencio:

—Gracias por mí y por ella... La de mañana ha de ser una sesión decisiva; ya verás... Luisa, necesito que tú creas igual que yo, y que esa creencia, en lugar de darte terror, te sea dulce. ¡Qué hubiera sido de mí sin ella! Piensa que yo no he de durar mucho, y que si me voy antes de que tú creas en los espíritus, me parecerá que todo mi recuerdo, que todo mi cariño se apagarían en tu memoria apenas entierren mi cuerpo... ¿Vendrás?... ¿Vendrás?

Luisa sintió la mano de su padre estrecharle el brazo, y le pareció que aquella mano, igual que sus propios pensamientos otras veces, tenía afán de asirse a la vida. Una opresión le subía a la garganta, y una onda de ternura bañaba su alma toda. Parecíale que otorgar a su padre la concesión, la libertaba en cierto modo de algo de la culpa de su otro amor, del amor secreto. Estaban aún detenidos en la acera. Varios transeúntes los habían ya mirado con esa curiosidad burlona con que se mira a las parejas de edades muy desproporcionadas. Don Emilio aguardaba la respuesta; el viento dispersaba su barba; y, como en signo reflejo de su inmensa ansiedad, seguía apretando el brazo de Luisa hasta hacerle daño; ella musitó al fin:

—Bueno, papá, iré.

Luego siguieron el camino; llegaron a la casa y se acostaron sin hablarse. Contra su hábito, don Emilio durmiose enseguida; había tal sosiego en su rostro, respiraba tan tenuemente, que Luisa se asustó, y por dos veces fue a ponerle un espejo ante la boca para cerciorarse de que alentaba. No pudo dormir y, sin embargo, la noche le pareció muy corta: temía la llegada del día siguiente.

El día siguiente era jueves. A las cinco de la tarde, un coche se detuvo en una de esas calles angostas afluentes a la plaza de Santo Domingo, y el lacayo saltó del pescante y abrió la portezuela para dejar descender a un caballero grueso muy recatado en su gabán de pieles; luego extrajo del vehículo un paquete voluminoso y cuadrado que el señor recogió. Obediente a una orden, el lacayo tornó a ocupar su puesto y los caballos partieron de nuevo. En cuanto se alejaron un poco, el señor encaminose en dirección opuesta, torció con rápido paso por varias callejuelas, y deteniéndose varias veces para cerciorarse de que no oía el ruido de su coche seguirle, fue para el Café Mercantil. Desde la puerta miró al interior, como si recelara algo, y después dirigiose a uno de los rincones del establecimiento. En el rincón, tras un vaso de leche con media tostada, lo aguardaba un hombre de delgadez inconfundible. Fingiendo no ver la escuálida mano tendida hacia él en confianzudo ademán de amistad, el recién llegado ordenó:

—Vamos deprisa... Aquí está el aparato; supongo que usted tendrá bien ensayado todo... Tome, pague eso. Yo lo espero a usted en la puerta.

Una moneda de 2 pesetas tintineó sobre el mármol. Y pocos minutos después, don Santiago y *El Huesos*, dejando tras ellos las persignaciones de la portera, hacían sonar la campanilla del sotabanco. Una voz les gritó desde dentro:

—¡Empujen!

La puerta estaba solo arrimada, y entraron. Don Emilio, subido en un cajón, ocupábase de interceptar con un paño negro, la poca luz que entraba por la claraboya. Sin bajar de su pedestal, interrogó:

—¿Trae usted la cámara?

—Aquí está.

—Bien... Y usted, don Manuel, ¿se halla en forma?

—Francamente, sí... Me siento hoy vibrante, extraño; yo mismo me doy la sensación de no ser yo, de...

A espaldas de don Emilio, don Santiago debió hacerle una seña misteriosa, porque sin concluir de detallar sus complejas sensaciones de médium, *El Huesos* preguntó sin transición alguna:

—¿Y asistirá su hija, por fin?

—Sí; me lo ha prometido solemnemente. Debe de estar al llegar de su ensayo.

Después de instalada la cámara fotográfica en un extremo y de examinar la silla negra donde había de tener realización la experiencia, don Emilio propuso algunas evocaciones elementales por medio del velador; eso prepararía el ambiente. Se sentaron, y tendidas las manos, muy rígidas, en contacto nervioso sobre la leve mesita formaron la cadena magnética y estuvieron un rato callados, hasta que movimientos, primero imperceptibles, manifiestos después, hicieron oscilar el mueble sobre sus tres patas. Don Emilio, con gesto sacerdotal, interpelaba a los espíritus:

—¿Estás ahí?... Manifiéstate; un golpe, sí; dos, no...

Luego, indicando por golpes las letras del abecedario, varios espíritus intentaron decir generalidades, en verdad, de poco interés. Primero acudió

220

un espíritu vulgar; luego el espíritu de un gran político recién fallecido, que resultó tan vulgar como el anterior; al cabo, dócil a eficaces conjuros, un espíritu de mujer, obstinado en callar su nombre, esbozó estas palabras: *teatro, inconveniente, súplica*... Iban a pedirle aclaraciones, cuando los pasos de Luisa resonaron en la escalera ahuyentando a la cautelosa aparecida. Se levantaron con las manos fatigadas por la tensión, y don Emilio quiso pasar sin demora a la experiencia suprema. Como es de rigor, se colocó sobre la mesita el vaso de agua simbólico. Cerraron la puerta, y regresaron a sus puestos. Todos estaban serios, hieráticos; Luisa temblaba.

Antes de apagar el quinqué, cuando ya *El Huesos* iba a sentarse de cara al recinto enlutado en la silla colocada entre los entreabiertos cortinajes, don Emilio tuvo una exigencia:

—Oiga antes, don Manuel: ¿Jura usted que nada en la sesión de hoy será obra de su voluntad? ¿Jura que su fluido, si le es posible, concretará aquí a nuestra vista, el cuerpo astral de algunos de los seres que nos fueron queridos?

Para dar ánimo al médium, don Santiago también interrogó:

—¿Lo jura usted?

Una mano inmensa y huesuda se tendió sobre el velador al mismo tiempo que la voz, algo trémula, prometía:

—Lo juro, señores.

—Pues empecemos, y que la voluntad del Padre nos asista.

—Luisa y don Santiago se sentaron; don Emilio quedose de pie junto a la cámara fotográfica para hacerla funcionar oportunamente, y obtener de la aparición irrefutable testimonio. *El Huesos*, de espaldas a ellos, sentose en la silla. Hubo todavía otro preámbulo.

—¿Estamos?

—Sí.

—¿Apago el quinqué?

—Cuando quiera.

Don Emilio sopló; una gran llama desbordose del tubo, y la oscuridad sobrevino. Durante unos segundos, la torcida, chispeó hasta apagarse. El silencio llenaba la estancia. Nadie hubiera dicho que cuatro personas alentaban allí, en las tinieblas. Una silla crujió; transcurrieron varios minutos de ansiedad. Al cabo don Emilio dijo con voz muy queda:

—Está ya en trance... —y luego llamó dos veces dulcemente—: Don Manuel, don Manuel.

Ninguna voz respondió a la suya. El silencio volvió a imperar, y largos minutos henchidos de misterios y de incertidumbre sucedieron. De pronto tenues formas fosforescentes comenzaron a insinuarse en la sombra. Temerosa, Luisa cerró los ojos para ver si esas formas estaban fuera o dentro de sus ojos. Al abrirlos, contornos sinuosos, verdosos y estelares aparecían todavía con intermitencias en el fondo de la buhardilla...: ¿Se acentuaban o se desvanecían? Sí, se acentuaban, parecían querer dibujar algo... Ya era como una cara informe, de mejillas vagamente lumínicas y de ojos oscuros. Se oyó el ruido del objetivo fotográfico al ser descubierto por don Emilio, quien al mismo tiempo saludó al aparecido con la fórmula ritual: «La paz sea contigo, hermano... Dinos, si te lo permiten, quién eres». Y en la garganta del médium largos estertores, seguidos de gemidos antecedieron a una voz extraña que no se asemejaba a su voz cotidiana:

—Soy..., soy..., quiero que me obedezcas..., soy...

Nuevos estertores siguieron. En el hondo silencio adivinaba don Santiago la emoción de don Emilio, y junto a sí sentía una respiración anhelosa y fragante que lo turbaba, apartándole de toda predisposición espiritual. La voz del espíritu moduló de nuevo palabras inconexas... Don Santiago no oía la voz, no veía las líneas fosfóricas y trémulas; todos sus sentidos abolíanse para dar más eficacia a su olfato y dejarla aspirar anhelosamente el olor de Luisa, esa atmósfera venusiaca que envuelve a los seres deseados... Sus manos temblaron casi inconscientes en la oscuridad... El médium hablaba, hablaba... Así pasaron varios minutos. De pronto, un grito rasgó las sombras y el silencio, como un relámpago; era ese grito inconfundible que enfría la sangre, el grito loco del terror. Y era Luisa quien lo había lanzado.

—¡Luz, luz!

—¡Encienda usted!

—¿Qué ha sido?

—¡Luz, mi hija... Luz!

El tubo se había roto, y la llama hizo oscilar sobre los muros las tres siluetas agrupadas en torno a Luisa, que apenas podía hablar. Fue necesario rociarle la frente para reanimarla. Cuando logró calmarse, explicó:

—He sentido una mano, papá; una mano que me subía así, por el pecho...

Hubo que acostarla y darle agua de azahar. Don Emilio quedó junto a ella, y los otros se marcharon casi sin despedirse. Apenas estuvieron en la escalera, *El Huesos* increpó a don Santiago:

—Ha sido usted..., ha sido usted. ¡Cochino!

—Cállese... Ya hablaremos... Cállese, que pueden oír.

El Huesos se calló, pero mientras bajaban, don Santiago sintió fijos en él dos ojos que lo miraban severamente.

VI

A mediados de temporada. Felipe Blanco obtuvo un éxito ruidoso. Todos los semanarios ilustrados publicaron su retrato en aquella actitud gallarda de desenmascarar al traidor, que hacía prorrumpir en aplausos frenéticos al público de la galería; Luisa guardaba uno de esos retratos como dedicatoria amorosa, y por las noches, antes de acostarse, pasaba un rato contemplándolo.

En el teatro no se conocían sus relaciones. La señora Moral había logrado acallar el deseo de comunicarlas confidencialmente, a cada una de las actrices y su marido sabía harto bien las ventajas de poseer secretos de un hombre dadivoso. Dos o tres veces, Luisa y Felipe Blanco habían ido a pasear por las avenidas lejanas; paseos castos, a ratos callados, a ratos exuberantes de promesas, de dudas, de súplicas, de éxtasis, paseos con sus inevitables paradas en algún café de esos donde van recatadas parejas que cuchichean con las manos juntas, abstraídas del resto del mundo. Y todas las noches, al recapitular sus acciones diarias, Luisa se acostaba contenta de no tener faltas graves de qué arrepentirse.

Desde hacía varios días, tenía algo más de libertad. No es que su padre la hubiera coartado nunca; era ella quien, obediente a dictados de cariño y de prudencia, salía siempre con él. Pero ahora don Emilio estaba bajo el hechizo de una nueva amistad, contraída en el saloncillo de *El Dorado*, y por eso tenía que salir sola. Cierta noche, al bajar Luisa a recogerlo, lo halló en plática con un tipo extraño de quien había oído decir que pretendía estrenar una obrita.

Era un joven a la vez feo, astroso y elegante. Todos le llamaban el Poeta, pero su nombre era Rafael Semprún. Algo de catarata y estrabismo daba a sus ojos el aspecto turbio de gotas de ajenjo; la barba, muy tupida, le nacía desde cerca de la nariz e iba a perderse bajo el cuello de la camisa, de continua grasienta amarillez; solo la frente, ancha y bombeada, redimía su cabeza de la fealdad. Llevaba la capa con majeza, y del fondo oscuro de su persona destacábase, sobre el plastrón de la corbata, una calavera de níquel. Al hablar, un tic le obligaba a inclinar la cabeza, y esto resultaba garboso. Sin duda, el marco del saloncillo era impropio a tal hombre, ya que todo delataba en él interna aristocracia; y si los comicuchos y gente maleante de entre bastidores se sorprendían de ver a Rafael Semprún proponiendo una obra de género chico, en el fondo, con esa parte mejor del ser que se disocia a veces de las acciones externas y las comenta y las critica, no se sorprendía menos él. Cuando alguien se lo hacía notar, respondía señalando el retrato del filósofo que ocupaba el testero del saloncillo.

—Estoy aquí con el mismo derecho que este.

Poeta, ya evocador de las gracias frágiles y sensuales del siglo XVIII, ya de las miserias de los precitos, Semprún estuvo siempre en desacuerdo con las formas ventajosas del vivir material; un muchacho de Baudelaire, adulterado por un poco de Murger, ponía algo de pequeñez en su obra. Incapaz de acomodarse a las labores periódicas, fracasaba en todo. Él llamaba a eso su «ananké», y aunque su tío, un pudiente empleado del Tribunal de Cuentas, le daba otro nombre, lo cierto es que eso, lo que fuera, era algo fatal que forzaba al poeta a vivir en la miseria y a no lograr lo que con menos méritos lograban otros: un poco de bienestar y holgura. Semprún y don Emilio estaban hechos para entenderse. Lo que el jamás desbordado Goethe llamó con frase un poco abstrusa «afinidades electivas», existió desde el primer momento entre ellos. Todas las noches hablaban de espiritismo; don Emilio advertía en su interlocutor no solo tendencia a lo maravilloso, sino raro sentido de los fenómenos ultra terrenales; mas como si el ser de Semprún se desdoblase y una parte crítica, casuística y sutil hallara complacencia en luchar contra sus inclinaciones, no había noche, que no contradijese a don Emilio.

—Yo no puedo negar que fuerzas desconocidas accionan en torno de nosotros; hay casos de telepatía; de transmisión del pensamiento, de doble vista, que son ya innegables; pero de esa a afirmar la trasmigración budística, la creencia migratoria hindú o el espiritismo..., ¡vamos que no! Todo eso es la eterna ilusión del hombre no resignado a desaparecer por completo y engañándose con la quimera de supervivir. No hay más.

—Amigo Semprún, cuando las primeras manifestaciones espiritistas se produjeron en la familia Fox, en los Estados Unidos, a fines de 1847...

Pero Semprún, nervioso, interrumpía:

—Además de que en el fondo, perdóneme, el espiritismo tiene mucho de la antigua nigromancia condenada por la santa madre Iglesia... Ya sabe usted que soy católico ferviente.

Y ahora era don Emilio quien no le dejaba concluir:

—Bah..., me extraña que diga usted esto siendo tan culto. Lea la leyenda de San Cesáreo, el relato de San Agustín, obligado a enviar a la diócesis de Hipona un sacerdote exorcizador, y me dará la razón. Y aun en los textos canónicos recuerde usted las claras palabras de Juan cuando dice: «Tengo también otras ovejas que no son de este aprisco; oirán mi voz y será hecho un solo aprisco y un solo pastor». Hay mil pruebas.

Sin duda Semprún iba a seguir algún razonamiento que acentuase más sus confusiones entre el espiritismo y el demonismo, cuando alguien entraba y callábanse por acuerdo tácito. Comúnmente quienes entraban era el actor Moral, que venía a recoger terrones de azúcar, o Castell quien, como de costumbre, preguntaba con su bárbaro acento catalán, para darse él mismo la respuesta:

—¿Vino el empresario? No ha venido, *ma caso en*...

Y en cuanto tornaban a hallarse solos, proseguían:

—Mire usted, don Emilio, lo que a mí se me hace repulsivo creer es que la facultad de servir de puente entre los espíritus y nosotros sea casi privilegio de gentes inferiores. Hay algo de compensación, se dirá; y, claro, eso es ingenioso, mas no pasa de ahí. Bien sé que exigen ejemplos desconcertantes, pero... Una médium palurda me ha dicho que el alma de un gran poeta ha encarnado en mí. Esto no es extraordinario, no: pero, en cambio, estoy seguro de que casi no sabe leer, y el otro día me dijo el número de églogas, de endechas, de romances y de sonetos que compuso Garcilaso.

—¿Ve usted?

—Espere. Hace unos días leí en un libro de Taine una gran cantidad de casos de sugestiones, alucinaciones y transmisión de fuerzas psíquicas, que al pronto parecían sobrenaturales sin serlo. Puede también, todo depende de una insuficiencia del hambre para comprender las relaciones ocultas de los hechos. Y sin embargo...

—Tenemos pruebas fehacientes; usted sabe que se han impresionado placas. Yo mismo, si no hubiera sido por...

Aquí Semprún se exaltaba; su tic nervioso hacíase más frecuente, y en su voz vibraban los tonos, ya agudos, ya broncos de la pasión:

—¿Pruebas? Pruebas de nada. Sin contar con que la prestidigitación puede entrar por mucho; sin contar con que todo médium, todo experimentador, tiende involuntariamente al perfeccionamiento de la experiencia y, por lo tanto, a la superchería... ¿Es que a la famosa Paladino, a Slade, a los farsantes Davenport y al mismo Home no los sorprendieron en fraude? Vea usted el informe de las célebres «tenidas» de Cambridge, y verá cosas sabrosas, magnetismo, presentimiento, doble vista. Bien; pero ¿pruebas de comunicación entre los que ya murieron y nosotros? ninguna, don Emilio: porque la prueba inconfundible, la única, no llega jamás.

—Hombre, escuche.

—La única: la clave de ese enigma sintético del más allá. Viene un espíritu que aquí en la tierra fue de selección y solo dice lugares comunes, pretextos, cuando una sola palabra acerca de sus existencias después de la muerte del cuerpo. Cambiaría religión, ética, toda la constitución moral conseguida a costa de tantas especulaciones, de tantos terrores y de tantos tanteos en la sombra. Usted sabe que Stead y, sobre todo Williams James, dejaron herméticamente cerradas escrituras que debían más tarde revelar sus espíritus, comprobando así la facultad de relacionarse. Y bien, ¿han venido? Yo no sé si más tarde podrá ser, pero hoy, créame, todo es ilusión, cuando no amaño.

Otro importuno llegaba a interrumpirlos, y así pasaban todas las noches. Semprún lo acompañaba después hasta su casa, y, por último se citaban por las tardes en algún café céntrico. El poeta, que contaba entre sus varias rarezas la de jugar excelentemente al billar, fiel a su «ananké» perdía, aunque jugase con otros menos hábiles, cada vez que apostaba dinero. Entre uno y otro partido iba a discutir con don Emilio, y aun cuando ninguno de los dos se convencía, pasaban las tardes con agrado. Al cabo de cada discusión guardaban ambos sus posiciones intelectuales, y a veces veíase que uno u otro habían preparado argumentos y acopiado lecturas. Discutían con calor, y más de uno, al pasar y ver sus ademanes exaltados, pensaba:

—Deben estar discutiendo de toros.

Estas tardes eran las que empleaban Luisa y Felipe Blanco en sus paseos. Finalizaba ya el invierno, y esperanzas de resurrección se insinuaban en los parques yermos y ateridos. Una tarde, en vez de ir a pasear por las afueras, anduvieron por las calles solitarias. Luisa creía que iban al azar, pero de pronto Blanco se detuvo ante un portal y la invitó:

—¿Quieres que subamos? Verás mi casa... Es solo un momento.

—¡No, no!

Con percepción instantánea Luisa vio el peligro; recordaba el nombre de la calle en que Felipe vivía, y no era aquella... Bruscamente desasiose de su brazo y siguió deprisa; Blanco la alcanzó; continuaron largo espacio juntos, sin hablar. Luisa hubiese querido hacerle cargos, encontrar reproches, mas comprendiendo que su boca al abrirse, iba solo a dejar escapar sollozos, se detuvo. Andaba muy deprisa; él, nervioso, arrepentido tal vez, solo acertaba a repetir como un monótono eco de sí mismo:

—Parece mentira, nenita... No tienes ninguna confianza en mí.

Aquel incidente, en vez de alejarlos, los acercó. Estuvieron varios días sin hablarse, casi rehuyéndose. Luisa sentía desde lejos la mirada del actor pedirle perdón —el perdón que por benigna ley de amor ya le había sido concedido—, y a ratos parecíale ser ella y no él la culpable. Fueron días de prueba en los que su cariño, concentrado en el silencio, acrecentose, se hizo más intenso y adquirió el ímpetu de todas las fuerzas contenidas... Una noche, al fin, inesperadamente, mientras las compañeras estaban en escena, vio aparecer a Felipe en la puerta de su cuarto... Y no hubo palabras, no hubo disculpas, no hubo súplicas; apenas si hubo resistencia. Fue la triste e invariable historia de la seducción. Si Felipe Blanco hubiera ido con su traje de todos los días, con su personalidad real, la pobre Luisa habría sabido repelerlo; pero fue con el bigotito postizo y con el traje del retrato; era el héroe de la obra de gran éxito; eran la poesía y el amor los que entraban con él sirviendo de cómplice al hombre brutal avasallado por los sentidos... Dos brazos lo recibieron, y su boca solo tuvo que tenderse para besar otra boca fría, exangüe y apasionada. En la lucha, buscando Luisa dónde asirse para no caer, las ropas que estaban colgadas en el muro vinieron al suelo. Un momento Felipe se detuvo para escuchar; y ella tuvo esperanzas: no era nadie, eran los giros de la orquesta que, tamizados por la distancia, oíanse como un susurro blando. Luisa hubiera querido gritar, gemir siquiera..., pero no pudo ser. Y allí sobre las ropas recamadas de lentejuelas, sobre los trajes de calle, sobre los humildes refajos aldeanos y las fantásticas vestiduras de épocas que jamás existieron, el amor cruel inmoló a su víctima.

La llegada de las compañeras evitó al actor esas explicaciones largas e inútiles que suceden al drama amoroso. Entregados a su controversia, don Emilio y el poeta Semprún no repararon en que Luisa fue a recogerlos más tarde que de costumbre. Ya en la calle, seguían discutiendo.

—¿De modo que usted así, en abstracto, cree?

—Yo, querido don Emilio, creo hasta en la posibilidad de la magia. Allá en el siglo XV, el nigromante italiano François Prelati...

Y mientras Semprún, dilatadas las verdes y opacas pupilas, iba narrando a don Emilio cómo el alquimista satánico había llegado a sacar de sus retortas nada menos que la piedra filosofal, ninguno de los dos reparaba que junto a ellos una mujer seguía sus pasos penosamente y derramaba cruentas lágrimas, en silencio.

VII

Antes de concluir la temporada teatral, Felipe Blanco, impaciente por dejar Madrid, aceptó un contrato en América. Aquel idilio, empezado como tantos otros, no lograba ser sonriente, y los besos de amor mezclados con lágrimas le dieron miedo. Habían sido tres meses en los que el goce se enturbió con la inquietud de algo inesperado. Al principio Felipe tuvo la esperanza de que Luisa cambiaría; después, al verla tan seria, tan obstinada en dar a sus relaciones un orden y una rectitud que contrastaban con su ilegalidad, sintió hasta el deseo de que algún hombre la galantease y de que ella diera el pretexto para reñir. Pero sus menores deseos eran adivinados. «Esta muchacha no me dará motivo nunca, ha nacido para ser la perfecta casada», decíase él; y entonces, impelido por repentina cobardía, se le ocurrió la idea de huir.

No atreviéndose a confesar su fuga, dijo a Luisa que solo iba a cumplir a Barcelona un compromiso anterior a su contrato en *El Dorado*, y que su ausencia duraría muy poco. En la estación se encontraron el día de la marcha. Varias veces había pensado Felipe en la dificultad de aquella despedida, y por eso ocultó a sus amigos la hora de partir, para hallarse solo con ella y poder, en caso de rebelión, dominarla con esa violencia persuasiva del sexo, mas cuando la vio en el andén muda, resignada, sin un reproche, sin una exigencia, Felipe Blanco, por primera vez en su vida, pensó mal de sí mismo... Hasta mucho más tarde, estando ya en La Habana, no supo que al arrancar el tren Luisa sabía el verdadero final del viaje y una cosa más grave aún: que otra vida se formaba en su vientre.

Y sobrevinieron los días henchidos de dolor. El teatro le parecía vacío; bromas y alusiones crueles de sus compañeras le recordaban al ausente —¡cómo si hubiera sido preciso recordárselo!—. La primera vez que llegó carta para ella, el representante de la empresa tuvo, al dársela, un gestecillo burlón; la noticia propagada y deformada por la maledicencia, iba de boca en boca: «Ya hay carta del pájaro». «A ver si llora, a ver si llora»... Toda aquella gente, dispuesta a trabajar gratis a beneficio del primer llegado, a sacrificarse en pro de cualquier suscripción —sobre todo si se publicaban listas de donantes en los periódicos—, o a proclamar su caridad cuando no falsa, momentánea, fácil y excesiva, mostraba ante el dolor humilde y cotidiano, ante el dolor sin pedestal, el gesto de los endurecidos. Todas osaron lanzar la primera piedra, y las de honra más frágil y fama menos limpia tiraron con más saña. Luisa notó que hasta los hombres parecían participar de la envidia femenina y le hablaban insidiosamente. El mismo actor Moral estaba decepcionado del fin de la aventura... A veces Luisa pretendía rebelarse, pero esa mansedumbre que infiltra la larga miseria, la hizo, al cabo, creer que sufría en justicia, por haber pretendido ser feliz. A la primera carta sucedieron varias, y en respuesta a la noticia del embarazo llegó un cheque de 30 duros y la oferta de remitirle mensualmente otro. Atenta solo a su dignidad, Luisa lo guardó decidida a no cobrarlo nunca; así, si volvía Felipe de América, según sus promesas, aprendería a conocerla mejor... Al dejar en mayo el teatro para aguardar en forzado reposo hasta que las representaciones se reanudaran, Luisa se despidió de los lugares, más que de las personas, con la dolorida certidumbre de que no volvería a verlos. Hasta octubre no principiaría la nueva temporada, y precisamente en octubre...

Como había sido cigarra y hormiga, podía esperar algunos meses sin preocupaciones económicas. Era la primera vez que lograba entregarse al abandono de no pensar en la miseria ni en el trabajo, y, si embargo, minada por la preocupación de que era preciso decir la verdad a su padre, Luisa enflaquecía. Escrúpulos de infinita delicadeza la impulsaban a no esperar, para confesar a que su cuerpo se deformase. Todos los días hacía acopio de fuerzas para decírselo en cuanto llegase de la biblioteca, y al verlo llegar, posponía la confidencia para después de la comida, y después de la comida, al mirarlo casi hundido en un libro bajo la luz serena de la lámpara, Luisa retrasaba hasta la hora de acostarse, su confesión. Pero el tiempo seguía hilando su tela, y cada noche, antes de que las primeras palabras acudieran del fondo de su alma a sus labios, los ojos de don Emilio se cerraban, y su sosegado respirar resonaba paralelo al sonido del reloj. Y entonces Luisa, para hallar disculpa a su tardanza, se decía: «Siempre será demasiado pronto cuando lo sepa... Todo llega y pasa en este mundo».

Veía transcurrir los días con sombrío estoicismo; y solo una noche, exasperada por la procacidad de don Santiago, ocurriósele el pensamiento de concluir de una vez con su pobre vida. Desde que por el teatro comenzó a murmurarse de sus relaciones con Felipe Blanco, la actitud de don Santiago cambió, y aunque Luisa no pensaba en él ni en su flaco secuaz, hubo de darse cuenta de tal cambio. *El Huesos* había desaparecido, y para justificar su ausencia, don Santiago dio a don Emilio la noticia de un viaje inesperado a inaplazable, que a Luisa le pareció incierto. Ahora don Santiago abandonaba las miradas insistentes y el tímido aire de sátiro sentimental, para mostrarse activamente decidido; dijérase que necesitaba ahorrar tiempo. En las conversaciones trataba de hacer comprender a Luisa las ventajas para una artista de encontrar un hombre serio, independiente y discreto que la ayudara. Luisa sentía al oírlo tal indignación que solo por repugnancia al escándalo callaba las injurias que apetecía su alma.

Una noche, estando en escena, don Emilio le mandó a decir con la señora Moral, que se veía forzado a irse enseguida y que, como acaso no pudiera regresar a buscarla, le rogaba se hiciera acompañar por Semprún o por cualquiera de sus compañeras. Luisa quedó sobrecogida. ¿Qué habría ocurrido? ¿A dónde tenía que ir con tal urgencia su padre? Estuvo toda la noche inquieta y, al concluir, rehusando la invitación de Semprún, salió con los Moral. Apenas estuvo en la calle, notó que un hombre los seguía. A otra cualquiera, en la sombra, bajo la vieja capa y el chambergo, le hubiera sido difícil reconocerle, pero Luisa lo adivinó, lo presintió... Solo entonces iluminose en su espíritu la idea de que el alejamiento de su padre no fuese fortuito. Sí, era él: don Santiago. ¡Y se iba a ver sola a merced suya! ¿Por qué la abandonaba su padre? Lágrimas estranguladas por la voluntad enturbiaron sus ojos. La ciudad parecíale un desierto, en el que nadie pudiera socorrerla... Si no hubiera temido que los Moral perdiesen el último tranvía, les hubiera pedido que la acompañaran; mas vivían en un barrio lejano y no tuvo valor. Se despidieron; con la luz fugitiva del tranvía se alejaba su tranquilidad... Y al fin se vio sola y echó a andar, eligiendo las calles menos solitarias. Unos pasos resonaron tras ella, y apretó el suyo; era inútil: los pasos se fueron acercando y la temida voz susurró:

—No se asuste. Soy yo... He sido yo quien mandó buscar a su padre con pretexto de una sesión de espiritismo... Perdóneme... Tenía que hablar con usted, Luisa.

—Yo no tengo nada que hablar con usted.

—No seas así conmigo.

—Déjeme.

—Usted no sabe siquiera quién soy: escúcheme... No soy lo que parezco. Sea razonable... ¡Si supiera cuánto tiempo hace que deseo esta conversación! Desde el día que la conocí en casa de la bordadora, ¿se acuerda?... No ponga esa cara... Yo sé lo de Felipe Blanco, y... El pasado no me importa. Tendrá usted lo que nunca ha tenido; le pondré una casita; será usted una reina, una...

—¡Que me deje usted!

—Eso es tirar la suerte por la ventana. Ya ve: por usted ando casi disfrazado, correteando las calles. He esperado hasta hoy, porque la quiero tanto que le tengo miedo... Esto no me ha pasado nunca... Pero esta es mi última noche... Desde mañana me será imposible: todo el mundo lo sabría enseguida... Mañana voy a realizar mi sueño de político, y solo de usted depende que realice también mi sueño de amor... ¡Sea buena conmigo, Luisa!... No habrá más miseria... Inventaremos en el ministerio un destino para su padre... Por usted soy yo capaz hasta de organizar un negociado de espiritismo... Me tiene usted embrujado, Luisa... Reflexione bien.

Luisa había acelerado el paso y marchaba con la cabeza baja, sin responder. Don Santiago le cogió una mano para acariciársela; ella no lo pudo impedir y él, envalentonado, le enlazó la cintura y quiso besarla en la boca. Entonces Luisa, como si se desasiera de pronto de una traba, dio un grito y echó a correr enloquecida calle abajo. Don Santiago tuvo miedo de seguirla y se adosó al quicio de una puerta, por si miraba alguien. Ella corría, corría... Una angustia inmensa envolviendo todas sus ideas, se condensaba en estas dos interrogaciones: «¿Es que todos los hombres tendrán ya derecho a afrentarme así? ¿Es que no podré ser honrada nunca más?». Ideas de muerte empañaban su razón, e instintivamente pensó en ir al viaducto para acabar de un salto el infortunio de su vida... Rendida por la carrera, se detuvo; estaba ya sola. Su resolución de morir manteníase, pero el frío y la fatiga dieron a su espíritu un lapso de calma, y el recuerdo de su padre se insinuó en su mente. Anduvo aún largo rato; sin darse cuenta se encontró frente al portal de su casa y subió. Don Emilio había ya regresado, y le habló con vaguedad de una gran sesión de espiritismo fallida. ¡Ya ni siquiera tenía la protección de su padre! La idea concreta del suicidio era ahora para Luisa cual una puerta hacia la paz. Aquella noche sería la última; diría adiós al anciano, no tendría necesidad de confesar su falta y al día siguiente... No, el viaducto, no; era mucho mejor un veneno.

Y esa noche, de súbito, en medio del insomnio, sintió dentro de su vientre un latido; un latido tan lleno de significaciones, que fue a suscitar ecos en todos los ámbitos de su conciencia. Era como si el corazón hubiera cambiado de lugar, y allí, en su vientre, el misterio de una vida nueva impusiese a la vida que le daba existencia el deber de un supremo holocausto. ¡Era su hijo! Y esta palabra mágica, borrando todo propósito de muerte explanaba perspectivas que un minuto antes hubiera creído inverosímiles... ¡Era su hijo, el hijo de Felipe..., el hijo de su amor, que venía a salvarla! La contradicción inconsciente de un ser sin vida real aún, tenía el poder de cambiar su destino. Luisa estuvo despierta muchas horas, alerta a aquel aviso que, surgiendo en sus entrañas, le gritaba: «¡Es preciso vivir!», mas el latido no se repitió... Veía ya al niño: rosado, gemebundo, y como si en vez de nacer para la miseria lo aguardasen pródigas hadas, al pensar en él pensaba en el término de toda desventura. Al día siguiente se levantó ágil. Parecíale que el parto iba a sobrevenir de un momento a otro, que era preciso disponerlo todo enseguida. Cien decisiones se burlaban de su anterior timidez, y cien actividades se ponían al servicio de ellas; lo que antes juzgó vejaminoso, lo estimaba ahora legítimo; fue al banco y cobró los cheques enviados por Felipe. Luego ocurriósele la idea de que necesitaba ponerse para siempre a salvo de don Santiago, y recordando sus palabras enigmáticas de la noche anterior, dedicose a averiguar quién era... ¿Cómo no se le había ocurrido eso antes? El conserje del teatro se rió a carcajadas al oír su pregunta, y para mejor responder, le enseñó un periódico del día que publicaba retratos «del nuevo ministerio». Allí estaba don Santiago con sus ojos bovinos, con su gabán de pieles, y con aquella diestra gordezuela y aviesa sosteniendo la cabeza, tal vez harto pesada a causa de los pensamientos. Desde las doce del día era Ministro de Instrucción Pública, y ante esta oportuna paradoja del destino, Luisa, que en otra ocasión hubiera llorado, tuvo fuerzas para sonreír. Y es que tenía la alegría suprema, la que no viene de afuera, la que nace dentro de nosotros, como una rosa de milagro.

El mismo conserje le llevó al ministerio una cartita, advirtiendo al nuevo ministro que si osaba importunarla otra vez, si hacía la menor gestión para acercarse a ella o a su padre, un periodista republicano amigo de Luisa se encargaría de decir bien claro, donde lo oyera todo el mundo, la clase de hombre que era el «ilustre político a quien desde hacía tanto tiempo necesitaba el Ministerio de Instrucción Pública». Esta idea la hizo reír satisfecha. Estaba segura de haber hallado la solución... Después de darle una buena propina al mandadero, fue hacia su casa, y en una tienda se detuvo a comprar golosinas para don Emilio. Iba despacio, recreándose. La transparencia de la luz matinal, el andar confiado y regalado de las gentes, las flores que se desbordaban en los cestillos de las vendedoras, la atracción de los escaparates, todo era en aquella mañana de Sol como un cántico de renacimiento, e iba a despertar ansias tan profundamente dormidas en su espíritu, que creía que estaban muertas ya. Estaba seriamente contenta, estaba transformada; la misma portera se lo notó al entrar y le dijo:

—Así me gusta verla, Luisa. Parece usté hoy otra.

Luisa sonrió y comenzó a subir la escalera sin premura, «por si acaso le hacía mal al niño». Y de buena gana hubiera querido responder:

—¿Que parezco otra, señora Águeda?... ¡No es que lo parezco, es que lo soy!

VIII

Por la tarde llegaron don Emilio y Semprún y, como de costumbre, se abstrajeron en una conversación complicada. Si uno citaba a Schiapanelli, a Nuggins, a Wallace, a sir Oliver Lodge o a Zöllner, el otro le oponía un aluvión de nombres no menos ilustres; y a cada rato, la autoridad del boletín de la *Society for Psychical Research* y la veracidad de los casos narrados en *Phantasms of the Living* eran combatidos por el poeta con un racionalismo a la vez grosero e ingenioso... Luisa les escuchaba predispuesta a la benevolencia; por primera vez oía hablar de esas cosas sin miedo y sin aquella repugnancia de su alma que era el perfume del lirio de su optimismo juvenil, casi marchito ya por las adversidades. Aunque no comprendía bien, y a veces su atención, reclamada por personales preocupaciones, escapábase, advirtió que Semprún iba mucho más lejos que su padre, aun cuando sus creencias tenían un alcance menos consolador. Semprún era mago y don Emilio era modestamente espiritista; he aquí el matiz que Luisa no podía percibir. Como por vez primera atendía a estas disquisiciones, le pareció que tenían las de aquella tarde un carácter excepcional. El poeta, no contento con exponer y desmenuzar las ideas de un sinfín de sabios de hoy, remontose y habló de la vida de Augusto escrita por Suetonio, de un libro de Deodoro de Sicilia, y de sueños y alucinaciones citados por Cicerón y Valerio Máximo; ante tal erudición, don Emilio apenas si hablaba del magneto, de los rosa-cruz y de los cuerpos estelares, astrales o fluidos; mas también en esas cosas estaba versado su contradictor que, satisfecho de la estupefacción de Luisa, enzarzó un discurso sobre los íncubos, súcubos y larvas; explicó fórmulas cabalísticas, ensalmos, conjuros; definió en términos concretos una cosa tan abstracta como el periespíritu o psicodo, y hasta llegó a hablar de la misa negra... Luisa tuvo miedo; las palabras de Semprún abrían ante su imaginación horizontes de horror y de precipicio insospechados por su inocencia. Había deseado toda la tarde que la conversación se prolongase, porque se prometió a sí misma decir a don Emilio la verdad de su estado en cuanto se marchara Semprún; pero como sus creencias se limitaban al catecismo de Ripalda; y le constaba que el demonio era un hombrecillo de bigotes sutiles, vestido con un traje muy estrecho y envuelto a veces en llamas sulfúreas, aquellas teorías de Semprún le parecieron peligrosas. Felizmente la discusión iba declinando; ambos se fatigaban; era ya tarde, y los estómagos iniciaban su predominio sobre las ideas. Cuando las andanzas sobrenaturales dieron fin en una explicación harto brumosa del sucubato dada por Semprún, Luisa acababa de hacer a Nuestra Señora de los Desamparados, esta promesa: «¡Virgen mía, si papá no sufre demasiado al saberlo, te prometo no gritar en el parto!».

Concluida la cena, Luisa reunió todas sus energías y se dispuso a arrostrar el momento temido. ¿Cuál iba a ser la actitud de su padre al conocer su estado? Le era difícil imaginárselo furioso; temía ese dolor mudo que oprime el ánimo, y esa magnanimidad despreciativa o impotente que acrece la culpa ante la propia conciencia del culpable. Influida por la costumbre del teatro, Luisa había hecho muchas veces una especie de ensayo de la escena y, con sorpresa, ninguna de las frases pensadas acudió a sus labios en el momento de la confesión. Solo una de sus preocupaciones pudo mantener: la de olvidar al hijo que la víspera había sentido en sus entrañas, para que el júbilo maternal no fuese tomado por impudicia. Empezó balbuciente y, poco a poco, a medida que iba recapitulando sus dolores y viéndolos repercutir en el rostro del anciano, su voz adquirió el ritmo patético que pone el alma en las palabras que dejan un vacío en ella. No dijo nombre alguno; parecía que era suya toda la falta, y se acusó con rudeza, despiadadamente. En aquel instante hubiese deseado oír denuestos, reproches; ver la indignación de don Emilio traducirse en el castigo material que nunca había recibido su cuerpo; pero él escuchaba en silencio, inmóvil. Lo más espinoso de la confidencia estaba ya dicho, y en una congoja las fuerzas le faltaron y la voz se veló, se entrecortó hasta convertirse en sollozos. Él apuró íntegra la capa de su pena sin tratar de buscarle una válvula de templanza. ¿Para qué? ¿Acaso las invectivas no irían a envenenar una herida que era más piadoso curar? El pobre anciano conocía harto bien la fuerza de lo irremediable, y en aquel momento de prueba, tuvo la intuición de que una cosa perdida en un minuto de debilidad no debía emular toda una vida de adhesión y de domésticas heroicidades... Ni una nube de cólera nubló su sufrimiento. Estaban desde hacía tantos años tan habituados a compartir los sufrimientos, que al ver en el alma de Luisa ternura y aflicción, solo ternura y aflicción pudo sentir la suya. La luz tranquila de la lámpara al parpadear, proyectó sobre el muro calizo sus siluetas, encorvadas por el sufrimiento. Largo rato después de sus últimas frases, hondo silencio mediaba aún entre ambos. Luisa espiaba en los labios de su padre la pregunta que tanto tardaba en surgir, la pregunta que tal vez suscitó y atrajo su ansiedad:

—¿Y quién es? Dímelo.

—No, papá.

—Sí, dímelo, dímelo... Comprende que tengo que saberlo.

—No..., digo, sí; pero hoy no, papá... Déjame reposar unos días de este momento... Hablaremos después, y lo sabrás todo; hoy no... ¡Sería demasiado sufrir de un solo golpe!

—¡Pobre hija mía!

Como había sepultado entre los brazos la cabeza en un ademán de desesperanza, don Emilio se la hizo erguir, y la miró al fondo de los ojos. Luego puso levemente sus manos sobre el pelo, las dejó resbalar a lo largo de las crenchas, por las mejillas, y al fin la doble caricia se fue a desmayar sobre los hombros... Luisa tuvo frío; aquella caricia removía en su ser un recuerdo confuso. Ella había sido ya acariciada así. Lo que tantas razones de su padre y tantas demostraciones de Semprún no le habían hecho creer, hacíalo creíble ahora la impresión de aquellas dos manos. ¡Ella había sido ya acariciada así! Tal vez tuvieran razón, y fuese permitido a los muertos comunicarse con los que amaron en la tierra... Sí: aquella era una caricia maternal... Y Luisa, tratando en vano de fijar la fugitiva remembranza, recordó el puro sabor de otras caricias que hacía mucho tiempo, no sabía en dónde, habían dirigido y mimado sus primeros pasos por el mundo.

Pocos días después mudaron de casa, cuidando de dejar bien oculta la vida anterior para que los nuevos vecinos no descubriesen la verdad. Luisa dijo ser recién casada, y que su marido se había visto obligado a emprender viaje a América. El dinero administrado con inteligente parsimonia, obraba milagros. Transcurría el tiempo, y la explicación complementaria no llegaba, ni don Emilio la exigía tampoco. Con su maravillosa facultad de recoger en las cosas corrientes elementos sobrenaturales, dijo un día a Luisa que «ella» lo sabía ya también, y le había encargado cuidar del nieto, ser los dos abuelos a la vez. Estimulada por este socorro, Luisa recobró su actividad, y bajo sus manos las telas se convertían en faldellines, en camisolas, en baberos. Compró franelas y un hule que serviría, después del parto, para evitar que se mojase el colchoncito. La cuna era lo único que faltaba, y salieron una mañana a comprarla juntos.

Don Emilio hubiese querido comprarla nueva, pero Luisa arguyó que era preciso economizar y que, con industria una cunita vieja quedaría preciosa. En la calle de Embajadores se anunciaba un saldo de camas; no hallaron nada conveniente allí, y se fueron a una prendería de la Plaza del Progreso. Había varias cunas, y hubo que elegir. Los ojos de don Emilio no se apartaban de una casi nueva, con balaustrada y armazón para colocar el mosquitero. Costaba 35 pesetas, y Luisa aseguró que «no podía ser». Don Emilio salió descorazonado a la calle, diciéndole:

—Te espero en la acera; elige tú, elige tú...

Y ella optó por otra más humilde, que ya empezaba a carcomerse; encargando que se la mandasen enseguida. Al salir, viendo el gesto inconforme de don Emilio, le dijo:

—Mira: tú te das una vuelta, te vas a la biblioteca hasta la tarde si quieres, vuelves cuando ya esté la cuna arreglada; ya verás...

Compró un tarro de pintura blanca de esmalte, y en otra tienda hizo provisión de gasas y cintas. Al llegar a la casa, ya la cuna estaba allí y pudo empezar enseguida el trabajo. Bajo el pincel el mueble se transformaba, adquiría un aspecto limpio y risueño. ¡Ya vería su padre! Tan pronto empinada sobre las puntas de los pies, como echada en el suelo, para no dejar el menor hueco por pintar, Luisa pasó la hora más feliz de su vida. Luego, mientras la pintura se secaba entre dos puertas, en una corriente de aire, hilvanó el mosquitero, cogió dos alforcitas al colchón para que cupiese, y puso a las almohaditas fundas. Cuatro horas después, sin que la pintura estuviese bien seca aún, con mil precauciones, la cuna ocupaba un rincón de la alcoba, toda blanca, toda fragante, casi leve, como un nido de espera.

Al sentir Luisa la campanilla de la puerta, el corazón se le sobresaltó. Antes de abrir fue a coger los dos lazos de cinta que tenía preparados, y entornó la puerta de la alcoba para que el efecto fuera repentino. Don Emilio, por costumbre, iba a entrar sin detenerse en el pasillo.

—No pases, no pases; ha de ser desde aquí.

Se detuvieron en el dintel, y Luisa empujó la puerta de pronto. La emoción fue tan grande, que ninguno pudo hablar, y se abrazaron en silencio. Con su rostro risueño, a pesar de las lágrimas, Luisa le explicaba:

—Si es varón, le pondremos este lazo, el azul; y si es hembra, este otro, el rosa.

De pronto, don Emilio interrogó:

—¿Y qué nombre le vamos a poner?

—El mismo, si es niña que si es niño —dijo ella vivamente.

—¿Cuál?

—El mismo... Felipe.

—Bien, bien...

Cenaron deprisa y se acostaron, Luisa sentía que su padre estaba despierto. Ya muy tarde, como si también don Emilio supiese que ella estaba en vela, le preguntó:

—Fue Felipe Blanco, ¿verdad?

No obtuvo respuesta, y al cabo de un momento, siguió hablando en voz baja y áspera de rencores:

—Ha sido él, sí; pero podemos hacer que nos pague el daño. Creyó que porque yo era viejo no podría vengarte; sí, sí... Creyó que con poner tierra y mar por medio estaba todo hecho... ¡Peste para él, lepra para él, duelo y podredumbre constante caerán sobre él, hija!... Semprún me ha dicho que en un infolio de magia, que él conoce, están los medios de mandar desde lejos por medio de un espíritu volante o larva, todo el mal de este mundo... ¡Ya verá ese malvado! Mañana le infiltraremos desde aquí una enfermedad que le dé pesadillas, que le envenene la sangre lentamente y le corroa los huesos... ¿Quieres?... Mañana mismo...

—¡Oh, no, papá..., papá!

—Pero, ¿es que lo perdonas? ¿Es que serás capaz de quererlo aún?

En la oscuridad de la alcoba solo un gemido doloroso le respondió.

IX

El día 9 de diciembre de 1913, el ujier de servicio, viendo al señor ministro muy nervioso, se atrevió a decirle:

—En cuanto ese caballero venga, se le hará pasar por la otra escalera de servicio. Descuide su excelencia, que no lo verá nadie.

Entre la lectura de dos proyectos de ley, don Santiago pensó por primera vez con sorpresa, en aquella publicidad de su vida: para unos sería útil, y para otros pocos —pocos por fortuna—, ridícula y concupiscente. ¿Cuántas vidas habría así? ¿Le pasaría algo semejante al presidente del Consejo, tan suave, o al Ministro de la Guerra, que razonaba a puñetazos sobre el pupitre? En más de una ocasión había decidido cortar aquella aventura de baldón grotesco, pero no tenía fuerzas. Su deseo triunfaba de su voluntad.

Poco después, por entre dos tapices que se juntaban disimulando una puerta, apareció una cabeza, un hombre, un busto... y no fue necesario que los tapices se desuniesen mucho más para que el hombre completo pudiera penetrar holgadamente. Ya en la habitación hizo una reverencia ante un gran retrato del rey, otra ante su Ministro de Instrucción Pública y se dispuso a disculparse:

—Francamente, si yo...

Pero la voz autoritaria de don Santiago tronchó su discurso.

—No quiero oír explicaciones, ni perder tiempo; unas cuantas palabras van a bastarnos. Usted me sacó, con amenazas de calumniarme cerca de mi mujer, 1.000 pesetas a condición de no volver a presentarse nunca delante de mí. Ahora viene usted; bien... No, no diga nada, es mejor. En su carta me insinúa la misma amenaza de antes, y además la de fundar un periódico de escándalo y tergiversar ante la opinión mi interés por una muchacha que he perdido hace tiempo de vista, y a la cual tuve la tontería de creer actriz, como a usted inventor; eso es. Con su carta de *chantage* puedo hacer que lo prendan; con una sola palabra mía, no saldría usted de aquí, y... no digo esa palabra a pesar de todo, ya ve usted. Me parece que soy considerado, que sé disculpar; así que atienda bien mi última proposición, es decir, mi dilema: ¿Quiere usted que lo mande a una cárcel para que pueda meditar con calma en sus inventos, o prefiere una credencial cómoda y bien retribuida en Fernando Poo?

El Huesos se alisó con la mano esquelética la calva antes de responder:

—Ya se ve... No es difícil elegir; francamente... Lo último.

—Pues venga mañana. El martes próximo sale un barco. Ni una palabra más... Salga por aquí...

Y al día siguiente, don Santiago, fiel a un viejo sistema colonizador español, entregó a don Manuel Ruiz y Puente, credencial, pasaporte y viático para el viaje.

Mientras tanto, la adversidad, acaso distraída en otros hogares, dejaba un paréntesis de dicha en la vida de Luisa y don Emilio. El niño nació a comienzos de octubre y, a pesar de contrarios consejos, Luisa no quiso confiar a nadie el cuidado de su crianza; le parecía que sería menos su madre al dejarlo amamantar por otra. Poco a poco el nene engordaba, se sonrosaba, perdiendo el tinte amoratado de los primaros días. Sus miembros, al principio deformes, iban armonizándose, y al mes la sonrisa —flor de comprensión— entreabría ya sus labios. Cada uno de sus descubrimientos en sí mismo y en derredor era motivo de comentarios jubilosos: «¿Sabe usted que ayer tendió sus manecitas al verme el pecho? ¿Sabe usted que ya sigue con la mirada los objetos que brillan? Va a ser muy listo, muy listo; tiene a quien salir...». A Luisa le acontecía lo que a todos los padres: no habiendo observado nunca tan de cerca otros niños, aquella conducta, aquella invención de la vida, antojábasele prodigio exclusivo de su hijo. Y en tanto ella decía con timidez que Felipe era el vivo retrato de su padre, don Emilio, inclinado largos ratos sobre la cuna, veía rediviva en los ojuelos del niño aquella mirada de mujer que al apagarse para siempre dejó nublada su razón... El reloj contaba deprisa horas alegres. En los mediodías soleados llevaban al nene a la Plaza de la Armería o a la Moncloa. Luisa se sentía tan feliz, que le daba miedo y, a veces, sin peligro aparente; apretaba el niño contra su regazo, con el ademán de defenderlo de su raptor.

Y el rapto llegó; la segadora incomprensible que a veces desdeña las espigas maduras y malogra florecillas tempranas, afilaba su guadaña en la sombra. Un día los vecinos supieron que el niño estaba enfermo. Aquel niño tan robusto que según todos «parecía un rollito de manteca», se demacraba, se consumía. Primero fue una gástrica causada, según el médico, por haber mezclado sopas y otros alimentos con la leche. Además, la leche de la madre era mala... ¿Qué otra cosa que anemia o tuberculosis había de producir su mísera naturaleza? Durante tres días el niño estuvo con fiebre de 40 grados y vómitos violentos. Luisa y don Emilio pasaron una semana entera junto a la cuna, sin rendirse a la fatiga. Cada vez que llegaba el doctor, Luisa quería descubrir en sus ojos la verdad; y ante su rostro impenetrable, imploraba al cielo: «¡Dios mío, déjamelo; mira que es lo único que te pido! ¡Virgen de los Desamparados, recuerda que cumplí la promesa y sufrí los dolores tremendos del pacto sin quejarme ni siquiera una vez!». Al cuarto día sobrevinieron ataques de eclampsia, y al ceder, las pobres pupilas quedaron dilatadas y la mirada de uno de los ojos se torció. Consternada, enloquecida... Luisa quiso que viniera otro médico, otros, los mejores de Madrid. Y la mañana de la consulta, detrás de un biombo, los oyó hablar en su jerga, adivinando con su instinto de madre lo que no lograba entender.

—Tuberculosis meníngea, claro.

—Ya ven ustedes, ni el cloral, ni el bromuro, ni las bolsas de hielo, nada responde.

—Intentaremos el suero y la punción lumbar.

—Es lo único que queda.

Y la intentaron, y fue vana. Siguieron dos días aciagos. El niño tenía frecuentes convulsiones, y exhalaba de tiempo en tiempo un gemido agudo, que penetraba el sentimiento, igual que penetra un arma mal acerada en la carne, desgarrándola. El brazo y la pierna izquierda enrojecieron, y a las pocas horas quedaron inertes; las pupilas no tardaron en tornarse fijas y sin luz. Era la parálisis, la muerte fragmentaria. Una vecina vieja puso sus manos sobre la cabecita y sentenció:

—Ya se le ha hinchado la mollera: no hay remedio.

Aunque habló en voz baja, el oído maternal oyó el augurio. ¡No había remedio! ¡No había remedio! En una convulsión el corazoncito dejó de latir, un suspiro agitó los labios y la muerte dejó impresa en la inocente cara un gesto de dolor. Los esfuerzos de las vecinas no lograron dulcificar la contracción del rostro ni cerrar aquellos ojitos, que persistían en entreabrirse como si no hubiesen tenido tiempo de ver bien el panorama de la vida.

Y el reloj volvió a contar con lentitud las horas. Los actores de *El Dorado*, enterados por la señora Moral, enviaron dos coronas y pretendieron costear el entierro; Luisa se opuso. Entre los cuatro cirios humeantes, la cajita desaparecía casi bajo las flores. Don Emilio, inconsciente, vagaba por la casa entrando y saliendo en las habitaciones, sin objeto. ¡Toda aquella afrenta, todo aquel dolor, toda aquella clara esperanza de su hija habían sido estériles! Antes de cerrar el ataúd, Luisa mulló la almohadita, cual si aún la pobre cabeza estuviera dolorida y fuera sensible a sus cuidados; hubiera querido ponerle de almohada su propio corazón... Y al verlo salir, cayó exánime, y así estuvo varios días. Las vecinas pagaron las cuentas sin regatear, y bien pronto hubo que recurrir a los empeños, a las ventas.

—Que vendan todo menos la cuna —decía Luisa. Y nadie se quedó sin cobrar. El último dinero fue invertido en dos cablegramas a Felipe Blanco: en el primero se le preparaba para la noticia que le había de llevar, con brusca concisión, el segundo. A los pocos días, como si en su dolor subsistieran involuntariamente los hábitos de orden, Luisa hizo sus preparativos y se mudó a otra buhardilla más humilde. Don Emilio salía por las tardes, y al volver la encontraba sentada en el mismo sitio, casi en la misma postura. Hacía frío y solo los cortinajes negros, restos de la instalación ideada por don Santiago, lo abrigaban, pues las mantas yacían inútiles, salpicadas de bolas de alcanfor, en los estantes del Monte de Piedad... Fatigado de pasear sin rumbo, don Emilio fue una tarde al café, donde Semprún lo recibió sin sorpresa, igual que si solo hubiera, dejado de verlo el día anterior; desde entonces fue todas las tardes. Allí, en la tibia penumbra de la sala de billar, pasaba las horas viéndole ganar los partidos gratuitos y perder los otros. Luego hablaban sobre el tema predilecto, y las creencias de don Emilio, favorecidas por el nuevo dolor, se exacerbaban. Una tarde brumosa Semprún lo llamó aparte, y con la misma sencillez con la que le había declarado que se había hecho maurista, le dijo que se había hecho westervunguiano y que su alma, dejando muy atrás el sombrío *anufa*, lindaba ya con las últimas fronteras del *abred* y entraría muy pronto —en unos doscientos o trescientos años a lo más— en el inefable círculo del *grynfid*. Don Emilio se alegró mucho de tales venturas, y para celebrarlas cumplidamente lo convidó a café con media tostada... Cuando se separaron, don Emilio se fue henchido de esperanza, y aquella noche Luisa le oyó, como antes, hablar en la oscuridad con seres invisibles. Al oírlo tembló, y una ola de ternura la agitó toda. Ya no hablaba solo con *ella*, sino también con *él*, con su hijito, con el hijo de su triste amor, que tan poco había podido dormir sobre su regazo y que ahora estaría aterido bajo la tierra. De los labios del anciano salían frases mimosas: «Mi muñeco, mi nietecito». Y Luisa no tuvo miedo como antaño; ya no tenía ante sí toda la vida, ya no le repugnaba creer que todo ideal pudiera haberse quedado detrás de ella y venir de los muertos.

Por eso le preguntó en voz baja:

—¿Hablas con ellos, papá?

—Sí, hija... Míralos..., *él* te besa y *ella* sonríe... Tiéndeles los brazos... ¿Verdad que ya crees?

Y como creer era hacer su pérdida menos absoluta, y como su alma estaba necesitada de abrevarse en una fuente de consuelo, Luisa creyó.

En vez de aprovechar las contingencias de la vida exterior para facilitar el olvido, ambos se aferraban a su pena avariciosamente; los días eran arduos, pues la luz es refractaria a las quimeras; pero por las noches la familia se completaba por virtud de la fe, y un nimbo de conformidad los envolvía a todos. ¡Si hubiera sido posible borrar los días! Mas era necesario para llegar a la sombra acogedora y propicia de las noches, pasar los días, los días ruidosos, los días llenos de dispersión y de luz, los días en que era necesario, aunque solo fuera una vez sola, dar sustento al cuerpo, a aquellos cuerpos que casi no servían más que de prisión a sus almas ávidas de espacio. Y ese sustento, aun siendo tan parco, costaba dinero, y ya nada quedaba por vender. Semprún, experto en ventas de libros viejos, sacó de unas cuantas obras que Luisa había creído invendibles, bastante para vivir una semana... Luego no quedó nada, nada... y vino el hambre. Buscando en los rincones una tarde, Luisa encontró el viejo bastidor de bordar, que semejaba un ojo vacío, y dio un significado imperativo al hallazgo. Aguardó a que cayera la noche, y, sin advertir a su padre, salió y fue a la tienda donde tantas veces había ido. Tenía miedo, al entrar, de que la interrogasen, de que guardasen rencor por haberlos dejado sin despedirse, de que no le dieran labor; pero la dueña la recibió amable:

—¡Gracias a Dios, hija! ¿Qué le ha pasado? ¡Tanto tiempo sin verla!... Hemos pensado mucho en usted.

—He estado enferma, señora; perdóneme... ¿Tendrá usted bordado para mí?

—Para usted siempre hay... Precisamente acaban de llegar quince camisas de esas que no se le pueden encargar a cualquiera. Se las iba a dar a otra, pero puesto que ha venido usted... Las necesito para el jueves.

Luisa las plegó cuidadosamente y salió. Ya en la calle, oprimiendo contra su seno el paquete de ropa, se puso a recordar la primera vez que había ido a aquella tienda, donde por unas pocas monedas le habían quitado tantas horas de su juventud y tanta vista de sus ojos; luego pensó en otra noche, en la anterior al día de su entrada en el teatro, cuando al entregar el bordado creyó que no volvería a entrar allí nunca más... Y su vida se le apareció como uno de esos complicados laberintos en los cuales, después de dar vueltas y vueltas, nos encontramos otra vez en el misma punto de partida.

La piel

I. La partida

Todos los viernes por la tarde, Eulogio Valdés, que era un hombre metódico, se dedicaba a recordar.

Subía a la azotea y, sentado en una mecedora, con la camisa desabrochada, el abanico de palmas sobre las piernas; los ojos a medio cerrar, iba, poco a poco, abstrayéndose del presente y remontando el curso de su vida anterior. La barca del recuerdo tardaba a veces mucho tiempo en tomar la corriente, entorpecida por preocupaciones inoportunas; pero en cuanto el viento de la evocación henchía las velas, las playas de lo actual quedaban detrás, borrábanse; y cada vez era un delicioso viaje al través de hechos que, de pronto, se presentaban como desconocidos, e iban lentamente detallándose, hasta aparecer tamizados por la distancia y desprovistos del sentido perentorio que tuvieron un día, con ese hechizo que suponemos podríamos imprimir a nuestra existencia si nos fuera otorgado el milagro de volverla a vivir.

Recordaba la finca de campo donde transcurrió su niñez; y recordaba con tanta intensidad, que en sus oídos revivía hasta el ruido del ganado que encorrala con sus paredes de tablas superpuestas, con sus ventanas pintadas de azul, con su veleta rematada por un gallo enhiesto. Su madre y su hermana trabajaban en la cocina, y él, con los hijos de otras esclavas correteaba en busca de frutas, a caza de lagartos o de gusanos de luz, para encerrarlos en un frasco que de noche era lámpara viva... A los ocho años, sin que accidente alguno lo justificara, una hemorragia terrible lo extenuó hasta dejarlo casi sin vida; y de resultas de ella perdió la memoria, olvidando no solo las ideas, sino hasta el ejercicio de sus miembros. Y tuvo que aprender de nuevo a andar, a situarse con respecto a los fenómenos elementales, a balbucir sílabas, que fueron poco a poco juntándose, enunciando personas o cosas, formulando ideas. Este hecho atrajo sobre él la atención del amo y la de un sacerdote, visita asidua a la quinta. ¿Cómo aquellos dos hombres podían ser amigos? Nunca Eulogio lo comprendió. Don Antonio era afable, de semblante serio y tardos ademanes; del amo nunca pudo saberse si hablaba enfadado o no, pues aunque dijera cosas indiferentes y hasta halagüeñas, traslucíase tras sus palabras una intención mordaz; sonreía siempre y castigaba con dureza a los esclavos. Algunos decían que don Antonio y el ama eran parientes.

Todas las mañanas entraban en su cuarto a preguntarle por la salud; cuando venía don Antonio solo, Eulogio se alegraba y respondía a sus preguntas; pero el amo le daba miedo y muchas mañanas, al verlo, cerraba los ojos para que no le hablase. Una vez, creyéndolo dormido, don Antonio interrogó al amo:

—¿Y este, también será hijo tuyo?

—Bah, todas las que salen embarazadas dicen lo mismo; y no sé el interés que tienen, porque a mí me da igual y apaleo lo mismo a un hijo mío que a uno tuyo, si lo tuvieras.

Aun cuando tenía los ojos cerrados, Eulogio, comprendió que al decir esto el amo mostraba sus dientes formidables... Luego que estuvo restablecido, don Antonio lo llamaba a menudo para darle lecciones de lectura, y al concluir no dejaba nunca de decirle:

—Muchacho, tú tienes más probabilidades que nadie para ser feliz, porque has tenido dos infancias.

El ama escuchaba en silencio y sonreía ¡con aquella sonrisa!... En un libro de cuentos el niño pudo hallar la imagen de los dos rostros que inesperadamente se inclinaban para observar su vida: el de don Antonio era la cara hosca, pero honrada de los leñadores; y el del amo; la casa de paredes de azúcar cande donde se ocultaba la hechicera... Recordaba como, fingiendo acceder a los deseos de don Antonio, el amo lo tomó a su servicio directo; le enseñó geografía, aritmética, y a medida que su inteligencia iba entreviendo nuevas claridades, complacíase en despistarla con bromas secas que destruían en un momento el esfuerzo de varias horas de tensión para comprender. Un día lo sentaba a su mesa, lo mimaba y, de súbito, sin causa alguna, lo dejaba sin comer y hacía que le limpiara las botas; le trajo un trajecito lujoso de la ciudad, pero no se lo dejó vestir nunca.

—Cuando seas hombre —le decía—, te llevaré conmigo a París y tendrás profesores, coches, teatros, libros, joyas, mujeres, todo... menos comida. Hay que seguir el consejo del *pater*, que jura que no solo de pan, vive el hombre. Al fin solo lo superfluo es necesario; ya verás.

246

Eulogio abría sus ojitos atónitos, amedrentado más por el gesto y la sonrisa que por las palabras... Un día el amo apareció muerto en el campo, sin que jamás pudiera conocerse al asesino. Lo habían estrangulado con una cuerda, y luego la clavaron en un árbol; un cuchillo le atravesaba el cuello, y otro el vientre.

... Al cabo de un rato, la dulcedumbre del recuerdo y el calor iban aflojando los lazos que sujetaban el espíritu a la realidad; la cabeza se abandonaba al respaldo de mimbres y el sueño venía al fin; un sueño en el cual muchas veces se renovaban las mismas imágenes lejanas, y del que lo despertaban, ya el pregón quejumbroso de alguna vendedora de dulces, en la calle; ya el vuelo de una bandada de palomas que describían amplias espirales en torno del palomar, ya la brisa que llegaba del mar al iniciarse el crepúsculo. Entonces Elogio se levantaba, y a pasos inciertos, sin recobrar por completo su personalidad, bajaba la escalera. En el cuarto adonde iba a parar había, entre otros trastos viejos, un armario de Luna; y en ese espejo hendido y empolvado, colocado allí, frente a la escalera, por un azar irónico, Eulogio Valdés tomaba de nuevo cada viernes posesión de sí mismo. Miraba sus labios abultados, su nariz ancha, su pelo rizado en mil minúsculas sortijas, su piel negra...; y como si cada vez se sorprendiese dolorosamente de ser quien era, se detenía un momento y dejaba libre un suspiro antes de seguir hacia las otras habitaciones...

Al abolirse la esclavitud, don Antonio, pretextando interés por las aptitudes de Eulogio para el estudio, consiguió de su madre que lo dejara ir con él a la ciudad para internarlo en el seminario. En el refectorio, la noche de su ingreso, hubo risas contenidas torpemente, y la vida de San Alfonso María de Ligorio, lectura merced a la cual el cuerpo y el espíritu se alimentaban al mismo tiempo, hubo de ser interrumpida por accesos de tos, merced a los cuales pudo el seminarista que leía participar del regocijo; hasta el rector y el chantre de la catedral, que cenaba a su diestra, se volvían para disimular la risa; los fámulos reían también. Y la cara de Eulogio y la del Cristo enclavado en el testero superior de la sala fueron las únicas serias aquella noche.

Los primeros días fueron penosos. Eulogio sentía la hostilidad en torno; pero la costumbre triunfó de los buenos, e hizo que las simpatías y antipatías se demarcaran. Los profesores le tomaron apego por su celo, por su fácil disposición para aprender; mas, casi sin sospecharlo, le ofendían de continuo, significándole su extrañeza de que siendo negro pudiera ser inteligente. Al principio, Eulogio ayudaba la misa; deslumbrado por el lujo de la capilla, permanecía largas horas prosternado, y sus narices vibraban cuando el humo del incienso llenaba la nave y nublaba las vidrieras de colores. A veces, de cualquier lectura surgía un estímulo que le daba fuerzas para resistir varios días. ¿No había Federico Douglas, a pesar de ser negro, logrado gran prestigio? ¿No consiguió Edmonia Lewis que además de la inferioridad del color tuvo la del sexo, imponer su gran talento de escultora? Si él lograra, como logró Alejandro Dumas, que lo miraran por debajo de la piel... Y estudiaba con ahínco, sin tregua. Para no agravar su situación excitando la envidia, fingía a menudo en clase no saber las lecciones. Como era robusto y bondadoso, unos fueron captados por su bondad, y otros por su fuerza; solo un muchacho bizco mantuvo su odio durante los siete años que vivieron juntos. No hubo afrenta que no le hiciera sufrir delación, ni befa, ni oportunidad que le perdonara; no hubo tregua; y Eulogio sentía toda la atención que aquel mozo, maligna y vigilante, puesta en su vida. Tolerado por los mejores, pero sin llegar a ser particularmente querido de ninguno, concluyó por no salir a la calle con la fila, para evitar las burlas de las gentes, aun las de su propia raza, que reían al ver a un negro vestido de seminarista. Vagamente llegaban hasta él noticias de las revoluciones que conmovían al país. Sangriento y regular, el destino de Taití, iba cambiando inmutablemente, se sustituía un tirano con otro, por una horda de ladrones famélicos por una horda de ladrones ahítos. Al principio Eulogio pensó en ser santo; luego, con más modestia, pensó en ser cura; después, al entrar en la pubertad y sentir su verdadera naturaleza, confesose que su mansedumbre, su gran necesidad de afectos, su anhelos de justicia, eran bastantes para hacer de él un hombre bueno, mas insuficientes para convertirlo en un buen ministro de Dios. A veces, en las noches de primavera, cuando el jardín parecía volatilizarse y un sopor pasional llenaba la celda, el sensualismo atávico lo turbaba. Además, el muchacho bizco tenía razón: «Un santo negro era posible; mas un cura negro a nadie se le podía ocurrir».

Al morir don Antonio, que le legó unos centenares de pesos, Eulogio se sintió desamparado en el seminario. Su madre y su hermana estaban sirviendo en la capital y en las cartas que dictaban a un memorialista, pedíanle siempre que fuera a vivir junto a ellas. Eulogio pensó entonces en la universidad. Acaso allá... anunció al rector del seminario su decisión, y nadie intentó retenerle. El primer dolor hondo de Eulogio nació al convencerse de que, durante siete años, no había logrado encender un solo cariño capaz de desbordar las fronteras de raza. La última noche no pudo dormir: cien exaltaciones ahuyentaban el sueño. Los cuatro muros de la celda, donde había consumido el resto de su infancia, le parecían tomar un aspecto nuevo, sentir como él la separación. Al fin habían sido siete años tristes, es verdad, pero tranquilos; siete años en los cuales disfrutó largos lapsos de calma, sin casi sentirse vivir. ¿Qué torbellinos le aguardaban en la nueva vida? Dejó la cama, fue sin ruido al comedor, y, acodado en la baranda, se puso a contemplar el jardín. Cuatro hileras de persianas verdes marcaban los dos pisos del seminario, envuelto en la paz de la noche, y los árboles, abajo en el patio, se movían con un susurro cordial. El pozo, rebosante de agua de lluvia, guardaba en su fondo la Luna, y parecía un ojo de turbia pupila... Por asociación de ideas, Eulogio pensó en el muchacho bizco y miró a su cuarto, donde también había luz; sin duda lo espiaba. ¿Contra quién dirigiría en adelante su vida necesitada de odio aquel muchacho? Tuvo miedo, un miedo pueril de que quisiera matarlo aquella misma noche, y corrió el cerrojo de la puerta.

Al día siguiente, dejó para siempre las ropas talares y partió para la capital.

En la universidad, su vida mejoró. Las vidas de sus compañeros no estaban confinadas como en el seminario, y teniendo numerosas válvulas por donde dar rienda suelta a la necesidad de bien y de mal, de acción, en fin, no pasaron de las primeras burlas y lo dejaron libre. Corrían entonces vientos de democracia. Muchos de los profesores estaban mezclados a la vida política, comprendieron la ventaja de elogiar al nuevo discípulo, trocándolo en cebo con que atraerse más tarde la gran cantidad de negros que había en el país. Mejor preparado para los estudios por la disciplina del seminario, Eulogio descollaba en las clases, y su fama rebasó pronto las paredes de las aulas, para ir a ser una buena nueva de esperanza en los círculos políticos y en las casas de vecindad donde vivían los negros en una promiscuidad antigua, deseosos de encontrar un jefe capaz de encauzar la fuerza que el sufragio universal les había conferido. Prematuramente arrancado a la vida de estudiante por las solicitudes de los suyos, Eulogio se dispuso a comenzar su obra. De su vida claustral, guardaba un germen de fatalismo católico, y creyéndose instrumento de la voluntad divina, sacrificó sus tendencias personales al sosiego para erigirse en redentor de su raza. Sus primeros pasos fueron de triunfo; sí, él sería el guía de los suyos, y con solicitud de buen pastor, haría que el rebaño subiera dulcemente la senda. Mas la complejidad de la vida le opuso pronto los primeros obstáculos. La envidia y la burla se daban las manos por encima del camino, y el camino era abrupto, y el rebaño, mostrándose reacio al consejo, se descarriaba muchas veces. Los esclavos se habían manumitido, pero la esclavitud moral era más visible, más vejaminosa que antaño. Ni un paso había dado aún el alma de la raza hacia la redención; seguía la herencia africana, el bárbaro instinto sanguinario, los bailes frenéticos, al son de gritos guturales de ritmo tan pronto colérico como doliente; la creencia en Dios coexistía con los ritos de la liturgia gentílica, con las ideas mal asimiladas, de democracia. Para ellos, libertad valía tanto como libertinaje, autoridad igual que tiranía... Eulogio obtuvo destinos, fue diputado. Al principio se hizo la ilusión de dirigir el movimiento; pero pronto diose cuenta de que no hacía sino seguirlo, ser un autómata más impulsado por fuerzas recónditas, ancestrales y oscuras, a las que era inútil oponerse. A pesar de su deseo de vida simple, sus mismos partidarios le compelían a buscar la sociedad de la raza enemiga; el haber asistido a un baile dado por los blancos le valía más enhorabuenas que por haber pronunciado un discurso. Y bien pronto las pasiones ajenas se adueñaron de su personalidad, y lo convirtieron en juguete de explotación fácil. Por natural tendencia a la hipérbole se exageraban sus defectos y sus virtudes. En un seminario satírico, un pobre hombre que dibujaba de oído, lo representaba, cada número, de pie sobre un altar, rodeado de angelitos negros. Cada cual se apropiaba el derecho de utilizarlo, de engañarlo, como si la impunidad de las infamias dependiese del color de la piel de quien la recibe. En vísperas de elecciones, se publicaba la noticia de su adhesión a un grupo, y al día siguiente, cuando la rectificación veía la luz, era tarde ya; sus partidarios de las provincias y del campo habían ido a engrosar los votos del autor de la superchería. Y no valía protestar, debatirse; la cosa se tomaba a broma; las gracias monótonas del semanario volvían a repetirse, y la opinión pública jamás dejaba de celebrar el hecho. Muchas veces Eulogio pensó renunciar, abandonarlo todo. La desesperación acrecentábase aún más en su casa, donde veía a su hermana y a su madre, rescatadas por él de la servidumbre, sosteniendo concubinatos a espaldas suyas, sin otra norma de fidelidad que el capricho; desdeñada toda idea de moral y llegando a preguntarle a cada exhortación suya, que por qué no se había quedado en el seminario si tan santo era. Solo pensaban en ponerse sombreros, en echarse polvos de arroz, en aceptar clandestinamente ofrendas que él rechazaba, en justificar a cada paso el dictado de mono de imitación de la raza que los oprimía.

Y en estas escenas domésticas veía Eulogio una síntesis de toda su raza deseosa de ponerse al nivel de la blanca, o sobre ella sin mejorarse. Adivinábase en los caudillos negros envidia de los cohechos, de las prevaricaciones y negocios realizados por los blancos. Porque en Taití, como en otros países menos bárbaros o tenidos por tales, gobierno era sinónimo de botín... ¿Y por qué era él tan distinto? ¿Quién le transmitía la aspiración de orden moral sentida desde la niñez? Una noche, ansioso de esclarecer esta constante duda, interrogó a su madre; ella titubeó, adquirió ese color cenizo que toman los negros al turbarse y después de pronunciar dos o tres nombres, se encogió de hombros. Él la hizo callar y, confuso, tragó además de su afrenta la que su madre era incapaz de sentir. Aquellas dudas acerca de quién pudiera ser el autor de su pobre vida tenían sin embargo, una luz de certidumbre: ¡Eulogio sentía bien que su padre había sido un hombre de otra raza! Y sin querer, pensaba con horror en las odiosas palabras del amo, que oyó de niño, mientras fingía dormir en su cama de enfermo.

Como no era militar, su prestigio no era inviolable, y como carecía del don de hablar deprisa y de expresar con afirmaciones aquello de que no estaba seguro, la masa de su partido se decepcionó. Se le llamaba soñador, que era allí el eufemismo para llamar tonto; si Eulogio decía que el ideal de democracia no ordenaba rebajar al superior hasta la bajeza del inferior, sino tratar de elevar a éste, sentía la burla de los negros y de los blancos herirle con desprecio igual. Su dolor más hondo era comprobar que sus ideas chocaban únicamente por provenir de él; otros hombres expresaban doctrinas semejantes y nadie se reía. Era su piel, el pigmento maldito... ¡Y sentía que la herencia de su padre desconocido, era aquella pobre alma blanca cautiva en su cuerpo!...

Y sufrió, no solo por ver a los otros medrar, mientras él se estancaba reduciéndose a ser un ídolo decorativo; sufrió, más aún, por aquellos a quienes pensó redimir, cuyo destino sería constituir la perenne carne de cañón en las revoluciones; ser pedestal de logreros, parias contentos con las comparsas salvajes que cada año, en carnaval, dejábanles celebrar los gobernadores. Su oposición a estas fiestas concluyó de arruinar su prestigio. Seguía siendo diputado; pero al sentir que no podía asumir la representación de los suyos, no quiso intervenir en los debates. Era el primero que llegaba al Congreso, y el último que se marchaba. Triste, silencioso, como una escultura de ébano, permanecía en su escaño durante las sesiones. Envidiosos de su mismo campo organizaron una manifestación que pasó ante su casa lanzando denuestos, alaridos, y concluyó como todas las cosas de la raza: en danzas lúbricas; esas danzas donde la pantomima del amor y del homicidio se exaltan, se confunden y son como plegarias y holocaustos a un Eros infernal.

Eulogio cayó enfermo. Ya convaleciente, el médico, al observar que estaba mudando la piel, le dijo:

—Se va usted a levantar hecho otro hombre.

Eulogio miró la nueva piel, reluciente bajo la piel antigua que se arrugaba al desprenderse, y repuso:

—¿Sabe usted, doctor, si puede cambiarme el corazón?

—Hombre, con el tiempo y dado los adelantos quirúrgicos... Compañeros de París aseguran...

E iba a explicar una teoría, estando Eulogio, con un gesto doloroso, lo interrumpió;

—No, doctor... Aunque pudiera ser, yo no me cambiaría el corazón. En el fondo de un corazón que ha sufrido mucho, se está orgulloso como de una bandera que salió hecha jirones del combate... ¿Verdad, mamá?

La negra, que entraba, sonrió con sus dos filas de dientes luminosos, sin comprender.

Se miró en la Luna hendida del espejo, dejó libre un largo suspiro y echó a andar hacia las otras habitaciones. Eran las siete; la hora en que debía recibir la comisión de su partido; y Eulogio tuvo el presentimiento de que algo decisivo de su vida iba a producirse en aquella reunión.

Despertado por la impaciencia, debió bajar más temprano que de costumbre, porque al pasar por una alcoba, su madre, a medio vestir, le salió al encuentro y con inhabilidad cruel, le cortó el paso, como para dar tiempo a que alguien pudiera escapar. No era la primera vez que ocurrían escenas análogas; pero el alma de Eulogio estaba aquel día en carne viva y sintió la herida con mayor intensidad. La puerta de la calle sonó al cerrarse precipitadamente: entonces su madre, de súbito tranquila, le dijo:

—Te esperan en la sala esos caballeros, hijito; iba a avisarte... Deja que te bese.

Esquivó con repugnancia el beso y hubo de desasirse brusco, pues ella obstinada, insistía. En la sala, vestidos de blanco, con los rostros a la vez solemnes y bufos, estaban cinco hombres aguardándole; el presidente del comité de barrio, un senador, dos caciques de provincias y un diputado mulato surgido a la vida política en la última campaña electoral. Eulogio sabía que este último había sido el incitador de la manifestación en contra suya, conocía sus ambiciones y sus deseos de anularle, para erigirse en jefe del movimiento racista. En varias ocasiones consiguió parar sus asechanzas; mas aquel día, después de la escena con su madre, el desaliento debilitaba su ánimo, y al entrar y leer en los ojos de todos que una batalla iba a librarse, sintió de antemano el afán de ser derrotado.

La cuestión se planteó enseguida. Después de algunas conclusiones oratorias, con la palabrería propia de los mestizos, el mulato concretó el tema de la conferencia. De tiempo en tiempo, sus compañeros de comisión le hacían coro para estimularlo:

—Ilustre compañero: el paso que damos nos es doloroso. Eminentemente penoso, eximio compañero. Las circunstancias y el amor a la patria únicamente, nos ponen en el deber de...

—Sí, únicamente mirando los sagrados intereses de la patria... —añadió uno; y otro:

—Esa patria por la que todos debemos sacrificarnos...

Eulogio bosquejó un ademán de impaciencia. Aquella fraseología de parodia, aquella manera de pronunciar las erres y las eres, como si fueran eles y eses, y de suprimir las consonantes finales; aquellos lugares comunes, copia de las profanaciones que en casi todos los discursos políticos se hacían de la patria y sus reliquias, le hirieron de tal modo, que tuvo cerca de los labios una frase de insulto. Dominándose, interrumpió:

—Al grano... amigo.

—Le repetimos que solo en nombre de...

—Si yo tomo la palabra —dijo aún el mulato—, es por obedecer a la designación. Soy el menos capacitado, pero... hay que dar ejemplo de disciplina... En fin, no vamos a discutir intereses personales, sino otros intereses mayores, otros...

—No vamos a discutir nada —dijo Eulogio—. Si es la jefatura del partido, yo la renuncio. Se anticipan ustedes a mi propósito.

Hubo una protesta general. Los ojos del mulato resplandecían de júbilo; uno de los caciques terció:

—No se trata de renunciar. Claro que la dirección espiritual del partido es de usted, que usted la conservará siempre... La unión, a usted se la debemos. Pero...

—Necesitamos en estos momentos un hombre de acción, un hombre con menos escrúpulos que usted. No se sonría... Usted ha sido siempre demasiado moral y los partidos políticos no pueden tener la misma moralidad que los individuos. Su carta, publicada ayer por *El Noticiero*, nos pone a mal con una compañía poderosa que nos había ofrecido ayuda pecuniaria para las próximas elecciones... Usted es un romántico; un sabio, un soñador, y hemos pensado...

—Hemos decidido...

A estas palabras sucedía un silencio embarazoso; comprendiendo que callar mucho rato podía ser interpretado como una retirada, concluyó el mulato:

—Acabamos de tener una entrevista con autorizados miembros del gobierno, y nos han dicho que, como sanción a sus méritos, le ofrecerán un puesto consular en Inglaterra. El partido vería con gusto que no desairara ese ofrecimiento. ¿Comprende usted? Es la primera vez que se acepta nuestra cooperación para representar al país en el extranjero, la primera vez que el gobierno no nos oculta dentro de casa, como si tuviera vergüenza de nosotros... Se trata de sentar un precedente ventajoso para el partido. Y ninguno en las condiciones de ilustración, de talento, de... En fin...

Eulogio bajó la cabeza y cerró los ojos. Todos aguardaban su respuesta. El mulato se encogió en la silla, con un ademán felino, dispuesto a repeler cualquier ataque... En un segundo pasaron por la memoria de Eulogio todos sus dolores; su incapacidad de adaptación, su ineficacia para la lucha, la ingratitud del medio ambiente... y otro dolor más agudo aún: su madre, su hermana. Se levantó, contuvo con tal viril esfuerzo las lágrimas que hasta logró sonreír, y dijo:

—Acepto... Pueden ustedes decirlo de mi parte.

Los otros, que esperaban la resistencia, quedaron un minuto mudos. Luego prorrumpieron, todos a un tiempo, en felicitaciones:

—Esperábamos de usted ese civismo...

—El partido sabrá reconocerle...

—Allí estudiará usted, y nos traerá enseñanzas.

—No esperábamos menos de su reconocida...

Y el mulato, en voz baja, al despedirse:

—Un uniforme precioso, amigo. Con las charreteras, la espada y el sombrero de pluma, va usted a parecer un general.

Eulogio los acompañó hasta la puerta y, desde el balcón, los vio alejarse calle abajo. Debían ir comentando el suceso. A veces se detenían un momento y manoteaban. El mulato volvió furtivamente la cabeza. Al verlo, aceleraron el paso y torcieron por la primera bocacalle.

Cuando Eulogio entró en la sala, su madre y su hermana, que tenían la prudente costumbre de escuchar detrás de las puertas, lo esperaban y le gritaron con acento amenazador:

—¿Conque te vas?... ¡Eso no es posible, no es posible!

Él respondió con un tono, a la vez desesperado y resuelto que ellas no conocían:

—Sí; no decidme nada... Me voy. Os dejo los muebles, la casa... Podéis contar siempre con la mitad de mi sueldo para vivir.

Se abrazaron a él llorando, y él se enterneció. Había caído la noche. Las tres cabezas negras se fundían con la sombra, y los trajes claros albeaban vagamente; vistos desde lejos habrían parecido tres espectros decapitados.

De pronto, la hermana se desasió del abrazo y preguntó con impaciencia:

—¿Y cuándo te vas?

El buque salió una mañana. El aire, diáfano, corría largo trecho ante los ojos sin dejar juntarse el cielo y el mar. La despedida fue entusiasta: su madre, su hermana y el mulato que iba a sucederle en la jefatura del partido lloraron. La muchedumbre llenaba los muelles; un periodista de *El Noticiero* dio una nota de humorismo, escribiendo que nunca había estado el puerto tan «negro de gente como aquel día»... El buque comenzó a cortar el agua tersa, escoltado por muchos remolcadores; reían las banderas, reía la playa bajo el Sol: dijérase que se hubiera podido andar sobre el mar. En la cubierta del navío los viajeros, apiñados contra las bordas, cambiaban los postreros adioses. Inclinándose sobre la baranda, Eulogio contemplaba el paisaje. Había casi olvidado que era él mismo quien iba a partir; los muelles se alejaban, se alejaban, se alejaban; todo se empequeñecía lentamente, hasta que el aleteo de los pañuelos se hizo invisible... De pronto la sirena llenó la bahía con un clamor trágico; y como si aquel lamento fuera a despertar la sensibilidad dormida de su alma, dos lágrimas se iniciaron en sus ojos, resbalaron un instante sobre la piel negra, y fueron a amargar el mar...

II. La tempestad

—Dos maletas solo, ¿verdad?

—Sí, sí; gracias.

—Iremos directamente a la pensión.

—Como usted quiera.

—A usted le habrá sorprendido esto; es otra vida, otro mundo. Viniendo de allá...

—Un poco, sí.

Montaron en un *cab*. Si el cochero en vez de estar detrás del vehículo, sobre el cual pasaban las riendas, hubiese estado debajo y el caballo encima, acostado en una litera, Eulogio Valdés, en lugar de sorprenderse, se habría dicho simplemente: «Esto sigue». Desde que desembarcó en Southampton, su extrañeza crecía, en vez de menguar con la costumbre; no era solo el primer choque, no; tenía razón su colega: aquello era otro mundo, otra vida. Y una tristeza que no dejaba concretar la sucesión de paisajes y hechos, iba larvándose en su alma e incitándola a formular la primera idea de arrepentimiento de haber aceptado aquel cargo tan distante de su patria, de su ambiente. En Birmingham, la ciudad de su destino, el cónsul que iba a relevar lo recibió mitad hostil, mitad irónico, rehuyendo sin disimulo hasta la menor familiaridad y reduciéndose a la cortesía estricta. El primer testimonio de esa actitud fue darle a entender que lo llevaba a una pensión no ya por buscar economía en el precio, sino por evitar la posibilidad de que no lo admitiesen en un hotel... Era mediodía, pero sobre la ciudad pasaba una luz de crepúsculo. El humo de las fábricas que rodean la población, formaba con el aire, saturado de humedad casi palpable, una atmósfera semejante a la de un túnel. Sentado en el *cab*, junto al cónsul, que sonreía, Eulogio miraba con sus ojos lánguidos pasar las grandes calles en donde hormigueaba una muchedumbre presurosa, las tiendas, los edificios públicos: el centro de la ciudad, en el cual se concentra la vida activa y donde no reside nadie; el coche se internó luego por vías menos concurridas, hasta ir a dar a esas calles formadas por dos hileras de casas de ladrillos, todas con sus dos pisos, todas aisladas, todas iguales todas orilladas por sus parodias de jardín en los que avanzan galeras acristaladas en forma de tambor, hechas para dar entrada a una luz que no existe. Llegaron. La calle donde estaba la pensión era, lo mismo que tantas otras, por donde habían pasado, una calle de orden y de angustia, monótona como una galería de nichos. Hacía frío; Eulogio pensaba, estremecido, en los días tórridos de su país; sentía gravitar todo el plomo del cielo sobre su alma; pero no queriendo abandonarse al pesimismo de la primera impresión, se repetía: «Esto pasará. Esto pasará».

El cónsul saliente le entregó el consulado, es decir le entregó un escritorio vetusto, unos cuantos papelotes y unos sellos de caucho, que era todo cuanto constituía aquel consulado tenido durante mucho tiempo, en calidad de honorífico, por un comerciante de Birmingham, y elevado a categoría superior por obra y no gracia de un ministro tan irrespetuoso del presupuesto nacional, como deseoso de colocar a un deudo. Aunque el antiguo cónsul honorario era el enemigo lógico de todos los cónsules de Taití, ofrecía cada vez que uno nuevo llegaba, cederle una habitación en su casa, con la esperanza de no tener que mudar el escritorio —que ya no estaba para tales aventuras—, el día en que un ministro relativamente honrado volviera a reducir la categoría de la oficina. Además, como era el único exportador para Taití la facilidad para visar sus facturas le compensaba el gasto. El señor Hohstkis era un viejo judío polaco, renegado de su religión y de su patria; hablaba muy poco español, y era exaltado panegirista de la cultura y del progreso inglés. Su primer cuidado era indisponer al cónsul entrante con el saliente, tarea no difícil, pues este siempre consideraba a aquel como responsable de su cesantía. Había siempre tenido, sobre la preocupación primordial de amasar dinero, dos preocupaciones suplementarias: su colección de sellos y el volver a ser cónsul de Taití. Cada vez que veía visada una factura suya por un cónsul que no fuera él, sentíase desventurado y tomaba en la desventura razón de odio hacia el usurpador. Pero sabía esperar como buen israelita, y habiendo visto que cada asesinato de un presidente traía aparejado el cambio de personal en toda la República, el señor Hohstkis confiaba en el tiempo y en la irascibilidad de los taitianos.

Como el trabajo consular solo consistía en certificar cuatro o cinco facturas al mes, y Eulogio sufría en la oficina la antipatía de todos y la enemistad del señor Hohstkis, se dedicó a errar por la ciudad. Los demás cónsules, excepto el chileno, eran honorarios, por lo cual renunció a visitarlos para evitar nuevos desaires. Rara vez veía a su predecesor, ocupado en los preparativos de viaje y en despachar una correspondencia de don Juan Grafómano. No sabiendo nada de inglés, las relaciones en casa se le hacían penosísimas. De buena gana hubiera cambiado de alojamiento, pues, además de robarle, observaba que sus huéspedes tenían reparo de darle albergue y no perdonaban medio alguno para hacerle comprender que era objeto de una concesión; mas la timidez no le consentía intentar nada, temeroso de hallar tras cada tentativa de mejoras un desengaño. Comía solo, en silencio, aceptando o rechazando por señas una comida insípida, y esperando en vano algo que le recordara los manjares sazonados con especias de su país. Se acostaba temprano y dormía mal, con sobresaltos. De madrugada ya le despertaba el temor del día próximo; y cuando corría la estrecha ventana de guillotina, densa niebla invadía el aposento. Después de tomar un desayuno copioso y siempre compuesto de lo mismo —lascas transparentes de jamón, huevos, rebanadas de pan, mantequilla mermelada y té–, salía sin rumbo... La curiosidad burlona de los transeúntes lo azoraba. La gente del pueblo le soltaba, cara a cara, una risa procaz. Si se detenía ante un escaparate, jamás dejaba de ver reflejadas en el cristal caras vueltas hacia él. En los restaurantes, en los teatros, en todas partes; sentíase objeto de una curiosidad adversa. Y por huir de ella entraba en cualquier cinematógrafo, y hundido en un sillón, sin pensar en nada, sin mirar siquiera los cuadros, dejaba que el programa transcurriera dos o tres veces, insensiblemente, como inmerso en aquella tiniebla hermana de su piel, que solo cortaba el haz luminoso proyectado de un extremo a otro de la sala.

Comprendía que por su raza, la parte de Inglaterra que hubiera podido convenir sus aspiraciones le estaba vedada y que solo lo áspero, lo brutal de una civilización sin ternura se presentaba ante su deseo, humillándolo con las dos armas formidables: el desprecio y la risa. Su voluntad no lograba imponerse; sentía que poco a poco, las nociones adquiridas con tanto esfuerzo iban desprendiéndose de su espíritu, cual si fueran capas mal adheridas de pintura, y dejaban su personalidad escueta, inesperada... Era el desquite de la herencia materna contra el influjo paternal largo tiempo enseñoreado de su ser. No valía dudar: su voluntad y su cerebro eran menos fuertes que su sangre y que su corazón. Parecíale como si su pensamiento fuera ennegreciéndose. Sobre su pasado optimismo caía la losa de una desesperación del color de su piel. Melancólico, víctima de atavismos confusos, sin fuerza para abrir un libro y fijar la atención, sin fuerzas para reaccionar contra la soledad, pasaba las horas. En el teatro cualquiera melodía de ritmo lento lo hacía enternecerse hasta las lágrimas; y necesidades hasta entonces apenas exigentes, retorcían su organismo. Eulogio esperaba siempre que su vida cambiara, mas los días se amontonaban detrás de él, y aquella hosquedad del clima y de los hombres proseguían inmutables. Consciente del riesgo de abandonarse así a la depresión del espíritu, a veces, en su casa o en el cinematógrafo, se esforzaba en pensar, pero tras dolorosos esfuerzos solo tres ideas subían desde el fondo de su ser y se concentraban en su mente; tres ideas primitivas, tres ideas de negro: la comida, las mujeres y el Sol.

El día que llegaba correo de Taití era un día de tregua. Corría las cortinillas de papel para olvidar en lo posible la ciudad; encendía la luz y junto a la chimenea, casi achicharrándose, pasaba horas y horas leyendo periódicos y cartas, que eran menos numerosas cada vez. Todavía al día siguiente vivía del recuerdo del día anterior; pero el tesoro de sugestiones se agotaba pronto, y entonces ya no le quedaba al mes más que otros dos días que esperar: la víspera de la salida del correo para su país y el día de ir a la oficina a firmar las facturas... La víspera de correo era el mejor. Sentado ante la mesa, escribía cartas a todo el mundo: a familiares, a amigos, a conocidos, hasta a sus enemigos; cartas extensas, llenas de pormenores y de confidencias, cartas que luego, en momentos de lucidez, rompía con rubor, medroso de lo que hubieran pensado «allá» al leer aquellas efusiones injustificadas.

Empezó a tomar lecciones de inglés en la escuela Berlitz; pero la lentitud en aprender le hizo desistir. El antiguo cónsul, al irse, le aconsejó que se hiciera socio del «Cosmopolitan Club»; dócil al consejo, fue dos veces y pudo convencerse de que tampoco allí encontraría un rincón íntimo donde mitigar su nostalgia y adquirir gradualmente las condiciones precisas de aclimatación espiritual. Era una sociedad a la que solo iban alemanes a beber cerveza, belgas y franceses viajantes de comercio, ingleses necesitados de aprender idiomas extranjeros; y una horda de argentinos más británicos que los mismos ingleses, con sus gorras, sus pipas hediondas, su aire superior, y su manía de sonar el dinero y de no hablar en castellano. Conoció allí, en cambio, al cónsul chileno: un pobre hombre casado o no con una austriaca, de la cual era víctima y cautivo. Aquel pobre hombre debía tener también su historia lastimera, y sin la dominación de su mujer habría sido para Eulogio un camarada. Dulce, sencillo, fue el único que no rehuyó su contacto como el de un apestado. Le ofreció su oficina, y Eulogio al principio, iba a menudo a visitarlo. Viéndolo trabajar sin reposo, lo envidiaba; y temiendo molestarle, permanecía mudo. La mujer llegaba a las cuatro en punto y no dejaba nunca de dirigirle algún desaire, del cual la disculpaba el chileno en la entrevista siguiente.

—Ella es así, ¿sabe? Buena; pero... Dispénsela, pues.

Eulogio tuvo la certidumbre de que el chileno tenía disgustos domésticos por él, y dejó de menudear sus visitas. Solo cuando al salir de su casa llovía mucho, poseído por el terror de volver a entrar en su cuarto, iba, abría tímidamente la puerta de la oficina, y sonriendo con una de esas sonrisas que parecen el llanto de la boca, le decía:

—Perdóneme, amigo..., voy a estarme aquí hasta las cuatro menos cuarto nada más. Pero no haga atención en mí, siga su trabajo. Con saber que usted habla español, que usted me..., vamos, me parece que no estoy tan solo.

Volvía a sonreír; el chileno sonreía también y le alargaba un periódico. Y Eulogio leía desde el artículo de fondo hasta los anuncios; releía todo prodigiosamente interesado por aquellos hechos desconocidos y remotos. Leía aún algunos párrafos de los artículos políticos; e iba a empezar otra lectura, cuando el chileno tosía suavemente... Eran las cuatro menos cuarto, y la señora podía llegar.

Las respuestas a su petición de traslado no le dejaban esperanza de conseguirlo; después de su marcha hubo entre su partido y el gobierno rozamientos y las relaciones, eran tirantes. Espere usted unos meses —le escribían—, ahora sería difícil de obtener y acaso redundase en perjuicio del partido cualquier súplica. Y Eulogio pensaba con ira en la imposibilidad de rehuir su destino, que lo supeditaba siempre a ajenas voluntades. Esperar... esperar. La palabra le parecía un insulto; al sentir la lentitud del tiempo en que cada minuto tenía su valor máximo de soledad, de tedio, de tristeza.

Con la entrada del invierno, se agravó su mal. Hacía muchos días que no iba a ver al chileno, pues acosado al fin por una declaración explícita de la austriaca, su dignidad triunfaba de las tentaciones de visitarlo ni en las primeras horas del día, únicas en que no había peligro de ser sorprendido por la tirana. Una tarde, después de andar largo rato errabundo, sin saber qué hacer, subió a un tranvía para ir hasta el final del trayecto y regresar; sentado en el segundo piso, con la cara pegada al cristal, estuvo la hora y media que duraba el viaje, al través de barrios sórdidos, en donde el frío no dejaba fermentar la miseria; las casitas de ladrillos empinábanse en perspectiva sin fin;

luego empezaron a verse fábricas, y durante mucho tiempo las chimeneas llenaron el horizonte a uno y otro lado, primero por grupos, como dedos de manos gigantes; después más nutrida, como mástiles en un puerto; al fin compacta, como un bosque cuya fronda se hubiera vuelto loca y se agitara, se prolongara, formase un palio y se trocara, por feliz capricho, en humo bituminoso que arrancaba lágrimas de los ojos y tos del pecho. Al término del trayecto, el cobrador quiso hacerlo bajar y él se obstinó en vano en hacerle comprender su propósito. Ninguno de los dos pudo entenderse; y al cabo el empleado fue a cambiar de dirección el *trolley* y miró a Eulogio, tranquilo ya porque este le había mostrado un chelín.

Al bajar del tranvía, Eulogio Valdés quedó sorprendido. De pronto créyose objeto de una alucinación; pero no era un fantasma ni era él mismo visto en un espejo: era otro negro ciclópeo, haraposo, con una gorra encasquetada y un gabán muy largo; otro negro auténtico. Andaba a largas zancadas, y Eulogio, sin saber para qué, comenzó a seguirlo y mientras amoldaba fatigosamente su marcha a la del otro pensaba:

—¿Por qué no seré yo como él? ¿Por qué el bueno y maldito de don Antonio se interesaría por mi inteligencia? En este gran país donde los hombres dan la impresión de brutalidad, de hosquedad, y el conjunto de ellos la de una colmena laboriosa, es necesario ir desarrapado como va ese, para que se perdone el ser de una raza inferior. Solo hay aquí dos caminos para un hombre de mi color: ir al *music-hall* a ser pasto de la risa de las turbas, o a una fábrica a ser bestia de carga. A ese perdulario lo miran con indiferencia, y a mí con encono, porque usurpó los vestidos que pudieran cubrir a un mendigo inglés.

El negro torció por una calle, y Eulogio tuvo que apresurar el paso para no perderlo de vista. Cuando hubo acortado la distancia, sin detenerse, siguió pensando:

«Aquí se desprecia a los judíos, pero por su número y por su dinero se les consiente... Siquiera los judíos, para los que crean en ello, mataron a nuestro Señor, y sus profetas predicaron siempre el exterminio... Pero nosotros... ¿Qué hemos hecho nosotros? Dios no es justo. Y los judíos, además, tienen el triste recurso de negar su raza, pues una nariz corva o una expresión de ave de rapiña, no son tan inconfundibles como la piel negra, negra, negra...

Como esta maldita piel con la cual todo intento es estéril, hasta el de ser el pobre hombre mediocre, acaso hasta útil, que hubiera podido ser yo de tener otro color...»

Había andado mucho en pos del negro, y de improviso se encontró, al volver una esquina, junto a él. Su conocimiento del idioma inglés era fantástico, y el inglés del otro, prostituido con palabras, de jerga, se le hacía aún menos inteligible:

—Mi Taití... Island... Spanish... Yes.

—I see... Jamaica... Rotten weather.

Esto se lo repitieron muchas veces. Luego entraron en un bar. Eulogio no bebía; mas el otro bebió por los dos. No lograron entenderse, y, sin embargo, Eulogio estaba contento. Por primera vez desde hacía mucho, sonreía a los hombres y a las cosas. Para acceder a las exhortaciones de su amigo desconocido, tuvo al fin que beber un vaso; pagó y salieron. Excitado por la falta de costumbre de beber, con los ojos húmedos y ardientes, bajando la voz, Eulogio le insinuó:

—Muchachas... Mi pagar... Girls...

El otro le mostró misteriosamente al policía gigantesco que, como un gigante anfibio, permanecía en medio de la calle. Dijo luego palabras incomprensibles y precipitadas, y echó a correr. Eulogio lo estuvo esperando mucho tiempo bajo la lluvia, seguro de que regresaría. Transcurrió una hora, empezó a nevar, y como el hierático policía lo mirase con insistencia, tuvo miedo y se fue.

La nieve caía silenciosamente; no blanca, sino gris a causa del humo. Al día siguiente la ciudad ostentaba una belleza trágica: de los tejados pendían los témpanos congelados durante la noche, y en las calles la nieve, en capa espesa, crujía bajo los pies. Las agujas de los relojes públicos, no pudiendo vencer la resistencia de la nieve helada, quedaron detenidas, y en las calles aristocráticas los árboles se agobiaban como abuelos canosos. El frío penetraba hasta los huesos, parecía arrugarlos y entumecer la médula. A pesar de él, Eulogio fue al bar donde había estado la víspera, con la esperanza de encontrar al negro, y estuvo mucho tiempo allí, apurando a lentos sorbos un vaso de brandy. Defraudado, fue a encerrarse en su casa, pues en las noches de los sábados una multitud de obreros y obreras invadían las calles céntricas, y la aglomeración era propicia a las burlas. El domingo, el terrible domingo inglés, en que solo están abiertas las iglesias y los establecimientos de bebidas —los dos centros espirituales, según Eulogio—, lo pasó en la cama.

Como un clínico bastante sereno para notar los síntomas de su propia dolencia y diagnosticarla, Eulogio Valdés observaba que su razón se iba agrietando. Un ser hasta entonces ignorado, a pesar de accionar en los yacimientos de su alma, un ser impulsivo, sensual, infantil, se revelaba contra las trabas con que la razón pretendía reprimirlo. Y ese ser, Eulogio se daba exacta cuenta, venía desde más allá de él mismo; de luengas generaciones esclavas bajo el cielo fúlgido de Taití y de otras más lejanas aún libres en la selva y arenales de África. Por un desdoblamiento de su personalidad, un «yo» crítico, severo y atento a las manifestaciones del nuevo ser, estaba siempre alerta. No le era difícil separar los componentes de su alma: la percepción delicada, causa de su infelicidad, venía del padre desconocido, acaso del maldito amo y todo lo demás, de su madre. En los ratos cada vez más frecuentes dedicados a buscar en su propia alma, Eulogio se comparaba a un volcán largo tiempo apagado que ignoraba ser tan exuberante. Luego de haber merecido nota de altivo y glacial entre los suyos, sorprendíase ahora de aquella necesidad imperiosa de comunicación y afectos, que insatisfecha, llegaba a turbarlo como un mal vino.

Una de sus manías era ir a ver salir trenes. Llegó a comer en los restaurantes de las estaciones para facilitar la ilusión de que iba a partir. Las lucecitas rojas, al alejarse, lo deprimían morbosamente. Luego, en su casa, tenía crisis de furor: sus manos crispadas y muy abiertas caían en recios golpes sobre las almohadas; y temeroso de perder el uso de la palabra hablaba a voces y, de repente, le subían a la garganta sollozos, y a los ojos lágrimas... Un día que el Sol surgió borroso de entre las nubes, comenzó a bailar; y al verse en un espejo, un ser crítico fue a reprochárselo; pero el nuevo, el fuerte, el verdadero ser, ahogó el reproche con un encogimiento de hombros. Sin perder nunca esa parte inquisitiva de su persona, se ponía a vestirse y a desvestirse muchas veces para pasar el tiempo, o sacaba de una maleta las cartas de su madre y las leía. En la última decíanle que su hermana iba a tener un hijo... ¿De quién sería ese hijo? Una onda de benevolencia hacíale ver de otro modo secciones antes vituperadas. Se enfurecía, se reía... y después, igual que si un enjambre de cantáridas lo envolviera, partían de todos sus nervios ansias de violaciones, de estupros, de placer; cuerpos opulentos de mulatas poblaban su imaginación: las había dominadoras, sumisas, histéricas, de miradas extraviadas y bocas insaciables. Y el recuerdo de mujeres vistas antaño sin casi saber que reparaba en ellas, lo obsesionaba. Recordaba especialmente dos: una rubia de ojos negros y cuerpo fino, casi sin formas; y una niña núbil apenas, de óvalo virginal y pupilas malignas que vio un día bajo una sombrilla tornasol en... ¿En dónde la había visto?

Cuando estas visiones lo atormentaban demasiado, temiendo las incitaciones se echaba a la calle para contrarrestarlas con el ejercicio muscular; pero aun en la calle tenía alucinaciones frecuentes durante las cuales, yendo sobre las enlodadas aceras, en esos días de niebla amarilla, pegajosa y opaca, creía hallarse en Taití y ver ante sí las calles pinas con sus casas claras, sus ventanas floridas, sus quicios de piedra; su calle familiar somnolente de exceso de vida y llena, al caer de la tarde, de caliginosas sombras moradas.

Una de estas veces, subió al «Club» dispuesto a preguntar por el chileno, y en el bar se encontró con un grupo de argentinos en torno de un caballero que hablaba español; osadamente, por oír hablar, se acercó al mostrador y pidió, por señas de beber. El orador se expresaba con una corrección excesiva de quienes hablan perfectamente un idioma extranjero; hablaba tan pronto serio como sarcástico, y los oyentes lo desaprobaban con gestos unánimes.

—Sí, sí; convénzanme ustedes de que la pluralidad del voto, que da una fuerza de reacción a los ricos, de que el latifundismo y el derecho de primogenitura son formas ideales de régimen. Niéguenme que en Inglaterra se trata de retardar el despertar del pueblo, fomentando la vanidad nacional y la afición a beber. Y de las mujeres no hablemos; no tienen más que ir en verano a los parques, a las playas o darse un paseo cualquier noche por los barrios extremos, para ver acoplamientos más o menos eugenésicos. Todos los campos son en esta tierra aras donde, con pudibundez protestante, se ofrendan las virginidades... Aquí, una motocicleta y unos cuantos paquetes de bombones, pueden más que las más hábiles celestinas. El amor al aire libre debe influir en la naturaleza de la raza.

—Esas son macanas —dijo uno de los argentinos.

—Yo no sé cómo ningún erudito no se ha tomado el trabajo de describir que Tartufo era inglés, yo estoy convencido —prosiguió el otro—. Pero la fría corrupción que fermenta bajo esa gasa de buena apariencia, tendida aquí sobre todas las capas sociales, no engaña a nadie, créanme.

Eulogio se acercó, atraído por la simpatía. El que hablaba había continuado:

—Aquí se dice todo en secreto, y lo mejor es no decir nada, sino hacer; yo he tomado ese partido con las muchachas y me va a maravilla. Aquí se fuma, se bebe y hasta se..., bueno, se hace todo con gravedad, y el puritanismo ha logrado dar un aspecto decente a la borrachera cotidiana. Solo cuando la embriaguez adquiere un carácter excepcional, solemne, evangélico, se ven ademanes descompasados y se oyen voces en tono mayor... ¡Ah, si hubieran ustedes estado en Londres cuando el coronamiento de Jorge V! En ocasiones como esa, familias enteras cogidas por las manos, pasean una *jumera* enfática; y las ciudades inglesas son como grandes toneles calafateados con patriotismo.

Los argentinos, contrariados, se despidieron. El orador, viéndose solo, se acercó a Eulogio y le preguntó:

—¿Habla usted español?

—Sí, señor; soy de Taití...

—Caramba, hombre...

—Pero no opino como esos señores; por lo que he podido conocer de Inglaterra... ¿Usted no es español, verdad?

—No, francés; pero he vivido quince años en España, y para mí no hay nada tan bello como «un cours de toros»... Es hermoso y cruel.

—Yo no conozco España ni Francia.

—¿Y en qué piensa usted? No se puede vivir sin conocer París, amigo; París es todo: la civilización del mundo respira por París. Y España también hay que visitarla... después. Mientras el individuo, el hombre, fue la suprema fuerza, España marcó los rumbos. Hoy, en cambio...

Bajaron del círculo. El francés se le colgó del brazo y hablaba sin reposo. Eulogio comprendió que hablaba para sí mismo; pero, qué no hubiera soportado él con tal de oír hablar español... Las gentes se volvían a mirarlos, y en el fondo de su percepción, de aquella fina percepción que empeoraba sus males, Eulogio discernía que el mismo aire ostentoso con que el francés proclamaba su amistad, era como un escupitajo lanzado a los ingleses, y, en el fondo, un nuevo desprecio para él. Pero poder hablar así lo embriagaba. ¡Hacía tanto tiempo que no veía en un rostro humano el eco de sus frases! Su propia voz le sonaba como una música, y hallaba voluptuosa complacencia marcando las erres, y cantando las eles, redondeando bien las vocales... Por iniciativa suya decidieron pasar juntos las horas que faltaban al francés para ir a la estación, donde debía tomar el tren para Folskestone.

—¿Ha reparado usted que aquí piensan que todos los extranjeros se entienden entre sí?

—La palabra continente es en Inglaterra, sinónimo de salvaje. Cuando dos de estos brutos se insultan, se llaman «sucio extranjero»... Yo los odio.

—Si usted supiera...

Eulogio iba a deslizarse por el plano inclinado de las confidencias; pero el francés lo interrumpió:

—Estos barrios de calles sin personalidad, en las que, desde lejos, nadie puede reconocer cuál es su casa... Tenga usted por seguro que cada domingo encontraría en todas ellas, hombres con lo pies sobre lo alto de las chimeneas, con un libro que no leen encima de las piernas y la botella del *whisky* al lado. Hay una caricatura inglesa que dice: «Si el *whisky* llega a constituir un impedimento para sus negocios... abandone usted sus negocios». Ellos dicen que es caricatura, pero ¡quia!... Y ese orgullo, ese creerse el pueblo elegido... Yo conozco una metodista inglesa que piensa firmemente que en el cielo no habrá extranjeros.

—Pues ellos bien poco cristianos son.

—Y cuando uno oye esas cosas, para no saltar, les suelta una *boutade*. Yo le dije a la metodista que en el infierno habían ya quitado de la puerta, el letrero del Dante, que era poco sobrio y habían escrito simplemente: *On parle français.*

Por fin Eulogio pudo contarle sus pesares; el francés pareció condolerse. Ya en la estación le sugirió:

—¿Y por qué no se va usted a París? Allí hay Sol, animación, hospitalidad latina; allí se cura usted, amigo. Con dejar aquí una estampilla con su firma para que sellen las facturas, está todo hecho. Ea, piénselo y verá... Nueve horas de viaje... Aquí tiene mi tarjeta por si se decide.

Al arrancar el tren, Eulogio lo siguió corriendo un momento junto a la ventanilla, para prolongar su felicidad.

—Adiós... Ya sabe...

—Sí... Adiós... Adiós...

La lucecita roja se alejaba, y Eulogio quedó inmóvil en el andén, hasta verla confundirse con otras, desvanecerse luego en la lejanía. Los empleados que arrastraban con estrépito carretillas metálicas, le restituyeron a la realidad. Al verse de nuevo en la calle, le pareció que aquel tren le había arrebatado algo muy querido, y que a partir de entonces su soledad habría de ser más lúgubre, más inexorable, más cruel.

Aquella noche tuvo una pesadilla espantosa. La ciudad estaba desierta, bajo un cielo gris sin nubes. Ningún signo de vida: un vasto silencio llenaba las calles, en donde yacían, de trecho en trecho, automóviles parados, tranvías inmóviles, coches cuyos caballos habían desaparecido. Ni un hombre, ni un perro, ni un pájaro; ni siquiera una ráfaga de aire para mover los árboles. Eulogio enderezó sus pasos hacia los barrios céntricos; pero también allí la vida habíase detenido sin violencia, acaso más horrorosamente por el orden en que quedaron las obras de las criaturas arrebatadas sin dejar vestigios de sus cuerpos. Al través de las vidrieras veía Eulogio los grandes almacenes solitarios, los cafés, los restaurantes; y en las calles, que parecían más anchas, resonaban sus pasos. Un pavor inmenso lo impelía a andar, a correr, a huir sin saber de quién..., de nadie: del vacío que se prolongaba en torno suyo. Una vez miró frente a sí, ilusionado, creyendo ver pero no: era su propia imagen que copiaba un espejo. Fue a la oficina del chileno; el ascensor no funcionaba; subió las escaleras, abrió la puerta, entró; nadie. Como todo estaba abierto, recorrió varias oficinas, hallando en todas el mismo abandono. Otra vez en la calle, sintió acicatearle el hambre que desde horas antes lo mortificaba; mas el miedo no le permitía entrar en ningún sitio. Después de titubear cerca de dos horas, vencido ya, se aventuró en un restaurante, se sentó y llamó con la esperanza de que alguien acudiese: nadie fue al mostrador y comió deprisa, sin escoger, mirando a todos lados, como si cometiese un robo. Volvió a llamar: ¡siempre nadie! Salió. La luz comenzaba a mermar, y penumbras silenciosas invadían ya las calles estrechas. Entonces, despavorido, sin atreverse a esperar la noche, corrió en la quietud y en la soledad camino del elevado puente tendido sobre un estanque, en las afueras, dispuesto terminar con el suicidio aquella pesadilla. Y al precipitarse desde la altura, cuando ya la muerte le aguardaba en el fondo del agua con los brazos abiertos, le pareció que toda la ciudad se animaba, que mil caras se asomaban a la baranda del puente para verlo sucumbir, y que hombre, animales y cosas, resurgidas de pronto a la vida, lanzaban al mismo tiempo, con el mismo rictus sardónico; una carcajada.

Dos días más tarde, siguiendo los consejos del francés, salía para París.

III. El puerto

París fue, al mismo tiempo, bálsamo y reconstituyente espiritual. Su felicidad era tan intensa que Eulogio sonreía sin pensarlo. Aquello era la ciudad soñada: vasta, armónica, con sus turbulencias y sus remansos en donde la vida, aquietándose, convidaba al reposo. El pasar inadvertido, el poder sentarse en las terrazas de los bulevares ante un bock de cerveza y ver desfilar tipos de todas las razas y mujercitas frágiles que le sonreían —lo mismo que si fuera un blanco— con sus labios amplificados por el colorete, formaba la mejor parte de su dicha. Una primavera temprana acariciaba la ciudad. A lo largo de las avenidas los árboles querían ya dar a luz sus renuevos, y con solo rascar con el bastón las cortezas rugosas, percibíase la vida profunda que los conmovía. Eulogio quedaba suspenso cada mañana al ver el rayo de Sol que entraba a saludarle; y sorprendíase infinitamente de que unas cuantas leguas al norte y una cinta de mar, pudieran entrañar tal cambio. Los bulevares, el bosque de Bolonia, las inmediaciones de las tiendas de lujo y de los grandes almacenes estaban llenos de mujeres: había mujeres por todas partes; algunas llevaban ramos de violetas o de «muguet» en el seno, y el perfume de las mujeres parecía haberse transfundido con el ambiente de la ciudad y ser su propio aliento. París era una ciudad de dulce sensualidad y de amor... A mediodía, camino del «Duval», a donde iba a almorzar, Eulogio se extasiaba viendo los carros de modistillas en torno del «buen hombre» que les enseñaba las canciones de moda. En el restaurante era feliz; los espejos multiplicaban la alegría; el vaivén de tipos, el gusto de la comida, la vecinita aquella que después de comer se pintaba delante de todo el mundo los labios y sonreíale mimosa al salir, eran momentos de un reloj ideal en que cada minuto tenía una sensación de júbilo. Era una vida distinta; no hacía un mes que la vivía y ya Eulogio no concebía otra. Los camareros lo saludaban respetuosamente al recibir las propinas; en las tiendas lo recibían con esa obsequiosidad untuosa que no deja de tener nunca el comerciante parisino ante todo ser, no ya malayo o etíope, sino hasta alemán, que lleve un luis en el bolsillo; trataban de adivinarle el pensamiento, celebraban su francés de pan llevar; y Eulogio, mecido por estas voluptuosidades, se decía: «Londres se presenta ante el extranjero, grave, extensa, hermética, como una mujer tal vez adorable, pero que oculta en el mismo gesto de desconfianza sus encantos y sus defectos; Birmingham es una moza cuyos músculos han perdido en el trabajo la gracia del sexo y que, para descansar de la tarea, ha decidido beber, apartarse de la limpieza y la coquetería, hacerse bestial, hedionda, agresiva como un macho; París es una muchachita vivaz, cuya alma sube a los ojos como la espuma del champán sube a los bordes de la copa; una muchachita que quiere vivir deprisa y quiere, sobre todo, parecer bien para guardar, en el fondo de la media de lana, unos cuantos luises y ser rentista a la vejez...». Y contento con esas clasificaciones, dejaba transcurrir sus días en paseos por los Campos Elíseos, por la «rue Royale», por el anacrónico bulevar Saint-Michel o por las orillas del Sena, deteniéndose ante las cajas polvorientas de libros que ofrecen una cruel lección a la vanidad de los escritores. Sus economías sirvieron para pagar tan dulce acogida. Al principio se divertía más en la calle, cual si el hecho de confinar su felicidad en un solo espectáculo equivaliese a reducirla; luego quiso conocerlo todo, y la vecinita del restaurante fue guía experto. No hubo taberna de Montmartre, *chope* del *faubourg*, teatro de los bulevares ni café del «barrio» que no visitaran. En *Luna Park* y en *Magic City* gozó como un niño. Es verdad que todo estaba caro; ¡pero se pasaba tan bien!...

A los pocos días de llegar, estuvo a visitar al francés que conociera en Birmingham; lo recibió cordialmente, pero a Eulogio le pareció que estaba ocupado y que su visita no era oportuna. Se despidieron, y aunque el francés no le instó para que volviese, Eulogio, dándose cuenta del olvido quiso renovar la visita quince días más tarde. La portera no le dejó subir. «El señor —le dijo con ese aire socarrón que parece servir al deseo de que se note la mentira— está de viaje y no sabemos cuándo volverá.» Si Eulogio no se hubiera sentido tan contento. Tan borracho de luz, aquella habría sido su primera decepción en Francia.

Aunque convino con míster Hohstkis que realizaría frecuentes viajes de dos días a Birmingham, como recibía cada semana una postal del judío, diciéndole en su español especialísimo: «Todo es muy bien», no juzgaba justificado su sacrificio de abandonar la dulcedumbre de París, ni siquiera dos días. El deslumbramiento de su nueva vida le sugería el horror de todo cambio, por efímero que fuese; y pensaba con pavura en Inglaterra, en el canal iracundo donde creyera morir de mareo. La semana próxima, sin falta —se prometía—, iré; pero la semana próxima otra postal de míster Hohstkis con su invariable «Todo es muy bien», lo incitaba a diferir de nuevo el viaje. Su antigua hostelería no dejaba tampoco de mandarle la correspondencia particular —cartas y periódicos— que llegaba para él. La Gran Bretaña, de lejos, era un gran país.

No hacía nada, y sin embargo le faltaba tiempo para todo, hasta para leer los periódicos de Taití, que formaban pila sobre su mesilla de noche; las cartas, tenía que leerlas a retazos, y a veces hallaba en el fondo de los bolsillos algunas que no había concluido de leer. Escribía poco, y remitía la correspondencia bajo sobre a míster Hohstkis, para que este la echara al correo en Birmingham. Decididamente, míster Hohstkis resultaba ser un hombre simpático.

Una mañana, estando aún dormido, la camarera del hotel entró para entregarle una carta certificada. Eulogio recordó de improviso que durante muchos días no había recibido cartas de Taití, y tuvo miedo. Firmó el recibo, y cuando la camarera se fue. No sin prodigarle antes el mohín canalla de costumbre, aún estuvo dando vueltas un rato al sobre, sin atreverse a abrirlo. Un presentimiento de desgracia suspendía su acción. La carta venía de Inglaterra, pero la letra no era de míster Hohstkis. ¿De quién sería?... Notó que ante su nombre estaba escrito «Señor», en lugar de «Monsieur»... Rasgó, al fin, el sobre con resolución súbita; todo era preferible a la duda. Al leer los primeros renglones, la impresión fue tal, que la escritura tórnasele turbia... En su ausencia, míster Hohstkis había enviado, sin requisito alguno, una partida de armas que exigía declaración especial, y como por aquellos días agitaban a Taití temblores sediciosos y las armas iban consignadas a un mulato, revolucionario de profesión, el gobierno se apresuró a confiscárselas y a nombrar un nuevo cónsul en Birmingham. La carta era precisamente del nuevo cónsul quien, muy digno, en un estilo altisonante sembrado de cargos y de reflexiones de alta política, le participaba haber tomado posesión de la oficina abandonada... Al principio Eulogio pensó en protestar, en decir la verdad y declarar una falta leve para ponerse a cubierto de la imputación de desleal que se le hacía. Iba a vestirse, cuando tuvo la idea de hojear los periódicos que, empaquetados aún, reposaban sobre la mesa de noche. Leyó los últimos, y entonces comprendió que todo cuanto hiciera ya sería inútil; ni los partidarios del orden le otorgarían crédito, ni sus mismos adictos aceptarían, del hecho, otra versión que la oficial. Era el héroe por fuerza; los negros, escarmentados de la jefatura del mulato, lo aclamaban otra vez por jefe, como único redentor posible, ajeno a las ambiciones de riqueza y resuelto a sacrificar su bienestar en pro de la raza. Con una rapidez que acaso parezca extraña a quienes conocen a Taití, la política se había adueñado del caso, y ya ninguna voluntad podía arrebatarlo a sus garras. Para unos, Eulogio Valdés era un traidor; para otros, un abnegado; pero todos estaban convencidos de que el alijo de armas había sido hecho gracias a su complicidad.

Y en aquella cama del hotel donde durmiera tanto rosado ensueño, abandonándose ya a una resignación sombría, Eulogio, sin fuerzas para considerar el porvenir, pensaba que su sino era seguir siendo esclavo, no poseerse nunca, ser una cosa, una pobre apariencia de hombre que los otros explotaban y torturaban con indiferencia. ¿Qué pensaría su madre? ¿Cómo se habría comentado la noticia en Taití?... Cien intenciones de curiosidad se sobreponían a su dolor y siguió leyendo, leyendo, casi olvidado de que era su propia desgracia lo que leía.

En Taití, el día que se conoció el hecho fue de excitación general: los blancos sacaron sables enmohecidos, pistolones, carabinas, y hasta previnieron las enormes trancas con que aseguraban por las noches las puertas, en espera del ataque de los negros; los negros, sin pensar en atacar a nadie, hicieron, para celebrar el acto de su jefe, gran consumo de ron y organizaron una orgía; y los estudiantes, en signo de protesta no se sabe de qué, estuvieron ocho días sin asistir a clase...

De pronto Eulogio Valdés pensó:

«Allá en Birmingham, el canalla de míster Hohstkis se frotará las manos, diciéndose: "Otro cónsul que pasa"...»

Y crispó los puños.

Llegaron los días de miseria. Casi sin transición Eulogio supo de las comidas en las cremerías, de las paupérrimas colaciones de 70 céntimos en los cafetines próximos al mercado, y de los días en que un panecillo y el agua de alguna fuente compusieron todo su alimento.

Llegaron las noches pasadas en las fortificaciones entre gentes sospechosas, o en los bancos de los parques, durmiendo a medias para huir a tiempo de los policías miserables con uniformes que persiguen, implacables, a los miserables desorganizados. La linda vecinita del restaurante desapareció con el último billete de 100 francos; Eulogio fue a esperarla a la salida del taller, pero no logró verla. Había cambiado de obrador para esquivarlo, y estaba ya perdido en la gran ciudad, donde un cambio de barrio disminuye prodigiosamente las probabilidades de encuentro. En el hotel se sostuvo tres semanas, haciendo creer al dueño que esperaba un dinero mentido y sorprendiéndose casi sinceramente de no verlo llegar. La última carta de su madre era toda queja; le hablaba con incertidumbre del propósito que tenía su partido de enviarle recursos para el regreso en cuanto se firmara una amnistía prometida por el nuevo presidente, que acababa de derrocar al que lo había nombrado cónsul. Pero Eulogio, que además de vivir solo con medio sueldo, quiso resarcirse en París de las penas de Birmingham sin prever los días de escasez, no tenía ya ningún dinero y no podría resistir allí, ignorado de todo, desconocido y repudiado por los del Consulado taitiano, que aprovechaban a su costa la ocasión de bienquistarse con el nuevo gobierno. Su último dinero, administrado con cautela, lo empleó en franquear una carta para Taití: grito de auxilio donde rogaba apresurasen el socorro si querían que fuera eficaz. Al echarla en el buzón Eulogio, solo en la calle indiferente y afanoso en torno a su desamparo, pensó con desesperación en los días necesarios para que aquella carta llegara. Sin saber qué hacer, sin esperar ayuda de nadie, pasando los días en largas caminatas; eran los mismos paseos de antes; pero ¡cuán distintos! Ahora París se le presentaba con otra apariencia, acaso más real que la que viera durante los primeros días. París no era una muchachita vivaz deseosa de parecer bien: París era un vampiro cubierto de afeites, que luego de secar a sus víctimas ya no les concedía piedad, ni burla siquiera. Y llegaron los días de miseria, lentos, uniformes; esos días en que hasta el Sol ofende, por ser una fuerza triunfal ante la desesperación.

Como iba cada mañana al hotel impelido por la quimérica esperanza de que la respuesta a su carta se adelantase, consintió inculcar confianza al patrón, quien lo dejó dormir en un desván medio lleno de libros. La camarera, fiel en el infortunio, subía de noche, y sobre los textos científicos amontonados allí sabe Dios por cuál contingencia, Eulogio tomaba de su desdicha un desquite que, debilitándolo, se lo hacía sentir más al día siguiente. Pasaba las mañanas amodorrado y leyendo libros de química, sin comprender; las polillas habían hecho pan corporal de aquel pan del espíritu, abriendo túneles al través de metaloides, y precipitados, sin pararse a considerar si eran más estomacales los cuerpos simples que los compuestos. En escapadas durante las horas de servicio, la camarera subía a darle los cigarros hurtados en los cuartos, y al fumar, Eulogio musitaba: «Mujer, libros, tabaco..., todo menos comida»... ¡Casi el ensueño de aquel maldito amo, a quien casi seguramente debía la desdicha de vivir!

Salía a media tarde, a esa hora en que las grandes ciudades tienen un misterio henchido de atractivos. Su empeño en conservar el aspecto burgués, daba a su miseria algo de grotesco; marchaba muy erguido para parecer menos pobre. A veces tenía náuseas, vahídos; a pesar de la ayuda de la camarera, pasaba días en que solo un pedazo de pan con mantequilla podía procurarse. La idea del suicidio se le ocurría a menudo como una solución final. Los puentes adquirieron para él un encanto enfermizo. Recordaba su pesadilla de Birmingham, y llegó a figurarse destinado a finalizar su existencia en el río ceniciento, trágico en las noches, cuando lo agitan reflejos temblorosos y las luces lo profundizan semejando llamas de cirio. Poseído del terror, pero obediente a una fuerza dominadora, permanecía largos ratos en el puente de Alejandro; allá lejos, las dos torres de Nuestra Señora limitaban el paisaje, a menudo nublado por el humo de los vaporcitos; el puente se cimbraba al paso de los coches, y Eulogio, clavando la vista en el agua, meditaba: «París es artero; el Sena es un río de suicidas; este puente tan elástico es el mejor trampolín para dar el salto mortal...». E iba a ensayar una flexión, a concluir..., cuando una silueta de mujer o la fragancia de los álamos del jardín de las Tullerías, traída por el viento, le obligaban a golpear el suelo con el pie y a decidirse, casi a gritarse: «No quiero morir, no quiero morir».

Fue a una agencia de colocaciones y, después de preguntarle lo que sabía hacer, le dijeron que solo tenían por entonces un empleo de portero en un cinematógrafo del Bulevar de los Italianos. ¡Cuántas veces había ido él a recrearse a aquel cinematógrafo, sin sospechar que en la puerta pudiera haber un drama! ¡Oh indiferencia culpable de los días felices! Había transcurrido un mes desde el envío de la carta a Taití, y no venía la cablegráfica respuesta... Eulogio, pesaroso de habérsela dirigido a su madre, llegó a creer que el gobierno la habría interceptado. Cada noche, al llegar al hotel, preguntaba:

—¿Ha venido algo para mí?

Lo hacía por instinto y por seguir el consejo de la camarera, más ducha que él, que sabía que el mejor medio para evitar una pregunta era preguntar antes; pero él no esperaba que llegase nada. Por eso aquella noche, cuando el cajero le dijo que había estado un señor «muy bien» a buscarlo, Eulogio quedó atónito y miró al hombrecito cara a cara, hasta encontrar en los ojuelos mortecinos apenas entreabiertos detrás de los lentes, la convicción de que no era capaz de burlarse. Sometido a un interrogatorio, ya en presencia del amo, se supo por el cajero que el visitante era un empleado de la banca *Geo Vatan et fils* de la calle Rívoli, y que había prometido volver al día siguiente.

Al concluir el servicio, la camarera subió con un pastel de jamón y una botella de vino. Estaba segura, como Eulogio, de que se trataba del dinero esperado. Eulogio lloraba de júbilo, y ella le hacía ya las primeras peticiones para el día siguiente. El vino lo mareó enseguida, y se puso a cantar canciones de negros que ignoraba saber de memoria. La muchacha le exigió que jurara cumplir lo prometido: comprarle dos trajes en las *Galerías Lafayette*, un sombrero y un corsé de moda; faltos de Evangelios, Eulogio se lo juró sobre un libro de química. Y cantaba, cantaba... La muchacha no hacía más que preguntarle: «¿Y cuánto te mandan? ¿Verdad que haremos una buena *bombe*?» y Eulogio se enfadó. Disputaron y se reconciliaron varias veces. El ruido debió llegar hasta abajo, porque los pasos del patrón se sintieron en la escalera. Al oírlos, apagaron la luz y todo quedó mudo. Solo de rato en rato, turbaba el silencio un autobús al subir, jadeante, la calle.

—Un momento, señor Valdés, y soy con usted.

El salón era verde, amueblado con sobria riqueza. Eulogio, sentado en el borde de la silla, veía al banquero firmar los papeles que un empleado le iba presentando. De tiempo en tiempo, el señor Vatan lo miraba de soslayo, y Eulogio, inquieto, trataba de ver en la superficie barnizada de un mueble si estaba mal vestido, si el cuello que le planchara la camarera se había ajado ya. Cuando concluyó de firmar, el señor Vatan, volviéndose hacia Eulogio, le dijo:

—Dispénseme, he querido concluir del todo para que hablemos, sin premura. Es la una... Usted me hará el favor de almorzar conmigo, ¿eh?

Y como Eulogio insinuara un ademán de reparo, el señor Vatan se puso de pie y descorrió un tapiz, dejando ver un saloncito en donde la mesa estaba servida. Su cara, una de esas caras redondas que acaban inesperadamente en punta, tomó un gesto jovial; solo sus ojos conservaban la expresión ladina. Eulogio, desconcertado, lo siguió. Ya ante la mesa, el señor Vatan juzgó útil despejar la incógnita de la entrevista:

—Habíamos escrito a usted a Birmingham, proponiéndole que viniese, por nuestra cuenta, claro, para celebrar esta reunión. El señor Hohstkis, nos contestó —mire usted qué feliz casualidad—, diciéndonos que se hallaba usted aquí y dándonos las señas de su hotel.

Eulogio iba de sorpresa en sorpresa. No, no era del dinero esperado de lo que se trataba. Como si no advirtiera su embarazo, el banquero, luego de servirle vino del Rin y de acercarle la bandeja de ostras, continuó:

—Voy a ser conciso; como sé que usted es muy inteligente...

—Gracias.

—Tengo la certeza de que vamos a entendernos... ¿Prefiere usted echarles pimienta? ¿No? Bien... Pues sí; nosotros hemos sabido el caso de usted; nos dijeron su situación en Europa, sin recursos; y nuestro empleado confirmó ayer, por referencias recogidas en el hotel, nuestra suposición... Nosotros, señor Valdés, estamos dispuestos a salvarlo. Sí; no se sorprenda... Como usted es persona capaz de comprenderme, le diré que en nosotros hay, además del gusto de serle útiles, un interés. Helo aquí: acaso usted sepa que nosotros poseemos casi todas las acciones del ferrocarril oriental de Taití y que nuestro propósito es fundir la compañía con la de Occidente, acaparar los ramales y dotar al país de una red de comunicaciones perfecta, base de la riqueza futura. ¿Comprende? Para ello se tiene planteada la emisión de... En fin, para no cansarlo con detalles técnicos: mientras en Taití reine la intranquilidad, nuestro intento está paralizado y grandes intereses se perjudican. Como el nuevo presidente decretó la amnistía y nada se opone a que usted vuelva, hemos pensado en aprovechar su influencia decisiva sobre el partido..., de su raza; solo el elemento de color se muestra hoy díscolo; si usted lo pacifica, hará un bien al país y a nosotros... A usted se le alcanza que no es el momento de algaradas, que la nación está necesitada de paz, de ocasión de desenvolver sus medios, de... En fin, usted es hombre civil y de seguro se hace cargo.

Un criado de librea iba llenando las copitas de vino, diferentes para cada plato; el almuerzo fue excesivo. El señor Vatan amplió durante un rato su discurso hasta convencerse de que Eulogio se adhería a sus ideas. Con la razón un poco nublada en general, pero más aguda, más lúcida para profundizar ciertos pensamientos, Eulogio estimaba su caso... Era otra variante del tema de su vida, otra ocasión de ser instrumento de los demás. Al principio tuvo un impulso de rebelión; pero las privaciones habían hecho mella en su temple... Su sueño era regresar a Taití, deshacerse del influjo maldito de su padre, ser un pobre hombre, un pobre negro, vivir en el campo, vivir aquella vida antes incomprendida y calumniada, la única que los blancos le consentían vivir... Después del champán, al alargarle un habano, el señor Vatan le dijo, como si no tuviera importancia:

—Pero eso sí, señor Valdés, su decisión hemos de saberla hoy mismo... Hemos perdido ya bastante tiempo; usted comprenderá... Nosotros no repararemos en sacrificios: sus deudas, el pasaje, una cantidad para la llegada, en fin... Necesitamos ganar lo perdido y poder dar garantías a nuestros accionistas... Precisamente, mañana tengo que ir a Burdeos y le acompañaría con mucho gusto; el vapor para Taití sale el lunes de La Palice.

La nube de alcohol disipada de súbito, le dejó examinar en un momento las dos soluciones; la negativa primero: ¿Qué le diría el dueño del hotel? De seguro lo expulsaría; y recordó las noches sin techo, el Sena sombrío y atrayente... Luego la otra: ¿Y qué perdía con servir los intereses de aquellos banqueros, que eran, además, los intereses del pueblo taitiano esquilmado por las revoluciones, necesitado de paz bienhechora?... Sí, iría. Todos sus designios de retirarse de la vida pública se desvanecieron ante la idea de poder ser útil a los suyos. Sí, iría. Solo puso la condición de que no se anunciara su llegada para dejarle allá unos días de reposo. El señor Vatan aceptó, le estrechó la mano, y, hombre práctico, pasó a ocuparse de los detalles económicos. ¿Cuánto debía? No valía la pena de avergonzarse... Los negocios son los negocios. ¿2.000 duros entre todo? Bien, no era grano de anís; pero no importaba. Irían a pagar juntos al hotel.

No hay lección bastante dura para los ilusos. Don Quijote se crecía a cada revés, negándose a observar detalle alguno que contradijese su sublime quimera... Don Quijote es algo más que un hidalgo de los de lanza en astillero, galgo corredor y adarga antigua: Don Quijote es la idea del bien y del valor absolutos; y para el que tiene un germen de Quijote en su espíritu, las voces de Sancho son baldías. Eulogio no se detuvo a considerar que había estado dos días en París casi secuestrado, que iba de París a Burdeos como preso, sin poder desasirse ni un instante de su protector; no quiso parar mientes en que, saliendo el buque de El Havre, a tres horas de París, se eligió precisamente para embarcarlo el último puerto de escala antes de Taití; ni por un instante pasó por su idea la de que el señor Vatan le hubiera engañado. Si alguien hubiese ido a decirle: «El señor Vatan juega a la baja y es, desde hace tiempo, el autor oculto de todos los disturbios de Taití», si alguien hubiera ido a decirle tal verdad, habría protestado de seguro. Al salir de La Palice, Eulogio Valdés suspiró diciendo adiós a las tierras inhospitalarias de Europa y, casi tendido en su silla extensible, se puso a contemplar el cielo... Y no sabía que por aquel cielo iban ondas eléctricas, avasalladas para servir al bien y al mal, como todas las conquistas del hombre, a anunciar a Taití su llegada.

Desde dos días antes de llegar el buque, comenzaron a circular noticias capciosas; esas noticias que la prensa llama rumores, y que tienen la virtud de crear una verdad con una mentira. Hubiera sido difícil designar la potencia oculta que los lanzaba; pero todos en Taití, durante aquellos días, dependieron de ellas. Bastó decir que se proyectaba un recibimiento, con carácter de protesta por la actitud del anterior gobierno, en honor de Eulogio Valdés, para organizarlo y amedrentar las autoridades. Desde por la mañana, una multitud de negros llenaban los muelles. La policía intentaba en vano contenerla. Era un alud que quebrantaba toda barrera y que, a veces, tenía en su centro torbellinos de erupción, como si hasta allí mismo se hubieran sembrado elementos para excitarlo.

Apoyado en la baranda de cubierta, Eulogio veía la franja de tierra delinearse aún distante. Poco a poco se precisaba la bahía; el buque cortaba el agua tersa; reían las banderas, reía la playa bajo el Sol; hubiérase dicho que se podía andar sobre el mar. Los muelles se acercaban, se acercaban, y sobre ellos la muchedumbre tenía un vaivén y un rumor de oleajes. Al atracar el buque, Eulogio fue arrebatado por los suyos. Su madre, llorando, le dijo que su hermana estaba en cama de resultas de una fiebre puerperal. Todos querían verlo y abrazarlo a la vez. Se dieron vivas. Falta de organización, la multitud, al querer moverse, se atropellaba a sí misma. Se oyeron gritos, protestas, denuestos. Sobre la masa ondulante surgió de pronto un pendón subversivo. La policía, al sentirse impotente, quiso multiplicar sus fuerzas, y entonces se originó el pánico. Voces dispersas se hicieron oír: «¡Nos asesinan!». «¡A defenderse!» «¡A defenderse!» «¡Viva Eulogio Valdés!» Sonó una detonación, otra, otras muchas. Cuchillos esgrimidos con desesperación se enrojecieron. Las tropas, previamente acuarteladas, salieron a la calle, y creyéndose atacadas por la muchedumbre que huía, la recibieron con una descarga. Desde el centro del grupo de íntimos, que había quedado solo en la explanada, Eulogio vio avanzar a los soldados y caer algunos junto a sí. Una voz de presentimiento le decía que por última vez estaba sirviendo de juguete a los hombres. Pensó en su madre, separada de él en el remolino de la fuga. Más cuerpos caían a su lado. Oíanse toques de corneta y un galopar distante. La tropa, desplegada en una línea, se detenía por momentos para disparar; una sierpe de fogonazos la surcaba, y después continuaba la marcha. Eulogio vio dos soldados apuntándole; quiso gritar, y ya no pudo... Junto a su cuerpo la tierra se esponjó con la sangre de tres heridas. Respiraba aún... Un sargento le remató de un culatazo.

Cuando cinco horas más tarde se restableció la calma, un hombre bien vestido entró en la oficina de Telégrafos, y pidió, con acento extranjero, un impreso de cablegrama sobre el cual escribió: «VATAN FILS PARÍS. NEGOCIO HECHO».

Los muertos

Después de esto abrió Job su boca y maldijo su día:
¿Por qué se da vida a los de ánimo en amargura?
¿Que esperan la muerte y no llega, aunque la buscan más que tesoros?
Job, cap. III, vers. 1, 20 y 21.

I

¿Fue capricho o causa ignorada, lo que impulsó a doña Emilia Gil a legar todo su capital para la fundación y el sostenimiento de un hospital de leprosos? Como carecía de parientes, nadie tuvo interés en averiguarlo. Al mes de abrirse el testamento, mientras varias cuadrillas de albañiles transformaban un viejo caserón, solitario a medio camino del campo de maniobras, tres médicos se disputaban la dirección facultativa, y antes de cumplirse el año, el hospital hubiera podido funcionar, a no faltarle un pequeño detalle: los enfermos.

Y no es que dejase de haber leprosos en aquella ciudad tropical; pero el vilipendio que siempre fue aparejado a esa triste dolencia, la riqueza, la despreocupación del país y el aspecto de enterrados en vida que desde la Edad Media tuvieron los lazarinos confinados en asilos, los ahuyentaban. Fue preciso para encontrarlos, la batida incansable del albacea, del director y de los practicantes, temerosos de ver desvanecerse sus canonjías. Enfermos de primer grado nunca los hubo, y las salas, perfectamente pertrechadas para el tratamiento progresivo de la lepra, fueron envejeciendo y empañándose, sin que los espejos de estuco reflejaran la cara de ningún esperanzado de ver desaparecer de su piel las úlceras vejaminosas. Tres ancianos mendigos, ya carcomidos por el mal, un mozalbete medio idiota que merodeaba por los muelles, y un campesino, arrebatado con engaño de su mísero huerto, fueron los primeros en ingresar. Después, muy poco a poco, llegaron nuevos parias que, creyendo en la pasibilidad de sanar, se sometían al principio de buen grado, y al ver transcurrir estériles los días, se rebelaban, forzando al personal a vigilarlos como si fueran presos. Algunas tardes, cuando, por azar, mientras estaban en el jardín, sentían el paso de un carro por el camino, para dar una válvula a su ira se ponían a gritar: «¡Eh..., eh, el que pasa!...

¡Nos tienen aquí secuestrados; dígalo en la ciudad!». Y el carretero, un poco temeroso, miraba a todas partes, hasta tropezar con el alto muro pintado de gris, igual que el muro de un cementerio, tras el cual se alzaban las voces.

Por previsión verdaderamente femenina de la fundadora, debía atenderse a las enfermas, con todos los adelantos de la ciencia; y cualquier descuido comprobado debería bastar para destituir al director y a todo el personal responsable. Incluso al albacea, si el Ayuntamiento estimaba, por mayoría de votos, que se había transgredido la voluntad de la testadora. Desde el día en que el obispo de la ciudad roció con agua bendita las paredes, se entabló un duelo entre los concejales, deseosos de acabar aquella pingüe administración; y el albacea y sus empleados, que se defendían con las armas de la «profilaxia», las «fórmulas nuevas» y el «tratamiento racional». Del extranjero llegaba, cada dos o tres meses, un alud de libros que, después de amontonarse en arrinconados anaqueles, eran catalogados y abiertos en un solo día, cuando cualquier confidencia permitía temer una visita de inspección. En el régimen interior del hospital observábase una disciplina nunca relajada, que hacía más dura la existencia de los leprosos. Sus habitaciones —una galería-dormitorio, otra galería de reunión, un salón-comedor y tres cuartos más— estaban aislados de las habitaciones del servicio. La monja jamás entraba sino cubierta de un capuchón protector, y desde el primer día le pusieron el nombre de *El Coco*; el médico —un joven de mirada dulce y distraída—, siempre encapuchado también, se dedicaba ocultamente a la vivisección: y como de tiempo en tiempo oíanse los gritos de los animales sobre los que experimentaba, los leprosos, después de haberle bautizado con el nombre de *El Buzo*, lo confirmaron con el de *El Verdugo*. Una delación; hay quien supone que lanzada desde las altas ventanas de la galería y transmitida por algún viandante, promovió escándalo en la prensa, y el médico fue sustituido; pero el nuevo doctor, como los otros que le sucedieron, se siguieron llamando así. Y al cabo de algunos años, desaparecidos ya los primeros enfermos, nadie hubiera podido fijar el origen de aquellos motes; y se decía *El Coco* y *El Verdugo* sin mofa y sin saña, naturalmente, como si fueran nombres propios.

Nunca supieron las ocho o diez familias que se sostenían holgadamente en la ciudad a expensas del hospital de lazaros, las vicisitudes que tuvo la institución hasta consolidarse. Ni la honda y mansa tristeza donde se sustentaba su bienestar. En épocas irregularmente repetidas, era necesario al albacea emprender la caza de enfermos; una vez hubo en el asilo una rebelión sin consecuencias, según la nota oficial publicada, cuando un seminario de esos que aun defendiendo la verdad se hacen antipáticos por el tono procaz, afirmó que el médico y dos practicantes habían tenido que defenderse con revólveres de los leprosos, dispuestos, en un acceso colectivo de paroxismo, a pasar sobre ellos para salir de aquella cárcel. Desde entonces, la vigilancia fue más severa, y un tupido alambrado cubrió las ventanas. El jardín, antes limitado por las tapias exteriores, se redujo de área, y el portero, un hombre barbudo que temía tanto el contagio de los leprosos que casi los odiaba a pesar de vivir a sus expensas, tuvo la buena idea de no dejar salir a ninguno a las nuevas tapias del jardín, reservándose entre ellas y las antiguas una zona ancha, imposible de franquear, que vigilaba con implacable celo.

Al cabo, solo quedaron en el hospital los enfermos incurables: pústulas vivientes que paseaban sus pobres almas prisioneras en la carne misteriosa e irreparablemente lacerada por la larga galería de reunión, en cuyo testero de honor, el retrato de la fundadora, asomada a un marco de nogal, contemplaba con sonrisa equívoca la obra de su capricho o de sus ignoradas razones. Cuando de tarde en tarde había ejercicios militares en el campo de maniobras, las caras purulentas se achataban con ira contra los cristales para ver pasar a los soldados. En el rápido desfile, los leprosos percibían detalles cuyos comentarios prolongaban días y días, satisfechos de poder juzgar hechos vivos; y cuando el desfile, igual que una goma incapaz de estirarse ya por exceso de uso, no permitía más comentarios, volvían melancólicamente a nutrir sus imaginaciones y sus necesidades críticas de los hechos que publicaban los periódicos; hechos tan distantes, tan difíciles de imaginar con sus contornos y sus propulsores de pasión, que se les antojaban fantasmas de hechos, lo mismo que eran sus vidas fantasmas de vidas.

Con los años, el retoque hecho al edificio se marchitó, y las paredes de la fachada se desconcharon, cual si también la casa se hubiera contagiado de la terrible enfermedad. De regreso del jardín, los ojos, cansados de reflejar siempre los mismos horizontes, miraban desde la galería alta al campo, que adquiría bajo la sedosidad violeta del crepúsculo ese aire desmayado que sigue a los grandes excesos; toda la exuberancia lujuriosa del día trocábase en fatiga a esa hora. El Sol, antes de ahogarse en el mar, suscitaba relámpagos en las cúpulas lejanas de la población; un silencio donde naufragaban los ruidos pequeños se tendía sobre la campiña; en la brisa se mezclaban, el yodo y el salitre del mar, con olores desconocidos y con la fragancia de jardines, que los pobres ojos de los prisioneros no podían ver; y al caer la noche, el haz luminoso del faro, trazando una inmensa circunferencia, pasaba a intervalos regulares por el cielo: dardo glorioso y fugitivo que los leprosos hubieran querido detener siquiera una vez para hacerlo entrar por las ventanas y alumbrar el dormitorio con su luz lunar en el instante en que *El Coco*, apagando las lámparas de gas, gritaba con desabrida voz:

—¡A dormir, a dormir!... Mañana será otro día, si Dios quiere.

II

Pero Dios quería que el día siguiente fuera lo mismo. Nada podía venir de fuera a modificar sus vidas, ni siquiera una desgracia: y los manantiales interiores estaban ya exhaustos. Por las mañanas, en cuanto concluía la limpieza y el médico pasaba la visita, *El Coco*, que era entonces una monja joven de carácter jovial, dejaba caer sobre la mesa un periódico; y todas las veces, invariablemente, ocurría lo mismo: Remigio, dando con su manaza arrugada en el hombro de don Manuel, le decía:

—Vamos, don Manuel, a saber del mundo.

Menos los dos viejos que, indiferentes, se quedaban en el poyo de cualquier ventana, los demás seguían a don Manuel y Remigio; y agrupando las sillas de hierro charolado en torno de la mesa; cada cual expresaba por dónde debía comenzar la lectura.

—A ver el artículo de fondo —decía Quico.

—Primero los ecos de sociedad —pedía Samuel.

—Los tribunales, los tribunales; hay que aprender de leyes —aconsejaba Juan.

Y Antoñito; pasándose por la frente, la mano casi carcomida, decía siempre el último, con timidez:

—Lo mejor sería el folletín..., si quieren ustedes.

Don Manuel se calaba las gafas de armadura antigua, cuidando de no lastimarse las llagas de las orejas, y respondía a todos:

—Bah, no insistan ustedes... De cualquier manera hemos de leer hasta los anuncios...

Luego, con voz que se hacía un poco asmática en los párrafos largos, comenzaba por una sección distinta a la primera leída el día anterior y así iba atendiendo las preferencias de todos alternativamente.

El estigma igualitario de la lepra y la comunidad de vida sedentaria, había concluido por darles ciertas semejanzas físicas. Todos eran gruesos, de andar torpe; y bajo el pelo cortado al rape, solo el cráneo puntiagudo de Quico se diferenciaba de los otros. Hubiera sido preciso fijarse mucho para distinguir los ojos pardos y maliciosos de Juan, los melancólicos de don Manuel; y los azules y hondos de Antoñito, que sugerían la idea de un cruzamiento de raza... las llagas, las oscuras postillas, la carne envilecida y deforme, tendían a borrar las facciones; y excepto los dos viejos, los demás aparentaban una edad indeterminada, imposible de diferenciar. Antoñito, con sus dos piernas cercenadas por la lepra y el cuerpo preso en un cajón que cuatro ruedas ayudaban a ir de un lado a otro, se parecía, sin embargo, a Remigio, hercúleo, todo hecho una llaga, semejante a un titán castigado por Dios; el cuello demasiado ancho en la base y las manos finas de Samuel, contrastaban con las manos tuberculosas en forma de garra, de Quico; don Manuel tenía el busto un poco encorvado, y los labios tumefactos y belfos; las comisuras de la boca de Juan hundíanse dolorosamente yendo a buscar las escrófulas del cuello; las canas amarillentas de uno de los viejos contrastaban también con el cráneo intenso del otro... Y a pesar de esto, las diferencias se anulaban por la multitud de semejanzas dolorosas: un vello blanquecino los cubría a todos, y a primera vista hubiera sido difícil distinguirlos. La monja nueva, al entrar por primera vez en las galerías y sentir el hedor mezclado con olores desinfectantes, tuvo dentro de su capucha antiséptica y dentro de sus tocas —en el corazón—, una impresión de angustia hermana de la que producen algunos paisajes dilatados y áridos. Al salir y pensar en el cuadro de infortunio que dejaba detrás, no pudo recordar singularidades, ni siquiera el cajón con ruedas de Antoñito; parecíale que una plaga de úlceras, de gangrenas, de gusanos, de irremediable podredumbre, había caído al acaso sobre los ocho hombres. Y comprendió, de súbito, la tristeza de aquellos seres que, viniendo de caminos diversos, habían concluido por parecerse, moldeados por un mismo dolor.

Y, sin embargo, ni aun allí la fuerza niveladora de la desdicha ante la cual hasta la forma material parecía haber cedido, lograba extirpar las diferencias espirituales. ¿Por qué llamaban don Manuel al lector en vez de tutearlo como hacían los demás entre sí? ¿Por qué, no siendo en el hospital más que «otro leproso», conservaba vestigios de una distinción cuya causa y magnitud ignoraban los mismos que se la conferían? Don Manuel no era altivo, jamás trató de acentuar aquel respeto; pero, a diferencia de sus compañeros que se habían contado innumerables veces sus historias, él callaba la suya y jamás, ni aun en las horas de confianza o exaltación, aludía a hechos anteriores a su entrada en el asilo, como si su vida hubiera comenzado en las tapias que lo separaban del mundo o como si, mejor aún, hubiera su verdadera vida terminado allí. Uno de los dos viejos, el más antiguo en la casa, refirió en secreto a los otros la llegada de don Manuel; así como todos habían sido llevados por engaño o por fuerza, sabiendo con anticipación los reclusos que iban a tener un nuevo hermano de cautiverio, la llegada de don Manuel sorprendió a todos, incluso a *El Coco*, al practicante y a *El Verdugo*. Ingresó una mañana, iba bien vestido; y durante algún tiempo el cartero llevó cartas para él. Como era la única vez que se habían recibido cartas en el hospital, el viejo se acordaba detalladamente: las cartas llegaban los sábados al mediodía y venían en sobres azules... Pero un sábado la carta no llegó y don Manuel, paseándose intranquilo por la galería, acechó durante varios días al cartero, que pasaba de largo hacia el campamento. Transcurrieron dos semanas, y la excitación de don Manuel era tan grande, que tenía frecuentes arrebatos de locura; insultaba al cartero desde las rejas, persiguiéndola con sus denuestos de una en otra, hasta verlo desaparecer; y por las noches rasgaban el silencio del dormitorio; sus airadas voces amenazando de muerte a quienes le robaban sus cartas... Las fiebres lo postraron largo tiempo; sufrió delirios que eran como insuficientes ventanas abiertas sobre un pasado cruel, y al volver de la enfermería, tenía ya en la mirada y en los ademanes aquella indiferencia, aquella renunciación, aquella serenidad que le daba sobre todos los otros un signo de supremacía.

Porque los otros no habían renunciado: la ilusión aleteaba rebelde dentro de las míseras carnes carcomidas. Había algo tristemente cómico en la sordidez del viejo de las canas amarillas, que guardaba celosamente, cosida a su jergón, una moneda de oro, tan antigua que acaso no circulara ya... Remigio, con su cerebro abolido tal vez por las llagas del cráneo, había llegado a pensar con el vientre, única parte libre de úlceras en su cuerpo, y tenía, de continuo, hambre... Samuel no hubiera cambiado por nada su espejo, y el júbilo tumultuoso que le animaba cuando las pústulas de su cara, cual volcanes momentáneamente apagados, dejaban de supurar, permitiéndole creer que se encontraba guapo, era también pueril y triste. Samuel era el único que conservaba viva la sensualidad en el aislamiento, bajo el régimen austero de la casa; conocía de nombre a todas las damas y actrices citadas por los cronistas de salones, y en las noches de primavera, en sueños, las damas más virtuosas y las actrices más exigentes acudían a dar una limosna de amor al pobre leproso... Su pensamiento estaba siempre lleno de visiones femeniles: veía en sueños y en ensueños carnes tibias, carnes lechosas, carnes alabastrinas, carnes nacaradas, carnes turgentes en las que se insinuaba un vello sutil, haciéndolas parecer frutos humanos. Y cuando después de estos festines ponía los ojos en sí mismo, el espectáculo de su carne envilecida lo conmovía hasta hacerle brotar las lágrimas... Quico, el gran Quico, tan sano espiritualmente a pesar de su lepra, tenía el romanticismo de la patria: execraba o adoraba a los políticos al través de las interesadas mentiras de los periódicos, y cada vez que algún abogado saltando en el trampolín de la elocuencia, iba del bufete al Congreso, Quico lo acogía como a un «Mesías» de la cosa pública, y aseguraba que «aquel sí que iba a meter al país en vereda...». Juan era el inconforme, el díscolo, el que hablaba todavía de organizar una rebelión como la de antaño, y escribía de continuo quejas y denuncias; su espíritu malicioso permitíale sospechar los puntos venerables de la institución, y con instinto de curiel iba tramando suposiciones, guardando argumentos acopiados dispersamente de un periódico en otro, para aplicarla al caso concreto del hospital; su venganza consistía en repetir a *El Verdugo* una frase de Molière, despectiva para los médicos, aprendida nadie sabía dónde, y en decir blasfemias delante de la monja... El dulce Antoñito hablaba tan poco, que hubiera sido difícil juzgarlo por sus palabras; era meticuloso, servicial, tierno; gustaba de pasar largos ratos solo, mirando el cielo o el mar distantes. La realidad habíase mostrado tan dura con él, que prefería interesarse por los seres de quimera; los otros se burlaban, porque, habiéndose formado un mundo con los personajes de los folletines leídos en tantos años de reclusión, Antoñito discutía sus palabras y hechos con cándida seriedad, cual si fueran de seres vivos. El otro viejo no era nada ya: carne que se conforta al Sol y rezuma los humores malignos, cuerpo que apenas gozaba del reposo del sueño, presintiendo el sueño interminable que pronto iba a regalarle la muerte.

Desde hacía muchos años vivían juntos, y se sobrellevaban, se querían; si algunas veces reñían, era más bien por distraerse. La tarde en que la nueva hermana entró en el hospital, ocurrió una disputa seria. Sor Eduvigis debía ser joven; no es que sus ojos luminosos tras la capucha, ni que su voz algo ceceante, ni que la presteza de sus movimientos permitieran asegurarlo; y a pesar de eso, por ese efluvio simpático que se exhala de los pocos años, al salir, después que el doctor la presentó a todos, la juventud de la monja fue lo único en que los leprosos se pusieron de acuerdo.

Don Manuel opinó que la causa de aquella irritabilidad de las monjas anteriores era la vejez, pues no se avenían a soportar sobre sus propios achaques los de sus enfermos. Todos asintieron, pero Juan afirmó rotundo que la nueva hermana sería remolona y picajosa como la que acababa de irse; y Samuel entonces salió a contradecirle afeándole el murmurar de ella sin haberla casi oído hablar.

—Tú tampoco la conoces, y ya la defiendes —agregó Quico—; eso de que nos cuidará como a hermanos, lo dicen todas; es una especie de manifiesto electoral. Hay que ver luego lo que da de sí en el poder.

Sin querer, Antoñito enconó la disputa diciendo:

—De todos modos, Samuel tiene razón: más vale suponerla buena.

—La primera vez que entre aquí, va a oír mis opiniones sobre toda la corte celestial —repuso ya rabioso Juan.

—Tú todo lo arreglas con palabrotas —concluyó Samuel.

Las manos de garra de Quico se encrisparon un poco, Samuel había enrojecido, y en torno a sus pústulas casi secas, aparecieron pronto amplificaciones moradas; Juan, apercibido en actitud felina, clavaba en Quico y en Samuel sus miradas oblicuas y pérfidas; don Manuel quiso colmar los ánimos, y usando de su autoridad aconsejó:

—Lo mejor es dejarse de camorras y esperar. Si nos formamos en un solo día opinión, y riñen ustedes y hacen luego las paces, habremos agotado lo único que el nuevo Coco puede darnos: un motivo para varias conversaciones. Con atribuirle buen o mal genio, no vamos a mejorarla ni a empeorarla.

Poco antes de la hora de comer volvió a entrar la monja, y con mucho donaire comenzó a interrogar a todos y a interesarse por cada uno, preguntándoles sus nombres, sus pueblos, la época en que habían descubierto su enfermedad... Debían de haberle ya advertido que había un anticristo en la casa, porque al preguntar a don Manuel y ver el silencio ceñudo con que pagaba su interés, le dijo con risueña voz:

—Ya sé, ya sé... Nunca es tarde para acercarse a Dios, y yo estoy dispuesta a servirle de puente. ¿Que usted no quiere nada con santos, curas y monjas? Pues yo sí con usted. Verá cómo me tiene que dejar por imposible y cómo resultamos buenos amigos.

La equivocación hizo reír a todos. Samuel no pudo contenerse más, y aclaró, señalando a Juan:

—No es don Manuel quien se come los santos crudos, es este.

Hubo un silencio que parecía hecho a la medida para que Juan colocara su ofrecida blasfemia; pero Juan se abstuvo y bajó los ojos. La monja, dándose cuenta del círculo de simpatía que se agrandaba en torno de ella, siguió:

—Y para que vean que yo también necesito de ustedes, quiero empezar pidiéndoles un favor; sé que a todas las hermanas las llaman *El Coco*, y yo, a la verdad... No es por presunción ni vanidad, que el Señor me libre; pero una servidora no desearía ser para sus hermanos enfermos lo que un espantajo para los niños.

Aquello era tan inesperado, que hubo un silencio de estupor; después de consultar a todos con la mirada, don Manuel preguntó en voz baja, molesto por oír castañetear los dientes de Juan:

—Usted nos dirá cuál es su gracia, hermana.

—El señor director lo ha dicho: «sor Eduvigis».

Samuel y Antoñito repitieron: «sor Eduvigis», «sor Eduvigis». Quico lo dijo después, y el nombre fue de boca en boca hasta ir a embotarse en el rincón donde rezongaban los dos viejos.

—¿Verdad que es usted joven? —dijo de pronto Samuel, ruborizándose.

—Así, así.

—No llega usted a los treinta, eso se ve.

—Que Dios le conserve la vista... Si soy joven, más años tendré para servir a los pobres... Ea, a comer. Mañana voy a traer libros para que se distraiga el que quiera.

Por la noche, en el dormitorio, se comentaron de cama a cama las amabilidades de la nueva sor, y se decidió solemnemente no llamarla *El Coco*. Exaltándose con la esperanza de recibir un poco de afecto y de cuidado espiritual, la adoraban ya y le atribuían las cualidades que cada cual estimaba mejores:

—Ahora vamos a comer bien —decía Remigio.

—Ha dicho que va a traernos libros; serán novelas —afirmó Antoñito.

—¡Tan joven, y ya metida entre nosotros! Sabe Dios qué desengaños..., ¿verdad? —suspiró Samuel.

—Tiene una voz que me recuerda a...

Era don Manuel quien había hablado, y todos se detuvieron un instante, esperando en vano que la evocación se completara; después, Samuel no pudo dejar de decir:

—Debe de ser bonita; tiene que serlo.

Juan que los oía furioso, en silencio, se puso a roncar para que lo creyeran dormido.

III

Por desgracia, la biblioteca de sor Eduvigis se agotó pronto, y el tedio, expulsado durante unos días, volvió. Además, aquellas lecturas no eran agradables a los leprosos. ¿En qué iba a disminuir sus penas el saber que la hermana de Moisés fue la primera castigada por Jehová con el azote de la lepra? Job, Naaman, Epulón, Lázaro, pasaban por sus imaginaciones sin abrir las fuentes de la ternura y del consuelo; como dolores demasiado lejanos, casi fabulosos. La idea de que la dolencia que los abrasaba era un castigo, producíales un sentimiento de protesta; hubieran preferido la lepra interior de que hablan las Escrituras: y no teniendo faltas horrendas sobre la conciencia, consideraban injusto que otros pasearan gozosos por la vida, la carne sin mácula. Unas veces sor Eduvigis les contaba cómo en la Edad Media, al aislar a los leprosos en chozas situadas lejos de los poblados, echaban sobre el techo de sus nuevas viviendas un poco de tierra del cementerio, símbolo cruel de que acababan de morir; describíales las ceremonias anteriores al aislamiento y el triste son de la campanilla que anunciaba a los terribles justicieros que venía a arrebatarlos para siempre al amor de los suyos, la capucha negra con que cubrían la faz del lazarino, el desesperado y atónito mirar del infeliz, obstinado tal vez en fijar en su retina la imagen de la sociedad que lo repudiaba; y, al fin, en contraste con la medida implacable de las autoridades civiles, les recitaba las conmovedoras y balsámicas palabras de la iglesia: *Sic mortuos mundos, vivas interum Deo.*

Otras veces les leía, antes de la hora de recogerse, el martirologio de los consagrados a aliviar el mal: San Francisco de Borja, San Pedro Claver, Santa Isabel de Hungría, Santa Catalina de Sena... y a pesar de su solicitud, estas lecturas de la hermana no eran simpáticas; ni siquiera Antoñito acendraba la miel espiritual de aquellas vidas consagradas a sus hermanos de podredumbre. El duque de Gandía, desolado ante el féretro donde los gusanos mostrábanle su amor convertido en carroña, les interesaba más que San Francisco; y las mansas heroicidades del padre Damián, del reverendo Beyzin, les impresionaban menos que las leyendas de San Julián el hospitalario, que la caridad sublime del Cid quitándose el guantelete para estrechar la mano de un leproso. En su entusiasmo caritativo, la monja no lograba explicarse el desvío con que sus lecturas eran escuchadas; donde ella gustaba poesía, abnegación, veían ellos únicamente un trasunto de sus dolores; todo cuanto tratara de la lepra estaba demasiado dentro de ellos, y preferían a las lecturas místicas, la del periódico, eco de la vida sana y múltiple de que estaban para siempre expulsados.

Mas había una cosa que les hacía desear las lecturas de sor Eduvigis: su presencia. La primera vez que, para leer, se quitó la capucha advirtiéndoles que no lo dijeran al médico ni al practicante, una emoción de curiosidad, de oscura gratitud, paralizó a todos. El mismo Samuel hubo de reconocer que sor Eduvigis no era bonita, y, sin embargo... El óvalo de la cara espiritualizado por la toca, hubiérales parecido lacio, casi sin vida, a no ser por la luz con que lo iluminaban los puros ojos infantiles: ojos sin sexo, castos como el agua, que copiaban una de esas almas a las que es forzoso querer con el alma, sin intervención de ningún sentido. Hasta los dos viejos, apartados siempre del grupo, cesaron de rumiar sus inconformidades y volvieron hacia ella sus rostros. ¡Hacía tantos años que no veían una cara de persona sana cerca de ellos!...

Al día siguiente don Manuel le pidió, en nombre de todos, que no volviera a quitarse la capucha... Ellos lo agradecían, lo agradecían con toda el alma; pero... Había medicos que aseguraban que no era contagioso, y, en cambio, otros... Serían aun más desgraciados si, por un exceso de bondad, por no ceñirse a las instrucciones de *El Verdugo* y del practicante, se enfermaba del mismo mal que ellos. Al oírlo, un escalofrío agitó las tocas de sor Eduvigis; mas la voluntad y el corazón se sobrepusieron al instinto, y bajo los ojos infantiles entreabriose la boca, sonriendo:

—Ojalá pudiera haber en esta casa menos ciencia y más religión; aquí la caridad toma demasiadas precauciones. No es murmurar; que Dios me libre... Si quieren que seamos buenos amigos, déjenme con mi capucha quitada y no hablen de eso.

Fueron dos meses dulces; hasta el mismo Juan lo reconocía. Nunca hubo en la casa aquel sosiego; las ordenanzas se cumplían, en apariencia, como siempre: la misma limpieza, la misma alimentación, el mismo método inexorable; pero el espiritualismo que sor Eduvigis sabía infundir a las labores más prosaicas, hacíanlas leves, dignas. Aun cuando el destino, tal vez para no acostumbrar mal a los leprosos. Quiso en compensación de este bienestar que sus dolencias se agravaran, ellos estaban contentos, contentos. Ya Remigio no hallaba mal todas las comidas, ni paseaba como fiera enjaulada cuando granos purulentos le nacían debajo de la lengua, impidiéndole hablar y comer; la oreja derecha de Quico había comenzado a desprenderse, y una de las ulceras de Samuel, al cicatrizar, habíale formado un desnivel profundo en la cara. El hedor era más repugnante en la galería donde pasaban la mayor parte de las horas. Antoñito no lo dijo a nadie, pero la piel de sus manos se tornaba rugosa, como si los miembros se calcinaran o se desmoronaran dentro de ella: ¡y era el mismo ardor que había sentido un año antes de que la lepra hubiera empezado a robárselos, pedazo a pedazo, en aquellos pies con los que hubiera anhelado correr tantos caminos! Los dos viejos desaparecían bajo los vendajes; las postemas del de el cráneo rapado segregaban con el calor gotas de pus, y en cuanto sor Eduvigis lo descuidaba un momento para atender a otro cualquiera, las gotas se juntaban, caían en un hilo viscoso a lo largo del cuello, y había siempre una mosca tenaz cosquilleándolo, mortificándolo. Por eso, aunque les disgustaba oírla leer todo lo relacionado con su mal, no se atrevían a insinuarle el gusto con que escucharían otras lecturas, y se resarcían viéndola; arrullándose con las cadencias de su voz, tratando de olvidar el sentido de lo que leía.

Al llegar el Viernes Santo no sintieron, como otros años, el inmenso vacío que dejaba en el día la falta del periódico, y las horas en que se paseaban sin saber qué hacer, gustando, a costa de sentirse aún más desventurados, el romper un día de la monotonía de sus costumbres, sor Eduvigis supo hacerlas livianas con su charla; Juan no exigió carne —según su costumbre—, ni Remigio se permitió, sobre la virtud nutritiva de las comidas de vigilia, las cuchufletas que tanto incomodaban a las otras monjas. Para cada uno tenía sor Eduvigis un cuidado especial, una palabra evocadora que iba a despertar ideas dulces y frescas, dormidas en el alma. Samuel aseguraba: Es la mujer más buena del mundo, y Juan: «Esta sí que es una santa, y no esos mamarrachos que plantan en los altares»; Antoñito decía que era como si hubieran puesto una fuente en la galería. Y esta idea: tan abstracta, encerraba algo del pensamiento de todos. Por las mañanas, en vez de aferrarse al sueño como antes, se despertaban antes de que ella entrara a llamarlos, para no dejar de verla ni un momento.

Pero de súbito aquel paréntesis de dulzura volvió a cerrarse. ¿Qué había ocurrido? ¿Por qué al ardor caritativo de los primeros días, el deseo de estar siempre con ellos, sucedía un acelerado entrar y salir? ¿Qué le habían ellos hecho para que rehusara hablarles y no se quedara ya a mortificarlos gratamente con aquellas lecturas que ahora echaban tanto de menos? Un sombrío marasmo tendiose sobre la galería al verla llegar solo en los momentos precisos; recordaban las pláticas inflamadas de celo e impregnadas de virginal maternidad; y sus llagas, al sentir el alivio de los cuidados materiales, hacíanles notar la falta de aquel anhelo fervoroso —bálsamo del alma— con que trataba de sustituir la mansedumbre y la resignación por una alegría sana, pura, prístina luz del espíritu libre de preocupaciones de la carne. En vano se mostraron sumisos, facilitándole sus labores; cada vez sus entradas eran más rápidas y al través de la capucha que ahora cubría siempre la cabeza, ninguno podía adivinar la angustia de la monja, nostálgica también de la comunidad antihigiénica y caritativa de antes. ¡Ella que había soñado con captar para Dios el alma de Antoñito, con apartarlo de los folletines y aprovechar las ascuas de su imaginación para quemar en ellas el sagrado incienso de la fe!

Todas las tardes, a la hora en que acostumbraba a leerles vidas de santos y pasajes de la Biblia, las miradas convergían hacia la puerta por donde sor Eduvigis podía venir; no se decía nada con las labios; pero los ojos repetían de uno a otro la misma interrogación: ¿Vendrá hoy?... Era un rato de espera saturado de anhelo, de esperanza, de desesperación creciente. Al fin, cuando la luz comenzaba a menguar, Remigio se alzaba de su asiento y, a grandes pasos, recorría la sala refunfuñando que cada vez retrasaban más la hora de la comida; los otros aún permanecían un rato sin hablar, ensimismados, hoscos. Los viejos rezongaban en su rincón, y Antoñito pedía a Quico que subiera su carrito al quicio de una de sus ventanas desde donde, empinándose, veía a lo lejos, hacia el lado del mar, los mástiles de los navíos fondeados en el puerto, y hacia el otro lado el camino de humo que un tren iba trazando sobre el verdor ya sombrío del campo; y aquel camino y aquellos mástiles le sugerían ideas de aventuras, y sus pobres muñones se agitaban sobre la tabla del carrito, como queriendo estirarse, hacerse piernas otra vez, llevarlo por el mundo...

Una tarde, al cabo, en esa hora del crepúsculo en que las almas se tornan más agudas, los leprosos exteriorizaron su dolor. Don Manuel manifestó de pronto sus temores de que alguno hubiera dicho algo desagradable a sor Eduvigis; y como todos estaban pensando en lo mismo, la conversación no pareció iniciarse, sino continuar. Ya dos o tres veces Juan había sentido sobre sí el mirar acusador de Quico, y ahora, incitado por la idea de don Manuel, Remigio lo acusaba concretamente:

—Eso ya me lo veía venir yo.

—Le habrás soltado alguna palabrota de las tuyas.

—La culpa tenía que caer sobre mí, claro... Demasiado saben todos que ni siquiera hablo cuando entra, para no dar pretexto... Más valía no echar culpas a nadie y pensar que ella no está leprosa como nosotros, que es joven y que el entusiasmo de los primeros días no podía durar; eso es.

—Quizás tenga razón Juan —dijo don Manuel. Y Quico, con voz cavernosa:

—Eso es como un político que entra prometiendo, prometiendo y luego hace igual que los otros.

Los ánimos parecían haberse apaciguado, y el silencio sobrevino otra vez; cada uno prolongaba en su mutismo las opciones, atribuyendo el desvío de sor Eduvigis a alguna indiscreción o chisme de otro. ¿Pero de quién? Solo Samuel se reprochaba, con conmovedora vanidad, sus miradas amorosas, sus palabras vulgares henchidas de elogio sensual a la hermana... ¿Las habría notado y era esa la causa del desvío? No se daba él mismo cuenta de que la lepra ponía sobre su exuberancia de lascivo un pudor que velaba las intenciones y alejaba de quienes le oían, toda sospecha. Constreñido a un espiritualismo carnal, tenía necesidad de estar enamorado; primero lo estuvo de una mujer que todas las tardes pasaba por el camino con una cesta; la distancia le borraba las facciones, y sin embargo él creía verlas, las perfeccionaba con el deseo, y cuando un día la mujer, sabe Dios por qué, dejó de pasar, Samuel sufrió y tuvo en su mente imputaciones de quimérica ingratitud. Esa herida cicatrizó en su alma más pronto que las llagas de su rostro, y nuevas floraciones dieron aroma de pasión a su ser: se enamoró de una dama aristocrática, cuya belleza y distinción alababan mucho los periódicos; la seguía, al través de las crónicas de salones, a bailes, a fiestas; y con esa injusticia de los hombres, que ha merecido el nombre gráfico de ley del embudo, le era infiel, cuando sus veleidades sensuales lo impelían, con otras damas tan desconocidas como ella, tan incorpóreas para él como ella... Tal vez esas damas sintieron alguna noche, en el hondo silencio de las alcobas, el fantasma de una caricia vagar por su carne, y creyeron soñar sin saber por qué, sin saber con quién, sin saber que la fuerza de un deseo lejano las acariciaba... Ahora una nueva llama, más palpable, amenazaba asolar el huerto de las pasiones de quimera; por la ley fatal, Samuel se enamoró de sor Eduvigis; y como él sentíase abrazado, le era inconcebible que quien tal incendio producía, pudiera pasar junto a él fríamente, sin advertirlo. Por eso, en el silencio pensativo de sus compañeros, solo el pensamiento de Samuel era temeroso, acusador... y un poco halagador también. ¿Había notado sor Eduvigis?... Desde lo alto de su atalaya; Antoñito contestó a la muda interrogación de todos:

—No, no es por nada de eso... Yo tengo la seguridad de que hay algo oculto en que nadie ha pensado.

Todos se levantaron y fueron hacia la ventana, casi coléricos exigiendo que Antoñito aclarara el misterio esbozado por su frase:

—¿Es que tú sabes algo?

—No, no.

—Sí, tú sabes algo, no lo niegues.

—¡Hay que decirlo!

—Es un presentimiento; lo juro.

Una excitación de locura turbaba un esfuerzo que hizo asomar la sangre violácea, casi negra. Remigio cogió con las dos manos al inválido y lo alzó amenazadoramente:

—¡Di lo que sabes, o te estrello!

Antoñito clamaba entre protestas de ignorancia. De pronto cambiando su expresión de terror por otra exasperada, exclamó:

—¡Tírame de una vez, fuerte, contra el quicio! ¡Ojalá que!...

Uno de los viejos murmuró:

—Déjalo. ¿Qué ha de saber el pobre?

El otro viejo ni siquiera se había movido; hierático bajo sus costras ennegrecidas, no oía ya las voces del mundo. El grupo se deshizo; una ráfaga que vino del mar, devolvió la calma perdida. Remigio, después de colocar dulcemente el carrito en tierra, puso su manaza en el hombro de Antoñito, y le dijo con su voz adusta, enternecida:

—Delante de todos te pido perdón, Antoñito... Tú sabes lo bruto que soy.

Antoñito tuvo que dominarse para no llorar; sentíase orgulloso, feliz. ¡Aquello era casi una aventura! En la conciencia de todos había ya surgido la certeza de que el inválido no sabía nada; y Quico, para concluir con el malestar de la escena, propuso:

—Hay que saber lo que tiene la monja, y lo mejor es preguntárselo.

Como siempre, fue don Manuel el comisionado para hablar en nombre de todos. Cada vez que entraba la hermana, un silencio expectante surgía, y veían inclinarse a don Manuel, veíanlo remover los labios tumefactos...; pero la monja volvía a marcharse sin que las palabras hubieran sido dichas, y ninguno osaba reprochar la sentimental cortedad.

Una mañana, a la hora de la cura, como sor Eduvigis se quitara, con impremeditación, uno de los guantes de goma para hacer mejor el vendaje, el practicante le advirtió:

—Recuerde usted que el doctor no quiere mimos ni tonterías; esto no es un asilo; sino un hospital, y hay que hacer las curas como manda la ciencia.

—Bien, bien. Cualquiera tiene una ligereza, cristiano.

—Daré parte al director; es mi deber.

Fue Quico quien oyó esta disputa, y la contó enseguida a los demás. Por la noche, al entrar la hermana don Manuel le habló al fin:

—Nosotros quisiéramos disculparnos con usted sor Eduvigis por haber pensado que estaba cansada de ser buena con nosotros; hoy hemos sabido que no es usted, sino...

Los demás no pudieron ya contenerse y empezó el rosario de lamentaciones y amenazas:

—¡Son el practicante y *El Verdugo* que no quiere que nos trate bien!

—Nosotros fuimos los primeros en decirle que no se quitara la capucha.

—¡Un día voy a coger yo por el cuello al practicante, y!...

—¡Callen, callen por Dios!

—Ya decía yo que usted no podía ser igual que las otras.

—¡Tienen miedo de que nos insubordinemos y de que haya aquí un plante, como ya hubo una vez!

—¡Es envidia porque nos mira usted con buenos ojos!

—Si usted quisiera llevar una denuncia que yo escribiera a los periódicos...

Tras de la capucha, los ojos atónitos de la monja veían las caras hostiles de los leprosos; y como no sabía qué decirles, poco a poco se iba retirando hacia la salida. De súbito, cual si hubiera hallado la puerta por donde escapar a la indignación afectuosa de su rebaño, dijo:

—Por charlatanes, no saben aún una cosa importante... Déjese usted de protestas, hermano Juan... ¿Se calla? Pues oigan y alégrense: mañana tendrán a un nuevo compañero que el Señor les envía... Es un niño; tiene siete años y se llama Ramón.

IV

Ramón llegó por la mañana; era enteco, apenas si representaba seis años; entró de la mano de sor Eduvigis, que lo presentó a todos.

En el primer momento la acogida fue silenciosa; temían exacerbar la extrañeza y el dolor del niño, y casi no se atrevían a acercarse a él. Ramón los miraba con recelo, sorprendido de que su calvario concluyera allí. En las pantorrillas sarmentosas veíanse ya la huellas del mal; y bajo la boca, un grano le supuraba constantemente. Tenía la cabeza desproporcionada, grandísima; al inclinarla parecía que el cuello, harto fino, iba a quebrarse, y esto hubiera sido grotesco a no ser tan triste. Poco a poco empezaron a hablarle; él respondía despacio, muy serio, fijándose mucho en las palabras, temeroso de decir algo inoportuno. Durante todo el día oprimió contra el pecho, con aire obstinado un carrito de hoja de lata que le regaló sor Eduvigis; pero por la tarde, cuando el Sol dejó de alumbrar la galería y las sombras, naciendo en los rincones, empezaron a echar hacia fuera la claridad azulosa del crepúsculo, el niño soltó el juguete y rompió a llorar. Lloraba con desolación, con un llanto que no parecía llanto de niño; y fue estéril que aquellos hombres, olvidados de su propia desdicha, se arrodillaran para consolar, mejor el desaliento de la criatura... Remigio le prometió que él pediría herramientas y le haría un carro muy grande; Antoñito quiso adormecerlo con un cuento, y Quico le hizo, de periódicos viejos, un gorro y varias barcas... Pero resultaban inútiles todos los cuidados, todas las reflexiones. El viejo de las canas amarillas fue entonces a su colchón y trajo con misterio la moneda de oro, diciéndole que al día siguiente iban a gastarla íntegra en juguetes. Ramón lloraba sin consuelo, con la oscura conciencia de que por muchos juguetes que le dieran, no podrían resarcirlo de los dos juguetes vivificadores que acababan de arrancarle para siempre; el Sol y la libertad... Y los pobres leprosos rebuscaban en sus almas las mejores palabras de ternura, palabras casi maternales: don Manuel le llamaba Ramoncito; el viejo, mi nieto; y Remigio y Quico, «rapaz»; y Antoñito lloraba en silencio sin querer oír otra voz que la de su alma inconsolable. Cuando después de la cena el sueño lo venció, todos rodearon sigilosos su cama. El niño respiraba blandamente; a ratos se percibía en su respiración un olor nauseabundo; sobre los párpados, los caminitos de las venas corrían abultados. Juan inició los comentarios en voz baja:

—¡Más le valía no despertar nunca!

—¡Sabe Dios de dónde vendrá y cuánto tendrá ya sufrido!

—¡Desde hoy ya tenemos por quién mirar!

—Y desde hoy nada de llamarle Antoñito a este; aquí no hay más Ramoncito que el niño.

—Sí, sí...

Al otro día, el viejo entregó a sor Eduvigis la moneda de oro, y la galería se pobló de animales de cartón, de carros, de automóviles, de barquitos. Samuel y el inválido eran los predilectos del niño. A medida que adquiría confianza, contaba su vida: venía de una ciudad del interior, en donde estuvo en un asilo; cuando le preguntaban cuántos años hacía de aquello, abría mucho los ojos y quedaba indeciso, esforzándose por precisar sus recuerdos, mas sus recuerdos se amortiguaban hasta confundirse con imaginaciones irreales, y las figuras de los padres, que lo habían expulsado, negándole el nombre y la tibieza familiar, adquirían formas tan flotantes, tan inciertas, que no osaba hablar de ellos. Un día, en el asilo, le salieron unos granitos en la barba, y como no se le cerraban a pesar de las curas, lo pusieron en observación; varios médicos fueron a verlo y discutieron ante su cama; después, sin dejarlo despedir de sus compañeros, lo llevaron a la estación y allí lo entregaron al practicante... Todo esto lo fueron sabiendo poco a poco, desentrañándolo de los relatos inconexos... En los primeros días el entusiasmo por servir a Ramoncito era tal, que se originaban disputas; el viejo creía haber comprado con su oro la predilección del niño, y al ver que este prefería a todos los juguetes, arrastrar a Antoñito en su carro se incomodaba; Antoñito era, por virtud de la fantasía infantil tan pronto caballo como automóvil o tren, y las ventanas eran estaciones ante las cuales el tullido lanzaba repentinos silbidos que asustaban al niño y hacían reír a todos: Quico y Remigio se ponían a andar a gatas para que Ramón cabalgara sobre ellos; pero la novedad solo lo atraía un rato; después volvía a sus juegos favoritos. Solo a Samuel le mostraba antipatía; porque este le preguntaba a solas por su madre, hostigando su memoria obligándolo casi a recordarla; y sin poder explicarse por qué, aquello hacía sufrir a Ramón...

Ni una vez entraba sor Eduvigis que no los hallara jugando: Don Manuel era el encargado de contar cuentos; Remigio lo paseaba sobre los hombros; Quico lo llevaba a horcajadas sobre las espaldas, saltando y piafando como un caballo; Juan le proponía acertijos... Y sor Eduvigis bendecía la llegada del niño que así apartaba de ella la atención. A veces Ramón preguntaba cosas difíciles de contestar, curioso del porqué de todo, acorralando de pregunta en pregunta a don Manuel, que era quien mejor le respondía, hasta obligarlo a un: «Esto sí que no sé decírtelo, hijo». Una, tarde, durante la cena, preguntó:

—¿Aquí en esta tierra nunca es domingo?

—Sí; pasado mañana —dijo Juan.

Entonces el niño se puso a palmotear de alegría, gritando:

—¡Qué bien! ¡Qué bien!... ¡Van a sacarme de paseo como allá!

La inocencia y el sarcasmo de aquella alegría cayeron sobre el alma de todos. ¡Salir de paseo! No, nunca más vería otras paredes, ni respiraría otro aire, ni vería otro horizonte. Era peor que el preso, que se engaña con la esperanza de ver los días que le faltan para cumplir su condena correr mas deprisa que los ya pasados. ¿Cómo decirle esto a Ramón? Habría que fingir para el niño un nuevo calendario, donde el domingo se fuese alejando, alejando indefinidamente, hasta el día en que cara al cielo, bajo las tablas del ataúd, saliese a pasear, el cuerpo rígido, mientras el alma, cansada de haberlo soportado tantos años, fuera delante posándose en las flores, recibiendo el beso de las brisas, queriendo prolongar sus alas para abrazar al mismo tiempo todas las cosas... «Nunca más, nunca más»; estas dos palabras adquirían en la conciencia de los leprosos su infinito sentido negativo. ¡Nunca más! Y no se atrevían a mirar a Ramón, asustados de que pudiera leer en sus ojos... Ni siquiera Remigio comió con apetito aquella noche.

Con el paso de los días el cariño a Ramón fue serenándose, y los antiguos hábitos volvieron. La monja, algo olvidada durante aquel tiempo, ocupó otra vez el primer plano de la atención. Nada podía resarcirlos de los cuidados, de la intimidad, del afecto perdido. En el fondo sentían respecto al niño un dejo de decepción; y no es que lo quisieran menos, casi al contrario: es que también Ramoncito llegó a adquirir la pátina sepulcral, a perder el atractivo misterioso de cuanto venía de fuera, del mundo. Era su mismo dolor en carne infantil, y no podía sustraerse al magnetismo de los que cada día aportábanle un renuevo de lo imposible: La hermana, *El Verdugo*, el practicante mismo, hasta el portero barbudo, a quien veían, de tarde en tarde pasar medroso por el jardín, formaban humanos puentes que unían las riberas de la muerte con las de la vida; en sus voces notábanlos. En sus voces los leprosos encontraban algo fragante; sus ojos tenían para ellos la luminosa nitidez que les daba el reflejar otras perspectivas, y en sus ropas —cuando entraban en la galería o en el dormitorio— venía adherido un polvo impalpable de ventura que estimulaba los sentidos y sugería visiones de las seducciones del mundo... Percibíase claramente que Quico pensaba al mirarlo: «Esos pueden ver a los políticos, oír sus discursos»; y Remigio: «Esos pueden escoger sus comidas, hartarse de exquisitos manjares»; y Samuel: «Esos ven de cerca las mujeres que yo casi tengo que inventar»; y Antoñito: «Esos pueden correr el mundo»; y Juan: «Esos no tienen que aguantar injusticias»... Solo los dos viejos no pensaban en nada. Y el pensamiento de don Manuel era tan recóndito, que no hubiera podido adivinarse.

Otra vez volvió a ser la lectura del periódico el eje espiritual del día. Ramón escuchaba leer callado, esforzándose para comprender, para interesarse. Finalizaba entonces la primavera y la campiña, salpicada de puntos amarillos, ondulaba a la menor ráfaga; a lo lejos un molino de viento giraba loco; hacia el campo de maniobras veíanse, en los días muy diáfanos, flamear banderas... Ramón tardó algunas semanas en conocer aquellos accidentes del paisaje, y en agotar el placer de contemplarlos. Sabía de memoria que, a las doce, una franja de Sol entraba por la tercera ventana y llegaba hasta un nudo de la puerta del dormitorio; ningún reloj mejor que su tedio para medir la hora de las comidas, las de las curas, las catorce horas interminables e iguales que pasaba cada día despierto; llegó a apreciar con exactitud la relación de tiempo entre cosas intermitentes, y cuando, manchando el cielo muy cóncavo y muy azul, veía pasar una nube negra, poníase, igual que los otros leprosos, a desear la lluvia: esa lluvia del trópico que empieza con gruesas gotas tibias, cae después en torrente corto tiempo, y deja luego una atmósfera transparente, pura, que permite ver hasta gran distancia... Los huesos de Quico y la nariz de Samuel eran los mejores barómetros: dos o tres días antes de cada aguacero, Quico se quejaba, y en cuanto la tierra esponjábase con las primeras gotas, Samuel aspiraba con delectación, casi con lujuria el olor húmedo... Todo esto iba observándolo Ramón y forjándose distracciones, pero al cabo hubo de aguzar el entendimiento para suplicar con incidentes espirituales los que la vida material no le podía dar.

La tarde en que don Manuel, sin poder resistir más en pie los latidos de una nueva úlcera en el cuello, pidió que lo llevaran a la enfermería, fue de gran emoción; parecía mentira el vacío que un solo cuerpo dejaba; antes de comer, se pusieron a comentar el suceso. ¿Iría don Manuel a morirse? No; Quico aseguraba en voz baja, para no ser oído por el viejo de la cabeza carcomida, que las costras de don Manuel no se habían aún puesto negras, y que, por lo tanto... A la mañana siguiente, sor Eduvigis les dijo que el enfermo seguía mejor, y todos se levantaron presurosos, contentos, porque un problema se avecinaba: ¿Quién leería el periódico? la silla de don Manuel estaba, como todos los días, junta a la mesa, y el periódico encima; hubo un instante de indecisión; Quico lo rompió, audaz:

—Leeré yo. Voy a empezar por el artículo de fondo.

Pero su voz era demasiado pastosa, y unas veces por graduarla mal, otras por tergiversar las comas o tartamudear las palabras, los demás no lo entendían bien. Él mismo lo comprendió enseguida y, tendiendo a Antoñito el periódico, dijo modestamente:

—Lee tú; uno se cree que sabe leer, y luego no sabe... Aquí no nos olvidamos de hablar por milagro de Dios... Anda te voy a poner encima de la mesa para que estés como en una tribuna del Congreso.

Con sus manos enormes colocó sobre la mesa al inválido; Antoñito tuvo la cortesía de ofrecer el periódico a Juan, pero Juan rehusó; y emocionado, empezó a leer muy despacio, muy bien, demasiado bien, poniendo toda su alma en juntar correctamente las sílabas.

En la enfermería pudo don Manuel darse cuenta de la hostilidad con que el practicante y *El Verdugo* trataban a sor Eduvigis. Muchas veces creyéndolo dormido, el practicante reprochaba a la monja el haber pedido libros para leprosos; según él, aquello era «gana de atraer la atención sobre el hospital, gana de dar importancia a los servicios que en otros países más civilizados prestaban sin tanta prosopopeya enfermeras laicas». La monja le contestaba bondadosamente, pagando a lo más con reticencias de irónica suavidad los insultos. Más de una vez sintió don Manuel ganas de levantarse y golpear a aquel hombre. El médico, más discreto hacíase también solidario de la desaprobación de su subalterno, pero jamás decía nada y trataba a la monja con una cortesía estricta; hablaba con el practicante del «morbus fenicius» o del bacilo de Hansen y, para molestar a la monja, aludía desdeñosamente a la medicina casera o a la caridad mal entendida de los hospitales administrados por religiosas. Cuando la hermana se quedaba sola con don Manuel trataba de quitarle importancia a aquella guerra. Si hubiera sido Quico, si hubiera sido Ramón o Juan, sor Eduvigis no habría mostrado desfallecimiento, pero don Manuel; cada vez que ella le aseguraba:

—El día que yo vaya a ver a la señora del albacea, que dicen que es tan caritativa, todo se arreglará.

Admitía en silencio sus palabras de falso optimismo, y la mirada a lo hondo de los ojos con tal melancolía, con tal comprensión, que la monja sentía descubiertas las decepciones de su alma; y hubiese querido llorar y hasta contarle su propósito ya firme de irse a otro hospital «menos adelantado» en donde poder ejercer, como la beata Ángela de Foligno, su misión de hermana de los lázaros. La tarde en que entró vestida con su hábito de calle y le dijo que iba a llevar unos encargos a la ciudad, él comprendió enseguida que iba a dar el paso decisivo. Nunca la impaciencia alargó tanto las horas; don Manuel pensaba en los dos viejos, en Quico, en Antoñito, en Juan, en Remigio, en el infeliz Ramón. ¡Qué ajenos estarían ellos de que en casa del albacea iba a desvanecerse o consolidarse aquella tarde el poco de felicidad que aún podía otorgarles el mundo! La monja tardaba, tardaba. ¿Tocaría el acento férvido de sor Eduvigis el corazón de aquella señora, filantrópica profesional, que devolvía en cierto modo a los leprosos parte de cuanto les hurtaba su marido, enviando hecha hilas la lujosa ropa blanca de desecho?... Durante algún tiempo, don Manuel tuvo esperanza: «Si sor Eduvigis sabría lograr que le permitieran leer por la tarde a los enfermos; quitarse la capucha, tratarlos menos rígidamente». Esta ilusión lo meció largo rato, y, de pronto, como si el rayo del Sol que iba a besar el crucifijo clavado en la pared se llevara, al irse, sus ilusiones tuvo la certeza de que la hermana iba fracasar. Y cuando llegó no le fue preciso mirar el desaliento en sus ojos para comprender. La hermana nada dijo; don Manuel se torturaba buscando una manera discreta de preguntar; al concluir la guardia del practicante y relevarlo ella, él musitó sin alzar la vista, con voz trémula de ansiedad:

—Qué, ¿se nos va usted por fin, hermana?

—Sí, no hay más remedio; es lo mejor.

Fue a decir algo más, pero la voz se le estranguló y se hizo un sollozo. En vano la voluntad quería avasallar al dolor; nuevos sollozos se escapaban, largos; saturados de desconsuelo. Incorporado en la cama, don Manuel le decía tumultuosamente frases alentadoras, y con dolorosa lucidez se daba cuenta de cuán paradójico era que él pudiese consolar a alguien. Al acabo, la monja susurró la confidencia; hablaba muy despacio, diríase que recapitulaba la escena para sí misma, en vez de narrarla para otro:

—Me han dicho casi claramente que me vaya; que lo que yo quiero hacer aquí es perjudicial para ustedes mismos por apartarlos del régimen a que ya están acostumbrados... ¡Qué sé yo! En cuanto llegué, la señora hizo una seña a la criada y enseguida acudió el albacea; que Dios me perdone, pero no hay quién me quite de la cabeza que me esperaban. De nada me sirvió decirle que estaba dispuesta a firmar el compromiso de no salir nunca del hospital y a quedarme para siempre entre ustedes, como otra enferma... Me echan casi, ya ve usted... ¡Pero lo han de hacer claramente! Desde hoy vuelvo a hacer la vida de antes, y que se quejen si se atreven, como me han dado a entender con indirectas... Yo también escribiré a la superiora y al señor obispo. Sería capaz de escribir hasta al Santo Padre, con tal de quedarme al lado de mis enfermos.

Con decisión se quitó la capucha y los guantes. Su energía de mujer joven se rebelaba. El practicante entró a husmear. Y su sorpresa; al ver contravenidas de tal modo sus órdenes, fue grande que hasta le impidió protestar. Don Manuel percibió su mirada de despecho, y al verlo salir dijo tristemente a sor Eduvigis:

—Pocos días le quedan de estar con nosotros; hermana... Lograrán que el mismo obispo le aconseje que se vaya, ya verá usted.

—El señor obispo es un varón justo y no se dejará engañar.

—¡Pobre sor Eduvigis!... Tiene usted la candidez de las santas... ¿Se irá usted? Y para cuando usted se vaya, yo quiero pedirle un favor... Si se va a la leprosería de Mozambique, como me dijo una vez; tendrá que embarcar en Puerto-Grande, ¿no es esto?... Yo soy de Puerto-Grande, y le agradecería; si no le sirve de molestia, que usted al pasar...

—Lo que usted quiera, hermano. ¿Tiene usted allí familia?

—Sí y no... Verá usted. Mi vida es algo lamentable. Ya sé que las habrá peores, sí y sin embargo... Tengo una familia que me ha negado; una familia para la cual trabajé toda mi vida, y que al presentarse la enfermedad que fue a los cuarenta y dos años, me aconsejó viajar... Un largo viaje; uno de esos viajes de que hay muchas posibilidades de no volver nunca... Casi lo que he hecho. Mis hijas decían que yo, con mis granos repugnantes y mi fama de leproso, les ahuyentaba los partidos... Tal vez tenían razón... Era una vida vergonzosa, peor que estar aquí, la gente me huía en la calle, mis hijas me odiaban... Sí, sor Eduvigis: usted es demasiado buena para comprenderlo, me odiaban, y hasta para librarse de que pudieran creerlas amenazadas de mi mal, acogieron o propalaron, no lo sé, calumnias contra la honra de su pobre madre, que está en gloria... Al principio... pensé en desheredarlas, en resistir... Luego comprendí que era inútil, y seguí el consejo. Como me iba para un viaje tan largo, liquidé mi hacienda y les entregué a cada una lo suyo para ahorrarme testamentos y papelotes. Pensé en suicidarme y... ya ve usted que no lo he hecho... más que a medias. Dios me dio con la cobardía de ese momento de quitarme la vida, el valor de seguir viviendo. Leí algo acerca de este hospital, y tomé en un solo día la resolución de suicidarme de otra manera; tanto valor hacía falta para uno como para otro suicidio. Al principio me fue duro, figúrese... Solo un amigo de la infancia supo, bajo juramento de silencio, mi paradero; ese amigo era viejo y debe de haber muerto ya, porque ha dejado de escribirme..., a no ser que me haya también olvidado. En fin, ya ve usted qué historia más negra; no llore... Lo que yo quiero es que usted, al pasar por Puerto-Grande, se entere de si mis hijas se han casado, de si son felices, y me escriba una carta diciéndomelo.

Aquella tarde sor Eduvigis entró en la galería y, sentándose junta a la mesa como en los días primeros de su llegada, abrió la Biblia por una de las marcas hechas con estampas religiosas, y comenzó a leerles en alta voz. Al verle de nuevo la cara, al sentirla otra vez atenta sobre ellos la esperanza renació en las almas marchitas. ¡No sabían que aquello era la luz intensa y corta que da una lámpara antes de extinguirse! Hasta el viejo de la cabeza carcomida hizo un enorme esfuerzo para mirarla; todos la escuchaban atentos, sin perder una frase. Ramón, a las primeras palabras, inclinó sobre los bracitos la cabeza y se quedó dormido, como si la voz de la monja cantara tardíamente para él las canciones de cuna que no había escuchado de pequeño. La voz de sor Eduvigis resonaba en la galería, trémula, emocionada:

—Para purificar la casa del leproso, según rito; tomará dos avecillas y palo de cedro y grana e hisopo;

»Y degollará una de las avecillas en una vasija de barro; sobre aguas vivas;

»Y tomará el palo de cedro y el hisopo y la grana y el avecilla viva, y mojará todo en la sangre del pájaro sacrificado y en las aguas vivas, y rociará la casa hasta siete veces;

»Y purificará la casa con la sangre de la avecilla y con las aguas vivas y con la avecilla viva y el palo de cedro y el hisopo y la grana;

»Y luego, para que la casa sea declarada limpia, soltará la avecilla viva fuera de la ciudad, sobre la extensión de los campos.»

Aquel pájaro que escapándose de la casa iba a ser libre, después de estar cerca de la podredumbre y de la muerte, despertaba en Antoñito ansias remotas: ¡Ser pájaro, ser humo, ser viento; todo lo que circula, todo lo que se aleja; ser perfume, ser sonido, ser río!... ¡No, río no: que el río se arrastraba por la mísera tierra, lo mismo que él!

V

Al estupor del primer momento, sucedió una reacción de cólera. ¿Qué intriga, qué infamia había obligado a sor Eduvigis a dejar el hospital sin decirles siquiera adiós? Durante tres días la aguardaron en vano, engañándose con la esperanza de que estuviera ausente por algo fortuito y pasajero. Cada vez que entraba el practicante, una pregunta cristalizaba en la idea de todos, pero la callaban por tesón: era una consigna tácita; y tanto inquietó aquel silencio al practicante, que hubiera terminado por hablarles él mismo de la monja sin aguardar sus preguntas, para concluir de una vez con aquella tensión de voluntades; pero una mañana Samuel no pudo contenerse más.

—¿Está enferma la hermana?

—No; está con licencia.

—¿Por mucho tiempo?

—No lo sé... Quizás no vuelva..., digo yo.

Las dos palabras últimas las añadió para dulcificar el efecto. Quico alzose de su sitio, y con una violencia que hizo retroceder al practicante, cogió a Samuel del brazo para apartarlo:

—No preguntes más, memo... ¡Los judas no dicen la verdad nunca!

—Hay que apretarles el gañote para que la suelten —gritó Remigio—. ¡Con licencia! No somos tontos, y por eso ninguno quería preguntar nada, ¿sabe? Ni usted ni *El Verdugo* van a confesar que la han obligado a dejarnos.

—¡Les estorbaba que estuviéramos un poco contentos!

El practicante había ido retrocediendo hasta la puerta, hundida la diestra en el bolsillo de la blusa sin dejar de dar la cara a los leprosos. Cuando se consideró a salvo, esperó un instante, por ver si una nueva pregunta le permitía dejar la atmósfera menos cargada de electricidad, y como ninguna voz volvió a elevarse, salió; pero desde un observatorio secreto hecho en la juntura de la puerta, pudo comprobar que el silencio se prolongaba y que los semblantes torvos, denotaban una exasperación infinita. Hasta dos días mas tarde, al regresar don Manuel de la enfermería, no supieron los leprosos toda la verdad.

La monja, antes de irse, dejó bajo la almohada del enfermo un papelito escrito todo con letras mayúsculas, impersonales, que decía así: «Tenía usted razón; recibo orden de marcharme hoy sin decir nada; pero no tengo valor para no despedirme siquiera de usted, que le dirá a todos adiós. Sean buenos y acuérdense de mí. Cumpliré su encargo en Puerto-Grande. Rompa esta enseguida». La esquela, que tenía por firma una cruz, pasó de mano en mano; Samuel la besó, y al devolvérsela a don Manuel, este, haciendo un esfuerzo que equivalía a decir: «No hay más remedio», la rasgó en pedacitos, partiendo aún en otros más menudos los que contenían una palabra completa o vestigios de palabras fáciles de reconstruir. Luego fueron hacia una ventana, y lentamente, uno a uno, don Manuel fue dándolos a la brisa: no los tiraba, los ponía en la palma de la mano y la tenía extendida, hasta que una ráfaga se los arrebataba; unos desaparecían, otros iban a posarse sobre la campiña, igual que palomas minúsculas fatigadas del vuelo. Todos los leprosos estaban graves, ensimismados, como si asistieran a un entierro —¿no enterraban sus ilusiones?—; cuando el último papel se fue y vieron alejarse, desvanecerse, el postrer recuerdo tangible de la hermana, una explosión de furia resonó. De haber estado allí el practicante, habría de seguro surgido la tragedia.

—¡Hay que desnucar a ese maldito! —decía Quico, mordiéndose el labio inferior.

—¡Con una sola mano lo cogía yo así, así! —seguía Remigio, apretando el puño hasta hacer crujir sus propios huesos.

—Tenía que ser un obispo el que diera esa orden cochina —terminaba Juan.

Todos iban dando una válvula a su furia; el mismo Antoñito, el mismo don Manuel, tan ponderados, maldecían. En la penumbra de la tarde parecían alargarse los brazos con ademanes vengadores que subrayaban las frases de indignación; las imprecaciones se entrechocaban; se oían sordas blasfemias; hasta los viejos hacían movimientos bruscos, agresivos.

—¡No somos hombres si esto se queda así!

—¡Hay que hacer una que sea sonada!

—¡Lo que pasa aquí, clama a Dios!

Los fuertes —Quico, Remigio, Juan— hablaron de aprovechar la hora de ir al patio para caer sobre el portero barbudo, matar al practicante y a *El Verdugo* si bajaban a socorrerlo, y huir; los débiles —don Manuel, Samuel, Antoñito, el viejo de las canas lívidas— eran más razonables.

—¿Y qué sacaríamos con escaparnos? —preguntaba don Manuel—. No tendríamos dónde ir; todo el mundo nos rechaza y nos volverían a coger enseguida.

—Si siquiera pudiéramos pasar una noche escondidos en la ciudad... —insinuaba Samuel, con los ojos turbios del deseo.

Luego las objeciones y las contradicciones se multiplicaban:

—Aunque matáramos a estos, no tardaríamos en tener otro portero, otro verdugo y otro practicante. Es nuestro sino.

—Claro, es inútil.

—Como saben que la gente tiene miedo a contagiarse con nosotros, hacen lo que hacen.

—¡Hay que vengarse, hay que demostrar que somos hombres!

—Yo soy capaz, cuando entre *El Verdugo*, de irme sobre él, de arrancarle la capucha y de abrazarlo y besarlo y morderlo, ¡para que se contagie y sepa lo que es ser desgraciado!

—No, la hermana no aprobaría eso, Quico.

—No hay nada que hacer; nada, nada.

—Siempre hay que hacer... ¡Si todos fuerais como nosotros tres, ya se vería!

—Nos matarían impunemente... Dicen que en el otro plante mataron a uno.

—¿Y qué? Mejor que nos mataran... ¡Siquiera así estaríamos muertos todos!

—Además, no les conviene matarnos... Si nos matan a todos, adiós hospital y adiós explotación... Yo sé de leyes, no creáis.

Ramón los escuchaba discutir, serio, sin mezclarse, pero temblando un poco. La excitación duró varios días, y en ellos, como si presintieran la tormenta, el practicante, *El Verdugo* y un enfermero que entró a sustituir a la monja, extremaron la amabilidad... y las precauciones. En estos días primeros, la menor contradicción los exacerbaba; complacíanse en llevarse la contraria, en zaherirse con pullas sarcásticas, y enseguida las voces se agriaban y los brazos, replegándose elásticos, esbozaban el ademán de acometer. Más de una vez fue preciso la autoridad de don Manuel para evitar reyertas. Después la presión de los ánimos fue debilitándose y una invencible laxitud se adueñó de todos; el fatalismo de su sumisión les parecía un axioma; y ante la esterilidad de cualquier esfuerzo, de cualquier protesta, volvieron a abandonarse a la corriente, más tristes, lo mismo que cadáveres en los cuales un cruel artificio imitara las funciones del vivir... El recuerdo de sor Eduvigis era un oasis en la aridez del día; no se hablaba de ella, esquivaban cualquier palabra que pudiera comprometerlos a abordar el tema de su ida; pero cuando, en silencio, los rostros perdían la dureza y pasaba sobre sus carroñas como un resplandor de fragancia, era que estaban pensando en la monja.

Samuel envejeció en una semana; se ocultaba para llorar, y al principio esto irritaba a Quico. Ni siquiera la lectura del periódico lograba romper el marasmo; oíase al lector con la misma glacial indiferencia con que pudieran oírse cosas de un mundo inexorablemente perdido; y aquel tedio era no solo de la voluntad, sino de los músculos: horas y horas transcurrían en las mismas posturas, con los ojos entornados y el pensamiento nulo o ausente. Ya Antoñito no pedía que lo subieran a los quicios de las ventanas; ya Samuel no desgastaba —¡desolado Narciso!— su espejo; hasta el estómago de Remigio parecía disminuir sus exigencias, y los juguetes de Ramón aguardaban, inmóviles junto a las paredes, a la mano que ya casi no tenía vida que comunicarles. No se oía una risa, ni una chanza. El niño, con sus dos bracitos colgantes entre las piernas y la cabezota inclinada, amenazando troncharle el cuello, habíase también contagiado de aquel sopor que era cual otra lepra del espíritu.

Una mañana, al reunirse para la lectura, se notó la falta de Samuel.

—Ve tú a llamarlo, Ramoncito.

—Debe de estar en el dormitorio.

—Dile que le esperamos para empezar, anda.

El niño volvió con una respuesta que hubiera sido en otra ocasión un suceso.

—Dice que no vuelve a oír más el periódico, que no le importa nada de lo que pase, que se queda allá, con los viejos.

Precisamente aquel día publicaba el periódico una nueva que iba a transformar el hospital. El rey de un país vecino venía a visitar la ciudad, y entre los festejos que habían de ofrecérsele, figuraba una gran revista en el campo de maniobras. Toda la capital iría a esa revista; se construirían tribunas, se engalanaría el camino, y el cordón de automóviles y coches; luego el desfile de la tropa, daría al regio huésped una impresión de lujo: manera amable de suavizar la fundamental impresión de poder.

La noticia cayó en sus almas desfallecidas, como en un estómago exhausto un vino demasiado rico. Tenían necesidad de algo con que embriagarse para olvidar, y aquello les dio la ocasión. Samuel volvió a revivir; por la mañana era acechada la hora del periódico, y se saltaba todo para empezar por las noticias de los preparativos, que eran leídas muchas veces hasta aprenderlas casi de memoria. Contábanse los días que faltaban, las horas, los minutos; y fueron unas semanas febriles en que las almas, voluntariamente saturadas del acontecimiento, rechazaban cualquier otra idea. ¡Iban a ver las fiestas, a ver pasar a toda la ciudad hacia el campo de maniobras, a verla regresar! ¡Oirían las músicas, verían los uniformes, desplegaríase ante sus ojos una caravana de alegría y de fausto! De tiempo en tiempo, la voz del demonio interior susurraba: «¿Y después?». Pero esa voz inoportuna era desoída, aplastada por el entusiasmo; y a fuerza de agrandar el hecho, llegaron a suponer que cubrirían todo el porvenir y que aquella revista sería una cosa inacabable, algo como el término de sus aflicciones, de su hastío... Todos parecían tan niños como Ramón, y a cada detalle nuevo de las fiestas, palmoteaban. Quico, cerrando los ojos, veía ya el desfile; el aire se llenaba de atronadores hurras, a lo lejos tronaba el cañón, y en coches, hieráticos, volviéndose hacia el hospital para que él los viera, pasaban los políticos cuyos hechos había comentado tantos años. Para Samuel el interés de la fiesta se limitaba a un solo coche: iría muy despacio, recamado de rosas; y en el centro, siendo la flor suprema del ramo, su dama iría sola, incomparablemente bella y algo entristecida porque él la hubiese olvidado durante algún tiempo... Para los demás, el desfile no tenía un concreto aliciente, era algo abstracto —promesas de risas, de colores, de abstracción de ellos mismos y de sus miserias que les impedían razonar—. Como si los días no bastasen a contener sus entusiasmos, soñaban por la noche con la fiesta aunque a veces una sombra furtiva, de castos ojos como el agua y óvalo marchito aprisionado por la toca, pasaba con un suave gesto de reproche por sus sueños.

El practicante y *El Verdugo*, contentos de ver desvanecerse el conflicto, fomentaban la animación. Todas las tardes daba el enfermero nuevos pormenores. Ya a lo largo del camino empezaban a alzarse tribunas, y desde las ventanas seguían los leprosos la obra de los trabajadores, ayudándoles con la voluntad; ya el camino no era una sierpe polvorienta retorciéndose en la planicie; ahora lo regaban; piquetes de soldados pasaban a veces, y de trecho en trecho, a ambos bordes, se erguían mástiles con escudos y gallardetes. Por las noches, las huellas de las rejas aparecían marcadas en todas las frentes; hubieran querido poder comer en las ventanas, no dormir; y a la hora de las curas siempre había uno que dijera:

—Dese usted hoy prisa, doctor... Ahora tenemos teatro y duele estar aquí.

Era siempre la misma frase, pero hacía siempre el mismo efecto: reía *El Verdugo*, reía el practicante, y la visita se aceleraba algo. Una mañana —faltaban ya muy pocas para el día feliz— el doctor propuso:

—Como supongo que ustedes querrán también adornar nuestra casa para cuando pase el rey, he mandado a comprar papeles de colores. ¿Hay quién sepa hacer cadenetas?

—¡Yo!

—¡Yo!

—¡Yo también!

—Todos sabemos y además haremos flores y guirnaldas.

Llegó el papel y se pusieron a la obra. La cadeneta formaba en un rincón una pila leve y crujiente; las manos no se detenían ni un segundo. En aquellas flores vulgares de la industria melificaba la colmena un júbilo inmenso. Quico hizo un molino multicolor, que debía girar vertiginosamente a la menor ráfaga; Remigio, Juan y don Manuel iban tejiendo esterillas, que Antonio enlazaba; cada cual tuvo su ocupación, y los letreros, las guirnaldas, los farolillos, estuvieron dispuestos seis días antes. Remigio siempre impaciente, quería que se quitaran ya las alambradas de las ventanas para colocarlos; pero los otros temían una lluvia que destruyera todo; el médico les dio la razón: había que tener paciencia; faltaban cinco días nada más.

Una mañana el periódico trajo, precisamente en la reseña de los preparativos, un vacío hecho exprofeso. El practicante dijo que era una cosa referente a medicina, que venía en la plana opuesta y que el doctor había querido recortar; pero al día siguiente ocurrió lo mismo. ¿Qué noticia era aquella que coincidía exactamente con la columna de festejos, privándoles de leer un pedazo? ¿La fe era tanta, que ni en el espíritu receloso de Juan penetró la inquietud?... Esa misma noche sintieron desde la cama ruidos de martillos, como si se trabajara muy cerca; debían ser muchos trabajadores, porque se oía gran estrépito; hubieran querido levantarse; acudir; pero las puertas estaban cerradas. El trabajó duro toda la noche, y no pudieron casi dormir. Muy temprano estaban vestidos, y en cuanto el practicante abrió, se lanzaron a las ventanas de la galería... Frente al hospital, ocultando el camino, elevábase una nueva tribuna, más alta que las otras, y a uno y otro lado se prolongaban tapias de madera, para que el hospital quedara bien oculto. Entonces todos comprendieron y se miraron con espanto, con desesperación. Los pintores retocaban aún el trabajo nocturno; Remigio, haciéndose un portavoz con las manos, les gritó:

—¡Eh! ¡Oigan, sí!... ¿Quién ha mandado levantar eso?

Los otros se volvieron con sorpresa, y uno de ellos, imitando el ademán de Remigio, contestó:

—No había tiempo de retocar la fachada del hospital; que buena falta le hace. Además, dicen los papeles que no estaba bien que el rey lo viera.

El practicante entró y quiso dar explicaciones, que no fueron oídas. «El albacea había protestado ante el Ayuntamiento; el Ayuntamiento era el culpable por no decirlo a tiempo; ellos lo sentían tanto como los que más, pero después de todo, podían dar gracias a que el Ayuntamiento consentía que estuviera el hospital tan cerca de la población»... Había en estas disculpas mucho de torpeza y mucho de sarcasmo. Turbado por la rabia, Remigio fue al rincón y pisoteó las cadenetas, las guirnaldas, todo el trabajo ilusionado de tantos días. Quico y Juan lo estimulaban con voces preñadas de odio:

—¡Más fuerte, más!

—¡Si siquiera fueran cabezas!

Durante toda la mañana no se hablaron nada; no era en palabras, sino en hechos, en los que necesitaba resolverse aquella decepción madre de iras. En el comedor advirtieron que los cuchillos habían desaparecido, y que la carne venía ya cortada. El enfermero y el practicante les dijeron, como para advertirles de que cualquier tentativa era inútil, que un nuevo cocinero había entrado y que mientras se habituaba el antiguo quedábase también. Por la tarde, Juan llamó aparte a Remigio, a Samuel, a don Manuel y a Quico, Antoñito quiso acercarse, pero Juan le repelió:

—No, tú vete con el niño.

El inválido protestó:

—Yo también soy un... no creáis que porque estoy así... —y al decirlo se golpeaba los muñones enérgicamente.

—Bien. Nadie crea nada... ¿Estás tú conforme con lo que nosotros decidamos?

—Sí.

—¿Con todo, con todo? ¿Sea lo que sea?

—Con todo.

—Bueno, distrae a Ramón y no digas nada a los viejos; vete.

El consejo empezó enseguida; escogieron un rincón opuesto a las habitaciones anteriores, para evitar ser espiados. Hablaron muy bajito, solo de tiempo en tiempo una mano se alzaba sobre el grupo con enloquecida energía, y dominando el murmullo cauto, las voces de Quico y Remigio tenían rotundas brusquedades. El plan de Juan no sorprendió a ninguno: dijérase que las fronteras del carácter se borraban, y que una sola locura, más contagiosa que la lepra, iba a completar en los espíritus la igualdad que ya la podredumbre había impuesto a la carne. Solo se oían fragmentos de la conversación.

—Que sea mañana mismo; que les chafemos la alegría, y que la cosa sea tan grande que se sepa en el mundo entero.

—Por mí, ahora mismo; yo soy capaz de romper una reja de un cabezazo y de tirarme abajo para concluir antes.

—No, hemos de ser todos de una vez.

—No es tan fácil, Juan. Yo tuve un día el revólver contra la sien..., y aquí estoy... pesa mucho un gatillo; no es tan fácil. No es que no quiera; quiero tanto como el que más, pero hay que tener para eso un valor que...

—Usted no tendrá que hacer nada.

—Es una vergüenza que lo hagamos ahora, y no cuando nos quitaron a sor Eduvigis.

—¿Qué dices tú a eso, Samuel?

—Yo, sí: lo que queráis. ¡Para lo poco que nos falta para morir del todo!

—Bien, nada de palabras, yo me encargo. Ya tengo mi plan.

—Yo solo pido una cosa: que no haya sangre; no es por nada, es por la fealdad... Además, ¿tenemos nosotros derecho para disponer de las vidas de los viejos y de la de Ramón?

—Eso sí es verdad; no habíamos pensado en eso.

—Si nos andamos con derechos y con escrúpulos no haremos nada. ¿Tiene el mundo derecho a hacer lo que hace con nosotros? El niño no sabe, y si supiera; estaría a nuestro lado; si lo dejamos vivo, puede que nos maldiga alguna vez. En cuanto a los viejos, si se les dice algo, es echarlo todo por tierra; tienen un apego a la vida idiota, absurdo.

—No hay nada más que hablar

—Al niño, bien; que se le deje fuera si tenéis reparo; yo no lo tengo. Pero a los grandes... Si no es una cosa general, no hay venganza y no les mataremos la fiesta.

—Por nosotros...

—Yo tengo pensada muy bien la manera; veréis esta noche

—No, no nos la digas... Es mejor...

Caía ya la tarde, y la llegada del enfermero disolvió el grupo. En vano Antoñito, durante la cena, trató de escrutar con las suyas las otras miradas; las cabezas se inclinaban sobre los platos; y solo un tintineo nervioso de cubiertos y copas rompía el silencio raramente. Cuando iban a entrar en el dormitorio, Juan los reunió de nuevo para decirles:

—Ya no puede ser hoy. No he pedido quitarle al practicante lo que quería; pero será mañana, sin falta.

Al observar el gesto mal reprimido de contento de los otros, felicitose de su estratagema... Sí, era mejor que no supieran nada, que se durmieran confiados. ¿Eran unos cobardes? Vio salir al enfermero y al practicante; todos se acostaron, y esperó, esperó muchas horas... Lentamente, las respiraciones fueron adquiriendo regularidad; cuando tuvo la certeza de que todos dormían, se levantó. Iba desnudo, y su cuerpo espantoso, erguido en la sombra, era horrible; iba con precauciones, a largos pasos felinos. Al llegar a la cama de Ramón, tendió los brazos por debajo del niño, para levantarlo sin que se despertara; mas el cuerpo se rebulló, y entonces Juan quedose en espera, irresoluto: otra vez lo volvió a intentar, y el cuerpecito volvió a removerse... Entonces se encogió de hombros, desanduvo el camino, y ya junto a su cama, tomó de debajo de su almohada una llave, con la que cerró por dentro la única puerta del dormitorio; volviéndosela luego a guardar. Había tardado tanto en cerrar la puerta para que no chirriara, que una hora transcurrió. Todo estaba tranquilo; una ventana, al crujir, sugiriole la idea de examinarlas todas por si estaba alguna entreabierta. No; eran buenas, parecían hechas a propósito; ni una línea de luz, se filtraba entre el triple cierre de maderas, cristales y persianas... Ya estaba todo dispuesto... ¿Tendría valor? Sí, sin desmayo, recapitulando en aquel instante supremo todas las angustias de su vida para desear mejor la muerte, abrió las cuatro lámparas de gas y volvió a acortarse.

Por la mañana, el practicante y la enfermera tuvieron que derribar la puerta. Una masa de sombra y de gas les salió al paso. El horror los aturdió, imposibilitándoles para pedir socorro; entraron automáticamente, y solo entonces se dieron cuenta de la catástrofe. Antes de que pudieran abrir ninguna ventana, tropezaron con dos cuerpos tendidos en tierra: Quico y Samuel, que habían pretendido huir hacia la vida. Las camas estaban revueltas; los bustos de los dos viejos parecían, sorprendidos por la muerte al querer levantarse; sobre la cabeza de uno pululaban gusanos. Había expresiones abominables, miembros crispados, ojos casi fuera de las órbitas; solo Antoñito tenía el semblante plácido. Cuando el aire se hubo llevado el gas y el hedor, y pudo el Sol entrar a ver la tragedia, el enfermero y el practicante fueron hasta la cama del niño, que parecía alentar aún, y en un momento de heroicidad instintiva, sin recordar su lepra, se pusieron a reanimarlo... Tal vez por tener el organismo más fuerte, tal vez por cruel designio del destino para que la estirpe de Job no concluyera allí, no había sucumbido como los otros... Se oían cornetas, un tropel de júbilo y gloriosas campanas distantes. ¡Si supieran! ¡Si supiera *El Verdugo*, que estaba en la tribuna con su novia, presenciando el desfile! De abajo llegaron las voces de los cocineros y la del portero barbudo:

—¡Vamos, vamos!... ¡Ya vienen!

Las luces de la vida se fueron encendiendo poco a poco en el rostro del niño; asido angustiosamente a los brazos del enfermero hizo un esfuerzo y balbució:

—Yo no quiero morirme... ¡Yo quiero ver al rey!... ¡Al rey!

Libros a la carta

A la carta es un servicio especializado para

empresas,

librerías,

bibliotecas,

editoriales

y centros de enseñanza;

y permite confeccionar libros que, por su formato y concepción, sirven a los propósitos más específicos de estas instituciones.

Las empresas nos encargan ediciones personalizadas para marketing editorial o para regalos institucionales. Y los interesados solicitan, a título personal, ediciones antiguas, o no disponibles en el mercado; y las acompañan con notas y comentarios críticos.

Las ediciones tienen como apoyo un libro de estilo con todo tipo de referencias sobre los criterios de tratamiento tipográfico aplicados a nuestros libros que puede ser consultado en www.linkgua-digital.com.

Linkgua edita por encargo diferentes versiones de una misma obra con distintos tratamientos ortotipográficos (actualizaciones de carácter divulgativo de un clásico, o versiones estrictamente fieles a la edición original de referencia).

Este servicio de ediciones a la carta le permitirá, si usted se dedica a la enseñanza, tener una forma de hacer pública su interpretación de un texto y, sobre una versión digitalizada «base», usted podrá introducir interpretaciones del texto fuente. Es un tópico que los profesores denuncien en clase los desmanes de una edición, o vayan comentando errores de interpretación de un texto y esta es una solución útil a esa necesidad del mundo académico.

Asimismo publicamos de manera sistemática, en un mismo catálogo, tesis doctorales y actas de congresos académicos, que son distribuidas a través de nuestra Web.

El servicio de «libros a la carta» funciona de dos formas.

1. Tenemos un fondo de libros digitalizados que usted puede personalizar en tiradas de al menos cinco ejemplares. Estas personalizaciones pueden ser de todo tipo: añadir notas de clase para uso de un grupo de estudiantes,

introducir logos corporativos para uso con fines de marketing empresarial, etc. etc.

2. Buscamos libros descatalogados de otras editoriales y los reeditamos en tiradas cortas a petición de un cliente.

www.ingramcontent.com/pod-product-compliance
Lightning Source LLC
Chambersburg PA
CBHW030641020726
47493CB00006B/1812